广西大学国家一流本科建设专业研究论丛

文园雅荷

——外国文学新动态研究

总主编　罗选民
主　编　陈　兵　王晓惠

中国人民大学出版社
·北京·

图书在版编目（CIP）数据

文园雅荷：外国文学新动态研究 / 罗选民总主编；陈兵，王晓惠主编．—北京：中国人民大学出版社，2022. 11

（广西大学国家一流本科建设专业研究论丛）

ISBN 978-7-300-31151-7

Ⅰ. ①文…　Ⅱ. ①罗…　②陈…　③王…　Ⅲ. ①外国文学—文学研究　Ⅳ. ①I106

中国版本图书馆 CIP 数据核字（2022）第 197072 号

广西大学国家一流本科建设专业研究论丛

文园雅荷——外国文学新动态研究

总主编　罗选民

主　编　陈　兵　王晓惠

Wenyuan Yahe——Waiguo Wenxue Xindongtai Yanjiu

出版发行	中国人民大学出版社		
社　　址	北京中关村大街 31 号	**邮政编码**	100080
电　　话	010-62511242（总编室）		010-62511770（质管部）
	010-82501766（邮购部）		010-62514148（门市部）
	010-62515195（发行公司）		010-62515275（盗版举报）
网　　址	http://www.crup.com.cn		
经　　销	新华书店		
印　　刷	固安县铭成印刷有限公司		
规　　格	170 mm×228 mm　16 开本	**版　　次**	2022 年 11 月第 1 版
印　　张	14	**印　　次**	2022 年 11 月第 2 次印刷
字　　数	276 000	**定　　价**	68.00 元

总序 PREFACE

问学入门正　研修立意高

2021 年 4 月，习近平总书记在视察清华大学时指出："我国高等教育要立足中华民族伟大复兴战略全局和世界百年未有之大变局，心怀'国之大者'，把握大势，敢于担当，善于作为，为服务国家富强、民族复兴、人民幸福贡献力量。广大青年要肩负历史使命，坚定前进信心，立大志、明大德、成大才、担大任，努力成为堪当民族复兴重任的时代新人，让青春在为祖国、为民族、为人民、为人类的不懈奋斗中绽放绚丽之花。"习总书记的话给新时代的人才培养指明了方向。

广西大学是广西壮族自治区唯一一所"211 工程"大学、省部共建大学与"双一流"建设高校，其外文系创立于 1947 年，国务院参事、悉尼大学博士骆介子先生为首任系主任，1996 年外语系组建为外国语学院。四分之三个世纪过去了，广西大学外国语学院为国家、为广西培养了许多优秀的外语人才。而今世界面临百年未有之大变局，在新文科建设的方针指引下，我们如何加强外国语言文学一流专业的建设，培养出思想过硬、作风过硬、业务过硬的外语专业人才，这是一个摆在我们面前十分艰巨的任务。

广西大学外国语学院共有 5 个本科专业，其中英语（2019 年）、越南语（2020 年）、翻译（2021 年）、泰语（2021 年）分别获批为国家一流建设专业，日语（2019 年）获批为自治区一流建设专业。我们的人才培养基本思路是：立足广西、面向东盟、放眼全球，走内涵式发展的道路，采用跨专业、跨领域的互动教学模式，突出人文学科与交叉学科之间的深度融合，夯实中外政治历史与社会文化等通识知识，为国家培养更多具有家国情怀和国际视野、具有融合创新的专业能力，同时能够理解和通晓中外文化与政治的外语人才。我们在教学过程中，注重基础理论的传授，注意培养学生的批判性思维，强调综合能力的提升。正是基于这个办学理念，我们编写出版了这套"广西大学国家一流本科建设专业研究论丛"。丛书包含四个分册，分别探讨翻译与跨文化传播、外国文学与比较文学、外国语言学、国别和区域研究四个方向。虽然是四个方向，但彼此之间有相通和跨界之处，如外国文学分册中涉及民族文学和地域文学作品的挖掘，探讨文学伦理、形象建构、文本细读和精神分析等；翻译与跨文化传播分册有多角度的探索，如基于自建语料库的中国特色话语日译研究，《黄帝内经》的“筋”“风”的阐释学翻译，近代英文农业文献汉译反思，中国–东盟专题口译教材研究，等等；外国语言学分册涉及多种外语，立足语料，从话语的社会功能解读、语篇修辞手法、跨文化语言考察、外语教学问题等小处入手，发现和分析问题；国别和区域研究分册则包括东盟国家的社会与文化探讨、东盟媒体涉华报道的分析、基于汉越双语平行语料的海洋法领域词汇翻译研究，等等。

丛书的四本书名《语苑璞玉》《译坛清音》《文园雅荷》《国别新声》，由广西大学君武特聘教授、原解放军外国语学院原英语首席教授严辰松先生设计，表达了对外国语学院本科学生的期待，他们虽然年轻，但如同璞玉，假以时日，必然成器，必然应景。

本论丛荟萃了广西大学部分本科生在读期间的习作，是我国外语学科融通教育、赋权增能的一次积极有益的探索。也正因为是筚路蓝缕之作，四本文集一定会存在一些不足，我们诚恳地希望国内同人批评指正。

丛书总主编　罗选民

2022 年 8 月 25 日于广西大学镜湖斋

目录 CONTENTS

一、文学伦理与批评鉴赏

二、形象建构与精神分析

三、作品细读与对比研究

四、文本解读与意义阐释

一、文学伦理与批评鉴赏

无声与发声
——《无声告白》的文学伦理学批评研究

王雨洁[1]

摘　要：《无声告白》是女作家伍绮诗所著的印有美籍华裔精神图腾的一部力作。小说以女主人公莉迪亚身亡之谜为焦点，描绘了跨族裔家庭中父母、兄妹以及社会伦理秩序对女主人公伦理身份建构的影响。从文学伦理学批评视角出发，家庭与社会对莉迪亚伦理身份的期望是无法实现且相互矛盾的，这些期望导致了一系列伦理压力、伦理困境与伦理矛盾。莉迪亚的伦理身份建构总体是无力、无方向、无助的，她的伦理诉求也被迫"无声"，而最后做出自杀的伦理选择是莉迪亚一种强有力的"发声"。该作品传达了作者对不合理的家庭教育与美国社会具有种族、性别歧视的伦理秩序的控诉，因为它们阻碍了个体伦理身份的建构。

关键词：伦理身份建构；伦理压力；伦理困境；伦理矛盾；《无声告白》

伍绮诗作为继谭恩美后又一位惊艳欧美文坛的华裔女作家，其小说处女作《无声告白》（*Everything I Never Told You*）一经出版便广受青睐，勇夺2014年亚马逊最佳图书奖。《赫芬顿邮报》认为："该作品的观察与洞见像社会学家一样犀利"。该小说围绕女主人公莉迪亚的身亡之谜，讲述了20世纪70年代美国小镇上一出跨族婚姻家庭的悲剧，堪称又一部印有美籍华裔精神图腾的力作。当前，国内学界主要从创伤理论、文化身份等视角解读该小说，主要的研究聚焦于"中美文化差异与反思"（陈韩、韦虹 2022：89），或认为"其悲剧的产生以原生家庭创伤为根源"（莫银丽 2020：136），忽视了作品对未成年人伦理身份建构问题的探讨，一定程度上割裂了伦理压力、伦理矛盾以及宏观的社会伦理秩序与个人伦理身份意识之间的关系。本文以文学伦理学批评为视角，先分析莉迪亚在家庭成员和社会秩序对其伦理身份过限的期望下承受的压力，到她在互相矛盾的期望下陷入的伦理两难境地，再到她在伦理身份建构过程中遭遇的伦理矛盾，最后到小说作者借莉迪亚之死发出的伦理诉求的强音。本文通过对主人公伦理身份建构失败前因后果的阐述，探讨作品传达的对不合理的跨族裔家庭教育与美国社会伦理秩序的控诉与启发，为新千年来美籍华裔文学作品的研究提供一种新思路。

[1]　2020级英语专业学生；邮箱：3603724984@qq.com；指导教师：王晓惠副教授

1. 回声：伦理身份建构与伦理压力

文学伦理学批评理论中，伦理身份是伦理秩序在个体上的标记（聂珍钊 2014：263），而伦理秩序是社会秩序合理化的表现，规定了人与人之间关系的规范。表面上，《无声告白》似乎讲述的是混血女孩莉迪亚在性别对立、种族歧视、学业压力、家庭失和等多重原因的作用下走向死亡的故事，但潜伏在这些表面现象背后的其实是女主人公莉迪亚在成功建构伦理身份前遭受的一系列来自家庭以及社会的伦理压力。无论是家庭还是社会，都期望莉迪亚建构的伦理身份能迎合他们的标准，成为他们的“回声”，这形成了使她无法表达出真实心声的巨大伦理压力。小说中，家庭对莉迪亚伦理身份过限的期望尤为突出，而她有限的个人能力以及美国社会的伦理秩序使这些期望无法实现，从而造成了严重的伦理压力。

首先要明确，个体在建构属于自己的伦理身份之前已经存在伦理身份意识，而伦理身份意识趋向于遵从家庭、社会建立的伦理秩序，合理的伦理身份建构标准是个体学习的模板。而相较于迎合社会的期望，个体往往更为积极地迎合家庭中与自身关系尤为亲密的重要成员的期望。在《无声告白》中，母亲玛丽琳对女儿莉迪亚的伦理身份期望是未来的医生、独立女性、母亲的骄傲，而莉迪亚回应最为积极的也是母亲对她的期望。究其原因，母亲与莉迪亚的伦理关系最为紧密。母亲不仅仅与她朝夕相伴，甚至异化成了她唯一的朋友。而且莉迪亚错误地认为实现母亲前两种期望是实现最后一种期望的前提：她要留住母亲的爱，就要建构让母亲满意的伦理身份——女医生。于是她拼命学习，希望实现母亲对其职业的规划。这种奇怪的认知其实根源于母亲玛丽琳在莉迪亚幼年时的一次出走。那时，怀揣医生梦的玛丽琳无法与家庭主妇的命运和解而选择离家。当玛丽琳回归时，女儿莉迪亚欣喜若狂，同时她开始有意迎合母亲，她天真地认为母亲对她的种种要求是“一个承诺：明天她会陪在她的身边（伍绮诗 2015：146）。”即使莉迪亚后来发现自己很难达到母亲对自己学业的要求，她也选择了沉默地忍受。因为对母亲的爱，她不惜放弃了自己的声音，只为能成为母亲失落医生梦的“回声”。哪怕她在迎合这种期望时陷入了长期的迷惘与痛苦，她也无意识反抗，因为她将其视为身为母亲女儿的必要义务。由此可见，当个体建构伦理身份时，亲子关系作为一种极其亲密的伦理关系，往往成为个体遵从的重要样本。而当“密不可分”的亲子关系中悄然夹带长辈对后辈伦理身份建构的过高期望时，其危险性常常难以被发现，而其影响又是深远持久的，久而久之，这些无法实现的期望催生了伦理压力。

本文所谓的伦理压力，指的是伦理层面上，压力源和压力反应共同构成的一种认知和行为体验过程。莉迪亚压力的源头来自两方面，一方面，从莉迪亚的个人角度出发，她的能力不够支撑她去实现母亲对她的伦理身份期望，即她无力成为母亲失落梦想的“回声”。这在文中有多处体现，“莉迪亚的测验得分越来越低，就像一张阴晴不定的天气表（伍绮诗 2015：159）”。但莉迪亚无法想象在不愿妥协、绝不放弃的母亲的殷切期望下，除了成为女医生，她可以有别样的未来，她只能选择催眠自己，也欺骗母亲：她足够聪明，她可以实现这个远大的目标。同时，她对来自母亲的压力的回应如此无力，也因为年幼的她在生理上和心理上的力量都处于较弱的水平，莉迪亚完全不懂得表达自己真实心声的重要性及表达的正确手段，即无力“发声”。

另一方面，宏观上美国男权社会的性别伦理秩序约束也使莉迪亚无力构建母亲理想中的伦理身份。男尊女卑的社会只希望女性能成为现有伦理秩序柔顺的“回声”，在这样的伦理环境下，母亲对莉迪亚成为独立女性的期望无法轻易实现。社会伦理环境是文学产生和存在的历史条件（聂珍钊 2010：19），文学的研究离不开当时的社会伦理环境。小说《无声告白》的背景设定在 20 世纪 50—70 年代的美国，这是美国历史上变革最快的年代之一。自由经济学登上大雅之堂，经济危机伴随着妇女大量进入劳务市场，拉开了第二次女权运动的序幕，但没有一个女性不仍在规约之中。这种规约不仅来自男权，还来自美国另一部分女性：中西部小城镇的家庭妇女，她们坚决捍卫传统的妇女美德——勤劳顾家。而书中这种性别伦理秩序对个体的压迫，一方面体现为教育权的不平等，例如当玛丽琳选修物理（一门由男性掌握话语权的学科）时，她遭到同班男性的排挤；另一方面潜藏于保守的集体伦理意识中，莉迪亚一家生活的社区就传达着一种反多元化的意识，当玛丽琳离家追梦时，警方安慰她的丈夫詹姆斯时所用的话术值得玩味：“有的人就是这么特立独行（伍绮诗 2015：121）。”警方其实是将玛丽琳定性为“不合群”。而女儿莉迪亚的女同学们大多也将心思放在玩乐、交往男友上，像莉迪亚这样每天按时回家学习的乖乖女反而成了集体中的怪胎。大多数女性成为了失去文化价值的生产工具，沦为性别上的无产阶级。在这样的条件下，莉迪亚作为一名未成年女性要“发声”是难以实现的。

由此可见，如果家庭给予的伦理身份期望过高，以至于超出了在现有社会伦理秩序的约束下个体通过自身努力能实现的高度，个体无力回应期望，就会遭受伦理压力，个体的伦理身份建构便无力正常进行。小说中，年幼的莉迪亚无力通过“发声”来摆脱过限的期望，只能在迎合母亲无法实现的期望、充当母亲梦想的“回声”的过程中逐渐凋谢。可见家庭教育对未成年人伦理身份建构的引导应该有节制，家长不能将子女作为复刻自身未达成的理想伦理身份的工具，家长应该充分考虑宏观的社会秩序和子女的个人情况是否允许子女实现过高的期望。而且不同家庭成员对同一个体的伦理身份期望也不尽相同甚至彼此矛盾，这会使个体无所适从，陷入伦理困境。

2. 齐声：伦理困境下的伦理身份建构

文学伦理学批评认为伦理困境指文学文本中由于伦理混乱而给人物带来的难以

解决的矛盾与冲突（聂珍钊 2014：301）。伦理困境有多种形式，例如伦理两难，就是伦理困境的主要表现形式之一。如果说，母亲玛丽琳作为男权社会性别伦理秩序压迫的受害者，期望女儿能冲破束缚，那么身为美籍华裔的父亲詹姆斯则是 20 世纪美国种族伦理秩序矛盾下的苦行僧，他对女儿的伦理身份期望是去除华裔标签完美融入白人世界的"普通人"——父亲的宠儿。但这种伦理身份的期望不可避免地与母亲对莉迪亚的期望矛盾，两种期望"齐声"叫嚣，仿佛一曲不和谐的二重奏，几乎盖过了一切声音，将莉迪亚打入了无声的深渊。换言之，因为父母截然不同的伦理期望，莉迪亚陷入了一种两难的困境。

父亲对莉迪亚的伦理身份的期望源于他自身在东西方两种伦理秩序的冲突中难以适应。一方面，他因为移民身份而自卑但又从东方伦理秩序中寻求慰藉；另一方面，他无法真正融入西方社会的伦理秩序，无法完成伦理身份认同。人的伦理身份等同于社会身份。在西方的伦理秩序下，詹姆斯是体面的大学教授，社会地位并不卑微，但他始终因为肤色而不安、自卑。在女儿莉迪亚死后，他想：如果她是个白人女孩，这一切就都不会发生。他甚至为寻求自信而挣脱伦理身份的枷锁，投向女助理路易莎的怀抱，路易莎的黄皮肤和与白人妻子不同的温婉性格，给了他一种伦理身份自信重建的短暂错觉。他在华裔情人那里可以说出几十年没有说过的母语，吃到同他母亲类似的手艺，他父亲的最爱——叉烧包。他甚至认为情人才是他当初应该爱上的女人，他与白人结成的家庭只能成为社区中的"异样风景"。与其说，他出轨了一个女人，不如说他将西方的种族伦理秩序和所负担的伦理身份视为枷锁，出轨了另一种让他有安全感的伦理秩序。而詹姆斯与白人妻子的冲突，与西方社会秩序的格格不入都使他对女儿融入白人社会的期望趋于疯狂。所以，他压根没法为莉迪亚提供正确的模板来引导女儿成为一名能适应东西方两种伦理秩序，自信地接受自己伦理身份中东方特征的华裔青年。他的期望只能通过反复暗示的方式呈现——每年生日都送女儿有关人际交往的书；记住每一个女儿"朋友"的名字；鼓励女儿去追求当季的潮流。

而在家庭伦理关系中，夫妇是人伦之始（冯亚利 2021：229）。父母一起承担引导子女建构伦理身份的责任，而当父母对子女伦理身份期望的标准互相矛盾时，子女往往会陷入困惑，逐渐迷失伦理身份建构的方向。父母对莉迪亚期望的"矛盾"在书中有多处体现。例如，一家人用餐后，母亲喜欢打断父亲对莉迪亚的"白人朋友们"与社团事宜的问询，将话题尽量控制在她的成绩变化。而在莉迪亚死后，警察指出莉迪亚不合群时，父亲感到悲伤，也联想到自身作为黄种人的不幸。但母亲完全没有意识到问题，她认为父亲不该相信莉迪亚自杀的可笑说辞，母亲对警察说："她很忙，她在班上非常努力，有很多功课要做（伍绮诗 2015：107）。"由此可见，父母的期望不仅遵循不同的标准，甚至可以说是完全背离的。母亲希望她追求卓越，无视普通人的眼光，超越庸碌众生，取得突出的人生成就；而父亲却希望她能融入人群，摆脱肤色赋予的标签，做一个普通的“美国女孩”。身为父母心肝、家庭中心的莉迪亚因此陷入了两难的困境，她没有出路：无论她只听从父亲还是只听从母亲，都会间接伤害另一方。于是，她只能默默地承受两股互相矛盾但又“齐声”折磨她的压力。一方面，她因为离群而羞耻；另一方面，因为困难的课业而抑郁。她的人生无目标、无方向、无出路，因为她的声音完全被父母的二重奏盖过，鲜少被人听见。

伦理身份代表伦理秩序对个体伦理选择的规约，如果家庭与社会对个体伦理身份建构的导向是互相矛盾的，这种矛盾往往具有极强的破坏性。父亲对莉迪亚的期望不仅与母亲的期望是矛盾的，也与美国这个移民社会的种族伦理秩序是矛盾的，这加重了莉迪亚的伦理困境。在 20 世纪的美国，跨族裔家庭始终面对着异化的外部伦理环境，例如，在弗吉尼亚的乡村地区，莉迪亚父母的婚礼甚至是违法的。而莉迪亚是这种冲突的直接受害者，她外出时经常感受到周遭人群对她华裔长相不友好的探究，这种“异类”感让她形成了孤僻冷淡的性格。她在学校没有朋友，这与父亲期望中的莉迪亚被白人朋友环绕的美好画面相差甚远。由此，莉迪亚陷入了另一种两难，如果她进行真正的“告白”，就会伤害父亲，辜负父亲对她这个宠儿的爱，从而刺破这个跨族裔家庭虚伪的美好表象；但隐藏自己真正的“告白”，她便要继续承受父亲对她伦理身份的不合理期望。于是莉迪亚不惜用欺骗的手段应付父亲：她在家中假装和那些不存在的“朋友”煲电话粥。借此她便能暂时逃避矛盾——父亲的期望与移民社会之间的激烈矛盾。

文学伦理学批评中，人会在伦理意识的推动下做出行为选择，这就是伦理选择（王晓惠 2017：69）。在父母截然不同且相互矛盾的期望下，莉迪亚最终做出了自杀的伦理选择，即直接放弃构建伦理身份。尽管她的死是带有意外色彩的突发事件，但也是一出必然的悲剧，因为她没有能力去实现父母的期望，男权社会和移民社会的伦理秩序也没有支持她去实现这种期望。相反，她左右为难：她成为不了母亲的完美的“回声”，并且在父母“齐声”发出却又相互矛盾的期望下，她愈发失去了前进方向，而无方向的努力注定是徒劳而痛苦的。因此，她懵懂的伦理意识驱使她想方设法地逃避给她带来痛苦的家庭，促使她选择自杀来实现自我救赎。由此可以说，她没有预先宣告的自杀象征着她那一直被父母、社会“齐声”发出的喧嚣声掩盖而无从“发声”的伦理身份诉求。

3. 无声：伦理身份建构与伦理矛盾

综上可知，父母对莉迪亚的伦理身份期望是无法实现且相互矛盾的，那么莉迪亚是否能向家庭内的同辈人寻求帮助呢？兄妹关系作为家庭伦理中的重要组成部分，莉迪亚的哥哥内斯、妹妹汉娜同样对莉迪亚抱有伦理身份上的期望，但他们的期望只是加剧了家庭伦理矛盾，没有给困惑而纠结的莉迪亚带来实质意义上的帮助。伦理矛盾是文学作品中矛盾、冲突的集中表现。兄妹对莉迪亚的期望相对于偏激的父母是正常且合理的，但他们的期望与父母的期望相矛盾，也不符合莉迪亚渴求倾诉对象的需要，于是折磨莉迪亚的伦理矛盾产生了——兄妹失和。至此，莉迪亚彻底无助，她向同为家庭受害者的兄妹倾诉自己的困境和压力的声音逐渐熄灭，走向了“无声”。

兄妹对莉迪亚伦理身份的期望是与他们平等地分享父母的关注与爱的亲人。这种期望并不过分，也符合普世秩序。但身为父母的詹姆斯和玛丽琳，在亲子伦理关系的选择上给予了三个子女完全失衡的爱，导致了子女间激烈的利益冲突（冯亚利 2021：230）。兄妹对莉迪亚伦理身份的合理期望无法实现，使得他们之间不可避免地产生了嫉妒与仇恨的情绪。小说中，父母全身心栽培大女儿莉迪亚，根本不去求证莉迪亚是否需要；同时他们轻视长子内斯成为航天员的梦想，内斯不仅没有得到父母的教导，还备受羞辱。父亲只因为从儿子身上看到曾经内敛安静的自己便对其彻底失望，而母亲对儿子的聪慧视而不见，反而全心全意地教授女儿莉迪亚各种知识；小女儿汉娜则完全被父母忽视，仿佛家庭中的透明人。于是，兄妹都渐渐不愿与身为家庭中心的莉迪亚沟通，更无心去帮助她：如果你承受的“爱”都算是痛苦的话，那不被需要、不被关注的我们又算什么呢？

同辈人间的伦理矛盾慢慢滋长，而莉迪亚不知道如何正确地化解矛盾，她错误的应对方式甚至加剧了矛盾。小说中不少情节都刻画了兄妹、姐妹间的争执和莉迪亚幼稚的应对方式。比如，当哥哥内斯天天盼望来自哈佛大学的佳音带他逃离家庭时，莉迪亚偷藏了哥哥的录取通知，因为她无法接受家里唯一理解自己痛苦的哥哥离开自己，但在哥哥看来，这种行为不可理喻，兄妹关系由此降至冰点。而当姐妹争抢一条漂亮的项链时，莉迪亚直接出手打了妹妹，妹妹汉娜感到委屈，以至于根本没有心思去理解姐姐生气的真正原因。

如果父母对子女的伦理身份期望不合理，造成了难以逾越的压力与困境，那么，其子女很可能向家庭内的同辈人倾诉来解压和脱困，但是，兄妹、姐妹失和的伦理矛盾一步步地切断了莉迪亚可能的发声渠道，莉迪亚人际上的孤立无援，使她微弱的求救声逐渐转变为最后的“无声”。小说中，压死莉迪亚的最后一根稻草正是哥哥内斯对她倾诉的冷淡拒绝。当莉迪亚与身在哈佛的内斯通电话时，疲惫而繁忙的哥哥直接讥诮她又要向他抱怨父母给她的过分关注。“他似乎害怕别人听见他们的交谈，她的哥哥已经彻底变成了陌生人（伍绮诗 2015：160）”。而小妹汉娜比姐姐莉迪亚更加懵懂，年幼的她根本无法理解姐姐面对的恐怖压力与可怕处境。在姐姐悄悄溜出家门的那个夜晚，妹妹汉娜其实听见了异常的声响。但她没有细想姐姐深夜出游的古怪，反而幻想着姐姐这个宠儿消失的“美好”画面。

同时，兄妹失和的伦理矛盾也延伸到了莉迪亚对外的人际交往中，这甚至对莉迪亚向家庭外的同龄人寻求安慰的行动造成了致命打击。小说中有一个家庭外的角色也对莉迪亚最后作出自杀的伦理选择施加了影响——哥哥内斯的同学杰克，一个特立独行的“坏小子”。莉迪亚下定决心接近杰克，固然是因为杰克本身的吸引力和她自身的苦闷，但对哥哥内斯的报复也是她的重要动机之一，因为她知道哥哥与杰克不和，哥哥并不希望妹妹与杰克交往。但不幸的是，当她在车里对杰克示好时，杰克断然拒绝，因为杰克不想与内斯交恶，所以他要和不懂事的莉迪亚保持距离。当莉迪亚发现这一事实时，她认为自己的愚蠢导致自己失去了和杰克做朋友的机会。她迷茫地回到家，并在当晚偷偷地走到湖边，最终不幸身亡。虽然莉迪亚与杰克的口角不能归为她死亡的真正原因，但通过亲近家庭外的同龄人来逃避自己在家庭内面临的压力和矛盾的行动的受挫，同样是她最终情绪爆发的导火索之一。

综上所述，家庭内的同辈人以及家庭外的同龄人，对莉迪亚微弱的求救声要么听到而没有给予及时有效的帮助，要么听到而不能真正理解。无人帮助她“发声”，她只能“无声”地独自消化。背负的伦理压力，深陷的伦理困境，无法处理的伦理矛盾，都死死地掐住了莉迪亚的喉咙，让她不敢也不能用言语去告诉她的父母、兄妹有关她的一切真相，而这种无助感是促使她自杀的重要动因。正如小说的英文标题：*Everything I Never Told You*，那些没有被听见、没有被认真对待的声音才是莉迪亚之死真正的拼图，而故事的高潮即莉迪亚之死也将是女主人公以及作者伍绮诗振聋发聩的“发声”。

4. 发声：伦理诉求与未成年人伦理身份建构

经历长期的压抑后，莉迪亚选择死亡作为她最后的“发声”，尽管她的死亡同样是静默无声的，但却惊醒了整个家庭，让亲人正视了她的伦理诉求。死亡是莉迪亚送给家庭最后的礼物，让母亲明白了女儿根本无法承担医生梦这一重压；让父亲重新审视了自己的伦理身份并改正犯下的过错；让哥哥懂得了逃离家庭是无法修复伦理矛盾的。她的“发声”也表达了她真实的伦理诉求：“摆脱他人的期待，找到真正的自己”。她在活着的时候无法用有声的言语去表达自己的痛苦与迷惘，只能用死亡来传达对家庭教育罅隙的不满。然而以亲人之死为代价的惊醒与重生无疑是相当惨痛的，如果她的伦理诉求能更早被听见，她也许能完成伦理身份的建构，拥有光明的未来。冰冷的死亡带走了这个女孩的一切可能，但作者伍绮诗在故事的结尾也书写了对莉迪亚家庭涅槃重生的美好期望。《无声告白》的作者伍绮诗如此生动地描绘了严酷的伦理环境下无法实现且互相矛盾的期望导致的伦理压力与矛盾，很显然，作者不仅仅是要写一个跨族裔家庭的内外交困与涅槃重生，还要借此强调不合理的家庭教育和社会伦理秩序对个体的影响，进而向这个时代传达一种强有力的伦理诉求：在人与家庭的关系中，人要建立“自为”存在；在人与社群的关系中，人人自由且平等（缤园园、缤悦 2021：130）。

而《无声告白》作为伍绮诗的处女作，何尝不是她从美籍华裔女性的视角出发，朝向充满种族与性别歧视意味的美国社会伦理秩序的“发声”，因为它们阻碍了个体伦理身份的建构。作为香港初代移民，伍绮诗的家庭坚持用筷子，说中文。她小时候会因为自己的亚裔身份感受到来自白人小伙伴的敌意。但她通过接触和学习西方文化，心理上认同了自己是西方青年，同时她也不避讳自己身上难以去除的东方特征（李澜 2022：56）。借莉迪亚之死，伍绮诗发出了理性而有力的控诉：种族与性别歧视迫害了莉迪亚的父母，也将悲剧传导到了混血女孩儿莉迪亚身上。虽然少数族裔和女性的社会地位相较于从前确实有所提升，但美国社会隐性的种族歧视和性别歧视仍在迫害着弱者，尤其是广大未成年人，社会应该去聆听这些所谓“异类”遭遇压迫的故事。真正平等的社会不应该使个体承受这样的压力。广大女性应该更加勇敢地表达自己的志向，但同时也要避免在女性群体内部互相施压，制造焦虑。特别是在亲子关系中，家长不应以对伦理身份建构的期望来操纵甚至阻碍后辈合理的个人选择。而在种族伦理问题上，无论是主流白人社会还是跨族裔家庭内部都应该以更包容、更开放的眼光审视、接纳这个日益多元的社会，接受自身多重的文化身份和伦理身份，同时尊重他人建构不同但合理的伦理身份。这将有助于良好家庭伦理氛围的形成，也有助于美国社会伦理秩序裂痕的弥合。

总而言之，《无声告白》通过描述莉迪亚在家庭和社会对其伦理身份无法实现且相互矛盾的期望下承受的压力，以及她陷入的伦理两难境地和遭遇的伦理矛盾，引发了人们对个体应该如何在家庭教育和社会秩序的控制下正确建构伦理身份的思考。小说深刻地揭示了不合理的家庭教育带来的恶果：母亲无法实现的期望造成了家庭伦理压力，父母双方、家庭与社会两相矛盾的期望导致了伦理困境，兄妹的合理期望与家庭伦理矛盾相交织，莉迪亚缺乏力量、方向和帮助去实现期望，最终做出了极端的伦理选择。这警示着我们：来自外界的无法实现且相互矛盾的伦理身份期望通常会“无声”地毁灭一个人，而不是塑造一个人。

我们还要注意的是，小说强调了家庭与社会对个体伦理诉求的不当压抑：家庭和社会要么希望个体成为自己伦理诉求的“回声”，要么以相互矛盾的期望“齐声”向个体施压，要么以拒绝帮助的态度致使个体最终无奈息声。小说结尾也描述了莉迪亚的“发声”对其家庭起到的积极作用，传递着作者对新生代华裔美国人和独立女性的期望。莉迪亚之死不是个别问题，新时代的少数族裔和为性别平等而奋斗的女性应该以莉迪亚一家的悲剧为警示，学会与家庭的期望以及社会伦理秩序和解。我们可以说，要想提升整个族群的伦理身份和社会地位，老一辈的少数族裔应该在一定标准下有限地干预后代的伦理身份建构，并且在对子女关注的分配上做到公平公正，同时新生代华裔要学会超越家庭的期待，寻找真正的自己。而女性要突破不合理的性别伦理秩序束缚需要斗争的勇气，也需要妥协与和解的智慧。小说启示着我们，当社会和家庭对个体的伦理身份的期望并不合理时，我们要敢于“发声”，提出自己的伦理诉求，并勇敢而不失智慧地为自己打造一个新的伦理形象，以此来对抗家庭“以爱之名”实为压迫的期望以及社会秩序和主流群体对弱势或少数群体的歧视。

参考文献

[1] 陈韩，韦虹．文化差异与反思——论《无声告白》华裔群体身份重建 [J]. 宿州教育学院学报，2022（3）：89–94.

[2] 冯亚利．跨族婚姻中家庭伦理选择的涅槃重生——评伍绮诗的《无声告白》[J]. 海外英语，2021（17）：229–230.

[3] 缑园园，缑悦．伦理线 · 伦理结 · 伦理意识——《无声告白》的文学伦理学解读 [J]. 名作欣赏，2021（3）：128–130.

[4] 李澜．从迷茫到顿悟：《无声告白》中内斯的成长突围 [J]. 合肥学院学报（综合版），2020（3）：56–59.

[5] 莫银丽．肤色之殇 —— 美国华裔作家伍绮诗小说《无声告白》中莉迪亚的悲剧人生 [J]. 武汉理工大学学报（社会科学版），2020（5）：136–141.

[6] 聂珍钊．文学伦理学批评导论 [M]. 北京大学出版社，2014.

[7] 聂珍钊．文学伦理学批评：基本理论与术语 [J]. 外国文学研究，2010（1）：1222.

[8] 王晓惠．关于文学伦理学批评若干关键术语的辨析 [J]. 广西教育学院学报，2017（147）：6872.

[9] 伍绮诗．无声告白 [M]. 孙璐，译．南京：江苏凤凰文艺出版社，2015.

《琐事》中失衡伦理秩序的文学伦理学批评研究

李婉婷[1]

摘　要：《琐事》以一起农妇杀夫案为背景展开叙述，体现了男权社会下男女之间伦理意识的分歧、伦理价值的冲突和女性对于失衡伦理秩序重塑的尝试。标题将“琐事”定义为“无价值的事”，反映出阶级社会中男性将自己的伦理意识和价值观伪装成社会普遍的伦理意识和价值观，使男性凌驾于女性之上。被压迫的女性对当时男性主导的社会伦理秩序存在不满，反映出伦理价值的冲突，进而试图以自己的方式重塑新的社会伦理秩序。但是剧中的伦理秩序重塑存在很大的局限性。本文认为批判旧的失衡伦理秩序、塑造新的和谐伦理秩序，文学的教诲功能不可小觑，其可以在一定程度上引导人们以理性的方式追求全人类的自由与解放。

关键词：《琐事》；失衡伦理秩序；伦理意识；伦理价值；伦理秩序重塑

苏珊·格拉斯佩尔是美国现代史上重要的女性作家之一，她的剧作被誉为“美国文学史上女性主义戏剧文学的经典”（杨金才、王育平 2003：58）。《琐事》是格拉斯佩尔影响深远的一部独幕剧，它以一起农妇杀夫案为背景展开叙述，讲述了警长、律师、目击者以及他们的太太一同调查事发现场的经过，从中体现男权社会下男女之间的一系列矛盾冲突。自 20 世纪末以来，这部作品一直被学界视为女性主义的经典作品，诸多学者从女性主义角度出发对其展开广泛讨论，突出阐述了剧中女性对其在传统伦理秩序中的绝对服从地位和男性权威的颠覆，展现女性作为主体的觉醒。近年随着新的文学批评理论的产生和文学研究方法的拓展，也有学者从解构主义、空间分析等角度研究这部剧作，解构主义学者通过分析剧中的性别二元对立，寻求男女间的沟通和对立关系的转化（姚锋 2010：7）。但是，目前学界对这部剧作的研究几乎未曾涉及其中现象所产生的伦理根源和其透露出的伦理秩序失衡等问题，对其深层伦理的探讨尚存在缺位的情况。因此，本文将采用文学伦理学批评的方法，探究《琐事》中所反映的男女冲突的伦理根源和伦理秩序失衡问题以及其中蕴含的伦理价值，并进一步探讨从伦理秩序重塑的角度出发寻求男女和谐的新思路。

1.《琐事》中失衡伦理秩序的含义

这部短剧标题为“琐事”（Trifles），本身就蕴藏了深刻的伦理内涵。《牛津高阶英汉双解词典（第 8 版）》及牛津学习者词典网站中相关词条的解释均为“something

[1]　2020 级英语专业学生；邮箱：1582221986@qq.com。

that is not valuable or important[①]”，作者采用“Trifles”为题，蕴含着深刻的伦理考量。将“琐事”定义为“无价值的事”，那么这其中价值的标准是什么样的，对于价值的判断标准代表了谁的伦理意识，便是作者试图通过文本传达的信息。在这部短剧中，男性将女性所关心的事情定义为“琐事”，引发了在场女性的不满和讽刺，这使得人们思考在当时的社会，为什么人们认为女人做的事是毫无价值的“琐事”，这其中反映了怎样的伦理秩序和伦理意识。

“一切以往的道德论归根结底都是当时的社会经济状况的产物。而社会直到现在是在阶级对立中运动的，所以道德始终是阶级的道德；它或者为统治阶级的统治和利益辩护，或者当被压迫阶级变得足够强大时，代表被压迫者对这个统治的反抗和他们的未来利益。”（中共中央马克思恩格斯列宁斯大林编译局 1995：435）在阶级社会中，社会的价值和伦理观念总是代表着特定阶级的利益，占统治地位的阶级或群体凭借其权力将对其自身统治地位有利的伦理观念不断输出，强加给被统治者和弱势群体，从而从思想根源上奴役他们，维护自身的统治地位和绝对权威。在这个过程中，他们也将自己的伦理意识和价值观伪装成了社会普遍的伦理意识和价值观，进而构建出一种由自身主导的伦理秩序，这种伦理秩序以男性对女性的压制为前提，因而是一种失衡的伦理秩序；而对于标题“琐事”背后价值标准的解释，便是作品中失衡伦理秩序的含义。

阶级社会的经济基础决定其上层建筑中意识形态部分包含着男权主义的特征，男性掌握着生产资料、直接推动生产力发展，因此在他们眼中男性所做的事才是“有价值”的、重要的事，而女性被他们限制在家庭中，从事基本的家务工作，没有直接创造劳动产品，因此被视为“无价值的”“琐事”。男尊女卑、男性主导的伦理意识由此产生，在生产力上的优越感使男性凌驾于女性之上，他们肆意地欺压女性、剥夺她们的话语权、抹杀她们的兴趣爱好、奴役她们的思想。而女性作为被压迫者，由于在少女时期就被男性主导的社会普遍伦理意识影响，使她们养成了顺从的气质，潜移默化地接受了自己被男性塑造的伦理身份，无声地接受了自身的弱势地位、一度彻底丧失话语权。然而，殊不知，正是女性在背后维持了男性的基本生活，才为他们从事生产活动创造了条件。苏珊·格拉斯佩尔的短剧《琐事》正是通过一个小小的农妇杀夫案件，传达了女性对不合理的失衡伦理秩序的反抗，体现出女性自身伦理意识的觉醒。

2.《琐事》中失衡伦理秩序的批判与重塑

从整体上来看，《琐事》这部短剧的情节大致由三条伦理线串联：警长、律师等男性调查谋杀案线索的过程，黑尔夫人和彼得斯夫人在等待男人们调查时的发现和讨论，以及赖特夫妇婚后至最终妻子杀夫的经历这条暗线。三条线索都分别包含数对矛盾点，线索之间也有交叉和冲突，这些矛盾冲突都包含着特定历史背景、伦理秩序下的伦理考量和选择，因此都是可以通过文学伦理学的方法进行解构、分析和阐释的。

2.1 男女伦理意识的分歧

短剧将场景设置在赖特家中，较为全面地陈述了农民黑尔、警长彼得斯、律师哈德森三位男性在黑尔太太和彼得斯太太的陪同下搜集谋杀证据的经过。在调查过程中，三位男性将调查的重点放在谷仓、卧室这类由男性主导的领域，不经过任何具体搜证就主观地认为由女性所处的厨房里有用的东西什么都没有，完全忽视了它的存在和意义。然而具有讽刺意义的是，在男人们离开厨房调查的同时，两位女性正是在厨房里发现了谋杀案的关键性证据。

造成这一结果的原因，正是在男权社会之下男性的伦理意识。男权社会的传统伦理秩序规定了男女的不同分工，同时也限制了男女所处的领域和空间。这种男女所处的不同领域和空间的划分，本身就包含着伦理秩序的失衡。男性不仅掌控着公共领域空间的运行，而且在女性被限制于其中的私人空间也拥有主导权，女性作为家庭主妇的伦理身份正是由男性强加给她们的，是男性主导的社会伦理秩序规定的。也就是说，即使绝大部分时间都身处其中，家庭空间也并不是女性的领地，女性在其中并没有实权。从本质上来说，家庭空间是女性遭受男性压迫的场所，是男性主导的伦理意识的产物。另一方面，在由男性主导的伦理意识下，男主外、女主内的伦理观念根深蒂固，造成了男女所关注的空间领域的不同，也进一步造成了男女伦理意识的分歧，导致了《琐事》中故事情节具有讽刺意味的发展。由于男性往往关注与社会生产经营直接相联系的事务，活动范围广，社交广泛，因此在案件调查中男人们选择把重点放在与生产联系的房子外的谷仓，以及宣示着自身占统治地位、且作为案件发生的第一现场的卧室。而他们则利用自身在伦理意识上的主导权和在伦理秩序构建中的权力将女性的主要活动范围限制在了小小的厨房之中，并且赋予她们在其中劳动的责任和义务，因此平日男性几乎对厨房的事情毫不关心，进而也在案件的调查中完全忽视了它的作用。相反，在场的两位女性由于自身平时也被赋予了家务的责任，对厨房等女性所处的场所格外熟悉，这也使得她们能够轻易地察觉到其中不寻常的小细节，并从中推知女主人米妮曾经在这里时的心理状态和所思所想，最终明白米妮谋杀丈夫的动机，查明事情的真相。

2.2 男女伦理价值的冲突

当男人们的调查和女人们的讨论发生交汇之时，各种矛盾和对立都呈现在读者面前，伦理价值冲突愈加突显，而其反映的男女的伦理身份、伦理意识和当时社会的伦理秩序失衡状况也愈加清晰。

刚开始在厨房取暖的时候，彼得斯太太提起身在囹圄的赖特太太担心家中的果酱冻住一事，却遭到男人们的嘲讽："都已经被控谋杀了，收押期间还在担心她的果酱"，"女人就爱关心这些琐事"②。然而与此同时，他们却又在不断抱怨厨房里脏乱的情况，评价赖特太太"这个家庭主妇可真不像样"。可见，在男人们眼中，女性的唯一身份就是家庭主妇，做好家务就是她们应尽的义务，这是男性作为权力掌握者和话语权主导者强制赋予女性的伦理身份；然而另一方面，他们又对女性的家务工作报以鄙夷的态度，将其视作无关紧要、没有价值的琐事，可见他们在男尊女卑的伦理意识下产生的居高临下的优越感。"话语权是一种社会工具，是权力施展的一种再现形式。建构什么，谁来建构，该如何建构较大程度上取决于权力双方的较量。"（舒敏 2021：9）如本文第一部分所述，在阶级社会中，男性凭借其在生产中的主导地位掌握了绝对的权力优势，也即掌握了话语权，他们将自身的伦理意识塑造成社会的伦理价值，构建出男尊女卑的失衡伦理秩序，进而产生了凌驾于女性之上的优越感，造成了他们肆意看轻和嘲讽女性的行为。

而当我们把关注点转到两位在场的女性身上，又会有新的发现。当律师否定莱特太太的家务工作时，黑尔太太以农场里有很多活儿要干来反驳，接着律师又抱怨毛巾很脏，黑尔太太便讽刺"男人们的手并不像他们想象的那么干净"。黑尔太太的反驳和讽刺，是这部短剧中男女不同的伦理价值冲突的外化集中体现，反映出了她作为被压迫的女性对当时男性主导的社会伦理秩序的不满，表达出了对自身话语权的渴望，也从中传达出了作者对失衡伦理秩序的批判。然而，这种价值冲突的外化却并没有普遍地发生。同为女性，作为警长妻子的彼得斯太太却一言不发，虽然心中不满却不敢出声辩驳，可见在当时男性掌控的伦理环境下，女性迫于威压而往往默不作声。由此可知，女性话语权的缺失正是男权伦理环境下的产物，而在男女伦理价值的内在冲突之中，赢得女性话语权、推动女性伦理价值的表达仍然任重道远。

2.3 失衡伦理秩序重塑的尝试

在剧中，通过两个女人的讨论我们得知，原本活泼开朗的米妮在成为赖特夫人以后就被限制在家中，足不出户，这暗示出了约翰·赖特先生强烈的占有欲，为他后面逐步剥夺米妮一切兴趣爱好、杀死作为她最后情感寄托的金丝雀做了铺垫。而就是这样的一个男人，却在社会上被评价为好人。可见在当时的社会伦理环境下，男性掌控着主导一切的力量，他们在外主导着社会的运转、发展，对内可以控制妻子的一切行动，甚至道德判断、评价人的标准都由他们制定。换言之，即当时社会的伦理规范和伦理秩序都是由男性制定的，伦理判断也基于男性的伦理价值观进行。约翰·赖特之所以会有这样的占有欲，就是这样的社会伦理环境下形成的伦理意识的产物。对他而言，只要在外面不喝酒、讲信用、不欠债，符合这些伦理规范，那么他就可以被伦理判断为一个"好人"，而控制妻子的行动、肆意地根据自己的喜好抹杀她的爱好并不违反社会的伦理规范，处于社会正常的伦理秩序范围内，被视作理所当然的事。

而处于丈夫精神暴力和压迫之下的米妮做出杀夫的行为，看似违背伦理，却是在伦理和现实间的多重考量之下做出的无奈选择。按照当时资本主义社会的伦理规范，当自身权利受到侵犯的时候，应当通过合法途径维权。然而，当时的法律却并没有给予女性"维权"的合法依据。"律法作为象征秩序的重要组成部分，其意涵和内容都是由男性制定和修改的，因此男性具有'最有力的话语'，相应的也就拥有绝对权力。"（赵惠君 2007：60）男性权利遭受侵犯时，他们可以依照法律法规通过起诉、仲裁等手段解决；而对于女性遭受丈夫的暴力压迫，既无成文法的规定，也缺少有效的判例。究其根本，当时的法律正是男性出于自身的伦理意识，用于维护自身统治地位和男性主导的伦理秩序所制定出的伦理规范的法律化体现，而从不是他们所宣扬的维护"平等""正义"的工具。这种法律所宣称的其维护的"正义"，实际上是一种包含着强力的，或者说是暴力的"正义"，它将女性视为"他者"而排除在其所维护的范围之外，压制着女性的正义的实现。（杨梅、许庆红 2014：95）不仅当时的法律没有依据，而且米妮长期被限制在家中，足不出户，就像金丝雀一样被牢牢锁在鸟笼中，几乎完全与世隔绝，很难找到途径离家求援。限制米妮伦理选择的，不仅有当时的法律原因，更重要的是，在这种失衡的社会伦理秩序之中，女性丧失的不仅仅是话语权，还有维持自身独立生活的经济能力。由于女性长期被禁锢在家庭之中，在社会上完全没有立足之地，这也就意味着即使出现奇迹，她这样的一个个例能成功胜诉，那么胜诉之后她也无法在当时的社会伦理秩序之下维持独立的生活。在这种孤立无援的处境下，通过杀夫来获得解脱是米妮唯一的选择，也是她对不公正的伦理秩序的无声反抗和对属于自己的"正义"的伦理价值的维护。米妮杀夫，实际上也是对男性主导的失衡伦理秩序的抹杀，同时也是在试图以自己的方式重塑新的社会伦理秩序。

3.《琐事》中失衡伦理秩序重塑的局限性及启示

"文学的任务就是描写这种伦理秩序的变化及其变化所引发的道德问题和导致的结果，为人类的文明进步提供经验和教诲。"（聂珍钊 2010：17）《琐事》中作者在故事的结局安排两名女性隐瞒了证实谋杀动机的关键证据，体现出女性对男性主导的伦理秩序的无声反抗，表达出当时社会背景下作者对男女平等的呼唤和重塑失衡伦理秩序的诉求。而故事中彼得斯太太从最初的顺从、沉默，到最后敢于和黑尔太太默契配合隐瞒证据，传达出对女性团结起来反抗男性主导的伦理秩序、建构自己的伦理秩序的期望，对于现实中女性的伦理意识觉醒和伦理秩序重塑具有一定的教诲和启发意义。

但无论是米妮重塑伦理秩序的尝试还是后两位女性重塑伦理秩序的期望，都依然存在很大的局限性。米妮杀夫并不能真正摆脱男性的控制，她仍然面临着由男性主导的道德法律的审判，而后两位女性即使隐瞒了关键证据，也未必能使米妮摆脱被判刑的命运，而且她们自身在家中的伦理身份也依旧没有改变。这背后的根源是在作品所处的时代下，绝大多数女性仍处在被男性塑造的传统伦理意识和伦理身份之下，人身自由和思想的限制使她们难以获得真正的伦理意识觉醒，难以为伦理重塑确定一个清晰的目标，也难以找到更加理性的重塑伦理秩序的途径，因而剧情中所体现的只是一种无效的重塑，或者说只是表达了对重塑伦理秩序的一种愿望。这种重塑，从本质上来说是一种非理性意志的表现，它源自重重压迫下女性渴望重塑伦理价值和伦理秩序的自由意志，但因其缺乏理性的指导及其实施方式的沉默性，既不能有效地传播，以唤起多数女性的觉醒，也根本无法转变男性心中对于性别关系的旧伦理价值观，甚至可能在真相暴露之后使当事女性遭受更为严重的压迫，进一步激化男女间的矛盾对立，加剧伦理秩序失衡，不利于社会稳定，进而影响后续女性重塑社会伦理秩序的行动的顺利进行。因此，对于失衡伦理秩序的重塑必须寻求新的思路，这既是这部短剧带给我们的启示，也应当成为当代文学创作和文学批评关注探讨的内容和一项重点研究任务。

根据马克思主义伦理学观点，重塑失衡伦理秩序的努力应当以实现女性的人身自由和思想自由为重点，以实现男女共同的自由全面发展为目标。马克思将实现人类的解放和自由全面发展作为伦理追求的目的，认为“每个人的自由发展是一切人的自由发展的条件”，（中共中央马克思恩格斯列宁斯大林编译局 1996：294）“自由体现为对自由时间的运用”，“对自由时间的运用体现着马克思主义伦理学的自由本质”。（龙静云 2016：75）因此，女性要想摆脱旧的伦理秩序的束缚，重塑更加公正合理的伦理秩序，不能局限于片面反抗压迫的行动，而需要进一步寻求自身的自由发展，并且明确实现全人类也就是男女共同的自由发展的目标。总而言之，在对失衡的伦理秩序进行重塑的过程中，以追求男女共同的自由发展为目标才是理性意志的体现，是避免非理性意志产生和极端行为发生的关键，也是真正使女性摆脱旧的社会伦理价值和伦理秩序束缚的唯一途径。

在近现代女性主义运动的发展和众多女性主义作品的引导下，女性的伦理意识在一定程度上有了初步的觉醒，现代社会中女性的人身自由也基本得到法律的保障，伦理秩序失衡的状况有所改善。但是，伦理秩序失衡依然存在，总体上来说，女性伦理意识的觉醒依然是不成熟的、缺乏理性指导的，也就是说，女性并没有真正获得思想上的自由。表面上看，当今大多数国家的社会中，女性拥有了平等接受教育的权利，能够进入家庭之外的社会中去工作，而实际上，女性从事的工作仍然局限在护士、中小学教师等有限的领域，且从整体上来看职场上女性明显处于较低的地位，企事业单位高层中女性比例仍然极低。本质上，当今社会中女性的工作不过是新形势下被迫谋生的工具，女性仍然缺乏自由选择工作和职业的主导权，在职业选择中失去了自我，在思想上仍然处在男性主导的旧伦理秩序之下，要想真正实现男女共同的自由全面发展还有相当长的一段路要走。对此，弗洛姆给出了一种“向‘积极自由’方向发展”的路径，“通过爱和工作使自己自发地与世界联系起来，借此表现自己的情感、感性和理性方面的能力，在不放弃自我尊严和独立性的前提下实现自己、自然、他人三者之间的融合。”（弗洛姆 1987：186–187）也就是说，女性要获得思想上的、伦理意识的真正解放，需要把握对自身选择的主导权，使自己的选择能够遵从自身的意志，为自身人生价值（包括个人价值和社会价值）的实现服务。从文学伦理学批评的角度来看，文学作为伦理表达需要的产物，以教诲为本质和目的，因而在对失衡伦理秩序的重塑过程中也要发挥好教诲和引导作用。要在伦理重塑中发挥好文学的教诲作用，需要有更多的文学创作注重表达女性渴望获得真正的解放和自由平等的心声，并引导男女在现实的实践中共同努力，追求全人类共同的自由全面发展、构建男女和谐的伦理秩序。

总之，批判旧的失衡伦理秩序、塑造新的和谐伦理秩序，需要充分发挥文学的教诲功能，引导人们以理性的方式追求全人类的自由与解放，在进行文学批评时也应注意挖掘文学作品中所蕴含的追求和谐伦理秩序的内涵。在这一过程中，既要避免囿于传统伦理而忍耐沉默，也要避免非理性意志和非理性行为的产生，要在实践中寻找缓和男女之间矛盾对立、重塑失衡伦理秩序的方法。我们致力于构建社会主义和谐社会，必须认识到社会的伦理不应是某一性别或阶级主导的，而应该代表着最广大人民根本利益，社会的伦理秩序应该是代表最广大人民伦理意识的伦理秩序。因此我们在文学创作或文学批评中也应该突出这一点，教诲或引导人们追求男女和谐，构建更加公正合理的、人的自由全面发展的新的社会伦理秩序。

注释

① Quoted from *Oxford Learner's Dictionaries* [OL]. Oxford University Press，UK.（2022）[2022–8–3]. https://www.oxfordlearnersdictionaries.com/

② Glaspell, Susan. *Trifles* [Z/OL]. http://etext.lib.virginia.edu/modeng/modeng0.browse.html, 1999.

参考文献

[1] 埃里希 · 弗洛姆 . 逃避自由 [M]. 陈学明，译 . 北京：工人出版社，1987.

[2] 龙静云 . 马克思主义伦理学 [M]. 北京：中国人民大学出版社，2016.

[3] 聂珍钊 . 文学伦理学批评：基本理论与术语 [J]. 外国文学研究，2010（1）：12–22.

[4] 舒敏 . 苏珊 · 格拉斯佩尔短剧〈琐事〉中的性别压迫 [J]. 文学评论，2021（36）：08–10.

[5] 杨金才，王育平 . 格拉斯佩尔笔下悲怆的女性世界 [J]. 妇女研究论丛，2003（2）：58–64.

[6] 杨梅，许庆红 . 论〈琐事〉中的暴力存在和暴力解构 [J]. 合肥工业大学学报（社会科学版），2014 年第 28 卷第 4 期：92–96.

[7] 姚锋 . 小事不小——〈琐事〉中性别二元对立的建构与颠覆 [D]. 华东师范大学，2010–4.

[8] 赵惠君 . 后现代女性主义视角下的〈琐事〉[J]. 妇女研究论丛，2007（5）：56–61.

[9] 中共中央马克思恩格斯列宁斯大林编译局 . 马克思恩格斯选集（第 1 卷）[M]. 北京：人民出版社，1996（2）.

[10] 中共中央马克思恩格斯列宁斯大林编译局 . 马克思恩格斯选集（第 3 卷）[M]. 北京：人民出版社，1996（2）.

人与非人
——《星际战争》中伦理法则的文学伦理学解读

陈怡雯[1]

摘 要：《星际战争》中威尔斯通过描写火星人入侵地球的故事，分析对比火星人的非人伦理法则以及以主人公为代表的人类伦理法则。拥有先进科技的火星人遵循弱肉强食的非人类伦理法则，而以主人公为代表的人类虽然技术落后，但却在面对灾难时体现了关爱相守的人类伦理法则。前者使得火星人最终被细菌所打败，而后者让人类得以幸存、社会得以延续。两种结局的强烈对比传达出威尔斯对未来伦理秩序建立的警示：进入科技高度发达的未来社会，人类必须避免被冷漠的科技理性思维所禁锢而遵从弱肉强食的丛林法则，社会成员之间要构建互相关爱、共同协作的关系，建立充满温情与人性的伦理秩序。

关键词：威尔斯;《星际战争》; 伦理秩序

赫伯特·乔治·威尔斯（Hebert George Wells, 1866—1946）被誉为“科幻界的莎士比亚”，他创作的科幻小说为读者描绘了未来科学世界的图景。值得注意的是在威尔斯的科幻小说中，他叙述了各种先进的科学技术发展对人类社会带来的负面影响，而这种“对科学未来发展的担忧是与对人类未来的担忧交织在一起的”（刘熊 2011：84–87）意识使得威尔斯创作的科幻小说往往蕴含丰富的“言外之意”，而他本人也被冠以“预言家”的称号。《星际战争》是威尔斯于 1897 年创作的长篇科幻小说，故事讲述了英国在全世界范围内建立了广阔的殖民地、成为世界霸主的 19 世纪末，火星人从天而降，带着先进科技武器入侵地球。面对火星人强大的攻势，人类几乎毫无抵抗之力，地球上所有的生物都遭遇了一场灭顶之灾。然而，正当人类以为火星人即将要完全占领地球而陷入悲痛绝望之时，火星人却被地球上最低等、最微不足道的生物——细菌打败了。作为威尔斯科幻小说的又一力作，《星际战争》包含了他对人类与科技关系的思考，传达了他对人类先时与未来社会的担忧。目前国内外对于这部小说的解读主要从科技与人类的异化、道德范围以及对人类文明前景的启示等角度来切入，几乎无人对其中涉及的伦理法则问题进行剖析。但事实上，威尔斯在《星际战争》中探讨了以下问题：火星人的非人伦理法则与主人公的人类伦理法则两者的本质区别是什么？两种伦理法则之间有何区别？面对科技发展的未来，人类应该遵循怎样的伦理法则？因此，本文将从伦理的角度切入，分别探讨火星人

[1] 2019 级英语专业学生；邮箱：1176592093@qq.com

和以小说主人公为代表的两种伦理范式，从而解读威尔斯通过小说传达出的关于人类在科技高度发达的未来应建立何种伦理秩序来维护人类社会和谐稳定的预想，以期丰富对《星际战争》的伦理研究。

1. 弱肉强食：火星人的非人类伦理法则

在文学伦理学批评的理论中，认为伦理“主要指社会体系以及人与社会和人与人之间客观存在的伦理关系和伦理秩序。在现代观念中，伦理还包括人与自然、人与宇宙之间的伦理关系和道德秩序。”（聂珍钊 2010：12–22）《星际战争》描写了火星人入侵地球的战争，但实际上，小说反映了火星人与人类两个不同的社会体系和各自所遵循的伦理法则。“把人同兽区别开来的本质特征，就是人具有理性，而理性的核心是伦理意识”（聂珍钊 2010：12–22）。科技水平远超人类的火星人在进化过程中丧失了人的外形，而变得形如怪兽。与此同时，火星人在与人类的科技战争中被侵略、霸权的自我欲望所控制，丧失了人的理性，从而导致其缺失了人性的伦理意识。“一个人一旦听凭原始本能的驱使，在理性基础上建立起来的各种道德规范就会被摧毁，人又将回到兽的时代，这不仅不是人性的解放，而是人性的迷失”（聂珍钊 2010：12–22）。在非理性、残酷的兽性本能的驱动下，火星人对地球和人类乃至其族内同胞所做的一切都是与人性的伦理法则相悖的。

在小说的描写中，火星人的战斗力极强，他们凭借能够发射出热线的现代化战斗武器横扫地球。面对火星人强大的攻势，人类毫无抵抗之力。“赫胥黎抵制斗争的生存论，认为物种的进化及人类的发展需要一种合作的道德伦理的进化来使尽可能多的人生存下来，而斯宾塞恰恰相反，他坚定地认为人类不可能逃出自然界要求的个体竞争的模型。实际上，斯宾塞认为人类不应该干预这个模型。干预的结果只会导致弱者的大量繁衍，而这反过来将导致整个种族质量的降低”（Steven 2009：4）。在《星际战争》中，火星人和人类二者实力的悬殊决定了人类作为智商和科技水平都远远落后的“弱者”应当被发展极为先进的火星人所消灭。事实上，火星人与人类的战争可被视为一场发展先进的外来民族对发展落后的地球原住民发动的殖民战争。火星人经过反复考察后，证实了地球是适合他们生存繁衍的下一个完美家园。为了实现对地球这一片沃土的完全统治，并且预防人类的大量繁殖导致火星人种族整体质量的降低，火星人坚定地奉行优胜劣汰的竞争法则，对人类实施极端残酷的屠杀。从火星人对人类的暴虐行径和冷漠态度可以看出，善良、温情的人类道德伦理已经被弱肉强食的非人类伦理法则所取代而成为火星人社会内部认可和接受的伦理范式，从而约束并支配着他们的行为。在这样的伦理秩序下，火星人不会考虑人类作为弱者的意志，更不会为人类的悲惨遭遇产生怜悯、内疚等人性情感。

这种非人的伦理法则支配的除了火星人与人类之间的关系，还有火星人种族内部的伦理关系。对于在战争中牺牲的同胞，火星人同样没有表现出伤心、悲痛的人类情感。相反，火星人将同胞的牺牲视为人类作为弱者对强者霸权的挑战、是对他们奉行的弱肉强食伦理法则的挑战。为了惩治人类、维护强者统治一切的伦理秩序，火星人发起了更猛烈的进攻。由此可见，火星人已经完全丧失了人性因子，不再具有人伦情感。他们的思想和意志完全被充满暴力与掠夺的兽性因子所控制，他们的一切行为都是为了满足与维护自己占领并统治地球的私欲、是在非人类的伦理法则支配下做出的行为选择。

由于火星人所处的是一个科技高度发达的社会，他们的生活极度依赖于科技发明与创造。火星人生活在机器内，他们的行动也依靠机器。在这样一个完全受科学与技术所裹挟着而运行的社会环境，火星人作为个体的欲望皆可以通过科技来实现，不再需要利用群体合作的力量。脱离了交往合作的人际环境，导致火星人人伦情感的缺失。“科技在发展的过程中存在着很多非人化的因素，当它脱离了伦理的约束，必然会走向异化”（于珊 2013：8）。当火星人带着他们先进的战斗机器入侵地球、大肆屠杀人类时，科技不再仅是一种工具，而成为火星人实现其统治欲望、任意操控人类与地球其他生物命运与生死的武器。科技的优势让火星人在战斗中无往不胜，使其更加沉溺在侵略欲望的疯狂中，从而完全丧失理性、漠视人伦道德。

“科学技术以及大机器的使用对人的主体性侵蚀，具有一般性。它在科学技术以及大机器的使用过程中，最初总是以对人的异化的形式出现。”（韩来平，陈璇 2022：99）在小说中，科技发展给火星人带来的异化主要体现在两个层面。一个是火星人生理结构的异化。从外表来看，火星人的外貌已与人类相去甚远，硕大的脑袋和触须般的肢体组成了他们怪异的身体，而其他没有用的身体器官已经在进化中被去除或用机器来代替其功能。另一个层面的异化则体现在火星人伦理道德的非人化。“技术更加的本体化和根本化，技术的本质支配着科学，人和自然都为之利用，它支撑着现代发生的一切”（王格 2020：20）。科技支撑着火星人的社会，他们的生存生活无不依赖于他们所制造的机器。在火星人与科技的关系中，火星人是科技的绝对附庸，他们享受着科技发展带来的便利，却也在无形之中被技术支配和利用。科学和技术在火星人的广泛运用下，已从纯粹的工具延伸成为火星人称霸地球、实现独裁统治的武器。科技武器化的巨大威力让火星人陷入了占领地球的疯狂幻想，他们的人性成分完全丧失了，而被暴力的兽性和利益思维所支配。他们为了侵占地球而漠视人类甚至同胞的生死，严格遵守着弱肉强食的伦理法则。在这一法则下，火星人凭借科技力量的绝对优势，确立了自己在整个伦理世界中的霸主地位，拥有决定其他生物的生死、制定整个世界的法律和伦理秩序的权力。

“技术的胜利，似乎是以道德的败坏为代价换来的。随着人类愈益控制自然，个人却似乎愈益成为别人的奴隶或自身的卑劣行为的奴隶。甚至科学的纯洁光辉仿佛也只能在愚昧无知的黑暗背景上闪耀”（韩来平，陈璇 2022：98）。在小说中可以看到，科技优势并没有能够帮助火星人长久维持他们在弱肉强食伦理秩序中的强者地位。科技异化导致火星人身体结构改变，他们无法像人类一样抵抗细菌的入侵，最终被地球上最微不足道、最低级的生物消灭了。这一刻，火星人的强者身份破灭了，他们所信奉的弱肉强食的伦理法则被彻底颠覆。而这一结局说明了伴随现代科技发展而来的一个伦理困境：人类一旦成为科技的奴隶而失去了作为人应有的理性，导致科技的使用超出伦理道德的范围、非人类的伦理法则被确立，科技带给整个世界的只会是不可逆转的毁灭与伤痛。在弱肉强食的伦理秩序下建立的霸权统治终会被颠覆，无法维护世界长久的和平与稳定。

2. 关爱相守：主人公的人类伦理法则

“威尔斯认为科学技术的发展带给人类的不一定都是进步和繁荣，也会带来隐性的威胁。在他的科幻小说中，对科技进步带给人类未来发展的预测通常是笼罩着一种荒芜的气氛，所有的事物都营造出一种令人毛骨悚然的效果”（徐艺玮 2015：85–88）。在《星际战争》中，当人类面临生存的危机时，懦弱、冰冷、自私、贪婪等人性的弱点也显露无余。然而，故事主人公和其弟弟在身处险境之时，仍然不忘关心他人的生命安全、慷慨地对他人伸出援助之手。他们展现了人性中的温暖与关怀，他们所遵循的人类伦理法则与火星人的非人类伦理法则形成了鲜明对比。

“原始人类对相互帮助和共同协作的认识，就是对如何处理个人与集体、个人与个人之间关系的理解，以及对如何建立人类秩序的理解。这实质上就是人类最初的伦理观念”（聂珍钊 2010：12–22）。根据劳动起源说，劳动创造了人类和人类社会。而随着劳动的发展，人们认识到互相帮助、共同协作所带来的巨大好处，这种紧密关系的形成能够使得劳动效率大大提升从而创造更多的社会财富。劳动中的合作关系逐渐发展为和谐友好的人际交往，并成为人类社会普遍认可并遵守的关爱相守的伦理法则。在小说中，当故事主人公带着妻子逃难时，他以“高价”两英镑向酒馆的老板租赁了一辆马车，并承诺半夜前必定亲自还给老板。在人类濒临灭绝的危急时刻，“马车”作为十分重要的逃生工具在一定程度上代表了危机中人类生存的希望。主人公为借走了逃生工具而感到过意不去，因此他选择在金钱上补偿老板并做出亲自偿还的承诺。这说明主人公认为自己的行为尽管是迫不得已的选择，但仍然导致他人的安危得不到保障。主人公具有善良的人性因子，因此这一举动对他来说违背了人伦道德，违反了关爱相守的伦理法则，导致他在良心与道德上备受煎熬。之后主人公冒着被火星人发现的生命危险将马车还给老板，却在途中发现酒馆老板已经在火星人的猛烈攻势下死去。那一刻，他的负罪感达到了顶点，他将老板的死归罪到自己身上。他觉得自己的行为是对人类关爱合作道德的背离，而正是这一与人类伦理法则所不符的行为造成了他人生命的终结。作为一个具有理性并且一直自觉遵守和维护伦理秩序的人类，主人公的内心不可避免地陷入自我谴责的旋涡中，受到震惊、悲痛、内疚、懊悔等多种消极情绪的折磨。

主人公代表着人类伦理秩序的坚定守卫者，为了维护彼此关怀、团结互助的道德伦理，也为了弥补自己良心上的过失，他在后面逃生过程中以更加坚决的意志遵守着这一人性的伦理法则。主人公先后偶遇了炮兵和牧师，在他们遭遇危险的紧要关头慷慨地与他们分享了避难场所和食物等。这体现了主人公对他人生命的关爱以及人性中的慈悲心和同理心。经过酒馆老板死亡的事件后，主人公对人类关爱相守的伦理法则有了更深刻的领悟。这一伦理道德的要求是得到人类社会的全体成员普遍认可并长期以来自觉遵守的，更是人类社会和谐稳定的重要保证，而对其的背离则会给人类带来惨痛的悲剧。正是对人类充满关怀的伦理法则的尊崇和善良的人性使主人公无私地帮助他人，为他人和自己争取了生存的机会。

在小说中，坚定地捍卫着包含温情和关怀的伦理秩序的除了主人公以外，还有他的弟弟。当火星人入侵地球的消息终于传到伦敦，主人公的弟弟也开始了逃生的旅程。途中，他与两个女人成为了旅伴。“他们的偶遇，其实是一段路见不平的故事”（陈胤全 2020：115）。当两个女人在逃生途中陷入孤立无援的境地时，主人公的弟弟毫不犹豫地出手相助，帮助她们脱离了困境。正是由于主人公的弟弟同样坚定地信守着人类应当彼此关爱、团结互助的伦理原则，因此他无法对他人遭受的苦难视若无睹，而是勇敢地挺身而出、维护他人的安危。也正是因为他对这一人类伦理法则的信念的强大力量战胜了人性中自私、浅薄的一面，他并没有与趁火打劫的人同流合污，也没有成为冷眼旁观的众人中的一员。主人公的弟弟身上具有善良、慈悲的人性因子,这使他鄙视恃强凌弱的人和事。女人的马车在逃生途中被人趁乱抢走，这本质上是对人类关爱相守伦理秩序的破坏，造成了伦理混乱、给人类带来了危险。当主人公的弟弟遇见这样的情况时，他认为这违背了自己一直以来所遵守的伦理规范。对此，他感到十分愤怒，决心要给那些恃强凌弱的人一个教训，最后他成功抢回了马车，也成功维护了体现人类温情和关怀的伦理秩序。这样的情节安排暗含了作者对于人类在灾难面前丧失人性而互相倾轧的现象的讽刺，但作者也认为这种混乱的伦理秩序最终一定会被人类之间互帮互助产生的强大力量所战胜。

“人性指‘人区别于兽而之所以为人的基本特性，是人作为人而非兽存在的本质属性，因此人性就是人的本质。人性不是人的本能，而是人的道德属性，是决定人能够成为人的美德’”（王晓惠 2017：68–72）。人性作为一种道德属性，其内涵往往与人的善性、同理心相联系。在《星际战争》中，主人公和他的弟弟善良、温暖，他们富有正义感和同理心，关心他人安危，能够对他人遭受的痛苦感同身受。因此，当灾难来临时，他们考虑的不仅仅是保全自己和家人，而是尽自己的努力让其他人也能获得生存的机会。他们会为陌生人的无辜死去而感到悲伤，会和逃难的过路人分享狭小的藏身处和十分有限的食物，也会路遇不平而后出手帮助。主人公和他的弟弟遵循的是一种富有温情和人性的伦理秩序，在这一伦理秩序下，人具有人性，表现为人的善良，这是人类社会最基本也是最根本的一个伦理属性。人们始终将善作为为人处世的出发点和立足点，这种善最主要体现在对他人的关爱、对整个社会的关怀。面对共同的挑战时，人与人之间的关系应该是互相帮助、共同协作，而非弱肉强食的对抗竞争关系。

3. 两种伦理法则的启示

"道德秩序也可称之为伦理秩序。在具体的文学作品中，伦理的核心内容是人与人、人与社会以及人与自然之间形成的被接受和认可的伦理秩序，以及在这种秩序的基础上形成的道德观念和维护这种秩序的各种规范。文学的任务就是描写这种伦理秩序的变化及其变化所引发的道德问题和导致的结果，为人类的文明进步提供经验和教诲"（聂珍钊 2010：12–22）。威尔斯作为一名有预见性的科幻作家，他的作品包含了对未来科学世界的展望，而其中对于未来社会的描写实际上表达了他对人类科技发达社会的忧虑，他意在提醒人们不要被科学技术发展所带来的便捷与美好蒙蔽了双眼，而要保持人的理性，警惕随之而来的各种社会问题。其中包含了威尔斯对人类未来道德伦理的担忧，希望世人能够防患于未然。

《星际战争》中描写了火星人入侵地球的故事，通过对故事情节的叙述展现出两种截然不同的伦理秩序：一种是火星人遵守的弱肉强食的伦理秩序，另一种是主人公遵守的富有伦理关怀的伦理秩序。小说中火星人和人类之间的战争，看似是两种不同物种争夺生存机会的竞争，但实际上是两种伦理秩序的博弈，胜利的那一方才是与人类社会发展相适应、能够促进美好生活实现的伦理秩序。掌握了最先进科技的火星人却陷入了科技发展的陷阱，在使用科技中逐渐丧失了人性，奉行着弱肉强食的非人类伦理法则，却最终遭到反噬。由此可见，火星人的非人伦理秩序是科技"异化"的后果，造成社会秩序的混乱与崩溃。强者对弱者残酷压制、同类相互倾轧与残杀，社会成员缺乏对彼此的关爱，社会呈现一片冷漠、绝望的景象。与火星人形成对比的是，以主人公和他弟弟为代表的人类具有善的人性，富有同理心，遵循互相关爱、互帮互助、共同协作的伦理秩序，反对弱肉强食的残酷竞争。具备这种品质的人类最终得以在灾难中幸存下来，恢复了社会秩序，人类世界也得以重建。从作者安排的结局来看，互相关怀的伦理秩序最终还是胜过了弱肉强食的伦理秩序。

文学伦理学"强调回到历史的伦理现场，站在当时的伦理立场上解读和阐释文学作品，寻找文学产生的客观伦理原因并解释其何以成立，用伦理的观点对事件、人物、文学问题等给以解释，并从历史的角度作出道德评价"（聂珍钊 2010：12–22）。《星际战争》的创作背景是在 19 世纪的英国，得益于第一次科技革命，英国成为当时世界上最强大的国家，建立了广阔的殖民地。但殖民的过程是充满血腥与残忍的，英国殖民者为了在当地建立政权、掠夺资源，利用先进的武器强硬镇压当地原住民，给当地人民带来了巨大灾难甚至造成了种族灭绝，小说中提到的塔斯马尼亚人便是一个例证。但英国殖民者对于残害人类同胞的行为不仅不以为耻，反而引以为荣，标榜自己是帮助当地人民摆脱落后生活、带来上帝福音的“救世主”。事实上，英国殖民者同样陷入了科技发展所导致的伦理困境，理所当然地认为掌握了先进技术和生活方式的一方作为强者有责任推动整个人类历史进程向前发展，先进强大的后代必将取代落后衰弱的前人。在这一过程中，他们无视弱者的意志，用战争和屠杀粗暴地推动社会的变革。但正如火星人的结局所示，弱肉强食秩序下建立的霸权始终不能长久，英国的霸主地位后来又被其他国家所取代了。

“文学伦理学批评不仅要研究虚拟化的社会，而且要对虚拟化的社会同现实社会的关系进行研究”（聂珍钊 2006）。威尔斯作为一名“预言性的作家”，他对于虚拟世界的想象和描写值得引起我们对于现实世界的思考和警醒，尤其是他对于科技发展对人类社会的影响的描写大多是负面的，毕竟人类对于科技进步的追求永无止境。通过对《星际战争》的分析，不难看出威尔斯是想借此为世人敲响警钟：人类不能只看到科技进步带来的繁荣与发展的一面，更要看到繁华掩盖下的危机涌动。当科技的发展达到一定程度，人类的人性成分有可能随着四肢的解放而逐渐丧失，人类社会可能会出现自相残杀、人性淡漠等伦理危机，最终走向自我毁灭的结局。对于这一点，人类必须加以警醒。

《星际战争》通过描写火星人入侵地球的故事情节，展现了掌握先进科技的火星人却陷入科技“异化”所造成的伦理困境，遵从弱肉强食的非人类伦理法则而导致自我灭亡的结局。而以主人公为代表的人类却能在困境中始终坚守关爱相守的伦理秩序，最终得以幸存，人类文明得以继续。“科学因人而产生，科学本身就是人类伦理选择的结果，人如何利用科学在本质上属于伦理问题”（王晓惠 2015：80–86）。在小说中，火星人与人类作为两个不同的种族，他们与科技关系的不同也将他们引向了截然相反的结局。火星人看似掌握了先进的科技，却在无意之中为技术和机器所操控而丧失了人的本性，走向毁灭。人类虽然被科技武器沉重打击，却能凭借人性伦理的温暖生存下来。小说将火星人与以主人公为代表的人类作了对比：科技先进的火星人与科技落后的人类，火星人的非人类伦理法则和以主人公为代表的人类伦理法则。通过对比，折射出威尔斯关于人类在科学与技术迅猛发展的未来应该如何构建社会关系的伦理表达：人类必须谨防变成科技的附庸而丧失了人的本质和理性，奉行冷漠、残酷的弱肉强食伦理法则。在掌握了先进科学与技术的情况下，人类社会仍要构建互相关爱帮助、共同协作的关系，建立充满温情与人性的伦理秩序。只有这样，才是人类社会延续与发展的终极保证。

参考文献

[1] Steven, Mclean. *The Early Fiction of H.G Wells* [M]. Palgrave Macmillan Press，2009：4.

[2] 韩来平，陈璇．马克思主义科技与人文相融合的理与路——科技伦理共识问题研究 [J]. 科学技术哲学研究，2022，39（03）：97–103.

[3] 刘熊．跨越道德的边界：威尔斯《世界大战》道德范围的探讨 [J]. 海南师范大学学报（社会科学版），2011，24（02）：84–87.

[4] 聂珍钊．文学伦理学批评与道德批评 [J]. 外国文学研究，2006（2）.

[5] 聂珍钊．文学伦理学批评：基本理论与术语 [J]. 外国文学研究，2010，32（01）：12–22.

[6]〔英〕威尔斯．星际战争 [M]. 陈胤全，译．北京：中信出版社，2020.

[7] 王格．论海德格尔对技术的追问 [D]. 山东师范大学，2020.

[8] 王晓惠．《隐身人》中的意志分析 [J]. 外国文学研究，2015，37（03）：80–86.

[9] 王晓惠．关于文学伦理学批评若干关键术语的辨析——聂珍钊教授访谈录 [J]. 广西教育学院学报，2017（01）：68–72.

[10] 徐艺玮．浅析威尔斯科幻小说的伦理关怀 [J]. 安阳师范学院学报，2015（01）：85–88.

[11] 于珊．科幻传奇中的现代性隐忧 [D]. 江南大学，2013.

阿拉文德·阿迪加《白虎》的马斯洛式解读

范静[1]

摘　要： 印度英裔作家阿拉文德·阿迪加关注印度底层民众，揭露印度的腐朽与黑暗，处女作品《白虎》一举荣获2008年第四十届曼布克奖，获得国内外学者广泛关注。本文以《白虎》为例，基于马斯洛需求层次理论，分析主人公巴尔拉姆在学生、仆人、谋杀犯、企业家等多个阶段不同环境下在生理、安全、爱和归属、尊重和自我实现的需求与满足状况，发现巴尔拉姆以暴力方式实现身份转变既是满足更高层次需要，更是受到印度社会不公的驱使，其暴力行为背后具有某种程度的社会伦理合理性；对巴尔拉姆的自我实现历程展开分析，对当今发展中国家在发展经济的同时关怀底层民众、关注社会不公以及建设和谐社会等问题具有重要启迪意义。

关键词： 印度;《白虎》；马斯洛；需求层次；自我实现

阿拉文德·阿迪加（Aravind Adiga）是当代英国印裔知名作家、记者，因其深刻剖析印度现代社会，敢于揭露印度社会不公，反映底层民众的呼声，被《纽约时报》称为"印度的土生子"。其丰富的记者生涯为他提供了一个与印度下层民众接触的机会，使其真正了解到印度底层民众的真实生活，他的作品在某种程度上便是印度社会的真实写照，真切反映了印度庶民的呼声。（Singh 2009：106）其处女作《白虎》于2008年一举荣获第40届曼布克奖，该奖的颁布使阿迪加闻名于世。《白虎》由七封信组成，语言诙谐幽默，讲述主人公巴尔拉姆这个印度低种姓的"乡间老鼠"是如何通过暴力方式转变为传奇大亨的故事。

《白虎》自出版以来便受到国内外学界的广泛关注并引发了热烈讨论。国外研究重心集中于探讨小说中反映的社会问题，如印度的种姓歧视和压迫、人权、贫富差距等。如A. J. Sebastian（2009：235）详细解读了小说中反映的贫富差距问题，并分析了贫富差距过大的危险后果。Lena Khor（2012：41）则认为巴尔拉姆的故事"代表了印度庶民纠正后殖民时代印度不发达和阶级不平等的一个案例"。此外，David Huebert（2015：25）分析了主人公身份转变的因素，包括"技术资本主义"、资本主义价值观（个人主义、永久经济增长）和日益技术化的文明。国内研究除了对小说内容、作者身份背景及其写作风格和目的等方面的介绍外，最具代表性的是运用叙事学理论对小说进行解读，以及从身份意识和后殖民理论的角度对《白虎》进行解析，如黄金龙（2015：73）从叙述者和隐含作者的角度分析了小说的价值。李道全

[1] 2016级英语专业学生，现为四川大学南亚研究所2020级国际关系专业硕士研究生；邮箱：fanjingrx@163.com。

（2011:46）分析了主人公在全球认同时代的苦难和无人倾听的困境，并认为小说“批判印度种姓制度的缺陷，呼唤一种新的伦理身份观”。李云洁（2013：38）借鉴了霍米巴巴的后殖民理论，认为“主人公模拟所反映的矛盾和威胁，颠覆了殖民和新殖民主义势力，使主人公达到了自己的目的”。“人的心理是一切科学和艺术赖以产生的母体”（荣格 1987：124），国内却鲜有人从心理学视角解析小说，因而本文尝试从马斯洛需求层次理论出发，探讨巴尔拉姆从仆人到企业家转变过程中不同层次需求的满足状况，并希望通过对巴尔拉姆自我实现的方式之解读探讨其背后的驱动因素。

1. 马斯洛及其需求层次理论

亚伯拉罕 · 哈罗德 · 马斯洛（Abraham H. Maslow）是美国著名哲学家、人格理论家和人本主义心理学的主要发起者，其重要成就之一是创建了需求层次理论。该模式最初由五个需求层次组成，包括生理需求、安全需求、爱与归属需求、尊重需求和自我实现需求，这五种需求按紧迫性被安排成一个金字塔型（马斯洛 2021：69）。

处于底层的生理需求是人最原始和最基本的需求，其中包括饮食、衣着、住房、医疗等。如果这些基本的生理需要得不到满足，人的生命将面临危险。也就是说，它们是最低层次的、最强烈的且不可避免的需求，也是人们采取行动的最强烈的动机（马斯洛 2021：57–58）。

对安全的需要位于第二层次，其中包括“安全；稳定；依赖；保护；免于恐惧、焦虑和混乱；需要结构、秩序、法律、限制；保护者的力量”（马斯洛 2021：61）。安全需求高于生理需求。当生理需求得到满足时，应保证这种需求。每一个生活在现实中的人都有追求安全和自由的愿望，以摆脱忧虑和焦虑。

对归属和爱的需求，或社会需求，处于需求层次的第三层。这种需求主要包括友谊、信任、温暖和爱的需要。这类需求主要意味着个人渴望得到家人、团体、朋友和同事的关心和理解，但这类情感往往与人的性格、经历、生活领域、民族、生活习惯、宗教信仰等有着密切的关系（马斯洛 2021：65–66）。社会需求比生理和安全需求更加微妙和难以捉摸，也很难被理解和衡量。如果这些需求得不到满足，人类就会感到孤独和忧虑。

尊重的需要处于第四层次，可以分为两类：自尊的需要和来自他人的尊重的需要。这类需要意味着人类渴望从他人那里得到尊重、支持，也渴望拥有名誉、权力和社会地位。（马斯洛 2021：67–68）尊重的需要很少得到充分满足，但对这一需求的基本满足创造了更高层次满足的动力。

自我实现的需求是最高层次的需求，属于创造的需求。自我实现是指“充分利用和开发才能、能力、潜力等。”（Maslow 1968：150）那些渴望自我实现的人往往会尽力使自己变得完美，以实现自己的理想和目标，并获得成就感。在自我实现的过程中，有一种“高峰体验”情绪，此时人处于最完美、最和谐的状态，有一种狂喜的感觉，人类“在这些事件中变得更真实，更完美地发挥自己的潜能。”（马斯洛 1968：106）因此，人类可以像他所说的那样成为“一个人能成为什么样的人，他必须成为什么样的人。”（马斯洛 2021：68）

马斯洛认为，人的需求层次应从低级到高级逐渐满足，且前四项需要没有得到满足是“有机体的本质缺陷和空洞，必须由主体以外的人来填补。”（Maslow 1968：28）当人们的低层次需求得到满足时，他们会倾向于满足更高层次的需求，而且处于层次顶端的自我实现的需求是超越的，追求真、善、美最终会促成完美人格的形成，从而产生代表人类最佳状态的“高峰体验”。简单地说，他的理论核心是通过“自我实现”满足等级的需要，实现“高峰体验”，从而找回被技术排斥的人的价值，实现完美的人格。

然而，马斯洛的需求层次理论自提出以来一直存在争议。这些批评可分为以下五类。第一，有学者认为马斯洛的研究只针对正常人的需求，而患有精神疾病或神经症的人可能没有正常人那么清楚且层级分明的需求（马斯洛 2021：56）。第二，宗教人士或有坚定信念的人则可能完全颠覆需求的等级。第三，性需求究竟应放在生理需求的最底层，还是安全需求之上，仍存在争议（马斯洛 2021：67）。第四，一些批评人士认为，有强烈精神意志的人甚至可以在不依赖外部世界的情况下满足尊重的需要。第五，一些研究表明，需求的等级会随着年龄的变化而变化（马斯洛 2021：73–75）。例如，儿童对生理需求的依赖程度要高得多，而对尊重的需求在青少年时期最高，并且随着年龄的增长而下降。对于老年人来说，他们则需要更多的安全需求。无论如何，我们都应该肯定马斯洛理论的完整性和他对心理学的贡献。

2. 巴尔拉姆的需求满足状况分析

根据马斯洛的需求层次理论，要实现健康的人格，就必须满足人的基本需求——生理需求、安全需求、归属和爱的需求、尊重需求。当这四种需要得到满足时，人类就会追求更高等级的自我实现需求的满足。

2.1 巴尔拉姆的生理需求

生理需求，作为最原始和最基本的需求，几乎包括所有维持人类生存的东西，如食物、水、空气、衣服等。如果它们得不到满足，人类将面临生命危险，无法生存。

成长于“黑暗”之地，巴尔拉姆的生理需求满足状况严重匮乏。巴尔拉姆的种姓哈尔维是指卖糖果的人，其种姓属于四大种姓中的首陀罗，与不可接触者统称为贱民。巴尔拉姆出生并生活在印度的黑暗之地，其种姓阶级决定了他是印度最穷的人之一。幼时，巴尔拉姆缺衣少食，食不果腹，而他们所居住的“黑暗之地”环境艰苦恶劣，缺乏干净的水和新鲜的空气，教育和基本医疗也得不到保障。一旦生活在黑暗之地的人们生病了，除了等待死亡没有什么可做的，生理需求状况得不到很好满足，而通往“光明”成为黑暗之地的人可望而不可即的目标。

求职司机，开启了巴尔拉姆通往“光明”的第一道门。巴尔拉姆从学校退学后，在茶馆端茶倒水，依旧穷困潦倒，始终生活在他所厌恶的“黑暗”之中，这始终是条看不见光明的道路。但在茶馆的打杂日子也并非一无所获，他增长了见识，拓宽了视野，并开始企图为自己谋求另一条光明的道路——开车。拿到驾照后，并非事事顺遂、心如所愿，却是处处碰壁，直至遇到他的新主人——刚留学归来的婆罗门阿肖克先生，供给他每月 1 500 卢比的稳定收入，使其生理需求得到基本满足。

2.2 巴尔拉姆的安全需求

对安全的需求包括对生命稳定的渴望，对灾祸以及危险的避免，对未来的希望等。生活在现实中的每个人都渴望得到保护、渴望安全和自由。巴尔拉姆对安全的需求主要来自两个方面：较高的薪水和舒适稳定的工作。

打败其竞争者，保证其安全需求。阿肖克司机的职务给了他看似体面的生活，然而他的“竞争者”却时刻威胁着他的安全需求。其“竞争者”便是阿肖克家中的另一位司机佩尔萨德，由于其在职时间较长，他属于“第一司机”，而巴尔拉姆则只能做“第二司机”。第一司机与第二司机的地位、工作以及待遇有着明显的差别。在生活上，虽然两个司机睡在同一个房间，但第一司机睡在床上，第二司机只能睡在地上。在工作中，第一司机负责主人的日常交通，并享有高得多的工资。第一司机可以驾驶主人的豪华福特，第二司机甚至几乎不能碰车。然而作为第二司机，巴尔拉姆只能给主人的狗洗澡、打扫、泡茶，甚至为患有严重皮肤病的猫鼬洗脚，还得面临第一司机的诽谤以及随时被赶出阿肖克家族的危险。他的安全需求随时受到威胁，他需要迫切改变目前这种不安全的状况。他总是观察着，他知道他必须在这个家庭里为自己寻求一个特定位置，而不是一个随便可以被替代的仆从。而他要做的最为迫切的一件事便是击败第一司机，让自己成为第一司机，从而使他有一个稳定的职业和收入来满足他的安全需要。经过仔细观察，他终于发现了第一司机的秘密——他是个穆斯林。阿肖克家是传统的婆罗门家族，所信仰的是印度教，在种姓等级森严的印度社会，仆从就是他们高种姓的私有财产，阿肖克家族的仆从因此也必须是虔诚的印度教徒。尽管巴尔拉姆没有特别虔诚的宗教信仰，但他会尽力伪装自己是虔诚的印度教徒。不巧的是，第一司机是穆斯林的秘密被巴尔拉姆挖掘到了。表面上，这个“假印度徒”在主人们面前扮演着虔诚的教徒，向佛陀鞠躬，甚至吃猪肉以掩盖自己穆斯林的真实身份，然而，私下里他向真主祈祷，并悄悄地催吐。巴尔拉姆将自己的所见所闻告诉了阿肖克，对于高种姓的印度教徒是无法忍受家中的异教徒的，也无法忍受欺骗，第一司机被解雇，巴尔拉姆顺理成章地当上了第一司机，也无须再面临其他的竞争。他是阿肖克家唯一的司机，收入稳定，住在舒适的房间里。他的安全需求在成为第一司机后得到满足。

2.3 巴尔拉姆对归属与爱的需求

归属和爱的需要，或称社会需要，包括爱、友谊等之类的亲密关系的需要，这种需要的满足主要来自社会和群体（马斯洛 2021：65–66）。在满足前两个基本需求的情况下，人类开始渴望与他人建立某种社会关系，并希望得到他们的认可。只有有了爱和归属感，人类才不会孤独、空虚或被孤立。巴尔拉姆归属与爱的需求经历了从匮乏到满足，再到匮乏这三个阶段。

第一阶段，父母的早逝与亲人的刻薄淡漠使其产生对爱和归属的渴求。巴尔拉姆出生在印度的黑暗之地的低种姓家庭，不可能像高种姓家庭一样享受出生便具有的体面、尊严及财富。他的母亲在祖母口中是一个疯狂的女人，不遵守社会规则。然而，他心目中的母亲形象却是与祖母口中的大相径庭——一个勇敢的，敢于与残酷社会斗争的榜样。他的父亲多次警示他要多读书，多学习，并在印度成为一个真正的人。然而关爱他的父母却早早因病逝世，自小便缺少父母关爱。祖母是个冷嘲热讽的人，在家里有最终的发言权。她逼迫巴尔拉姆辍学以补贴家用并偿还贷款。即使在他成为司机之后，她也多次写信要求他每月寄钱。他对家庭的情感联系仅剩下父亲的只言片语。

第二阶段，阿肖克的出现使其感受到“家”的温暖。阿肖克给予巴尔拉姆丰厚的物质支持，够吃的食物，干净的制服，丰厚的薪资，这些对于巴尔拉姆来说都是美好生活的象征。阿肖克家有四口人，他的父亲、哥哥和妻子平姬夫人，但只有阿肖克对他很好，知道如何尊重和关爱他，他甚至将阿肖克当作是自己第二父亲的存在，是他的归属所在。

第三阶段，阿肖克“慈父”形象的破碎使其爱与归属需求再次破碎。一次突然的车祸事件却使得巴尔拉姆心中的阿肖克形象破碎了，他的归属感也被打碎。平姬夫人坚持酒驾后意外地撞上了一个孩子，甚至没有停车报警就医。全家人在极度的恐惧中，阿肖克的父亲、哥哥，甚至阿肖克自己，都想让巴尔拉姆成为平姬夫人的替罪羊。巴尔拉姆别无选择，只好接受这一安排。在印度这样一个等级社会中，主人永远是主人，仆人永远是仆人。主人可以要求仆人做他要求做的任何事，仆人是主人的私有财产。巴尔拉姆不得不接受阿肖克家族的要求，尽管自己并没有犯法却不得不做别人的替死鬼。他常常处于极度恐慌的状态，幻想着突然被带到派出所，被迫绞死，他也只好无奈地忍受这种社会所强加的不公。虽然阿肖克家族最终通过内部关系处理了这次车祸事件，巴尔拉姆也不必坐牢，但此后，阿肖克的形象在巴尔拉姆的心目中发生了巨变。阿肖克回到印度后不久，他便暴露了地主的本性，完全忽视了法律和道德的存在。甚至在平姬夫人离开之后整天抽烟酗酒，甚至去找只有穷人才会找的妓女。曾经的好主人变成了当地的普通乡绅。阿肖克形象的破灭同时也是巴尔拉姆信念和归属的破灭。巴尔拉姆想取代他，成为主人，并开始秘密计划。

2.4 巴尔拉姆尊重的需要

尊重的需求包括自尊的需求和他人的尊重，尊重的需求很少在社会上得到充分满足（马斯洛 2021：67）。通过巴尔拉姆的努力，他逐渐得到了除了社会地位外他许多想要的东西，包括稳定的工作和可观的工资。他追求更高层级的满足，渴望得到别人的尊敬、渴望声誉。

作为印度最低种姓的巴尔拉姆在印度社会中总是受到其他高阶种姓的歧视，他的尊重需要不能得到满足。众所周知，印度有着非常严格的等级制度，以印度种姓制度闻名于世，已有 3 000 多年的历史。这一制度将人分为四个种姓：婆罗门、刹帝利、吠舍和首陀罗，还有排除在这四大种姓之外的地位更为低贱的不可接触者（景鹏娟 2008：109）。印度对不同种姓的地位、权利、职业和义务都有严格的规定。例如，当巴尔拉姆申请司机时，平姬夫人总是嘲笑他的英语差、文化低、矮小的身材以及素养差，他们认为他完全脱离了现代社会。去大城市购物时，平姬夫人也从来不让他一起去，所以他只好住在仆人宿舍里。此外，主人和仆人之间有着明显的区别。当巴尔拉姆在家的时候，他扮演着仆人、司机和许多其他的角色。他既想做一个忠诚的仆人，但他又不甘心。这便是长期困扰他的矛盾心理。印度在其伟大的时代就像一个动物园，而“动物形象反映了印度殖民历史的演变和复杂的后殖民权力关系”。（姜礼福 2010：89）他正是一只被困在动物园里的白虎，希望能穿越丛林，呼吸自由的空气。正如小说所描述的，“这个国家在其历史的一万年中最伟大的事情是发明了鸡笼”，“鸡笼里的鸡闻到了上面的血。他们看到他们兄弟的器官躺在他们身边。他们知道他们是下一个。但他们并不叛逆。他们并不试图走出鸡笼。”（Adiga 2008：147）这个鸡笼外面的人进不去，里面的人也出不来。作为一只聪明的白虎，他渴望冲破鸡笼，来到丛林中。唯一的办法是，“一个人准备看到他的家庭被摧毁，被主人猎杀、殴打和活活烧死。”（Adiga，2008：150）如果他想要挣脱鸡笼，他就得面临这些牺牲。

他放弃了茶馆的打杂工作，尽了最大的努力成为阿肖克家的司机。在阿肖克形象破灭后，他开始欺骗他的主人，他花更多的钱修理汽车和偷油。但这些东西仍然无法满足其内心的欲望，他认为他应该拥有更多的财富，渴望漂亮的女人，过着更加舒适的生活，获得更多的权力，得到更多的尊重。但是作为一个仆人、一个司机，他的尊重需求以及自我实现需求永远不会得到满足。他试图摆脱不公平的命运，走向光明成为他行动的动力。

2.5 巴尔拉姆的自我实现之旅

理论上说，要满足自我实现的需求，首先要满足四个需求。但是，马斯洛也认为，满足的顺序并不是完全固定的。它可以变化，也有各种例外。正如，他所说，走向自我实现的旅程“并不是突如其来的，而是缓慢地从虚无中慢慢地出现”（马斯洛 1999：54）。一个人可以跨越第三甚至第四层次，也就是说在满足生理需求和安全需求的前提下，直接满足第五层次的需求。此外，人的某一种行为可能会影响多重需求的满足。虽然巴尔拉姆的一些需求，包括归属和爱的需求以及尊重的需求还没有完全得到满足，但谋杀他的主人的行为为他跨层级满足自我实现的需要创造了可能。

马斯洛还认为，环境在满足需求中起着重要作用，更好的文化满足了所有基本需求，并允许自我实现，更糟糕的文化并不能那样。（马斯洛 2021：122）印度经济正处于快速发展时期，其突出的经济增长率引发了世界的关注，几乎所有的印度人都沉浸在经济奇迹中。然而，现实却是，三分之二的印度人口仍然直接以农业为生，四分之一的人口仍然处于饥饿之中。此外，印度的社会财富分布极其不均衡，印度超级富豪控制着该国大约 30% 的财富（华碧云 2008：49）。印度的种姓制度涵盖了大多数印度社会群体，并对婚姻、地位、职业、食物、衣着、住房和社会交往做出了严格的规定。权力完全由富人控制，穷人仍然过着被富人压迫的悲惨生活。巴尔拉姆便是在这种压迫的环境中出生和长大的，他走向自我实现的道路在很大程度上受到印度现实社会制度的限制。作为穷人和低种姓者，他似乎注定从出生起就是卑微渺小，注定要成为富人的仆人。正如他所说：“有一天他不做仆人该有多好。”他是一只被困在鸡笼里的白虎，面临着“两个命运：吃还是被吃。”（Adiga 2008：54）对他来说，无论哪种选择无疑都是痛苦的，他一直处于矛盾冲突之中。一方面，他有一位“父亲”般的主人，他还过着相对舒适的生活，有着丰厚的报酬；但另一方面，在这个等级森严的社会中，他也受到诸多的压迫，他逐渐变得冷酷无情。凶残是白虎的本性，当巴尔拉姆的生存受到威胁时，他的食人本性就会暴露出来。他开始筹谋一个大计划。他密切关注主人的日常行为，发现他总是拿着一个大而重的钱袋子去商场。在一个雨夜，巴尔拉姆故意把车开进泥坑，趁阿肖克下车帮忙推车之际，举起空啤酒瓶挥向了他的主人。他亲自谋杀了他的主人。

他载着装有大量金钱的袋子，和侄子迂回绕道逃亡到了印度经济中心班加罗尔，他最终通过谋杀自己的主人的方式逃出了鸡笼，尽管仍战战兢兢地害怕被警察抓住。在班加罗尔休息两个月后，他逐渐摆脱了杀人的阴霾，决定开始自己的职业生涯。他开始创业的领域也是从他自己的驾驶技能开始的。

班加罗尔是一个企业家之城，拥有非常多的企业家，而巴尔拉姆就是其中之一。他成立了一家大约有 60 名雇员的出租车公司。他没有再替别人开车，而是管理这些司机。他靠着从阿肖克那里拿走的钱财赚了一大笔钱。此时，他有了另一个名字，阿肖克·夏尔马。他坐在办公室里，喝咖啡，吹空调，过着富人的生活。没有人知道他是一个曾经处于社会底层的巴尔拉姆——茶侍者、仆人，甚至是杀人犯。几年的生活改变了他的容貌。他变胖了，而不是被通缉的瘦子。当他遇到几年前类似的车祸事件时，他可以遵从内心选择，遵守法律，赔偿死亡。他的行动无疑是进步的一面。他现在已是印度著名的企业家，并成功地实现了从一个低种姓穷小子的转变，满足了自我实现的需要。

尽管在班加罗尔成为一名成功的企业家后，他的自我实现需求最终得到了满足，但他也会为将他视为“家人”的阿肖克感到内疚，也为他不顾家人死活进行谋杀的行为感到愧疚。正如小说描述的那样，“一个人准备看到他的家庭被摧毁——被主人猎杀、殴打和活活烧死——就能冲破鸡笼。这将不需要正常的人类，而是一个怪胎，一个自然的变态。”（Adiga 2008：150）如果他想要冲破鸡笼，改变自己的命运，那就是他必须牺牲的。

结论

通过各种手段，巴尔拉姆成功地满足了自我实现的需要，并将自己的身份从仆人转变为企业家。在他的转型过程中，本文发现五种需求层次在潜意识和意识层面上对人们的行为有很大的影响。当人们为最基本的生理和安全需要斗争时，生活通常是悲惨，没有光明的。只有有了归属感和爱，尊重和自我实现，生活才能变得生动和闪亮。当巴尔拉姆的基本需求得到满足时，追求光明的生活或来到光明之地成为他对自我实现的最初动机。这也是巴尔拉姆转变的一个原因。

他最终选择的血腥暴力方式不仅是为满足自我实现的需要，更多的是受到印度现代社会不公的驱使。这部小说鲜明地反映了一个拥有严重贫富差距和歧视压迫的种姓制度的印度社会。尽管印度对低种姓印度人颁布了不歧视法律，但不难发现种姓制度对印度人民的影响仍然深远，印度低种姓人民仍然处于被排斥和被歧视的漩涡中，印度的悲歌仍在哀叹。（刘晓兰 2018：225）因此，在这样的社会环境下，巴尔拉姆别无选择，只能用血腥的方式来打破社会的不公。鸡笼是印度社会的一个象征，穷人都被困在里面，害怕被主人吃掉。要想挣脱鸡笼，唯一的出路就是杀死主人，因为只有当上主人以后，才能打破社会的不公。如果巴尔拉姆有其他选择，他也许不会选择以这样一种极端的方式来实现身份的转变，因此，巴尔拉姆的残忍具有某种程度的社会伦理合理性。真正残酷的不是巴尔拉姆，而是印度社会的伦理制度。

本文以马斯洛的需求层次理论为基础，分析了不同环境下巴尔拉姆需求层次的满足情况。然而，由于时间和空间的限制，以及作者目前所掌握的知识，本文还存在一些值得进一步完善的地方。首先，马斯洛的需求层次理论，尤其层级满足还存在很多争议，还有进一步探讨研究的空间。其次，本文主要从文本的角度分析了巴尔拉姆不同需求的满足情况，较少关注印度的社会和文化问题，增加更多关于这方面的信息可以丰富小说的解读。最后，与其他学者从不同角度对主人公的分析相比较，巴尔拉姆的形象值得更加详细的分析。虽然《白虎》以印度为背景，但它的意义已经超越了印度。分析巴尔拉姆的自我实现过程，对于世界上许多像印度一样的发展中国家在照顾弱势群体、处理社会不公以及在发展经济的同时建设和谐社会等方面具有重要的启迪意义。《白虎》是一部具有强烈后殖民文化元素的小说，其对社会的影响值得进一步探讨。小说主人公是一个非常复杂的人物，他的语言以及行为可以从心理学、哲学、语言学、自然主义等多个角度进行全面分析。

参考文献

[1] Adiga，A. *The White Tiger* [M]. New York：Free Press，2008.

[2] Huebert，D. A Tiger in the "Rooster Coop"：Techno-capitalism，Narrative Ambiguity，and Gandhian Traditionalism in *The White Tiger* [J]. *South Asian Review*，2015，36（2）：25–50.

[3] Khor，L. Can the Subaltern Right Wrongs?：Human Rights and Development in Aravind Adiga's *The White Tiger* [J]. *South Central Review*，2012（1）：41–67.

[4] Maslow，A. H. *Motivation and Personality* [M]. Beijing：China Social Sciences Press，1999.

[5] Maslow，A. H. *Towards A Psychology of Being*. 3rd ed. [M]. New York：John Wiley & Sons，Inc.，1968.

[6] Sebastian，A. J. Poor-Rich Divide in Aravind Adiga's *The White Tiger* [J]. *Journal of Alternative Perspectives in the Social Sciences*，2009（2）：229–245.

[7] Singh，K. Aravind Adiga's *The White Tiger*：The Voice of Underclass-A Postcolonia Dialectics [J]. *Journal of Literature Culture & Media Studies*，2009（2）：98–111.

[8]〔美〕亚伯拉罕 · 马斯洛 . 动机与人格 [M]. 陈海滨译，南昌：江西美术出版社，2021.

[9] 华碧云 . 当代印度财团的特点 [J]. 南亚研究，2008（2）：49–54.

[10] 黄金龙 . 小说《白老虎》叙事者与隐含作者辨析 [J]. 牡丹江大学学报，2015（03）：73–75.

[11] 姜礼福 . 寓言叙事与喜剧叙事中的动物政治——《白虎》的后殖民生态思想解读 [J]. 当代外国文学，2010，31（01）：89–95.

[12] 景鹏娟 . 印度的经济与社会发展关系问题 [J]. 商业文化（学术版），2009（11）：109.

[13] 李道全 .《白虎》：身份转型的伦理思考 [J]. 西安外国语大学学报，2011，19（02）：46–49.

[14] 李云洁 . 印度人的追求：《白老虎》的霍米 · 巴巴式解读 [D]. 桂林：广西师范大学，2013.

[15] 刘晓兰 . 印度种姓制度浅析 [J]. 法制博览，2018（19）：225–226.

艾梅·本德《柠檬蛋糕的特种忧伤》中的隐喻分析

周永倩[1]

摘　要： 艾梅·本德的小说《柠檬蛋糕的特种忧伤》借助魔幻主义和现实主义结合的叙事，呈现了现代人平静生活之下无声的痛苦。主人公露西·埃德尔斯坦有着特殊能力，通过品尝食物可以感知食物制作者的真实情感。这一"天赋"为年少的露西打破了情感交流的壁垒，实现了个体之间单方面的"感同身受"，但也为她揭开了幸福家庭表象下的谎言。在作品中，医院、工厂、露西外婆的旧家具等意象有着深刻内涵。本文研究发现作者借此暗示了现代人情感生活的困境，即在社会和科技高速发展的背景下，随着美国传统价值观的影响日渐式微，个体间的情感交流也走向了疏离和冷漠，人们只能借助谎言构建的幻梦来逃避真实的处境。

关键词：《柠檬蛋糕的特种忧伤》；隐喻；家庭；疏离

《柠檬蛋糕的特种忧伤》是美国犹太裔作家艾梅·本德于2010年出版的小说。小说的叙述者露西在九岁生日前品尝了妈妈精心为她准备的生日蛋糕，然而她尝到的不是柠檬蛋糕酸甜可口的滋味，而是食物制作者妈妈内心的不安、疏离和空虚等复杂情绪，那是眼前温柔亲切的妈妈从没表现出来的情绪。在这个表面温馨幸福的家庭中，家庭成员间各自保有自己的秘密，不对彼此坦露自己的真实情绪。本德赋予了八岁的露西用味觉感知他人情绪的"天赋"，但提前洞悉成人世界的虚伪与空虚也剥夺了她的纯真，催促她提前走向成熟。

在小说中，露西进入他人内心世界的媒介是食物，因此一些学者注意到了食物对小说人物发展的重要影响。有学者（Ayan 2021：145–158）从心理学角度分析了作品中人物心理与食物的关系，也有学者（Fatma 2021）分析了小说中食物与人物身份间的联系。另一方面，小说刻画了露西母亲这样一个从屈从丈夫、为家庭牺牲自我，到走出家庭、追求自我价值的女性的形象，因此有学者（Mamona 2021：246–255）从女性主义的角度对这部小说进行了解读。

然而，尽管这是一部现实主义的小说，小说中魔幻元素的出现也并没有扰乱小说中世俗秩序的发展，但这并不意味着小说的魔幻色彩仅仅是为小说平添了几分趣味。小说中人物的各种特殊能力看似使他们更加了解彼此，冲破了彼此之间心灵的隔阂。而事实上，他们彼此间的关系却走得越来越远，家庭也从幸福和谐走向分崩离析。他们在理解彼此的过程中仍有着重重的阻碍，这些阻碍被具象化，以小说中充满隐喻色彩的事物出现，映照出人物的心灵困境。

[1]　2017级英语专业学生；邮箱：2369455977@qq.com

在《我们赖以生存的隐喻》中，莱考夫和约翰逊（Lakoff &Johnson 2015：5）将隐喻定义为“通过另一事物来理解和体验当前的事物”。在文学作品中，隐喻是呈现我们现有经验无法界定和明确的概念的重要方式。在《柠檬蛋糕的特种忧伤》中，本德通过赋予人物超自然的特殊能力，为人物提供了通往他人内心世界的通道，而这一“魔力”在世俗世界的逻辑框架下正常运转。考什克·特里维迪（Kaushik Trivedi 2013：330）指出，魔幻现实主义文学往往将人的外在因素与人的内在因素相结合，它是科学的物理现实和人的心理现实的融合。本德对魔幻元素的应用为读者提供了一个更加清晰的视觉来观察个体与外部世界以及个体内心世界之间的情感冲突。小说中借助魔幻元素串联起来各种意象，如医院、工厂、露西外婆的旧家具。本文将对此进行分析以进一步探讨其背后的意义和小说的主题。

1. 无法进入的“医院”

“医院”是一个十分重要的场所。它是人们疗愈伤痛的重要场所，是新生命的诞生地，但也是人类病痛和死亡的见证者。对医院有所恐惧是可以理解的，而在小说中，露西的父亲保罗对医院恐惧和厌恶的程度已经到了不可理喻的地步。他从未跨进过医院一步。在女儿露西因为食物崩溃晕倒被带进医院时，保罗并未陪同；妻子的两次生产期间，保罗也都是在医院外的人行道上等候结果。然而，保罗这些冷漠的举动似乎又与他在家中表现出的形象大为不同。他认真工作，担负着赚钱养家的责任。他每天按时回家，晚饭时会给孩子讲笑话，称赞妻子的厨艺。即使在外人看来，保罗也是个十分理想的丈夫。

保罗对医院的恐惧超出了常理，在小说的开始作为一个悬念出现。小说中描写的医院的场景不多,但每一次描写都是人物心理发生重要转变的时刻。露西进入医院，是因为特殊能力觉醒，察觉到了母亲的痛苦。莱恩进入医院，是临近生产，但这一时刻因为缺少丈夫的陪伴感到孤独和落寞。约瑟夫进入医院是因为特殊能力导致他遁入家具后身体虚弱而脱水。他们进入医院不只是源于生理上的病痛，还面临着保罗未能察觉的精神危机。在家人的这些重要的时刻，保罗缺席了。而对于保罗恐惧医院的原因，作者在行文中迟迟没有给出解释，保罗也并未对家人解释自己无法进入医院的真正原因。“医院”如同完美丈夫和父亲面具下的一道裂痕，每当涉及这个场所，保罗就抽身离去。

对于保罗对医院的恐惧，小说在临近结尾才给出答案。在与露西的交谈中，保罗十分淡然地说出了真相。保罗对医院的恐惧来源于他父亲。和露西一样，露西的爷爷也有特殊能力，即在商场这个特定场所，通过闻别人身上的味道可以了解人的情绪和身体状况。这样的能力会产生巨大的情感和信息负荷，因此他不得不脸上蒙一块白布掩盖人的气味。保罗对此形容为“看起来就像把内衣套在脸上似的”。（艾

梅 · 本德 2013：245）父亲怪异的打扮令他觉得自己的家庭并不正常，与父亲产生了很大的隔阂。成年后保罗预感到医院会唤起他的特殊能力，因此他对医院总是绕道而行。

露西与她爷爷的能力都是了解别人的情绪。在现实中，完全了解另一个人的所思所想是很难做到的，而特殊能力打破了这种隔阂，使他们获得了完全共情别人的能力。但这种共情并没有拉近彼此间的距离，反而催生了矛盾和隔阂。在此作者似乎在追问，人与人之间的相互理解意味着什么？了解彼此是否能拉近人们的距离？正如露西在知道母亲婚姻的不幸后，依然无法挽回家庭破碎的局面，这样的描写似乎对人与人之间的关系充满了悲观情绪。而另一方面，对此的思考又引出了另一个问题，人应该如何面对随之而来的真相？特殊能力使露西和爷爷了解了他人的内心，但他们一度无法承受这样的情绪负荷。爷爷蒙白布来逃避，露西吃工厂加工的食物来减少痛苦。两者都是在回避自己的特殊能力，换而言之，他们都在避免了解他人的内心。

揭露谜底的这一刻，保罗的妻子已经离开了家，约瑟夫也消失在了家具里。保罗表示对医院的回避是希望"保持简单！让事情更容易些！"（艾梅 · 本德 2013：248）而保罗回避的仅仅是医院吗？显然，他完全清楚露西和约瑟夫的特殊能力，也清楚他们的痛苦。在露西崩溃前，她曾在一次晚餐时尝试说出食物里的情绪：

> 吃的饭里都是情绪，我说着把盘子推开。
> 情绪？爸爸说。他端详了我一会，十分认真。
> 我吃不下三明治，我说，声音有点哆嗦。我吃不下蛋糕。
> 哦，是这样啊，爸爸身子往后一靠，当然，我过去也很挑食。
> 那些食物的味道是不是很像人？我问。
> 像人？他说，皱了皱鼻子。不，是土豆味。（艾梅 · 本德 2013：42）

在这一段对话中，"情绪"一词显然引起了保罗的注意，但他很快把话题岔开到挑食上，远离了核心问题。这里与保罗后来的解释充满了讽刺意味，即便他没有特殊能力也有能力察觉家人的情绪，而他只是如同回避医院般对此视而不见。逃避维持了家庭短暂的幸福表象，也是这种回避，把保罗和家人推得越来越远。而最后保罗似乎还未意识到逃避策略的错误。露西在父亲给母亲泡的茶中尝到了他的情绪：

> 爸爸好像仍旧浑然不觉。但据我所尝到的味道，我突然意识到，妈妈的心中有一所微型医院，爸爸总是十分警惕地绕开她，正如绕开城市中那真实的大医院。（艾梅 · 本德 2013：221）

莱考夫（Lakoff 2015：87–89）认为，隐喻是以一种经验来构建另一种经验的方式。两种经验构成隐喻的关键在于人们理解二者方式的一致性。因此，隐喻的过程也是构建两种经验一致性的过程。小说是以女儿露西的视觉展开的，对其他人物心理主要通过露西品尝食物后的心理活动揭露，而没有直接的描写。保罗在家里并不负责烹饪，因此露西也很少能借助特殊能力来了解父亲的心理。对保罗的刻画仅仅是“显示”其行为活动，他的心理和性格需要读者判断。然而，小说又通过隐喻将他的心理投射到了具体的行为上。保罗对现实“医院”的回避与也是对莱恩心中“医院”的回避，保罗对两者都采取了同样的态度，现实的“医院”与莱恩心灵的“医院”相互映照，讽刺的是，这两个医院都不是疗愈伤痛的场所，而是埋藏伤痛的地方。

隐喻的过程也是解谜的过程。小说结尾，保罗恐惧医院的原因得到了解答。现实的医院隐喻着心灵的“医院”，它们都暗示着人的心灵困境。在最后，保罗仍无法直面它，选择掩耳盗铃，“警惕地绕开”它。

2. 不知名的“工厂”

“工厂”里的机器正如露西尝到的工厂食品那样冰冷麻木、毫无情感，这也是露西的心灵状态。露西的特殊能力使她能够尝到食物制作者的情绪，但感受他人的情绪意味着消耗精力、感受他们的喜怒哀乐。食品工厂的食物成了露西逃避他人情绪的救济品。露西年幼的心灵无法适应成人世界的虚伪，与父亲一样，她在挣扎后选择了逃避，收起了自己的心灵触角。“工厂”又代表着现代发达的科技对人们生活的入侵 。根据小说的描述，露西一家生活在加州洛杉矶的一个繁华的中心区域，这里有忙碌的公交车、劳累的学校护士，人们过着快节奏的都市生活。处于这种生活中的露西无暇面对家庭的破裂，她融入现代忙碌的工作生活中，成了她逃避的另一种方式。

长期进食工厂的食物后，她在自己的食物中反复尝到了工厂的气息：

> 又是那家不知名的工厂。在食物中清晰呐喊。一丝我无法辨认的工厂的气息，伴随着一个小女孩的声音，想要回去，回到懵懂的时代。回去，那小女孩说；茫然，那工厂说。……过于黏腻的怀旧之情和石头般冰冷的工厂的气味却总是伴随着金属的飞旋声不停地返回，而这味道和我以前尝到的所有工厂的味道都对不上，这只能意味着它来自于做饭的人。（艾梅 · 本德 2013：229）

一方面，她渴望回到童年的懵懂状态。另一方面，忙碌的工作占据了她大量的时间。父亲和母亲也忙于各自的工作，与家人相处的时间只剩下晚餐简单的寒暄。露西内心的工厂实际上代表着工业文明对人精神世界的侵蚀。在高速发展的工业社会中，人们的精神世界更加贫瘠，情感交流日益匮乏，个体在快节奏的生活中迷失了“自我”，心灵也变得如工厂一样麻木、茫然。

保罗对妻子内心情绪的逃避，使他在潜意识中将妻子的内心视作一个不可靠近的“医院”，这是对他人的扭曲认知。而同样逃避的露西，内心也产生了一座不知名的“工厂”，这是她自身心灵的麻木。这两个隐喻表明了逃避的两种结果。

小说并没有将这种消极氛围进行到底，在小说的最后，读者终究可以看到一丝希望。莱恩离开家庭，追寻自己的价值；露西也不再逃避自己的特殊能力，而是选择正视它，将其化作自己的工作优势，找到了自己喜欢的工作。小说借此给读者指出了一条道路，倡导人们对生活依然保持热爱之情。

3. 旧折叠椅

在小说中，露西一家并没有经常往来的亲戚，唯一保持联系的就是住在华盛顿的外婆。莱恩和母亲的关系并不好，在母亲每月一次的电话中，她与母亲的谈话克制且疏离。只有约瑟夫和露西对外婆说的生活感兴趣。自露西八岁起，外婆就经常快递各种日用品包裹到她家，如破旧的茶杯、褪色的洗碗布。大人和小孩对包裹的态度截然不同，莱恩和保罗对露西外婆的包裹兴致缺乏，甚至感到苦恼。露西则对外婆的包裹充满好奇，她喜欢外婆寄来的旧洗碗布。约瑟夫偏爱外婆寄来的折叠椅，在他从家里搬出去住时，他特地找母亲要来了外婆的折叠椅，并带到了他的新住所。最后一次消失进入家具时，约瑟夫选择了外婆的旧折叠椅，因为他认为“这把椅子是最好的”。（艾梅 · 本德 2013：272）

在整部作品中，本德对约瑟夫的特殊能力没有细致的描写，从露西的叙述中可以推测他可以通过接触进入家具，而对于约瑟夫有感知人心理情绪的能力没有提及。在整个家庭中，约瑟夫是最孤独的人。他极少和家人交流，专注于他喜欢的物理研究。但文中可以看见很多暗示约瑟夫可以洞悉家人情绪的伏笔。如在露西崩溃从医院回家后，生性孤僻的约瑟夫给了妹妹第一个拥抱。在保罗嘲讽莱恩给约瑟夫做门时，他大声维护母亲。因此，尽管他屏蔽了与家人的交流，他始终能发觉家人的情绪。但他用孤独包裹自己，在家具里失去了感知能力。每次他消失后又出现时，他总是浑身瘫软，严重脱水的状态。

约瑟夫的孤独实际上也是美国现代社会的孤独。从 17 世纪的清教伦理规范，到 18 世纪富兰克林的“自我奋斗”原则，再到 19 世纪艾默生“自我依靠”的个人主义思想，美国凭借几个世纪的积淀形成了自己的价值观与宗教道德观。进入 20 世纪，以团结、孝顺、友爱、忠贞等为核心的传统价值观受到巨大挑战。取而代之的是“强调‘自我约束、延缓的满足和节制’的资本主义经济原则与‘无节制、无约束’的享乐主义氛围”。（孙璐 & 金衡山 2015:106）传统价值观所追求的家庭本质——孝顺、团结、友爱的家庭氛围已经远去，取而代之的是疏离冷漠的家庭关系。在新价值观的冲击下，爱情的神圣性也被消解了。因此，渴望浪漫爱情的莱恩选择了出轨，在愧疚中自我欺骗，与保罗继续扮演着幸福家庭的戏码。

外婆的包裹里寄来的旧物，实则代表着在美国当代社会中影响日渐式微的传统价值观。孤独并没有令约瑟夫得到解救，他满身疲惫地从家具里出来，最终选择消失在外婆寄来的旧折叠椅里。不论是露西对往昔的怀念或是约瑟夫对折叠椅的偏爱，都传达了作者对传统价值回归的呼唤。

4. 小结

《柠檬蛋糕的特种忧伤》呈现了一个 20 世纪中产阶级家庭的悲剧。小说中，作者通过魔幻元素串联起来的医院、工厂、外婆包裹的旧物等有着深刻的隐喻意义，暗示了科技飞速发展的美国现代社会中个体间情感交流的匮乏以及对传统价值观回归的呼唤。《柠檬蛋糕的特种忧伤》呈现的是幸福表象下的暗流涌动，也更接近现代人生活的一种常态。

参考文献

[1] Aimee，B. *The Particular Sadness of Lemon Cake*[M]. New York：Doubled，2010.

[2] Ayan，Y. Food and mood in *The Particular Sadness of Lemon Cake*[J]. *Journal of Social Science Institute*，2021（44）：145–158.

[3] Fatma，Y. *Identity Reflected via Food in Selected Novels: Like Water for Chocolate*，*The Particular Sadness of Lemon Cake*，*and One Hundred Shandes of White*[D]. Pamukkale University，2021.

[4] Kaushik，T. Magic Realism：A Genre of Fantasy and Fiction[J]. *International Journal of English and Education*，2013（3）：389–393.

[5] Mamona，Y. K. Maical Realism：Portrayal of Human Suffering in *The Particular Sadness of Lemon Cake*[J]. *Global Social Science Review*，2021（6）：246–255.

[6] 艾梅 · 本德 . 王海燕，译 .《柠檬蛋糕的特种忧伤》[M]. 海南：南海出版公司，2013.

[7] George Lakoff & Mark Johnson. 何文忠，译 .《我们赖以生存的隐喻》[M]. 浙江：浙江大学出版社，2015.

[8] 孙璐 & 金衡山 . 胜利的焦虑：从冷战时代美国小说探究当代美国民族危机 [J]. 河南大学学报，2015（2）：106–109.

[9] 谢文兴，蒋承勇 . 魔幻现实主义的“现实”究竟是什么 [J]. 浙江师范大学学报，2019（5）：31–36.

压制与革命
——《革命之路》的文学伦理学批评研究

覃耀葵[1]

摘　要：《革命之路》以20世纪年代中叶的美国社会为背景，中产阶级家庭生存状况为对象，对父权制社会下女性的处境进行深入剖析，塑造了爱波在被压制的婚姻中追求自由、勇于革命的女性形象。本研究借助文学伦理学批评理论，从伦理身份、伦理困境、伦理选择三个维度解读女主人公爱波在父权制社会下，受到来自社会、家庭与社区伦理环境压制，从迷失自我到否定自我最后找寻自我的心路历程，以及在顽强的抗争中做出了具有"革命性"的伦理选择，以期揭示作者耶茨通过文学作品传递的伦理道德启示和提倡的理想婚姻伦理道德观。

关键词：《革命之路》；文学伦理学；伦理困境；伦理选择

《革命之路》（*Revolutionary Road*）是作为美国"焦虑时代"最伟大作家之一的理查德·耶茨（Richard Yates）于1961年发表的长篇小说，被"黑色幽默"作家库尔特·冯内古特称为"我们这一代的《了不起的盖茨比》"。作为美国"焦虑时代"的作家，耶茨巧妙地以美国中产阶级的生存困境为焦点，描绘人物的日常生活境遇，并折射出美国战后社会的混乱与危机。《革命之路》并非如字面意义那样指政治或暴力革命事件，而是指小说主角弗兰克和爱波夫妇的居住地，也是爱波关于婚姻的一场革命和逃离之路,因此"革命之路"有双关之用。具有"革命"精神的爱波所走的"革命之路"是试图逃离压抑和枯燥的婚姻生活，前往巴黎寻求解放和自由。

国外学界对《革命之路》的研究较早于国内，从性别空间角度分析《革命之路》中的"郊区男性气质"的建构与意义（Moreno 2003：5）。Richardson（2010：6）从女性主义批评视角阐释男性与女性是由具有等级差异的社会权力关系构建的社会身份。国内学界对《革命之路》的研究日趋丰富，从女性主义批评视角对《革命之路》的女性角色处于"他者"地位进行剖析，以及对资本主义父权制社会对女性的压迫进行反思（王晓文 2010；屠献芳 2011；王杨琴 2015；李静 2015；韦杰 2020）；从社会学理论角度对《革命之路》男性角色被美国资本主义社会机制异化进行批判（盛钰 2018：118）；从存在主义视角解读爱波荒诞的行为及原因（潘晓燕 2012：5）。然而，从文学伦理学批评视角对《革命之路》的研究还未得到足够关注。

本文运用文学伦理学批评方法，重回美国20世纪中叶中产阶级的历史伦理现场，

---

[1]　2015级英语专业学生/2020级外国语言文学专业硕士生；邮箱：873826873@qq.com

分析《革命之路》女主人公爱波所处的社会、家庭和社区伦理环境对其伦理身份建构的影响，面临父权制带来的伦理困境和做出的伦理选择，探讨作者耶茨对待传统父权社会、婚姻和家庭伦理的质疑，给予读者在婚姻伦理道德层面的多重启迪，为《革命之路》的伦理研究拓宽新的视角。

1. 被压制的伦理环境

文学伦理学批评尤其注重对文学伦理环境的分析，主张文学批评必须回到历史伦理现场，站在特定历史背景和伦理环境解读和阐释文学作品，探讨文学作品中影响人物命运和导致社会事件的伦理因素（聂珍钊 2010：14）。耶茨在《革命之路》中构建了美国 20 世纪 60 年代中产阶级家庭所面临的伦理世界，回归《革命之路》所呈现的伦理语境和伦理现场可以发现，小说主人公爱波的行为和选择是受到社会、家庭和社区伦理环境交织影响的结果，爱波的命运紧密地呼应着美国 20 世纪 60 年代所折射出的伦理环境。

1.1 社会伦理环境

《革命之路》创作的历史背景是 20 世纪 60 年代的美国。这一时期是美国战后作为世界经济和军事头号强国的黄金时期。随着美国经济的高速发展，消费主义悄然在美国社会盛行并逐渐占据主导地位，深刻影响美国民众的价值观和世界观。金钱变得比人性更重要，家庭纽带关系被逐渐淡化。随后美国社会所爆发的民权、反战和女权运动对传统的伦理道德和价值观产生了深刻影响。在《革命之路》中，耶茨以 20 世纪 60 年代美国社会为背景，精心建构了一个金钱至上的社会伦理环境。回归 20 世纪 60 年代的美国社会，探讨当时的美国社会环境造成了怎样的伦理混乱，以及伦理环境如何驱使惠勒夫妇做出违背伦理身份的伦理选择。

首先，伦理环境混乱主要体现在失序的伦理环境导致了社会和人际关系的异化。小说中有这样的描写：

> “在钢筋混凝土建造的斯诺克大楼里，员工们除了每天领取支票外手指头也懒得动弹，到银行排队领取薪水时却像贪婪的猪等待着奶头，排起长队时要避免互相拥挤，怕别人看到支票的金额”“弗兰克坐在工位仿佛正在经历一场缓慢的、等待死亡的过程，在那一刻他仿佛步入了中年”（耶茨 2009：31）

通过对中产阶级工作、婚姻和生活的描写，耶茨鲜明地勾勒了美国社会追逐物质与金钱，将人性消磨殆尽，人们宛如螺丝钉一般在社会机器里机械地工作，只能依靠日复一日重复性的工作换取薪水，个性发展和个人价值被压制。其次，伦理的混乱也反映出当时的美国民众精神上的空虚。耶茨笔下的弗兰克作为广大中产阶级的缩影，白天在纽约高耸入云的楼宇里的狭小写字间里进行着机械式的工作，下班后通勤数小时回到位于郊区的家中回归乏味、枯燥、缺乏激情的家庭婚姻生活。日复一日的工作和生活消磨着弗兰克对于工作、婚姻和家庭的热情，与年轻时充满激情与活力地前往西部探险和淘金的形象天差地别。以此洞见，美国 20 世纪 60 年代的动荡，历史和社会的创伤记忆已经渗透至美国民众的日常生活，并强烈影响着传统的价值观。对金钱崇拜的社会风气日益蔓延，中产阶级男性被限制于狭小的工作隔间中，女性被限制于婚姻家庭中，精神世界的空虚造成了人际关系的异化和亲情关系的疏离。

1.2 家庭伦理环境

20 世纪 60 年代，第二次女权主义浪潮开始在美国这个战后社会经济迅速发展的国家兴起。 在这个过程中，妇女的独立性被唤醒，她们开始要求在高等教育、工作、婚姻和家庭中获得自由、平等和独立。 随着女权运动的兴起，妇女能够离开家庭，接受高等教育并建立事业。 然而，这种平等是表面的。女性受到来自于传统的男权社会施加的道德约束和压制，导致她们追求自我独立和发展的道路上仍然面临诸多困难。 美国社会期望新一代女性是受过教育的家庭主妇，并愿意把所有的精力和智慧投入到丈夫和孩子身上。

> “哪怕在现实层面，这一选择无疑也极具诱惑力：对于她而言，作为一个刚刚从戏剧学校毕业，仅仅有些许表演天赋和激情的毕业生，无须陷入沮丧现实的无限循环，屈就于一份普通办公前台的兼职工作使她内心平静且不会觉得屈才”“我正在等待着弗兰克找到他真正喜欢的工作”。（耶茨 2009：46）

爱波是由于父母的意外结合才降临在这个世界上，这导致她的童年缺乏父母的教育与关怀。爱波的父母在她幼年时期选择离婚，使得爱波长期辗转寄居于各个亲戚篱下，长期饱受寄人篱下的滋味。爱波没有接受过来自父母言传身教的正确家庭伦理道德。在婚前，爱波孤独无依，缺乏家庭关爱，缺乏安全感，这为她之后在家庭婚姻中情感失调，最终酿成悲惨的伦理结局埋下伏笔。童年的家庭伦理环境使爱波的性格变得独立、高傲和坚忍。”

> “她努力使自己慢下脚步，高昂着头，很正常的将毛衣系在腰间，即使路过教室有人从窗户伸出头来，也只会认为她在执行老师布置的正常差使”。（耶茨 2009：19）

学生时期的爱波经历了一次未曾预料的月经来潮，身上的裙子沾上了血渍，此时的爱波全然不顾周遭同学投来的惊讶目光和小声议论，她淡然地将毛衣系在腰部，离开教室，笃定地走在阳光普照的草坪，昂首挺胸地走回家，这暗示着爱波内心坚忍的反抗，以及坚毅的性格，为之后爱波“革命性”的伦理选择做好了铺垫。

1.3 社区伦理环境

当爱波和弗兰克将他们移居巴黎的计划兴奋地告知同社区最亲近的邻居坎贝尔夫妇时，坎贝尔夫妇展现出貌合神离的态度，即在当下表现出的是惊讶、艳羡、钦佩和祝福。

> “啊？什么时候？怎么去？为什么要去？坎贝尔夫妇两张嘴像机关枪”，“我真的觉得这是一个美妙的决定，我一定会很想念你们的。”（耶茨 2009：137）

在传统的婚姻伦理观念和认知的影响和熏陶下，邻居夫妇无法接受爱波追寻自由，突破桎梏的婚姻伦理选择，坎贝尔夫妇在背后对惠勒夫妇进行源源不断的质疑，呈现出恐惧、担忧、嘲讽的复杂心态。

> “我认为他们的计划非常理想化且不诚实，哪有爱波外出赚钱养家的家庭分工呢？怎么会有男人厚着脸皮去接受这样一个幼稚的安排啊？”（耶茨 2009：138）

2. 伦理身份的认同危机

在文学文本中，伦理问题的产生往往都同伦理身份相关。伦理身份可以分为：以血亲为基础的身份、以伦理关系为基础的身份、以道德规范为基础的身份、以集体和社会关系为基础的身份、以从事的职业为基础的身份等（聂珍钊 2014：50）。女主人公爱波具有妻子、母亲和业余演员三重伦理身份。然而，这些伦理身份全都从属于婚姻家庭而缺失了独立的个体身份。在家庭婚姻的桎梏中，爱波成为了丈夫的附属品并且压制了自我个性与发展，逐渐失去了个人事业与理想。伦理身份的多重性让爱波产生了伦理身份的认同危机，最终促成了她在面临伦理困境时的伦理选择。

> “她似乎是在用自己的每一个神态和动作向弗兰克表明：她只想踏踏实实地做一个中产阶级家庭主妇，而她对丈夫所要求的爱不过就是他能够偶尔修剪一下草地，而不是一天到晚蒙头大睡。”（耶茨 2009：41）

可以看出在当时，美国父权制的伦理道德规范压制下的已婚女性经历了自我的抽离和个体思想的束缚。女性试图借助婚姻突破阶层壁垒，似乎也是无可厚非的选择。长期受到父权制社会婚姻伦理环境的压制，大部分女性被认为只有在婚姻和家庭中才得以实现自身的价值，默认接受失去自我的伦理身份，自身的个性与理想被压制。而且所谓的女性“伦理价值”体现为她们对丈夫的依附与顺从和对孩子的抚育。

以贝蒂·弗里丹为代表的女性领袖掀起了20世纪60年代美国女权运动的“第二次浪潮”，在其《女性的奥秘》一书中概述了女性在工业社会中的地位和生存处境，描绘了全职家庭的主妇备受禁锢的人物形象。（弗里丹 1988：46）但是当她们受到女权主义的影响，不满足于相夫教子的生活，想要进入职场、融入社会、实现人生价值时，社会的伦理道德压制了已婚女性的追求独立的欲望和个性。贝蒂鼓励女性接受高等教育并建立一番事业，激励女性摆脱在经济、情感和智力上对男性的依附。作为一名家庭主妇的爱波是女权运动的响应者，她开始探索自己的现实存在，女性意识逐渐觉醒。爱波开始以业余演员的身份参加桂冠剧团社舞台剧《化石森林》的演出，这标志着她的伦理身份开始发生转变。

> “爱波煞白的脸色和红色眼眸闪烁着悲伤与失望的深情，当幕布缓缓降下，她向观众强装出一个假笑”。“镜子里那素面朝天的面容，暗淡消沉，没有一丝血色，看起来像四十多岁的人。”“孩子无法作为婚姻维系的牵挂，不能填补她空虚的灵魂与生活，家庭对她而言是贫瘠的荒漠”。（耶茨 2009：14）

由于话剧演出失败，爱波作为业余演员的演艺之梦破碎，像是松开了最后一根救命稻草，使得爱波刚刚燃起对生活的希望破灭，觉得自己又将与社区里的家庭妇女一样深陷家庭婚姻的泥潭之中。在心灵与精神上遭受沉重打击之后，爱波试图摆脱现在乏味的婚姻生活和伦理身份困境，开启追求独立女性身份的觉醒之路。

> “弗兰克，你以为我会忘记你打了我一耳光吗？因为我说过我不会原谅你么？”“我知道我是你的良心和胆气，还有你的出气孔，就因为你已经牢牢地把我困在泥潭里了”（耶茨 2009：27）

受女性主义的影响，爱波意识到父权社会的家庭婚姻伦理对女性的束缚，她必须找到一条摆脱当前被压制的道路，确立女性自我意识，不再做男人的附属品。爱波开始追求独立女性的伦理身份，并有别于在父权制社会婚姻伦理关系中保持沉默的女性，爱波向弗兰克提出计划秋天移民去巴黎并提议由自己通过做速记员赚钱养家，丈夫弗兰克则可以有时间实现年轻时的梦想，重燃对生活的激情，实现伦理身份的转变。

> “她精心规划着移居巴黎的工作生活计划，她计划着凭借打字和速写技能能够赚足一家人的生活开销，甚至还有余钱雇用钟点工在她上班时间照料孩子。”（耶茨 2009：51）

爱波自认为的完美计划却无意识地打破了父权社会男性的中心地位，超越了父权制社会的女性伦理身份，却遭到社区邻居表面的迎合和背地里的嘲讽。最初弗兰克对爱波的想法感到惊讶，并在爱波的强烈的说服和理想化的劝说下勉强同意接受了前往巴黎的提议。但当弗兰克得知自己即将得到升职机会，立即打消了去巴黎的念头。

爱波经历了话剧业余演员、家庭主妇和计划成为独立女性三重不同的伦理身份，可惜最终却以失败告终。爱波勇于跳出当前家庭婚姻的舒适区，前往巴黎实现人生价值的设想预示着爱波逐渐唤醒女性自我意识。但是当梦想破灭，爱波受到腹中胎儿的牵绊，无法逃离家庭婚姻的桎梏，而且无法回归之前麻木空洞的婚姻生活状态，爱波发现自己无路可走，坚韧的性格促使她义无反顾的走上了“革命之路”，最终选择以带有自杀性质的堕胎方式结束了生命。此时的爱波与伍尔芙一样，与自己的命运进行斗争。但是爱波与伍尔芙相似的悲剧性命运表明：女性在被压制的婚姻伦理环境中，无论选择顺从还是反抗，都需要付出高昂的代价：顺从意味着女性放弃自我，反抗则意味着必须要付出生命的代价。

3. 复杂的伦理困境

伦理困境指文学文本中由于伦理混乱而给人物带来的难以解决的矛盾与冲突。伦理困境有多重表现形式，例如伦理两难，就是伦理困境的主要表现形式之一（聂珍钊 2014：258）。在《革命之路》中，弗兰克通过有意图地压制爱波在婚姻中不断觉醒的独立意识，使得他们陷入伦理选择两难境地。作为家庭主妇的爱波，在经历女性主义意识觉醒后，无法继续忍受单调的家庭和婚姻生活，她想去巴黎做一名职业演员，这是她梦寐以求的职业，她想改变自己，实现经济和人格独立。正当爱波憧憬着巴黎生活之时，弗兰克意外获得晋升加薪的机会，颓废的弗兰克无法鼓起勇气拒绝这个机会，从对金钱至上社会的厌恶者到维护者的身份转变使得弗兰克对举家搬迁巴黎的态度发生转变。于是弗兰克抓住爱波意外怀孕的时机，准备通过孕育腹中胎儿为由劝说爱波延后甚至放弃移居巴黎的计划，以此来巩固其在家庭婚姻中的男性主导地位。然而，弗兰克还未搬出提前精心准备的劝说言辞就发现爱波偷藏计划用于堕胎的工具，这使得他瞬间感受到爱波私自做主的背叛与隐瞒，以及他的男权中心地位被蔑视。弗兰克被点燃了怒火：

> “如果你那么去做，就是在对自己犯下罪行，不仅伤害了你自己的肉体，也伤害了我。”（耶茨 2009：13）

弗兰克企图利用男权社会的伦理道德规范将爱波推入自责的旋涡，运用看似无可辩驳的男性话语给爱波造成思想混乱，让她感到流产是违背伦理道德的，致使爱波处于两难的伦理困境。弗兰克用他在大学学到的生理知识，强行将堕胎与爱波的心理问题联系起来，认为堕胎是缺乏母性的体现，断定爱波童年缺乏母爱是导致她缺乏母性的根源。弗兰克炮制出各种理由说服爱波继续接受重复性的生活，并使其受到母性生育的束缚，而且意图让这种困境一直维持下去。爱波处于艰难的伦理困境之中——不“革命”，便在平庸中沉沦；“革命”，就必然有所牺牲。

4.“革命性”的伦理选择

聂珍钊指出，“文学作品中只要有人物存在，就必然面临伦理选择的问题。伦理选择按照某种社会要求和道德规范进行选择，按照做人的道德目标在特定的伦理环境和语境中选择，而且这种选择是在教诲和学习过程中进行的”（聂珍钊 2020：75）。当爱波向弗兰克表明自己想要并按原计划前往巴黎时，弗兰克对爱波进行了父权制婚姻伦理道德的灌输以及精心组织的男性话语，劝诫爱波留下胎儿，放弃前往巴黎这一不切实际的幻想。爱波在沉默和顺从的表象之下仍然选择执著地反抗，弗兰克也察觉了爱波的无声对抗，“他赢得了胜利，却丝毫没有胜利者的感觉”（耶茨 2009：220）。爱波纵然选择对弗兰克缄默，表面应允了不再选择堕胎，愿意维持婚姻家庭现状，但心中并不放弃对自由和解放的执念。一方面，爱波选择与一直爱慕她的邻居谢普·坎贝尔发生性关系，这意味着爱波在父权制社会伦理道德和男权话语的压制的伦理困境中选择用身体出轨的方式进行“革命”，想要冲破父权制传统社会对于女性追求自我发展的压制，从而产生了与自己伦理身份相悖的伦理冲突。另一方面，爱波在家中继续扮演着遵守家庭伦理道德的家庭主妇角色，对弗兰克维持着表面的和谐关系，但是依旧进行着无声反抗。爱波变得冷酷、漠然与麻木，仿佛失去了喜怒哀乐的能力，甚至连弗兰克歇斯底里地向爱波坦白出轨情人莫莉，她也没有流露出惊讶的神情，内心毫无波澜，只是淡然地接受事实。然而看似平静、沉默的爱波背后正在酝酿着一场“革命”。耶茨借助患有精神病的邻居约翰之口说出爱波“她不同于其他的女人，她性格要强，极具女性特质”（耶茨 2009：285）并且抨击弗兰克在即将搬迁巴黎之前的临阵退缩，“他只能在制造小孩的时候，才敢确认自己有一对睾丸。”（耶茨 2009：285）弗兰克作为男性的尊严被侮辱，一场激烈的争吵在弗兰克与爱波之间爆发。弗兰克嘶吼道，“为什么你不把这个孩子打掉？你有机会做的。听着，我要告诉你一件事，我祈求上天你已经把孩子打掉了”（耶茨 2009：289）。此时，爱波的女性意识彻底觉醒：依靠弗兰克这个虚伪的男人来改变自己的伦理困境，争取女性的自我独立是徒劳无功的，只有通过一场“革命”才能从婚姻的桎梏中解脱。爱波对自己面临的伦理困境逐渐清晰，也影响了她随后做出的伦理选择。

身处伦理困境之中，自由意志和理性意志都会影响伦理选择。当自由意志占据主导地位时，人们会丧失理性判断，按照原始冲动做出伦理选择，导致违反社会固有的道德伦理规范。理性意志是社会规范约束力量的体现，受理性意志的主导，人们按照社会道德伦理规约，遵循公序良俗，自我约束其行为与社会道德伦理规范相一致。

“她再也不需要更多的建议和指导。她现在平和、冷静，她清楚地意识到一件很久以来她就知道的事实：如果一个人想要做一件真正忠于自己内心的事情，那么往往只能一个人独自去做。”（耶茨 2009：284）

很显然爱波在面临伦理困境时选择了听从自由意志。当弗兰克以留下爱波腹中的胎儿为由宣布巴黎计划的终结，将维持之前的婚姻生活状态，延续空洞的中产阶级生活之时，爱波最终听从内心的自由意志，不再将生活的憧憬寄托于男人，并预谋着一场“革命”。在一个清晨，爱波一如常态面带微笑地送弗兰克出门，将孩子送到邻居吉文斯太太家照顾后，她冷静地拿出事先准备的堕胎工具，毫无波澜地在浴室进行了“自杀式”流产行为，坚定地做出了女性独立、自主的伦理选择，将自己从女性生育的束缚和家庭伦理环境的压制中解放出来，即使是以牺牲生命为代价。面对来自父权制社会、家庭和婚姻的伦理环境压制，爱波用“自杀式”流产的伦理选择宣告了一场女性追求自由和独立的“革命”，爱波的“革命之路”是如此悲壮和勇敢，展现出女性解放的新生力量和女性意识的觉醒和反抗。

5. 结语

《革命之路》深刻揭示了女性在男权社会中追求自我时所面临的伦理困境。爱波在女性自我意识的觉醒，女性自我身份的确立和追求女性独立的道路上面临着来自社会、家庭和社区的社会伦理困境。从被压制到无声反抗，最后彻底觉醒，坚定地走上了对于家庭婚姻的“革命之路”，跟随自由意志，做出了“革命性”伦理选择。耶茨对于爱波选择的“革命之路”和心路历程的细腻描写表达了对于 20 世纪中叶美国父权制社会冷漠的婚姻伦理关系的斥责。爱波做出身体出轨和“自杀式”流产的伦理选择，颠覆了男权文化对女性纯洁的要求，违背了道德伦理规约，对父权制社会婚姻伦理进行了无声控诉。爱波勇于在被压制的婚姻关系中进行反抗和革命的行为体现了耶茨鼓励女性追求独立和谋求发展的美好愿景，同时反映了耶茨主张互相关爱、尊重和自由平等的婚姻伦理观：女性要想在父权制社会追求自我发展，需要实现精神与物质的双重独立，对自我的价值有清晰的认知并积极寻求自身的发展。

参考文献

[1] Richardson C. The Empty Self in Revolutionary Road or: How I learned to stop worrying and love the blonde [J]. *European Journal of American Culture*，2010，29（1）：5–17.

[2] Moreno MP. Consuming the Frontier Illusion：The Construction of Suburban Masculinity in Richard Yates's Revolutionary Road [J]. *Iowa Journal of Cultural Studies*，2003，3（1）.

[3]〔美〕弗里丹·女性的奥秘 [M]. 重庆：四川人民出版社，1988.

[4]〔美〕耶茨 . 革命之路 [M]. 侯小翊，译 . 重庆：重庆出版社，2009.

[5] 李静 . 美国小说《革命之路》中的女性主义解读 [J]. 新乡学院学报，2015，32（11）：30–32.

[6] 刘婷婷 . 美国华裔女性的困境和选择 [D]. 黑龙江大学，2019.

[7] 聂珍钊 . 文学伦理学批评：基本理论与术语 [J]. 外国文学研究，2010，32（01）：12–22.

[8] 聂珍钊 . 文学伦理学批评导论 [M]. 北京：北京大学出版社，2014.

[9] 聂珍钊 . 谈文学的伦理价值和教诲功能 [J]. 文学评论，2014（02）：13–15.

[10] 聂珍钊 . 文学伦理学批评的价值选择与理论建构 [J]. 中国社会科学，2020（10）：71–92.

[11] 潘晓燕 .《革命之路》的存在主义解读 [D]. 福建：华侨大学，2012.

[12] 全青云 . 庇护还是陷阱 ?——《革命之路》中的伦理选择与重构 [J]. 牡丹，2021（06）：102–103.

[13] 盛钰 . 迷途的“赶路人”——从性格结构批判视角评理查德 · 耶茨的《革命之路》[J]. 名作欣赏，2018（27）：118–120.

[14] 屠献芳 . 从女性主义视角解读《革命之路》[D]. 浙江：浙江大学，2011.

[15] 王晓文 . 徒劳的革命——从女性主义角度解读《革命之路》[J]. 湖南科技学院学报，2010，31（01）：33–35.

[16] 王杨琴 .《革命之路》：特殊年代下女性的自省与救赎 [J]. 名作欣赏，2015（03）：53–54.

[17] 王文静，王影君 . 以文学伦理学视角分析《钟形罩》所体现的婚姻伦理道德观 [J]. 戏剧之家，2016（07）：294–295.

[18] 韦杰 . 无尽的革命之路 [D]. 上海：上海师范大学，2020.

二、形象建构与精神分析

《神食》中的“边缘人”形象分析

张依依[1]

摘　要：赫伯特·乔治·威尔斯的《神食》讲述了一群因“神食”而出现的巨人在主流社会中的成长和命运。由于思想和身体上的特殊性妨碍了普通人类的利益，巨人们不被统治阶层和普通民众所接纳，并遭到无端迫害，最终沦为“边缘人”。小说中讲述了他们在不同时期与主流社会关系的变化，使得他们“边缘人”的具体形象愈加凸显出来。本文将以“边缘人”理论为支撑，对《神食》中“边缘人”的形象进行概括和分析，将“边缘人”的生存环境映射到现实社会中，以此揭露我们身边所存在的“边缘人”的生存状况，并探讨他们应该如何在主流社会中寻找生存之道。

关键词：神食；边缘人；形象分析

赫伯特·乔治·威尔斯是英国20世纪著名科幻小说家。他一生创作了许多科幻小说，较为著名的有《时间机器》《隐身人》及《莫罗博士的岛》等，他被誉为“现代科幻小说之父”。他的作品《神食》创作于1904年，这是赫伯特·乔治·威尔斯的一部不太为大众所熟知的作品，讲述了两位科学家创造出一种对人类有益的新型生长剂，但后来这种物质的传播变得不可控。巨大的鸡、老鼠和昆虫横行，被这些食物喂养的孩子们经历了难以置信的成长。多年来，吃过这些经过特殊处理的食物的巨人们发现自己无法融入无知和虚伪的社会。这些拥有非凡力量的巨人们发现自己被一个古老、传统的社会拒之门外。随着普通人类和巨人们之间的界限加大，厌恶和仇恨逐渐也在增加。

普通民众在体型和力量方面完全被巨人们压制，难道就成为社会中的弱势方吗？巨人们看似对社会存在着无数潜在威胁，难道就成为社会中的强势方吗？本文将以“边缘人”理论作为支撑，从三个不同时期分析巨人们作为“边缘人”存在的原因、巨人们的“边缘人”形象如何具体在小说中得到凸显、在感知到被主流社会排挤后巨人们的回应和反击以及巨人们以后是否还会一直作为“边缘人”而存在，基于此呼吁社会主流群体关注现实生活中的“边缘人”，为他们创造更广阔的生存空间。

1.“边缘人”理论简述

1.1 “边缘人”概念及理论内容

“边缘人”这一概念最早由德国心理学家K. 勒温提出，泛指对两个社会群体的

[1]　2019级英语专业学生；邮箱：915976333@qq.com

参与都不完全，处于群体之间的人。（王禹茹 2019：223）帕克是“边缘人”理论的集大成者，他在继承了齐美尔关于陌生人的观念的基础之上提出的“边缘人”概念被赋予了新的内涵：“边缘人”是由两个种族或两种文化组合成的混合体，他们渴望进入新的群体里并成为其中的一员，然而往往遭遇到这个新群体的排斥。（杨中举 2019：131；高国菲，吕乐平 2021：64；张黎呐 2010：65）除此之外，帕克所描述的“边缘人”会因迁移产生焦虑不安、分裂的特点。帕克对于“边缘人”概念的重新解释在《神食》这部小说中尽数得到体现。小说中，巨人是一种由人类婴儿和“神食”组合成的特殊混合体，他们试图融入人类社会，但由于自身庞大的存在已经威胁到了普通人类的生存而受到主流社会的排斥，他们产生了焦躁不安的情绪。事实证明，他们的担心并不是多余的，多数人类把他们当作异端并希望尽快将他们铲除，他们不得不利用自身强大的力量保护自己，尽力反抗，在自我意识觉醒后，他们试图与人类划清界限……

“边缘人”是多元文化冲突下的产物，是社会文化变迁过程中产生的一种转型人格，是个体在与自身成长环境不同的社会文化体制、人际关系和社会规范相作用时，其内在心理要素发生矛盾和冲突，在自我协调后呈现的多元文化交织的身心结构。“边缘人”是生活在两个社会、两种文化中的人，这两种文化不仅是不同的，而且是对立的。小说中的巨人们是主流社会秩序下规范着的不寻常人类，除此之外，出于被“神食”喂养长大的原因，他们又不得不接受普通人类用于束缚他们的多重枷锁。因此，他们既被人类社会规范局限，又被普通人类强行附加给他们的巨人社会规范局限。“边缘人”使得巨人们的人格具有过渡性、边缘性和易变性。因为处于主流社会之外，他们在行为上受到多重规范的约束，情感上常出现矛盾心理。

1.2 利用“边缘人”理论分析形象的意义

帕克一生观察和研究了大量的边缘群体，揭示他们的生活状况，试图为社会改善他们的困境提供政策性方案。他的“边缘人”理论一方面关系到社会失序研究，一方面关系到社会变革和创造，已经成为了一种思考现代社会的思维范式。

“边缘人”虽然被许多人关注和提及，但仍然有深入讨论的必要。一方面，“边缘人”普遍存在的现象是当今社会发展越来越需要关注的一个社会问题，另一方面，透过对威尔斯作品中“边缘人”形象的分析，丰富威尔斯小说的相关研究。

2.《神食》中的“边缘人”形象

回顾帕克的“边缘人”思想，需要将“边缘人”放置在帕克的社会学整体视野中。1921 年，帕克与 E. W. 伯吉斯等共同研究人类集体行为，他们把社会秩序与人际关系的过程分为相遇竞争、产生冲突、相互顺应、彼此同化四个阶段。巨人们的出现即与普通人类社会的相遇及竞争过程。在这个过程中，巨人们由于自身的特殊性，需要汲取大量的食物和广阔的生存空间，这就是巨人们与普通人类社会进行竞争的过程；巨人们在遭受普通人类不公的对待后自我意识逐渐显现，他们意识到身为巨人的他们永远无法和普通人类在同一社会秩序中平等生存后，开始正式与普通人类进行对抗，巨人们与普通人类之间的战争爆发，这就是巨人们与普通人类社会产生冲突的过程；至于帕克与伯吉斯等人提出的相互顺应阶段和彼此同化阶段在《神食》中没有得到体现。本文在产生冲突阶段前添加意识觉醒阶段，目的是对《神食》进行更为深刻、更具针对性的分析。

因此，本文将按照小说剧情发展以及被“边缘化”的程度将巨人们被“边缘化”的整个过程分为三个时期，一是巨人们尚未对人类造成威胁的前期，这时的巨人们还不属于被“边缘化”，但他们的特殊性为之后的悲惨遭遇埋下了伏笔；二是巨人们明显遭受到主流社会的歧视和排挤的中期，此时他们的自我人格得到觉醒，开始对周边的人物和现象有所质疑和批判；三是巨人们试图脱离人类社会而做出反抗的后期，此时的他们为了巨人族群的生存开始争取掌握话语权。

2.1 巨人们被“边缘化”前期的形象

巨人们的出现是因为科学家们发明的“神食”，雷德伍德教授和本辛顿先生都是不讨人喜欢的人，他们默默无闻地过着显赫而勤奋的生活，他们是远离公众视线的科学家。偶然间，他们发现了一种可能滋养大力神的物质，这种物质对人类的进化发展能够起到巨大的推动作用。于是，雷德伍德将“神食”喂给了自己的儿子，同样，还有其他的孩子也是在这种神奇配方的哺育中长大的。很快，这个世界就出现了蹒跚学步的巨型婴儿，然后是成年的巨型婴儿（足足 40 英尺，有四层楼那么高）。于是，一种智力和身体都更优越的新人类成为一种奇妙而又可怕的存在。但是在小说前期，巨人并没有完全变成“边缘人”。当巨人还是婴儿的时候，他们的力量还是微弱的，他们和主流社会中其他的普通人类没有太大的区别。尽管如此，他们仍然有被排除在主流社会之外的潜在可能，因为他们与正常人类之间存在心理和生理层面的差异性。婴儿时期的小雷德伍德和他的兄弟显然不可能学会在社会中独立生存。因此，他们父亲的引导和帮助在小说中起到了重要的作用。他们都是在父亲的教育指引下成长起来的，他们的父亲代表了当今社会中受过教育、有知识的人群。这些巨人虽然出生在这群人的身边，也受到这群人的影响，但并不完全属于这群人。他们是社会中的新生群体，但是由于自身的独特性而没有被主流社会接受。也就是说，这个时期的巨人处于“中间”状态。他们与每一个群体都有联系，但他们从不属于任何一个群体。

他们的父亲建造的巨型房子起到了保护他们在婴儿时期没有被边缘化的作用。“房子”这一意象在“边缘人”理论中具有重要的象征意义，“边缘人”通常住在城市边缘偏僻破旧的房子里。而小雷德伍德生活居住的房子是由他父亲用小红木建造的。这所房子十分巨大，这也象征着巨人们在主流社会中的边缘地位。建造房子的计划从一开始也被阻碍，这也预示着巨人们被边缘化的命运。

除了小雷德伍德三兄弟之外，小凯多尔斯是出生在农村的第一个巨婴。在小说中，他所居住的谷仓同样也暗示了他作为“边缘人”的身份。这个谷仓周围都是猪圈和碎玻璃，谷仓附近的树枝表明他的生活空间非常狭窄有限。自从他出生以来，他就被关在这个肮脏破旧的谷仓里。这里的谷仓绝不仅仅是一个建筑，还是主流社会展示出的排他性的象征。小说中，巨人们特殊的居住环境体现了他们在主流社会中对普通人类生存空间的争夺。这些出生时无法选择自己命运的巨人们居住在这个星球上显得无比悲哀，悲哀的原因是普通人类越来越不能容忍他们的存在。

2.2　巨人们被“边缘化”中期的形象

当巨人们成长到青春期时，由于自身不同常人的成长经历，他们开始察觉到自己这个群体与主流社会之间暗中存在的冲突和矛盾。此后，巨人们和普通人类之间表面上短暂的和平被打破，双方关系逐渐恶化。这时，普通人类担心巨人们的力量会危及自身安全，于是采取了许多行动来对他们进行约束，其中很重要的一个手段就是利用其文化霸权和话语权制裁巨人们。另一边，巨人们开始重新思考与普通人类和社会秩序间的关系以及自身存在的价值。

在《神食》中，普通人类所创造并传承的知识、教育、价值观以及宗教教义将巨人们驱逐出主流社会，他们被定义为“边缘人”，他们的身心受到多重限制。一方面，传统的审美标准强化了巨人们“边缘人”的身份，他们拒绝承认那些庞大到超越了他们想象的巨人们。由于与主流价值观格格不入，巨人们被定义为局外人。人们毫无根据地就认为巨人们是丑陋的、堕落的、麻烦的、极具威胁的。

面对主流社会的强制规范，巨人们并非无动于衷。他们因为自身的经历而开始感知自己与主流社会以及自身个性的冲突。在这个阶段，他们产生了困惑、焦虑和不安的情绪。因此，随着他们身体和思想的进一步成长，巨人们开始觉醒并对主流社会产生了质疑。一方面，他们发现现有的主流社会无法适应自己的未来发展，并开始质疑主流力量;另一方面，巨人们在觉醒的过程中也意识到了自己的命运和责任。随着巨人们的逐渐成长，主流势力收紧了对他们的束缚。在这个过程中，小凯多尔斯质疑工人阶级与上层阶级的关系，陷入了深深的绝望之中，他终于意识到“全世界都是他们的”，而他却无处可去。随着“边缘人”与主流社会矛盾的彻底激化，年轻的小凯多尔斯被社会抛弃，不安、焦虑和困惑的情绪涌上他的心头。在对自我的寻找与追逐中，在对主流社会的质疑与反抗中，他最终被警察射杀，痛苦地、永远地倒下，结束了他短暂而悲惨的生命。至此，小凯多尔斯成为了第一个被普通人类杀害的巨人，他的死也揭示了主流社会试图铲除所有巨人的阴谋。

2.3 巨人们被“边缘化”后期的形象

在巨人们的成长过程中，他们的生存空间随着成长而缩小为一个个小小的“监狱”。他们与其他巨人的联系也被切断，以防止他们结成联盟。而在巨人们被“边缘化”的后期，他们中的一些人放弃了融入主流文化，选择了成为弱势群体的领导者。处于边缘地位的人们聚集成为一个大群体后，便会形成自己的群体和文化。当巨人们发现他们与主流社会的矛盾不可调和时，他们拒绝妥协，他们不再只是质疑主流社会的价值观和规则，而是采取一些行动，比如逃离自己的生存空间，形成巨大的联盟，最终奋起反抗，试图颠覆主流社会。小说到此戛然而止，巨人的出走不仅揭示了他们对主流社会的反叛，也象征着巨人们的最终觉醒。

美国犹太学家魏斯伯格曾经做过对边缘犹太人最后的文化命运与身份选择的考察，由此发现犹太“边缘人”的命运结局有四种：“一是同化，即被主导群体所接受、吸纳；二是平衡，即不是解决边缘性困境，而是遵从它，而且不顾及个人内省的进展与焦虑；三是回归，即在遭受了沉重的打击、一段痛苦的经历之后，回归犹太教；四是超越，即通过走第三条道路的方式来克服两种文化的对立问题。”（杨中举 2019：132）《神食》中巨人们最后的命运结局不属于同化，因为在普通人类占主导地位的主流社会中，巨人们始终没有被大众群体所接受，他们一直被人类视作异端，直至结局，普通人类在与巨人们的战争中处于弱势时，他们也不愿意做到真正吸纳巨人作为主流社会的成员，普通人类只是和巨人们协商谈判，希望双方都生活在各自划分的地界内，当然巨人们没有接受这样不公平的条件。巨人们的命运结局也较悲惨，他们一直被主流社会欺压、排挤，始终游走于社会的边界。在小说结尾他们并没有选择遵从不公的命运，相反，他们关注到了个人自省的进展并且试图消除作为“边缘人”的焦虑，奋起反抗，与主流社会对峙。巨人们的命运结局在小说中属于超越性的存在，他们既不选择屈服于人类制定的规则，又不选择与人类互不干扰地生活，他们通过主动向人类宣战来改变巨人的命运，以不达统治地位不罢休的心态试图篡改主流社会的秩序以及规则，这样的结局发人深省。

3. 关于“边缘人”形象的反思

赫伯特·乔治·威尔斯的小说传递了人类的恐惧和希望。《神食》中有一个特别具有启发性的部分，详细描述了一个人出狱后对于主流社会的印象。在“神食”出现之前，他就已经脱离了社会，而在他被释放后，社会功能的逐渐变化在这个曾经被囚禁的人看来是不可理解的。当他让他的哥哥解释这些不可思议的变化时，他的哥哥回答说，好像所有的变化都只是生活的正常变化。

基于分析，本文认为威尔斯对巨人持有同情的态度。当巨婴长大并能够开始决定自己的命运时，他们就被描绘成比正常体型的孩子更令人同情的角色。此外，巨人们的演讲和信仰比正常体型的人更高尚、更有希望。他们并不会像人类对待他们一样对待人类，他们本可以向人类社会投放“神食”，如果真的这样做了，这无疑是一场无声的侵略。与“神食”的创造者不同，巨人们甚至从来没有想过要将“神食”投放到普通人类的食物中，因为他们会对此保持怀疑：仅仅因为他们可以，他们就应该这样做吗？

4.“边缘人”摆脱困境的出路

小说中巨人们和普通人类之间的矛盾是不可调和的，因此，巨人们不得不选择对现实做出回应，努力尝试摆脱“边缘人”的身份，他们愿意为了美好的生活而战斗。小说结局处，巨人们明白妥协不能够解决他们的问题，唯一的生存之道就是奋起反抗，结成联盟。因此，他们逃离了主流社会去寻找新的生存空间。在无尽的黑夜中，巨人看到的“red light”，实际上暗示了“边缘人”要摆脱困境就必须始终坚定指引他们走出黑暗的信仰，他们必须要经历一番精神和肉体上的斗争，同时也预示着他们可以拥有充满希望的未来。

关注“边缘人”群体的社会境遇和他们的生存空间具有一定的价值性和现实性。“边缘人”理论的进展无不揭示了这样的一种趋势，即在边缘文化背景下，“边缘人”一面向主流文化强调、宣称自身的立场，一面与主流社会进行着对话；同时，主流社会受边缘社会的影响，也会在一定程度上对自身存在的不足进行改正，以制定能够平等适用于所有人的社会秩序和规范，这二者在不同程度上趋同，共同缔造着多元化的社会格局（张黎呐 2010：67）。多元文化的和谐相融不仅要依靠徘徊在主流社会边界的“边缘人”主动把握时机，还要依靠普通人类的理解与宽容。世界是不断向前发展的，“边缘人”成为普通人类只是历史进程中的一小步，却是“边缘人”需要进行漫长摸索的一大步，他们需要在同化与反同化的矛盾或两难中寻找平衡和出路。

5. 结语

本文通过分析《神食》中巨人们的“边缘人”形象以及他们与主流社会的关系，探索威尔斯有关社会进步和社会改革的思考。巨人们“边缘人”身份的存在并不是他们生来就具有的，不过是在与人类的交往相处中他们的生存空间被排斥、被挤压导致被赋予“边缘人”形象。如果被“创造”后的他们被平等对待，他们也不过是比正常人类体型更庞大的人类而已。但在这一小说中，巨人们要想作为被忽视的存在几乎是不可能的，他们被喂养“神食”长大就意味着他们注定是有悖主流社会的存在，他们的成长会“夺取”原本就有限的人类生存资源。因此，巨人们和主流社会之间的矛盾和冲突从一开始就是注定的。威尔斯的文字不经意间透露出对“边缘人”的同情和赞扬，实则希望人类能够跳出自己的视角，更为客观地、平等地对待自己的同类。

本文分析“边缘人”形象的意义主要有两点：一方面，通过对《神食》中“边缘人”的形象以及其与主流社会关系进行分析探讨，为这部作品的研究提供新的视角；另一方面，通过研究《神食》中“边缘人”的生存现状，呼吁人们关注社会矛盾和边缘群体。小说中的巨人投射到现实社会中其实就是游走在主流社会边缘的人们，他们默默无闻地生活着，既要与那些更容易得到社会关注的人们争夺生存资源，又要尽力隐藏自己的存在。本文在分析“边缘人”形象的同时也讨论了“边缘人”存在的原因。小说中对“边缘人”的刻画对当下现实社会具有深刻启示，对保障不同群体和谐相处、共同发展具有启示作用。万物都是向着广阔无垠的天空自由自在地生长，生命没有边界。

参考文献

[1] 高国菲，吕乐平．“边缘人”再出发：理论重构及其与传播学的对话 [J]. 国际新闻界，2021：61–67.

[2] 鲁雪莉．意识形态化的理性言说——论曹禺后期创作的政治理性 [J]. 中共福建省委党校学报，2010（3）：92–96.

[3] 李月．论《神食》中主流社会与边缘人之间关系的演变 [D]. 贵阳：贵州大学，2020.

[4] 亓玉慧，李森．课堂教学中的边缘人现象分析 [J]. 教育探索，2014（5）：62–64.

[5] 王禹茹．浅析《土生子》中别格·托马斯的“边缘人”形象 [J]. 戏剧之家，2019（7）：223–224.

[6] 杨中举．帕克的“边缘人”理论及其当代价值 [J]. 山东师范大学学报（人文社会科学版），2019，64（4）：129–137.

[7] 张黎呐．美国边缘人理论流变 [J]. 天中学刊，2010，25（4）：64–67.

存在主义女性主义视角下《红运》中新女性形象的分析

黄潆莹[1]

摘　要：《红运》是一部讽刺法国殖民统治下越南上层阶级趋时附势而盲从欧化运动的作品。小说以主人公红毛春的戏剧般经历为主线，将红毛春周围的女性置于全书第二中心位置，展现了一批特点鲜明、思想超前的新潮女性。诸如副关长端夫人、少女阿雪和黄昏女士等既是独立自由的女性代表，又是处在道德临界点上备受争议的人物。文章从波伏瓦的存在主义女性主义理论出发，通过分析小说中女性形象的多重特点，以展现出时代进步下越南的新女性形象，表达作家武重奉对当时统治阶级的批判和对女性解放问题的思考。

关键词：《红运》；武重奉；女性形象；女性观

武重奉（Vũ Trọng Phụng, 1912—1939）是越南近代早期少有的在作品中表现出强烈自由与进步意志的作家，其代表作《红运》是越南八月革命前越南语小说再版最多的一本，他的诸多批判现实主义小说成就了他作为“越南的巴尔扎克”的美誉。小说诞生于以法国为代表的西方文化与越南本土文化最为激烈碰撞的时期（于在照 2014：281），书中的人物形象，特别是女性形象与 20 世纪以前越南文学作品中的女性形象已呈现出明显差别。文学体裁作为文学形式的一个要素，它的形成归根结底也是适应了一定社会生活的需要。通过深入探讨该作品中的女性形象，有望揭示越南女性在当时社会的整体生存本相，加深对越南民族与半殖民地半封建社会之间复杂矛盾的认识，进而洞悉当时越南与西方的交流程度以及西方文学思潮对越南文学的影响，有助于越南文学现代化的建设。

目前国内外关于《红运》的研究主要集中在以下几个方面：一是从全局视野出发，对作者经历、小说诞生背景及其内容进行总的综述；二是运用美学原理考量《红运》中所呈现的讽刺艺术；三是从心理机制角度探讨小说人物所展现的越南民族性格。可见，国内外学者就《红运》整体研究较多，几乎无人从女性主义角度切入，对小说中呈现出的新女性形象进行分析。本文通过运用波伏瓦存在主义女性主义理论，以越南原版《红运》作品和北京大学夏露教授的译作《红运》作为研究蓝本，旨在分析该作品中女性形象展现的特点，挖掘其所蕴含的新女性观念，探索出对当今社会女性自我意识建构的启示，为《红运》的人物形象研究提供新的视角。

[1]　2018 级越南语专业学生 /2022 级越南语笔译专业硕士生；邮箱：731525220@qq.com

1. 波伏瓦存在主义女性主义与《红运》

存在主义女性主义是以法国哲学家萨特（Sartre）的存在主义为哲学视角，法国作家西蒙娜·德·波伏瓦的女性主义为理论基础，对女性的生存处境及自由问题进行全面解读的一种理论（刘星 2018：67）。受萨特思想影响，波伏瓦曾于《第二性》中提出了她在存在主义思想指导下的女性主义观点：女人不是天生的，而是后天形成的。任何生理的、心理的、经济的命运都界定不了女人在社会内部具有的形象，是整个文明设计出这种介于男性和被去势者之间的、被称为女性的中介产物（波伏瓦 2011：9）。同时，她从社会学、精神分析学等方面出发，深入剖析女性在历史发展各阶段的处境，让女性意识到自己一直处于“他者”的状态，并提出应改变女性“他者”处境，摆脱女性特质和内在性的限制，使女性成为自由的主体，找寻和实现自身价值，以达到自我的发展与超越（张哲昊 2016：104）。女性形象与审美深植于特定的社会与文化语境中，在不同的发展阶段，女性形象身处不同的处境，具有对应相改变的表征和意义。文学作品中的女性形象与社会意识形态、阶层和文化等各方面紧密相关，并受这些因素综合影响而展现出来。小说《红运》讲述了主人公红毛春在副关长夫人、文明夫妇等河内上层人士的帮助下，一步步从流浪汉身份摇身一变，成为越南“维护和平的英雄”的故事，荒诞的剧情背后，蕴含了作者对当时欧化思想孕育下出现的越南新女性形象的思考。作家武重奉曾在越南《未来报》（Báo Tương lai số 9, ngày 25 –3 –1937）中谈道：“Các ông muốn tiểu thuyết cứ là tiểu thuyết. Tôi và các nhà văn cùng chí hướng như tôi, muốn tiểu thuyết thực sự là ở đời… Các ông muốn theo tiểu thuyết tuỳ thời, chỉ nói cái gì thiên hạ thích nghe nhất là sự giả dối. Chúng tôi chỉ muốn nói cái gì cũng đúng sự thực”.（你们希望小说仅仅只是小说，我却与我志气相投的作家们认为，小说确实存在于生活中……你们想要顺应时势，只写社会最喜闻乐见的东西，实为虚伪，而我们凡讲，必属真实。）因此，在武重奉的视角里，《红运》中的每个女性形象都根植于法国殖民统治下的越南上层阶级之中，和男性一样有血有肉，丰满有力。诸如：副关长端（Đoan）夫人、TYFN（越南语“我爱妇女”缩写）夫人、文明（Văn Minh）夫人、阿雪（Tuyết）小姐、黄昏（Hoàng Hôn）女士和鸿（Hồng）老太太等女性形象勇敢挣脱父权社会对女性的种种身份界定与角色扮演，即“他者”和“他性”状态，保持自我独有的价值判定标准，树立理想计划与目标，向独立自由而前进，最终有的人实现了“内在性”的超越，创造了属于自身的价值，成为与时代共同进步的主体。

2.《红运》中展现的独立新女性形象

波伏瓦运用哲学范畴中的“内在性”与“超越性”阐释了女性身处何种处境是

作为主体存在还是客体存在，以及女性是独立自由的还是不自由的。“内在性”形容的是一种无尽无休地循环反复着对历史不会产生什么影响的工作的境况，在这种情形下的女性束缚于封闭、被动、停滞而无所作为的生存状态（朱传莲 2016：74）。“超越性”形容的是个体自由地运用一项筹划从而能以一种重要的方式延伸在世界上行动的能力（王丽丽 2014：2）。《红运》中的女性，不再是像大多越南古典作品中柔软、脆弱和擅于忍耐的女性人物，相反，她们努力撕下传统标签，跨越传统社会给她们划定的范围，像其他的男人一样，能够不断地超越既定现实，根据自身意志去拓展外部世界，平等地参与到社会生活之中；她们穿衣风格开放大胆，举止豪放自信，在形式上脱离了“女性特质”的限制；她们工作独立，懂得出谋划策，最终得以收获幸福。武重奉将书中女性人物的执著坚定、勇敢独立的新女性形象描绘得淋漓尽致，殷切期待越南妇女走向进步道路。根据波伏瓦存在主义女性主义理论，本文对《红运》中不同女性形象的主体存在分析将主要从女性“内在性”束缚、女性气质与自由的关系以及“内在性”超越三个方面进行，因为冲破“内在性”束缚表现为冲出“内在性”泥沼而无法直接过渡到实现“内在性”超越，其中关涉到女性气质，进行自由选择与行动问题，而且摆脱内在性并不意味着摆脱女性气质，因此将从以下三个层面进行论述。

2.1 副关长端夫人与 TYFN 夫人：抛弃传统定位，挣脱“内在性”束缚

自 19 世纪中叶时期法国对越南进行殖民统治后，法国在越南社会开始轰轰烈烈地展开欧化运动，越法学校的出现和平等思潮的涌动使长期备受压迫束缚的越南女性开始觉醒，上层城市小资产阶级代表便是主力军之一，她们是时代新潮的首要代表，是欧化运动的提倡者。副关长端夫人与 TYFN 夫人正是武重奉之于早期追求平等、崇尚自由的越南新女性的刻画。

端夫人原本在农村生活，一次到省城参加停战庙会的经历使她的人生发生颠覆性转变。她阴差阳错嫁给一位任海关副关长的法国人，跻身于上流社会之中。副关长先生去世后，她很快与当地一位年轻通判（注：法殖民越南时期在各官署工作的中级官员）结婚了，二婚后又不幸丧偶，独自与儿女生活在奢华的府邸里。尽管名字为“端”，且在众人眼里，她是“四十岁便两次丧偶的寡妇”，但她的举止间丝毫没有如同人们期待那样，秉承寡妇应有的“端庄”之态。相反，她衣着华丽，妆饰粉白黛绿出入名流场所，敢作敢为，她认为“当今社会，嫁几个丈夫都行，只要他们是正派的人”（夏露 2017：142）。并不因传统守贞观念而时刻拘束自己。“内在性”束缚的最直观的外在表现之一为女性在经济上对男人的内在依赖（刘慧敏 2010：40）。端夫人有着自己的汽车并养有一只长得像麒麟的小狗，当她遇见红毛春时，她亲自来到拘留所将他赎出，介绍他到服装店工作。同时，她热爱网球，在家中建造了一个网球场，使家里成为上层阶级集会的俱乐部。由此可见，独自生活的她已经

摆脱对男人经济上的依赖，甚至利用自己的经济能力实现社交与娱乐自由。此外，她一反家庭主妇式思维，勇敢追求自己所爱：当欧化时装店里只有副关长端夫人和红毛春两个人时，她内心窃喜“这种情况真为罕见，所以她不想放过这个好机会。”（夏露 2017：78）她渴盼向主人公示爱，再次拥有浪漫的爱情。这种爱情跨越了身份与年龄，体现了她精神世界的豪放不羁。尽管挣脱了“内在性”，但端夫人身上还透露着遵循女性固有气质生活的影子，且注定与红毛春爱情破灭的结局或许在某种程度上是对理想的抹杀。然而，相关篇幅中不断出现的“欧化”“解放”等词也可说是对存在主义女性主义表征的一种明显的支持，肯定了端夫人是新女性形象地位，具有进步意义。

TYFN 夫人是欧化时装店裁缝主管 TYFN 先生的妻子，当她第一次来到欧化时装店时，她惊讶和感慨于店中琳琅满目的新潮服饰，她气急败坏地找到丈夫，要求穿上那些时髦衣服并生气地指责：“哼！你是一个蠢人！你呼吁革新、欧化，你鼓动妇女按照你的方式改革服装，按照你的方式涂脂抹粉，而我，我也是一个女人，尽管我首先是你的妻子！但我也是女人！全天下的人都可以证明我是一个女人，谁说不是”（夏露 2017：48）？波伏瓦“内在性”束缚的另一个外在表现为文化上的依赖，即深受以男性为主导的文化体系施加的精神束缚。以前 TYFN 夫人觉得穿欧式衣服是非常可笑而且是不可能的事情，现在她觉得“为什么不可以？女人用自己的头脑思考自己的未来，只依靠我们自己而成就将来”（刘星 2018：168）。他者总是一个人在实现真实的自我过程中与之发生冲突并且必须克服的障碍。TYFN 夫人的丈夫之所以成为女装店的设计师，是因为他认为改革妇女时装是一种“最容易理解的艺术”，因此，他在报纸上主张欧化改革，而对于自己妻子，他却“说一套，做一套”，禁止她穿着新潮，并限制她的行为自由，从未将她带到自己的工作地点。TYFN 夫人意识到自身深处于“他者”的处境之中，因此，她通过铿锵有力的女权主义式宣言极力反对丈夫强加给自己的思想与行动上的禁锢，目的是脱离丈夫主导下的保守文化体系，实现真实的自我。她敢于批判丈夫“我的家庭要遵照传统，不能有女人穿得新潮”的荒谬说法，摆脱丈夫对她传统家庭主妇式定位，为扩大自己自由的领域而斗争。后来，当 TYFN 夫人在路上看到红毛春对她打招呼时，她已学会“鼓起勇气像一个见习的新潮女性一般大胆地与红毛春握手”（夏露 2021：137）。尽管 TYFN 夫人斗争曲折，但她已敢于追求新潮与独立自由，不再一味地屈服顺从于丈夫的话语权威之下，开始拥有自我意识。至此，TYFN 夫人走出了传统女性世界，重新认识和确立了自己，树立了独立自主意识，转变成为自强自爱、积极前进的新女性。

2.2 阿雪小姐与黄昏女士：突破女性气质，成为自由主体

“内在性”的外在表现最直观的就是所谓的“永恒的女性气质”。女性气质在《第二性》中被视为“女性的典型的品质”（孙洁雨 2019：9）。在父权制社会下，人们对

女性的社会性别作出了普遍认识，认为女性天生就是拥有温柔善良、感性、被动、顺从、娇弱、温柔贤淑、喜欢唠叨、有依赖感和不安全感等气质的人。虽然表面上女性的选择和行动是自由的，但是“先在”的女性气质仍在无形间巧妙制约着女性的自由选择和行动。于是，男性霸权的文化逐渐浸润了女性躯体的潜意识，自然地成为了女性身体的一部分。而后，因屈从于“他者”权威，以“女性气质”来依附于男性，使女性自身注定被拘囿于繁复的“内在性”之中。因此，消解父权制，突破女性气质才能使女性向“内在性”超越过渡，成为自由个体。阿雪是通判鸿老爷的小女儿，才貌出众而又气度不凡，行为举止大大咧咧，思想新潮而又纯真浪漫，乐于接纳新事物，同时也有自身原则。当她得知红毛春是一名医学生后，她主动找红毛春假扮情侣，让众人认为她是名声败坏的姑娘，实则意图逃脱长辈安排的婚姻，向未婚夫悔婚。她果断勇敢，主动去“传统女性化”，她认为企图单纯以女性气质为终极目的来框住女性是非常天真和狭隘的。她在规训和劝阻面前不屑一顾：拒绝与未婚夫见面，她对父母坦白“我不想嫁给那个人，因为如果我嫁给他，我一定会背叛他的。”最终使父母认可她与红毛春的爱情。同时，她自视“一半新潮的女孩”，面对红毛春婚前借欧化改革思想而对她提出的一系列不合理要求，她说“我不可能完全新潮！不可能不顾一切都豁出去”（夏露 2021：94）。她被主人公夸赞是“南国20世纪女人的代表”，她身上所体现的独立、刚强与理性气质已不能仅仅界定于女性气质范畴当中。“最有意志的、最有支配欲的女人，不惮与男性对峙：所谓有‘男子气的’女人往往是一个坦率的异性恋者。她不愿意否定做人的要求；可是她也不想弃绝自己的女性气质，她选择进入男性世界，甚至兼并它”（波伏瓦 2011：180）。阿雪在展现自己男性般气概的同时，她也时刻怀揣美丽浪漫式的女子气质。在参加老太爷葬礼时，她穿着一身薄透奥黛，佩戴漂亮的丧帽，格外温柔地为客人们卷槟榔和烟草，脸上还流露出一种家遇丧事的浪漫的忧愁（夏露 2021：150）。她将传统的礼仪与西式的浪漫结合起来，形成了她独特的气质：既有古典的温文尔雅，也有欧式的开放包容。兼容了多种气质的阿雪对男性提出的特权无所畏惧，从“已订婚的女人”到“红毛春是她的男朋友”（夏露 2021：104），她完全按照自身意愿为自己的人生定位，为生活赋予个人自由的意义。

如果说阿雪是在道德规范下脱离依附意识的自由个体，那么她的姐姐黄昏可以说是偏离本真自我下对“依附性”彻底颠覆的性格尖锐型个体。尽管已与通判先生结婚，但她知道自己并不深爱丈夫，她不停地与他人约会，甚至通判先生也对此有所耳闻，痛苦不已的通判先生甚感羞辱，与红毛春约定每次在公开场合见到他都要告诉他：“您被戴绿帽子了。”（武重奉 2003/1936：42）然而黄昏女士对此却置若罔闻，婚姻并不能使她陷身囹圄，相反，她有着她自己一套对于爱情的“哲学”，她表示：我有两份情，一个是他人，一个是丈夫。她的气质似乎与丈夫的气质颠倒了过来：她视忠贞不渝为胆小，视守贞为对丈夫和他人的守贞。在她的视角里，爱情是体面的，是美丽灿烂的，但又是与婚姻相分离的。“女人的不幸就在于她受到几乎不可抗拒的诱惑包围，一切都促使她走上容易走的斜坡：人们非但不鼓励她奋斗，反而对她说，她只要听之任之滑下去，就会到达极乐的天堂：当她发觉受到海市蜃楼的欺骗时，为时已晚：她的力量在这种冒险中已经消耗殆尽”（波伏瓦 2011：499）。显然，受社会中激进的欧化革新思想不断影响下，黄昏女士与社会中传统女性形象渐离渐远，同时也与道德底线背道而驰。尽管她被置于道德制高点受到质疑与批判，但自笔墨之间可看出，作者同情于她任情恣性的自由意志，因为小说中众人夸赞她“真是个有种的女人，”阿雪认为“几个姐妹都像是从一个模子里刻出来的”。因此，在存在荒诞思想的社会背景下，黄昏女士一步步地瓦解那些曾被认为是不变之法的约束力，否定现存秩序和传统观念，但消极应对不如意的婚姻的做法使她无法超越“内在性”，只能在精神上拥有相对的自由。

2.3　文明夫人与鸿老太太：实现“内在性”超越，创造个人价值

波伏瓦认为，“女性要在确定自己的超越性和异化为客体之间做选择”（波伏瓦 2011：73）。尽管每个人物都具有内在与超越的气质，但是某些社会思想会将人禁锢于“内在性”中，从而不能达到“超越性”。男人统治着超越的空间，受到压迫的女性只能屈从于“内在性”的世界，直至他们不再认识到自己的自由。因此，女性应清晰意识到自身应当作为主体而存在，摆脱对男性经济以及文化上的依附，并以“超越性”的行动来证明自己，凭借自由的选择来设计自身的生活，以实现自己的社会价值。

文明太太是副关长端夫人的外甥女，是富有主见的乐天派。她与文明先生共同经营欧化时装店，在店里辛勤说服年龄各异的女人们定制新式衣服，借此宣传“妇女解放”等欧化思想（武氏容 2018：37）。她认为“我们得跟随社会进步的规律进步。在这个革新的年代，一切保守的东西会被淘汰”（夏露 2021：48）。文明太太欲与她们一起摆脱社会给她们划定的范围，加入欧化改革的浪潮当中；她践行自由解放主义，从她的日常举止便可见一斑：“文明太太把两只脚放到那种矮矮的桌子上，派头俨然是一个不同寻常的新式少女”（武重奉 2003/1936：46）。越南妇女同中国一样自幼受《列女传》传统思想濡染，为人讲究三从四德，举止讲究“坐莫动膝，立莫摇裙，喜莫大笑，怒莫高声。”而文明太太自然豪爽的举止，不仅体现了当时社会的进步，更展现她作为欧化时装店女老板这一角色独立自强生活的魅力；她与丈夫学习法国文化，在婚姻生活中与他处于平等地位。她的丈夫曾游学法国，在平等思潮的熏陶下，结婚后，将妻子的名字“文”放于前，把他的名字“明”放于后，自称文明先生，以示他尊重女权之意。同时在红毛春与阿雪恋情以及老太爷病情的问题上，文明太太与先生一起出谋划策，在一定程度上反照出文明太太于社会文化层面受到了认可；她积极参与网球运动，为拿下妇女杯努力苦练球技，在她身上充分体现了创造性和

主动性。文明太太拥有体面的工作，能够与丈夫平等对话，并在业余时间参与喜欢的爱好，通过自由选择实现了自身“内在性”超越，创造了自己的社会价值。

鸿老太太头脑清醒，尤为正派。丈夫鸿老爷深陷鸦片瘾之中，对家中的事务自顾不暇，她开始独自承担起为儿女婚事认真考量之事，她清醒地认识到大女儿黄昏，小女儿阿雪去蓬莱宾馆之事已脱离道德正轨范畴，她痛骂“我要让他们看看，这都是什么文明进步”（夏露 2021：113）？！在众人趋之若鹜地涌入欧化改革的旋涡之中后，她的自主意识被彻底唤醒，她坚定立场，真实发表自己的看法，毫不掩饰对儿子开的欧化时装店进行批评、对女儿以及对红毛春轻浮举动的责备，她竭力撕下端夫人和红毛春等人虚伪的面纱，将自身作为主体存在而与他们抗争。她原本平稳地走在既定生活轨道路线之上，现在开始他们互相指责，争论不休。她努力超越“内在性”，对女儿与主人公的恋情一分为二地看待，即认可红毛春的能力，又因他轻浮的性格而对他保持忌惮，努力摆脱鸿老爷话语权的控制，在文化上不受习俗、思想和制度的禁锢，使自我意识得以进一步觉醒，并将自身从精神和心理层面完全解放出来（丁智勇 1996：37）。而自我意识的觉醒，对越南当代妇女追求精神独立、突破自我、实现生命价值又发挥着重要的启迪作用。

3. 结语

《红运》在讲述红毛春上层城市资产阶级生活的同时，也展现了众多以往越南文学作品中不曾具有的颠覆性女性形象，暗含了作者对越南第一次妇女解放浪潮下涌现的新女性的思考，至今仍有启示意义。武重奉在作品中传达了新女性身上积极乐观、蓬勃向上的力量以及坚忍的意志，抨击了精心设计而将越南民族关进思想禁锢的法国殖民者，促进越南女性思想觉悟的提升。

本文通过运用波伏瓦的存在主义女性主义理论，从女性“内在性”束缚、女性气质与自由的关系以及“内在性”超越这三个层面详尽分析了《红运》中新女性形象体现的新定位、自由性与超越性，让我们更加重视女性的生存处境。女性要从“他者”的身份中解脱出来，脱离“内在性”的桎梏，从“经济与文化的依附”向“内在性超越”的转变，才能真正地实现自由，成为能够设计、创造自己的生活，并实现自己的社会价值的人。本文号召女性应明确自身以主体地位而存在，不受传统定位束缚；其次，走进男性世界，对不同气质兼收并蓄；而更重要的是期望能够在男性与女性之间找到一个平衡支点，建立一种优势互补的和谐发展观，希望通过这种和谐的理念，为女性实现“内在性”超越，营造良好的社会环境，促进两性的平等共处。

参考文献

[1] Vũ Trọng Phụng. Số Đỏ[M]. Hà Nội：Nhà xuất bản Hội Nhà văn，2003.

[2] Đinh Trí Dũng. Sự thể hiện con người “tha hóa” trong các tiểu thuyết của Vũ Trọng Phụng[J]. Tạp chí văn học. 1996：tr. 37–38.

[3] Vũ Thị Dung. Đặc điểm nhân vật trong tiểu thuyết của Vũ Trọng Phụng qua “*Giông tố*,” “*Số đỏ*,” “*làm đĩ*”[D]. Đại học Thái Nguyên，2018：tr. 37

[4] 于在照．越南文学史 [M]. 广东：世界图书广东出版公司，2014.

[5] 刘星，万桂莲．存在主义女性主义视角下的女权意识探析 [J]. 海外英语，2018（17）：167–168.

[6]〔越〕武重奉，夏露译．红运 [M]. 四川：四川文艺出版社，2021.

[7] 刘慧敏．存在主义女性主义与女性的自由与解放——浅析波伏娃的《第二性》[J]. 重庆科技学院学报（社会科学版），2010（13）：39–40+48.

[8] 孙洁雨．波伏瓦女性主义思想中的“女性气质”[D]. 山西师范大学，2019（05）.

[9] 西蒙娜·德·波伏瓦．《第二性》II. 郑克鲁译．[M]. 上海：上海译文出版社，2011.

[10] 张哲昊．从波伏瓦存在主义视角下重构《圣女贞德》中的新女性形象 [J]. 佳木斯职业学院学报，2016（08）：104–105.

[11] 朱传莲．超越内在的死亡——存在主义女性主义下的《一个小时的故事》[J]. 文山学院学报，2016（05）：73–75.

[12] 王丽丽，林凌．女权战士与推石者——从《第二性》和《金色笔记》看波伏娃和莱辛的女性主义思想 [J]. 华侨大学学报（哲学社会科学版），2014（02）：145–153.

[13] 夏露．1930 年代越南的西化潮流：以武重奉及其小说《红运》为个案 [J]. 内蒙古师范大学学报（哲学社会科学版），2017（03）：140–146.

《提线木偶》中人物的精神分析

陈志芳[1]

摘　要：弗洛伊德的三重人格结构理论包括受快乐原则支配的本我、受现实原则支配的自我和受道德原则支配的超我。本文通过对《提线木偶》中四个人物的行为、心理活动及相互关系的分析，探究不同情况下人物的表现并解读与之相对应的人格，旨在探讨本我、自我、超我对人物行为转变的影响以及三者在人格中相互平衡的重要性。人格结构理论为理解人性提供了新角度，引导读者对故事主题进行思考。本文的分析丰富了欧·亨利短篇小说的研究视角。

关键词：精神分析；本我；自我；超我

欧·亨利被誉为美国现代短篇小说之父，其作品构思新颖，语言诙谐，结局总使人感到出乎意料。《提线木偶》是有关人性主题的故事。主人公詹姆斯拥有双重身份，表面上他是令人称赞的好医生，背地里他是通过医生身份获取病人信任，顺利盗取财物的盗贼。一次机缘巧合之下，詹姆斯遇到了病重的钱德勒先生，两个非道德的人相互羞辱、较量，标榜自己的行为准则。而钱德勒夫人虽遭受丈夫虐待，但她始终忠贞不渝、默默奉献，承担起家庭的责任。黑人女佣辛迪质朴、崇高，不论任何艰难险阻，她都坚定不移地追随着女主人。此次事件过后，詹姆斯像被注入了善心，以钱德勒先生的名义留下了钱，并请求钱德勒夫人的原谅，为她点燃了希望之火。故事展示了主人公詹姆斯从堕落、觉醒到救赎的升华过程，引发人们对人性的深刻思考。

国外对欧·亨利作品的研究主要集中于他的写作风格，比如语言特色和独特的欧·亨利式结尾，以及对其作品的现实研究，比如对小说中所反映的社会现实进行批评。国内对欧·亨利的短篇小说《提线木偶》主要有两个研究角度，其一是学者周志莹（2016：43）从人性角度出发，指出“欧·亨利有意将笔触伸向资本主义社会，把批判的矛头直指美国社会光鲜外表下所掩盖的现实，即人性的扭曲和异化。在这里，他揭示的是一种非人性世界中的非人性关系”。其二是学者赵素花（2014：181）在运用叙事学相关理论的基础上，从叙事角度和叙事话语两个方面诠释《提线木偶》中独具特色的叙事策略。

就国内外的研究概况来看，研究方向主要集中于欧·亨利的创作手法及其作品的艺术特征、语言特色的分析，或与其他作家作品风格进行对比赏析，也有从批判现实主义、结构主义、自然主义等角度进行解读，以及对欧·亨利小说的不同译本进行

[1]　2016 级英语专业学生；邮箱：1113055379@qq.com

翻译研究。此外，研究的范围也比较狭窄，而且对作品的研究过于集中在《麦琪的礼物》《警察与赞美诗》《爱的牺牲》《带家具出租的房间》《最后一片藤叶》等少数几部短篇小说。很少以精神分析理论的视角去仔细审视小说的人物特征或主题的构建与表达。目前，还没有找到从精神分析的角度对《提线木偶》的研究，借此希望本文能够丰富该作品的研究。

1. 精神分析理论

精神分析是现代心理学的一个重要流派，起源于19世纪末，并由弗洛伊德创立。弗洛伊德精神分析学说中最著名的是人格结构理论，也是支持本文最重要的理论基础。三重人格结构分别是本我、自我和超我。本我是最原始的、潜意识的、非理性的心理结构。它充满着本能和欲望的强烈冲动，受着快乐原则的支配，一味追求满足（车文博 2014：279）。本我不受道德约束，喜欢追求刺激从而获得快感。一旦受本我支配，它就会驱使人破坏规则，变得盲目冲动。就像弗洛伊德（1973:56）所说："本我包含基本需求的人格结构中的无组织部分。本我按快乐原则行事，力求避免因本能紧张感增加而引起的痛苦或悲伤。"

自我是受知觉系统影响，经过修改来自本我的一部分。它代表理智和常识，按照现实原则来行事。它既以大部分的精力来控制和压抑发自本我的非理性的冲动，又迂回地给予本我以适当的满足（车文博 2014:279）。受自我控制的人可以认清现实，按照当前的形势做出判断，灵活地调整自己的状态来适应周围环境，并且能够理智地控制自己的行为，以便获得更多满足。

超我是人格中高级的、道德的、超自我的心理结构。它以良心、自我理想等至善原则来规范自我（车文博 2014：279）。弗洛伊德（1960：22）说过："在自我中存在着一个较高级的、不同于自我本身的东西，可以把它称作'自我典范'或'超我'。"超我遵守道德原则，严格监督本我和自我的行为。受超我影响的人拥有高尚的道德品质，对自己严格要求，通常会做出超道德的行为。

弗洛伊德（1960：19）曾把自我与本我的关系比喻成骑手与马，"自我就像骑在马背上的人，他必须牵制着马的优势力量；所不同的是：骑手试图用自己的力量努力去牵制，而自我则使用借来的力量。这个类比还可以进一步引申。假如骑手没有被马甩掉，他常常是不得不引它走向它所要去的地方；同样，自我习惯于把本我的欲望转变为行动，好像这种欲望是它自己的欲望似的。"此外，超我与自我的关系则像是父亲的禁令，"你应该像这个（像你父亲）。它还包含了这个禁令：你不可以像这个（像你父亲）——这就是说，你不可以做所有他做过的事；有一些事情乃是他的特权"（弗洛伊德，1960：30）。

在本我、自我、超我之间没有明显的界线，它们的相互作用构成了统一的人格。三者的关系可以这样描述："他是一个黑暗的地窖里，一个有教养的老处女（超我）

和一个性欲旺盛的猴子（本我）永远在进行殊死搏斗，一名相当紧张的银行职员（自我）提到了这场搏斗”（Snowden　2006：38）。本我不顾现实，只要求满足欲望，寻求快乐，它隐藏在无意识中，并受到自我控制；而自我是本我和超我之间联系的桥梁，并按现实要求行事；超我则遵守道德原则，不仅限制本我，还指导自我，位于人格结构中的最高层。

吴光远和徐万里（2005：343）说过，“人格中的能量是稳定的，遵循能量守恒定律。当自我获得了能量，本我和超我就必然失去能量。一个人的素质在一定程度上取决于能量在人格中的分布状况。如果人自身的大部分能量被本我操纵，他则可能是一个放荡不羁的人；如果大部分能量被自我控制，他的言行则会很现实；当大部分能量被超我所占有时，他将成为一个严于律己、道德高尚的人。”这样，人的一切心理活动就可以从本我、自我和超我三者之间的人格动力关系中得以阐明。一个人要想保持心理正常，生活得平稳，就必须依赖这三种力量维持平衡，否则就会导致心理的失常，形成不健康的人格。

2.《提线木偶》中人物的精神分析

2.1　钱德勒先生——“本我”的体现

“病人看起来大约三十岁。他的脸上有一种大胆放荡的神情，但也并非没有匀称的五官，还有他那富于情趣和纵情于幽默所画出的细纹，这些都给人一种弥补的感觉。他的衣服散发出一股酒味”（O Henry　2015：278）。这是钱德勒先生第一次露面。这表明钱德勒先生是一个不受约束的人，喜欢酗酒享乐。然后，黑人女佣对钱德勒先生的控告以及詹姆斯作为医生对钱德勒夫人伤口的判断，证实了钱德勒先生的其他罪行——殴打妻子。此外，钱德勒先生在与詹姆斯医生的对话中坦率地承认：“一切都在博彩公司的掌控之中。两万——艾米的钱。我在比赛中玩了它——输掉了所有的钱”（O Henry 2015：284）。这可以看出，钱德勒先生的坏习惯还包括赌博。他的性格主要受本我的支配，驱使他不断满足本能欲望，从而沾染了各种恶习。

钱德勒先生去世后，黑人女佣简要回顾了他们以前的生活——“在遥远的南方有一个理想的家；迅速后悔的婚姻，这是一个不幸的季节，充满了冤屈和谩骂，最近又继承了一笔许诺解脱的钱财；它在两个月的离开期间被狗狼捕获和浪费，而它在一次令人愤慨的狂欢中回来”（O Henry 2015：286）。在这段不平等关系的婚姻中，钱德勒先生不仅没有履行丈夫的责任，还虐待妻子，肆意挥霍，所作所为无一不是在摧毁这个家庭。本我缺乏理性，容易冲动，自私自利，专横跋扈，寻欢作乐，就像被宠坏的孩子一样，这和钱德勒先生的表现如出一辙，不理会道德规范，不在意社会评价，唯一追求的是快乐，钱德勒先生的一切行为都源于本我的驱使。

本我是不道德的，遵循快乐原则，不顾现实，只为满足本能的需求。这种本能是隐藏在人类内心深处最原始的欲望。一旦被本我所支配，隐藏的欲望就会被挖掘出来，并且不受控制地壮大。根据钱德勒夫人的说法，钱德勒先生患有心脏病，并且半夜昏厥也可能是受到心脏病的影响。按照生活的常识来看，心脏病患者应尽量减少参与刺激性活动，但钱德勒先生不仅喝酒，而且喜欢赌博。喝酒会短暂地刺激大脑皮层，但之后对身体的损害将是巨大的。赌博结果的不确定性会引起情绪起伏。这些刺激性活动为钱德勒先生带来了短暂的快乐,但却增加了极大的死亡风险。然而，钱德勒先生的人格受本我的支配，导致他盲目追求快乐而不考虑后果。可以说，他的死完全是他自己造成的，詹姆斯医生的出现只是加速了他的死亡。即使没有詹姆斯的参与，他迟早也会死于自己的欲望之下。

2.2 钱德勒夫人和她的黑人女佣辛迪——“超我”的体现

当黑人女佣找到医生时，钱德勒夫人向医生解释了她生病的丈夫的状况：“‘我的丈夫在你来之前大约十分钟突然生病。他以前有过心脏病的发作，有时候发作得很厉害。’他的衣服状态和太晚的时间似乎促使她作进一步的解释。‘他晚上出去了，去——吃晚饭，我想’”（O Henry 2015：278）。钱德勒夫人是合格的妻子。尽管她经常被丈夫虐待，但她没有怨恨。钱德勒先生生病时，她没有忽略他，并在深夜为他打电话找医生。她知道丈夫的所作所为，但她仍然选择解释他的晚归，并掩盖事实。随后，钱德勒夫人昏了过去，詹姆斯医生询问了她额头的伤口。黑人女佣辛迪忍不住说出了实话。事实是钱德勒先生殴打了妻子，妻子要求女佣将其保密。受超我支配的钱德勒夫人即使遭到丈夫虐待，仍然保持着内心的良知，同时超我也指导着自我，使得钱德勒夫人忠实地履行妻子的职责。

在黑人女佣辛迪和詹姆斯医生的对话中，詹姆斯为钱德勒夫人没有钱而感到震惊，辛迪回答说：“钱，对吗？你知道是什么使艾米小姐摔倒而变得如此虚弱吗？饥饿。三天之内没什么东西可以吃，只有一些脆饼干。小天使几个月前卖掉她的戒指和手表。在这个好的房子里，红色地毯和闪耀的衣柜，全都是租的；那个男人说这个租金贵得要命”（O Henry 2015：286）。钱德勒夫人在这桩婚姻中受尽委屈，她的丈夫是一名酒鬼，赌徒，败家子，并且虐待她，但是在超我的影响下，钱德勒夫人从未放弃过他。即使家里所剩的财产都不足以维持日常开支，当丈夫生病时，她仍然要请医生；有一份继承的本可以解决家庭财务危机的遗产，却被丈夫肆意挥霍时她仍然没有抱怨，而是卖出自己的财产以偿还房屋租金，尽力维持家庭。超我对本我加以限制，以更高道德标准来要求自我，钱德勒夫人本可以像丈夫一样不顾家庭，寻欢作乐，但是超我使她遵循社会准则，拥有道德判断，在家庭中忍受苦难，始终忠于丈夫。在最困难的时期，她仍然具有很强的道德素养。

钱德勒夫人的黑人女佣辛迪也是一个好心人。在对故事的描述中，“有些话语是从她的嘴里传来的，对她自己来说，就像不是那样。这是她独自一人受到邪恶困扰时的种族追索权。她看起来是南方那个古老的附庸阶级之一，可怜，熟悉，忠诚和不负责任。她的人描绘了它——脂肪，整洁，围裙和方巾”（O Henry 2015：276）。实际上，她的性格就像她的外表一样，直率、朴实和忠诚。在钱德勒夫人昏倒后，辛迪为她的遭遇所不平：“可怜的小羊！可怜的小羊！他们把辛迪姨妈自己那受到祝福的孩子杀死了吗？快让上帝用他那愤怒来毁灭那掠走了她的人；那伤透了这个小天使的心的人，那留了……”（O Henry 2015：278）。当医生问起钱德勒夫人的伤口时，辛迪最初是根据钱德勒夫人的要求撒了谎，但她的善良和忠诚使她讲了实话。黑人女佣辛迪一直为她的女主人考虑。超我是高尚道德的代表，并监督和控制自我，辛迪违背钱德勒夫人的意图是受到超我对道德的训诫，其真正目的是为女主人寻求正义。超我对个体行为有着判断是非的标准，超我主导下的辛迪对罪恶非常厌恶，并以诚恳的态度守护着她的女主人。

故事从主角詹姆斯的角度描述了黑人女佣辛迪：“没有被注意到，但是在每一行之间都可以看到，一条纯净的白线穿过了故事的污浊的包装——古老的黑女人简单、持久、崇高的爱，始终不渝地跟随她的女主人，直到最后”（O Henry 2015：286）。超我代表传统的价值观念和道德准则，它引导着辛迪成为一个有高尚道德的人，追求理想化、道德化的目标。在最困难的时期，她也不会抛弃女主人，并且总是站在女主人身边。在她粗心的外表下藏有一颗善良的心。

超我用良心、道德、理想等来调节一个人的行为。一旦人的行为违反了社会规则，超我就会产生一种自卑和愧疚的感觉作为惩罚。吴光远和徐万里（2012：337）曾经说过，“根据弗洛伊德的分析可见，超我的主要作用，就是调节和控制那些一旦失去控制，就会危及社会安定的各种冲动。由于超我能够对不守法纪和无政府主义的冲动，进行有效的内在控制，所以，才使人成为安分守己的社会成员。”人性中有许多黑暗面，在面对诱惑和困难时，人们往往会表现出人性的弱点。故事中，钱德勒夫人和她的黑人女佣遇到任何事情首先考虑的不是自己的利益，而是先为他人着想，即便在自身困难的情况下，她们也未曾改变过这一想法。她们已然摆脱本我的束缚，让超我成为全局的掌控者，散发出人性的光辉，也正是这赤诚善良的心唤醒了詹姆斯沉睡的超我，让故事迎来了美好的结局。

2.3 詹姆斯的三重人格斗争

2.3.1 作为医生体现的“自我”

在故事的开头，詹姆斯在晚上遇到了巡逻官三次，他的职业名片和药箱为他的医疗身份提供了证明：

> 第二天，如果这些军官中有谁觉得适合去检验那张名片的真面目，他就会在他那间设备齐全的办公室里的一块漂亮的门牌上，发现医生的名字就证明了这一点。还有邻居们对他良好公民身份的证明，对家庭的奉献，以及在他们中

间生活的两年里作为医生的成功。（O Henry 2015：274）

詹姆斯医生的身份是毋庸置疑的，他有效地履行了医生的职责，给人们留下了良好的印象。

自我是人格中理性的、有组织性的，它运用现实的思考来控制本我的行为。自我使得詹姆斯扮演好医生的角色，维持好现实身份，以此获取人们的信任。在附近，詹姆斯是一位享有盛誉的成功医生，一个值得信赖的社会支柱。自我要求詹姆斯认识、了解周围环境，以备做出适当的行动，只有成功保持自己的公众形象，才不会把他和小偷联系在一起。

> 詹姆斯博士身上散发出一种沉着的力量和后备力量的气息，这是沙漠中的甘露，给他的庇护者中虚弱而孤独的人带来的甘露。尤其是女人，总是被他在病房里的举止所吸引。这不是时髦的医生的放纵的温文尔雅，而是一种风度，一种自信，一种战胜命运的能力，一种顺从、保护和忠诚。他那坚定的、明亮的棕色眼睛里有一种探索的磁力；他那平静的，甚至是僧侣般的平静的面容，使他具有一种潜在的权威，从外表看，这使他适合扮演知己和安慰者的角色。（O Henry 2015：277）

詹姆斯向公众展示了他完美的一面。他是一位医学权威，以他的个人魅力和治愈能力吸引着人们。

自我是我们向外界展示的公共形象，具有理性和常识，并按照现实原则行事（弗洛伊德 2012）。自我在本我和超我之间徘徊。它必须满足本我的要求，并受到超我的监督。在自我控制下的詹姆斯医生，必须遵循现实原则，做好自己的工作。根据弗洛伊德（1986：258）所说，"这样受过教育的自我已经变得合理；它不再让自己受快乐原则的支配，而是遵循现实原则，而现实原则在底部也寻求获得快乐，但快乐是通过考虑现实而得到保证的，即使它是推迟和减少的快乐。"它遵循现实原则的真正目的是确保更大的确定性和更大的成功。因此，作为一名医生，詹姆斯是有纪律性和责任心的，按照现实世界的要求履行自己的职责。但是他所做的一切是为了隐藏自己的真实身份。对他来说，医生的身份只是帮助他实现犯罪冲动的垫脚石。表面上医生的身份越可靠，对背后的盗贼身份就越有帮助。

2.3.2 作为盗贼体现的"本我"

晚上詹姆斯遇到警察后，他的职业名片和药箱让他们打消了疑虑。"因此，那些热心的和平卫士们，如果他们偷看一下那完美无瑕的医药箱，一定会大吃一惊的。打开它时，第一个看到的物品应该是一套精美的最新设计的工具，是'盒子人'使用的工具，这个聪明的保险箱窃贼现在这样称呼自己"（O Henry 2015：274）。本我是最原始的本能和欲望，埋藏在潜意识下，不易被察觉。詹姆斯利用医生的药箱掩盖犯罪工具，他的真实身份是一个小偷：

> 在非常有限的朋友圈子里，詹姆斯博士被称为“杰出的希腊人”。这个神秘的名词有一半是对他的冷静和绅士风度的赞扬；用兄弟会的行话来说，另一半是指领袖、策划者、利用他的地位和地位的权力和威望，获得了他们制订计划和孤注一掷的计划所依据的情报的人。（O Henry 2015：275）

利用医生的身份，詹姆斯不仅隐藏了自己的盗贼身份，还通过他的医学专业为盗窃团伙获取信息。

机缘巧合之下，詹姆斯遇到了出门寻找医生的黑人女佣。当詹姆斯医生要检查钱德勒先生的情况时，钱德勒先生含糊地说着一些钱，这引起了詹姆斯的兴趣。“詹姆斯医生的头脑和心灵中产生了其他职业的本能。他立即决定，因为他做的一切，他决定了解这些钱的下落，并在计算和确定的成本，一个人的生命”（O Henry 2015：280）。此时，詹姆斯的身份由医生迅速转变成盗贼，寻求本能欲望的满足的本我出现了。詹姆斯用买药这样看似合理的借口支走黑人女佣，然后查看钱德勒夫人熟睡情况，并锁上了门以确保万无一失。最后他给不省人事的钱德勒先生注射强心剂，令他清醒地说出钱的下落之后再悄无声息地死去。

可是那些钱其实并不在房子里，由于詹姆斯对这笔钱的下落显得太过心急，引起了钱德勒先生的怀疑。他哄骗詹姆斯说钱在保险箱里，然后发现了医生的盗贼身份。两个受本我支配的不道德的人在相互较量：

> 一个是刺客，一个是强盗，站在受害者的上方；另一个更卑鄙的人，如果是一个较低级的违法者，在他所迫害、惯坏、殴打过的妻子家里，撒谎，令人憎恶，一个是老虎，一个是狗－狼，认为他们每一个人都对另一个人的无耻感到厌恶；每个人从他明显的罪恶的泥沼中繁荣起来，他的行为，如果不是荣誉，也有完美的标准。（O Henry 2015：285）

两个本我的矛盾慢慢激化，钱德勒先生的本我以报复、羞辱詹姆斯的本我来获得快感，而詹姆斯的本我用夺取他生命的方式来满足本能冲动。本我是非道德的，由快乐原则支配，没有价值判断，只为满足本能需求。詹姆斯的身份从医生转变为盗贼，他的人格也由自我转变为本我。作为盗贼，他利用医生的职务便利，套取病人的财物信息，为盗贼团体牟利。詹姆斯医生在为钱德勒先生检查身体时，他非但没有救人，反而为了得到钱而残忍地杀害病人。作为盗贼，詹姆斯的手段是完全违反医生的职业道德的。吴光远和徐万里（2005：341）曾指出，“本我的能量在释放中往往会与自我和超我发生冲突，这时，本我竭力冲破阻力。如果冲破成功，它就以过失行为把能量发泄出来。”由于自我没能满足本能的需求，于是本我冲破自我的束缚，释放了被压抑的欲望。显然，对于詹姆斯来说，钱财的诱惑比救人的成就感更大，因此他才会忽视生命，毫不犹豫地选择钱财。

2.3.3 詹姆斯最后的善良行为体现的“超我”

钱德勒先生死后，黑人女佣辛迪向詹姆斯医生讲述了钱德勒夫人的悲惨遭遇，他明白了拥有高尚道德的主仆两人相互扶持、克服一切磨难的感人故事。当钱德勒夫人听说丈夫去世时，悲伤得近乎麻木，只能依靠着唯一的守护者。在这种情况下，“他的脸平静而又充满激情——他已经习惯了人类的苦难。只有他那双明亮的棕色眼睛流露出一种谨慎的职业同情”（O Henry 2015：287）。对于医生来说，生死是常态，钱德勒先生的死不会有太大影响；而对于盗贼来说，利益至上而生命一文不值。詹姆斯很难被这个世界的感情所打动。但他的超我仍在起作用，使他同情和关心钱德勒夫人的悲惨生活。

于是，詹姆斯向钱德勒夫人说谎，把抢劫得来的钱当作钱德勒先生死前为钱德勒夫人留的钱，并编造钱德勒先生的临终遗言是向钱德勒夫人请求原谅。这一谎言带给了钱德勒夫人希望，给了她最后一丝安慰，给所有的委屈和苦难一点点补偿。“还有，在以后的岁月里，这个谋杀犯的谎言像一颗小星星一样闪耀在爱的坟墓上，安慰着她，得到宽恕，无论是否请求，宽恕本身都是好的”（O Henry 2015：288）。詹姆斯用钱德勒先生的口吻请求钱德勒夫人的原谅，其实也是向不知情的她请求原谅自己做出的错事，还用“来之不易”的钱弥补过错，顺便帮她们解除了财产危机。与本我相对立的是超我，在违背伦理道德时，超我产生的罪恶感和内疚感惩罚了詹姆斯，使其做出了“反常”的行为，实际上是正确的符合社会道德准则的选择，这是对自己罪恶行径的救赎，既拯救了别人，也解救了自己。

超我是每一个道德约束的代表，具有自我监视、保持良心和保持理想三种功能。詹姆斯最后做出了超道德的行为，他意识到自己行为的错误，心里产生了愧疚，然后以钱德勒先生的名义留下拯救钱德勒夫人和女佣的钱，给她们带来了最后的希望。他所做的一切都是为了弥补自己的过错，此时的他是由超我支配的。弗洛伊德（1960：61）曾经说过，“超我履行保护和拯救的功能，这在早期是由父亲完成的，后来是由天意或命运完成的。”本我做了坏事，超我履行它监督的功能，进行自我谴责。詹姆斯由恶到善的转变是由超我的强大力量实现的。

结论

本文运用弗洛伊德的人格结构理论分析欧·亨利《提线木偶》中四个主要人物。受不同人格结构支配的人会有不同的行为。失衡会导致不健康的心理，这不仅会伤害个人，还会伤害他人和社会。人格结构理论可以帮助我们更好地探索人物的行为动机，引导人们形成正确的价值观。

一个正常的人的心理中，本我、自我、超我是相互协调、保持平衡的。如果本我过于强大就会挣脱束缚，驱使人们做出非道德的行为，本文中的钱德勒先生就是例子。被本我支配的钱德勒先生遵循快乐原则，激发了本能欲望，变得冲动、不守规则，丧失了价值判断，最后破坏了自己的家庭，也将自己推向了死亡。自我是遵循现实原则的，它会根据实际情况做出决定。受到自我支配的詹姆斯医生，循规蹈矩、专业负责，符合外界对他的评价，但是他的真实身份是盗贼，其实他是把医生身份当作跳板来盗取别人的财产，这说明如果自我没有超我的监督，自我也不是可靠的，所以需要超我来发挥监视功能。超我对自我进行道德约束，用良心和愧疚感来惩罚人们，驱使人们做出正确的价值判断。最后由恶转变成善的詹姆斯就是如此。受到超我支配的詹姆斯用善意的谎言给钱德勒夫人和女佣带去了希望，救赎了自己罪恶的灵魂。

综上所述，一个人要保持心理健康，必须调整好本我、自我、超我的相互关系，否则就会导致心理失衡，造成不健康的人格，影响自己的社会生活。"我们既需要本我驱动，也需要超我驱动，但是只有当两者之间保持平衡时，我们才能作为社会存在快乐地生活"（Berg　2003：58）。在这个迅速发展的社会中，物质欲望越来越膨胀，阶级矛盾日益激化，人际关系越来越复杂。在不同场合下人们不得不扮演各种角色，因此我们更加需要调整好自己的心态，理性对待问题，理智思考，不要只让某一人格结构占上风，成为被操控的提线木偶。平衡好本我、自我、超我的分布，才能拥有健康的人格，体验丰富多彩的人生，给社会带来正面的影响。

参考文献

[1] Berg，H. *Freud's Theory and Its Use in Literary and Cultural Studies*：*An Introduction* [M]. New York：Camden House，2003.

[2] Freud，S.*New Introductory Lectures on Psychoanalysis* [M]. Harmondsworth：Penguin，1973.

[3] Freud，S. *The Ego and the Id* [M]. London：Norton&Company，1960.

[4] Freud，S. *The Essentials of Psycho-Analysis* [M]. London：Hogarth Press and the Institute of Psycho-Analysis，1986.

[5] Snowden，R. *Teach Yourself Freud* [M]. New York：McGraw-hill Companies，2006.

[6] 欧·亨利 . 欧·亨利短篇小说精选 [M]. 北京：北京联合出版公司，2015.

[7] 吴光远，徐万里 . 弗洛伊德——欲望决定命运 [M]. 北京：新世界出版社，2005.

[8]〔奥〕弗洛伊德 . 自我与本我 . 林尘，等译 . [M]. 上海：上海译文出版社，2012.

[9]〔奥〕弗洛伊德 . 弗洛伊德文集 09——自我与本我 [M]. 车文博主编 . 北京：九州出版社 . 2014.

[10] 赵素花 . 欧·亨利短篇小说《提线木偶》叙事技巧探微 [J]. 赤峰学院学报（汉文哲学社会科学版）. 2014，35（10）：181–182.

[11] 周志莹 . 对人性的再次拷问——以欧·亨利的《提线木偶》为例 [J]. 佳木斯职业学院学报 . 2016，（08）：43.

空间理论视角下《女王的棋局》中贝丝的成长分析

刘蓓丽 [1]

摘　要： 美剧《女王的棋局》是2020年热门短剧，荣获各大奖项，引起世界各地观众的热烈讨论。该剧展示了一个自强不屈的女性棋手形象，体现了女性如何在男权社会中改变自身的生存状态，实现自身的超越与成长。本文聚焦《女王的棋局》中女主人公贝丝·哈蒙，以亨利·列斐伏尔的"三元辩证法"为理论视角，从物理空间、社会空间、心理空间三方面分析女主人公贝丝的成长历程，呈现出贝丝从自卑的女孩成长到勇敢的棋手的令人振奋的经历，展现女主角贝丝富有天赋、努力、自强不息的人物形象，并挖掘空间背后包含的社会背景、文化内涵，解析女性人物的心理状态与社会价值观念。

关键字： 空间理论;《女王的棋局》; 女性; 国际象棋

前言

《女王的棋局》是2020年最受欢迎的美剧之一，以其女性棋手令人振奋人心的成长故事而闻名。此剧由互联网传播最广的流媒体之一的网飞公司出品。2021年2月该剧被评为金球奖最佳电视剧。该剧改编自美国著名小说家兼编剧沃尔特·特维斯所著的小说《后翼弃兵》(*The Queen's Gambit*)。"后翼弃兵"是一种国际象棋中的开局技巧，但采取意译的方式，翻译为"女王的棋局"可更加直白地表现该剧的中心。该剧虽然忠实地依据其原著小说改编，但在一些方面已经超越了原作，如对女主角贝丝·哈蒙的刻画及其现实意义方面，鼓励女性追求个人在当今社会中的现实价值。《女王的棋局》在全球互联网上引起了热烈的讨论，但仅限于社交媒体和主流报纸等，而且学术上的研究较少，主要从国际象棋叙事方面论述，如袁娜博士的论文《20世纪的国际象棋与西方小说：一种叙事方法》，她断言国际象棋影响小说的人物塑造，对多重人物的设定具有结构意义，认为贝丝的经历与象棋棋法的升变有一定联系。其他学术研究则更多地叙述该剧女主角的经历，缺少理论视角。(袁娜，2019：39)该剧呈现了一些空间层次，如孤儿院、领养后的家庭环境和国际象棋比赛现场，这些物理空间层层递进，与贝丝的成长相互呼应。而社会空间与心理空间相互交织，共同塑造出贝丝的丰满人物形象。故从空间理论的角度来分析该剧有利于全面且深

[1]　2017级英语专业学生；邮箱：1342119407@qq.com

入了解贝丝的人物形象和成长历程，对于理解该剧所包含的文化内涵、女性精神和社会价值观，以及鼓励女性追求自我超越与成长有着重要的意义。

1.《女王的棋局》中的物理空间

不可否认，空间是所有物种存在的基础。物理空间是一种可以直接感知的真实存在，如大自然、宇宙、生活场所等，是社会生产的原始基础。在列斐伏尔看来，物理空间是人们的活动场所和社会活动的再生产。通过物理空间设想，空间实践意味着“日常实践”（Sheilds, 1999：162），即个人参与日常生活的能力。在文学作品中，文学空间来源于生活空间，又由生活场所转化，这意味着作者需要根据自己的审美观和价值观来选择生活空间。通过描绘几个物理空间的空间实践，主人公的经历和内心世界将完整而系统地呈现出来。

在该剧中，主角贝丝·哈蒙经历了三个主要的物理空间领域，从一个贫穷的孤儿成长为国际象棋皇后。本章将分析她在孤儿院、领养的家庭、国际象棋比赛中的空间实践和生活状态，呈现她的性格和奋斗历程。

1.1 孤儿院——压抑

在经历经济大萧条和第二次世界大战之后的20世纪50年代，美苏两国之间正进行冷战，因此美国社会充斥着阴郁的色彩。在这种情况下，孤儿院似乎比以往任何时候都更显压抑。而对孤儿院的空间呈现也着重突出压抑的氛围，如黑暗的孤儿院整体色调，孤儿宿舍简陋排列的床铺，黑暗潮湿的地下室等，都勾勒出此空间的阴郁氛围。

环境的压抑影响人物的性格，阻碍人物的发展。贝丝不仅饱受亲眼目睹母亲在车祸中丧生的心理创伤，还要被远送到肯塔基州斯特林山的一家名为 Methuen Home 的孤儿院。没有任何家人和朋友，幼小的贝丝常感到痛苦与孤独。在孤儿院，她需要上无聊的课程，吃难以下咽的食物，日常在教堂里祈祷。日子井然有序，贝丝看似得到了好的照顾，但日复一日的循规蹈矩似乎变成了一种惩罚。在孤儿院这种封闭的集体空间里，个性被遏制，天性被束缚。具体表现为给孤儿剪一样的短发、穿一样的保守制服、不能有一丝凌乱的床铺、坚硬且高耸的围墙、严厉得令人生畏的工作人员和每日必须按时发放的镇静剂药物。在本应该启发思想、探索新知的年纪，在压抑的孤儿院里难以得到实现。直到贝丝在阴暗潮湿的地下室里发现看门人谢贝尔先生在下国际象棋，她对此展示出的兴趣与超人的天赋是她平淡生活中的唯一乐趣。

无法逃脱封闭物理空间的禁锢，人物对于压抑环境的对抗则会向内拓展。对贝丝而言，她对抗压抑的办法是一次性吃大量镇静剂，在脑海中体会虚幻的快乐。由于孤儿院里大多数儿童经历过创伤，为得到更好的管理，孤儿院每天统一发放镇静类药物。贝丝会将药物偷偷存起来，然后一次性吃好几颗，服下这种药后，她能感受到一种“生理的快乐”，一种安慰与安宁，最重要的是，她可以将天花板想象成棋盘，在脑海里想象下棋。这是她对于压抑环境的逃离，是她对抗无望生活的抗争。她对镇静剂的依赖，不仅是为了缓解精神上的痛苦，而且出于根植于她内心深处的不自信，因为她认为自己的象棋天赋来自药物，每次只有吃了镇静剂才能够专心下棋。事实上，这是一种缺爱与缺乏自信的体现，不相信自身实力，缺乏爱的鼓励与教育会使人易依赖身外物。而镇静剂被禁后，她也被禁止和谢贝尔先生下棋。她能做的就是等待被收养，但看到身边同伴一个个被领养离开，她开始对压抑的生活感到无望，甚至认为“我们要在这里待一辈子里了。”

空间的设置作为人物发展的背景，与人物命运息息相关。列斐伏尔（1991：147）指出，“在一个压抑的地方，没有任何东西可以逃脱权力的监视”。作为权力的牢笼，在孤儿院里，个人的追求和个性被扼杀。作者选用孤儿院这一封闭的空间领域，象征着自由被桎梏，突出贝丝幼年的无助与压抑。但幸运的是，贝丝在用自己的方式对抗压抑环境，寻求人生解药。

1.2 新家——孤独

在空间意义上，个人对日常生活的参与可以包括空间实践。由于“空间”被辩证地诠释为“人类的空间”（Shields 1999：162），而住宅始终是人类生存的基本领域，所以住宅空间也尤为重要。

空间的更迭代表着人物命运的改变。贝丝 15 岁被收养，终于从压抑的孤儿院转换到新家。逃离了孤儿院的监视，获得了新的开始和自由。对新家的空间描绘也开始有了一丝色彩，新家宽敞明亮，色彩鲜艳典雅，色调开始鲜艳明朗，意味着生命历程的转折。

住宅作为人类生活的基本空间，虽然稳定且自由，但相对封闭。在这个空间里，贝丝仍然没有得到释放。在新家里，贝丝终于拥有了自己的独立房间。在第一次看到她粉红色的公主房时大吃一惊，惊喜地问惠特利太太：“这是我自己的房间吗？”即使有了自己的独立空间，她却并没有感受到家庭的温暖。她的养母惠特利夫人并不关心她，甚至经常忽略她的存在。对她来说，贝丝可能是挽救她几乎快要破碎的婚姻的工具，也是为缓解失去女儿之痛的工具，所以贝丝的收养起初是没有赋予爱的。当她的养母沉醉在酒精和香烟中时，她的养父似乎“永远留在丹佛”，贝丝则总是独自一人在房间。她就像从一个黑暗的牢笼里跳到另一个精致的牢笼里，仍然是无人在意，充满孤独。在这个阶段，贝丝不仅孤独，而且无法触及她所爱的东西，没有办法下棋。养母不仅忽视了贝丝的情感要求，而且不愿花钱给贝丝买象棋。在这个看似精致的家里，贝丝依然倍感孤独。

在这个物理空间，虽然有了一个稳定的新家，相对自由舒适，但仍然没有逃脱空间的禁锢，而且暂时没有接触到象棋，无力改变现状。然而，她从不放弃所爱，并开始参加比赛以实现个人价值。

1.3 国际象棋棋局——勇敢

贝丝参加国际象棋比赛的物理空间可以定义为工作领域的物理空间，她的空间练习是在努力训练以击败所有对手。从这个空间领域，她在不同城市的不同比赛之间穿梭，空间领域不断扩大，逐渐突破空间的限制，并且开始拥有女性意识，过自己独特的生活。

空间的扩大代表着人物逐渐走向更广阔的世界，开始超越自己，实现人生进阶。贝丝参加的第一场国际象棋比赛是她走向象棋世界的入场券。这是贝丝第一次参加正式的国际象棋比赛，在未知的领域，尤其是异性主导的领域，人总容易望而却步，而她表现出来的却是自信与勇敢。比赛中，几乎没有女性棋手参与，故此比赛可以认定为男性领域。在她第一次参加比赛的场景中，参赛选手几乎都是男性，只有另外一名女性业余棋手，也没有有色人种。负责收入场费的男孩质疑贝丝，声称没有女性专门的比赛部门，嘲笑她没有取得象棋等级。他们对贝丝说“你会被活活吃掉的”。出乎意料的是,贝丝以她的自信和勇敢一一击败了所有对手,包括一些特级大师。第一场胜利引起了公众的关注，她的故事被刊登在报纸上，如“女学生从大师手中夺得肯塔基冠军”。在这个男权社会，男性的贡献是理所当然的，而女性的成就却总是充满争议和引人注目。成为名人也引起了贝丝的思考,她开始质疑作为女孩的身份。在另一次比赛场景中:“这不应该那么重要，”贝丝说。“他们没有发表一半我告诉他们的东西。他们没有提到谢贝尔先生，也没说关于我如何使用西西里防御。”“但是，贝丝，”惠特利夫人说，“它让你成为名人了！”贝丝若有所思地看着她，“主要是因为我是个女孩吧”。她开始明白，作为一个女孩和男人是不同的，女性踏上男人的舞台显得过于刺眼。然而，她终于在参加不同的比赛中找到了自己的价值，拥有自己的银行账户，穿自己喜欢的衣服，从而接受自己的真实身份。

象棋锦标赛通常在各个城市举行，贝丝在不同城市不断穿梭，空间领域不断扩大且变化，说明贝丝开始逐渐自由。她的成功不仅归功于对国际象棋的热情，她说，“我在其中感到安全。我可以控制它，可以主宰它。”她的成功更离不开自己的努力，这可以从她对参加的每一场比赛的反思以及对西西里防御等一些高难度技巧的练习中看出。这个空间领域见证了她的奋斗和荣耀，尽管她也被服用镇静剂上瘾所困扰，这意味着她还没有成熟，她的超越还没有实现。但她仍在为更好的未来而努力。

2.《女王的棋局》中的社会空间

在马克思看来，社会历史不是“物质本体论”或“心理决定论”，而是生命个体创造的全部感性活动，物质生产是人类历史的源泉。列斐伏尔正是从物质生活的生产方式出发，将社会生产关系视为一种社会空间的存在，赋予空间深刻的历史内涵（张晶晶、王平 2021：4）。“社会空间是一种社会产品……除了是一种生产手段之外，它还是一种控制手段，因此也是一种支配、权力的手段（Lefebvre 1992：6）”。社会空间也作为特定时代社会的背景，包括习俗、知识和意识形态。

在这一章中，本文探讨了《女王的棋局》中的社会空间，分析了 20 世纪 60 年代美国社会中女性的社会地位低下，以及贝丝踏入典型男性统治的国际象棋世界，以此突出贝丝在当时的社会取得成就的不易。

2.1 女性社会地位低下

受第二次世界大战和冷战的影响，以及政府的意识形态宣传，美国妇女被迫早婚，服侍丈夫，抚养孩子。同样，每一种家庭模式，作为社会规则和期望，都应该“执行某些任务并承担某些预定的角色。从理论上讲，父亲工作并养家糊口，而母亲照顾房子并抚养孩子”（Marino 2019：495）。惠特利夫妇就是一个典型的例子，唯一的区别是他们没有孩子，这就是他们需要收养贝丝的原因，因为这是他们维护婚姻的方式。尽管丈夫是养家糊口的人，供养和管理家庭，似乎提供了一种保护。然而，“男性操纵不是保护，而是压迫”（吴童 2019：36），不仅在整个社会如此，在家庭中也是如此。正如列斐伏尔（1991：59）所提到的，“在社会中，有一个与统治阶级共存的精神压抑系统。这种精神压抑表现在家庭、婚姻、国家和日常生活等方面。”惠特利先生的压抑婚姻不仅来自社会习俗，更来自于根深蒂固的男尊女卑思想。

在这样的社会中，女性并没有主体意识。重男轻女的社会地位和女性主体意识的缺乏，在惠特利夫人放弃钢琴梦想而成为家庭主妇的例子中展现得淋漓尽致。她在公开场合不敢弹钢琴，声称因为胆怯，实际上是对男性主导下的社会缺乏信心。即使在家里，她也只能在丈夫不在家的时候弹钢琴。因为女性被期待唯一能做的就是家庭主妇。她能做的就是做家务，等丈夫回家。受限于家庭领域，惠特利夫人没有主体性或个人价值。惠特利先生的离开破坏了婚姻，也破坏了惠特利夫人的自我价值。因为在那个社会，女人的价值是和家庭结合在一起的，也就是如何为丈夫服务。没有工作，社会地位低下的女人，似乎丧失了尊严。身为养母悲剧的目击者，贝丝开始明白，她不能依靠丈夫过家庭主妇的生活。这在日后影响了贝丝对未来婚姻的态度。虽然她有过几个男朋友，但她从不把所有精力投身于男人。

贝丝虽然从养母身上见证了女性的低等地位，但也得到养母的鼓励和爱护，实现了彼此的救赎。惠特利先生离开后，惠特利夫人有一段时间沉迷于酒精和镇静剂。

但她也发现了贝丝的潜力并很快振作起来。在此剧中，惠特利夫人对贝丝说："我可能不是一个好妻子，但我会学着做一个好母亲。"从此，她作为贝丝的经纪人，陪伴贝丝参加了不同的比赛，在这些比赛中她重新获得了幸福和个人价值。即使她终于找到了人生方向，她仍然死于酗酒，这是她腐烂婚姻的恶果。在这个社会中，女性的低下地位限制了她们的发展，甚至迫使她们死去。惠特利夫人死后，惠特利先生要求贝丝归还房子，自私的他不承认贝丝是他的养女。在该剧第六集的场景中，他说："收养你是为了她，她是可悲的。"但贝丝说，"阿尔玛（惠特利夫人）并不可悲。她被困住了，她只是不知道如何摆脱。你才是个可怜人。"原来贝丝清楚养母的困境，也清楚那个社会所有女性的困境。

在这个社会空间里，贝丝作为养母故事的旁观者与社会女性困境的经历者，了解到了性别的不平等，从而明白女人不能活在男人的支配下。贝丝和惠特利夫人之间的帮助和情感也起到了女性的救赎作用，使贝丝成为一个拥有爱的女孩。

2.2 踏入男性领域

波伏娃在《第二性》中（1953：79）提到"社会从来都是男性领域"。更具体地说，男性在社会中起着主导作用。"父权结构一直是传统社会的一大特征。它是一种具有基础的社会关系结构，使男性能够支配女性"（Stracy 1994：2）。"社会中有许多特定的男性主导领域，例如 STEM 领域，包括金融交易和高级管理，其中可以发现巨大的性别差距，并且某些领域的高层一直缺乏女性代表人物"（Bertrand & Hallock 2001：8）。国际象棋也是男性领域（Blanch 2016），究其原因，可以追溯为"存在明显或隐蔽的社会文化和制度障碍"（Coric 2018：62）。在所有研究中，男性和女性在智力和能力倾向测试中的平均分数几乎没有差异。因此，对女性的刻板印象可以归入一个重要的原因，这可以在谢贝尔先生一开始拒绝和贝丝下棋的场景看出，因为当时几乎没有女性棋手，女性不会下棋即当时社会根深蒂固的刻板印象。

刻板印象也可以在贝丝参加的象棋锦标赛中体现。贝丝第一次参加国际象棋比赛时，选手们对她充满了偏见。比如负责报名的男生对贝丝不屑，男棋手一开始也轻视她。第一轮她被安排和另一个女孩对战，直到她赢了那个女孩才有资格与其他男性玩家对战。这其实是对女性表现的不信任。国际象棋世界有明确的等级系统，每个棋手都有等级和头衔。即使贝丝没有任何比赛经验，更没有等级，她还是勇敢地踏上这个等级世界，蔑视性别差异和权威。虽然她遇到的大师都是男性，但她并不害怕。她真正害怕的不是性别，而是具体的人，即排名世界第一的俄罗斯棋手博尔戈夫。在墨西哥与博尔戈夫的比赛中，她认为"整场比赛就像是已经过去了。我无法赶走这种我已经失败的感觉。他的脸上是毫不动摇的神情，也没有一丝软弱。"毫无疑问，她被技术更好、情绪更稳定的他打败了，这让贝丝陷入了抑郁，甚至再次沉迷于镇静剂。博尔戈夫代表了社会中的男性权威，就像一座巍峨的山。对女人来说，适应男权社会难，爬到最高层次更难。幸运的是，贝丝重拾信心和勇气，击败了博尔戈夫,实现了对自己的超越。而贝丝的成功则是女性主体性和独立性的胜利。

进入这个男性领域给贝丝带来了很大的压力。为了打败那些象棋高手，她日日夜夜埋头在那些复杂的棋谱中，复盘残局的每一步。就连她的养母也试图提醒她要放松。养母说："直觉是书本上找不到的。你需要放松。"但在她死后，贝丝不得不独自与世界抗争。

在这一章中，本文分析了《女王的棋局》中的社会空间，通过描绘惠特利夫人的经历，发现了男权社会中女性低下的社会地位。贝丝不仅是养母悲剧的旁观者，还是这个男性偏见社会的参与者。在这个社会空间领域下，贝丝在传统男性领域国际象棋的斗争中，包含了更多的艰辛。如此看来，女性的奋斗与成就更有价值、更鼓舞人心。

3.《女王的棋局》的心理空间

列斐伏尔定义心理空间是"被感觉现象占据的"和"思想和话语的空间"（1991：28）。他还提到"这些心理范畴，注定会成为想象和反思的范畴"（1991：236）。可以得出结论，心理空间由一个人的思想和心理活动组成。

心理空间受物理空间和社会空间的影响，即心理活动是在物理空间和社会空间下形成的。在《女王的棋局》中，贝丝的成长不是简单地从孤儿变成棋后，而是在内心世界充满了自我探索，这应该是结合社会背景所得出的。本章将通过对贝丝心理活动的分析，在心理空间方面呈现她的超越与成长。

在此剧中，贝丝的心理活动体现为她的自我意识，可以分为自我认同、自我控制和自我提升。在这一章中，本文将分析贝丝一生对自我认同的追求，以及她克服沉迷镇静剂的问题，即自我控制，以及她在经历了如此经历后的自我提升。

3.1 寻求自我认同

身份与三个问题相关,即"我是谁？"、"我从哪里来？"和"我要去哪里？"。"身份的形成从童年开始，它会贯穿一个人的整个生命周期和青春期。建立强大而健康的个人身份与个人成就有关（Erikson 1963：6）。"在孤儿院时，小贝丝开始寻找自己的身份，她认为自己是一个等待被收养的"丑陋而愚蠢的白人女孩"。直到她遇到了国际象棋，她才开始变得更加自信。在公立高中，她开始发现自己与其他只注重时尚和社交的女同学不同。没有人和她玩，甚至嘲笑她的孤儿院羊毛裙。即使她不被他们欢迎，她也坚持自己的独特性，坚持自己喜欢的东西。因为在这段时间里，她开始参加国际象棋比赛并取得了一些成绩，一个新的身份越来越近，那就是女棋手。她成名后，学校的同学开始主动向她靠拢，邀请她参加社交俱乐部的聚会。但在那场喧闹的聚会中,贝丝待了一下就毅然决然地离开。因为她开始有了清晰的自我认知,知道什么是自己想要的，她是名棋手，不是那些梦想着嫁给英俊有钱的丈夫的高中女孩。她想要靠自己，过自己喜欢的生活。

3.2 重获自制力

沉迷于酒精或药物是一种缺乏自制力的体现，因为这些事情原本可以自己及时控制，而一旦上瘾，就很难戒掉。在《女王的棋局》中，贝丝最严重的问题是沉迷于镇静剂。孤儿院要求所有的孤儿都服用这种被称为维生素的绿色药丸。如上所述，“空间也是一种控制和力量。”孤儿院以这种药为工具来控制这些孤儿，让他们温顺，从而更好地管理她们。正如她在孤儿院的空间实践，贝丝将镇静剂作为对抗孤独和焦虑的一种方式，让自己感到平静与安宁。幸运的是，她被发现并送往医院后被迫戒掉，但这并不是出于她自己的自制力。贝丝第二次开始服用镇静剂是在她首次参加比赛的时候。事实上，在国际象棋比赛前需要镇静剂是缺乏信心，因为她相信如果没有药物帮助自己集中注意力，她就无法获胜。更糟糕的是，养母去世后，她任凭自己沉溺于酒精之中，用以排遣内心深处的孤独。沉迷于镇静剂和酒精是一种逃避残酷世界的方式，也是一种掩饰自己无助的方式。在这期间，孤儿院的朋友乔琳唤醒了她，带给她的第一本国际象棋书是谢贝尔先生送的《现代国际象棋开局》，这本书是她对国际象棋的初心。她终于被自己对国际象棋的热情和内心世界对真正成功的渴望所唤醒，因此她决定改变堕落的生活。在最后一集中，贝丝对乔琳说:“我很害怕（参加国际象棋比赛），但如果我不这样做，我就没有什么可做的。我必须戒酒戒药，把这地方收拾干净。我必须每天八小时学习国际象棋。”从整理凌乱的房间到戒掉镇静剂和酒精，她重新获得了自制力和人生导向。

3.3 实现自我提升

在父权社会，女性很难有成就。因为女性被迫停留在某些空间的桎梏中，例如家庭或有限的工作领域。为了实现个人价值并有所作为，女性必须跳出有限的空间范围，实现心理独立。对于贝丝来说，她的生活与她的同学不同。当她在国际象棋上取得一些成绩时，她偶遇一位曾经漂亮的同学正在商场折扣区购物，已经变成了普普通通的家庭主妇。女人只有拥有自己的事业，才能获得成长和主体性。然而，此时贝丝并没有在她的心中获得真正的超越。

人生真正的自我超越不仅是突破物理空间限制，而且是在心理层面实现提升。失去养母惠特利夫人并被博尔戈夫打败后，她失去了对生活和国际象棋的信心，任自己沉迷于酒精和镇静剂。因为她的天赋和努力，她得到了她想要的，但她还不够强大，一场灾难就能将她轻易毁掉。最后，帮助她重拾信心的是友情和爱情。在她的国际象棋启蒙老师谢贝尔先生的葬礼上，她开始知道原来谢贝尔先生一直在想念和关注她。她再一次回到孤儿院，回到她曾经和谢贝尔先生下棋的地下室。发现整面墙上贴着她的报纸和照片，她泪流满面，才发现原来有人一直爱着她。真实的情感和初心唤醒了她。比赛中遇到的朋友也帮助和鼓励她准备国际象棋公开赛的比赛，与俄罗斯国际象棋世界排名第一的博尔戈夫竞争。她终于决定戒掉镇静剂，这意味着她战胜了自己。更令人兴奋的是，她在俄罗斯的世界锦标赛中击败了博尔戈夫，成为真正的国际象棋皇后。赢了比赛后，她并没有马上回美国，而是在公园里和一些俄罗斯老人下棋，卸下来所有防备，单纯享受下棋的快乐。这实际上意味着贝丝正在走出空间局限，在心理空间实现了自我提升。她的成功也影响了许多女性。她在第一场比赛中遇到的女孩安帕克来祝贺她，她说："谢谢你让我知道原来我们女性也可以在象棋界取得成功。"

在这一章中，本文挖掘了贝丝的心理空间，在其中进行自我提升，从而在心理空间领域实现超越与成长。她的成功超越了国家和性别，是真正的胜利，因此，她的成长不仅停留在心理空间方面，也是物理空间和社会空间的胜利。

结语

美剧《女王的棋局》中的女性力量尤其引人注目，主人公贝丝的刻画经典而具有反思性，因此本文利用亨利·列斐伏尔的"三位一体空间理论"来分析贝丝的丰满人物形象，包括物理空间、社会空间和心理空间。

物理空间是人类赖以生存的物质基础，空间实践代表着一个人的"日常实践"。贝丝的成长经历了三个物理空间领域，体现了她的人生历程。空间的变化从幽闭压抑的孤儿院到相对温暖自由的新家，最后升变为开阔自由的象棋锦标赛场地，随而相伴贝丝的经历也从压抑阴郁、孤独自闭转变到勇敢自信。通过物理空间的视角，贝丝的自我经历得以清晰的诠释，便于读者了解贝丝的成长。

通过社会空间的视角，可以观察到女性的社会地位低下。在冷战时期，空间被用作统治和控制。女性的生存空间是有限的，惠特利夫人是当时典型的女性。列斐伏尔的空间理论是"空间与社会关系网络的相互联系，为探索这种不平等和抵抗提供了新的视角"（吴童 2019：51）。通过对惠特利夫人的分析，男性主导下的女性压抑表现得淋漓尽致，突出了当时女性的艰辛与反抗。在这个父权社会下，贝丝的成就更有价值，更鼓舞人心。

在心理空间方面，贝丝的自我意识在自我认同的寻求上得到了充分的体现。从一个可怜的孤儿，到一个国际象棋神童，再到一个国际象棋皇后，贝丝开始认清自己是谁，她想要什么，在这个过程中，她的主体性逐渐形成。最终放弃对镇静剂的依赖，真正获得自由，使她在心理空间上实现了超越。就这样，贝丝从一个孤独、焦虑、缺乏爱的贫困孤儿成长为自信、独立、拥有爱的国际象棋女王。

分别从三个空间的视角来看，空间的连续与递进迎合着贝丝的心境、经历的不断向上发展。将三个空间看成一个整体，会发现内容有一定重叠，因为空间三位一体，相互交织，互相作用，共同影响贝丝的成长。物理空间的空间实践是贝丝存在的基础，在物理空间和社会空间的共同影响和作用下，她的心理空间不断变化，最终超越三种空间的局限，获得真正的成功。而她的成功不仅是个人的，也代表了当时所有女性为超越时代限制所作出的努力。

参考文献

[1] Beauvoir，S. *The Second Sex* [M]. London：Jonathan Cape，1953.

[2] Betrand，G.P. & Hallock，K. F. The Gender Gap in the top corporate jobs [J]. *ILR Review.* 2001，55（1）：3–21.

[3] Blanch，A. Expert performance of men and women：A cross-culture study in the chess domain[J]. *Personality and Individual Differences.* 2016，101：90–97.

[4] Coric，B. The Glass Ceiling Puzzle，Legal Institutions, and the Shadow Economy[J]. *Feminist Economics.* 2018，24（4）：56–82.

[5] Erikson，E. H. *Childhood and Society* [M]. New York：W. W. Norton & Company，1963.

[6] Lefebvre，H. *The Production of Space* [M]. Oxford，Cambridge Mass：Blackwell，1991.

[7] Shields，R. *Lefebvre*，*Love & Struggle*：*Spatial Dialectics* [M]. London：Routledge，1999.

[8] Stacey，J. *Introducing Women's Studies*：*Feminist Theory and Practice* [M]. London：Palgrave Macmillan，1994.

[9] 吴童 . 女性空间建构：从空间理论视角分析希尔维娅 · 普拉斯小说《钟形罩》[D]. 北京：北京外国语大学硕士学位论文，2019.

[10] 袁娜 . 国际象棋与 20 世纪西方小说叙事研究 [D]. 湘谭：湘谭大学博士学位论文，2019.

[11] 张晶晶、王平 . 列斐伏尔空间“三元辩证法”理论探析 [J]. 广东第二师范学院学报 . 2021，41（01），78–88.

《局外人》中“局外人”的精神分析

周晓颖[1] 关熔珍[2]

摘 要：《局外人》是法国著名小说家、剧作家阿尔贝·加缪的成名作和代表作之一。弗洛伊德于1932年提出“人格三重结构”。本文借助弗洛伊德提出的“本我”“自我”“超我”人格三重结构，分析《局外人》的主人公默尔索对待母亲去世以及法庭审判两件事的态度，对文中人物的“本我”、“自我”和“超我”进行解读，解读本真与“道德”的矛盾选择，探讨默尔索对于亲情、爱情和友情的漠然和超脱，以及他人对于“荒诞道德”的追从，揭示了当时荒诞的社会现状。

关键词：精神分析批评；《局外人》；本我；自我；超我

1. 引言

《局外人》是法国著名小说家、剧作家阿尔贝·加缪（Albert Camus）1942年出版的中篇小说，也是他的成名作和代表作之一。加缪1957年因“热情而冷静地阐明了当代向人类良知提出的种种问题”而获诺贝尔文学奖，是有史以来最年轻的诺贝尔奖获奖作家之一。

弗洛伊德于1932年提出“人格三重结构”：本我、自我和超我。“本我（the id.）”是一个人生来就有的本能，处于人格结构的最底层，受本能的驱使以及“享乐原则”（pleasure principle）的指导，当本我战胜自我和超我，占据主导地位时，人会不自觉地满足自身的欲望与原始冲动（通常指性欲——“力比多”libido）而不遭受任何的痛苦与不快乐。“自我（the ego）”是人格的一个心理成分，处于人格的中间层，是调节“本我”与“超我”矛盾的不二良药。它在一方面用审慎与理性规范本我，另一方面又服从超我，遵循“现实原则”（reality principle）。“超我（the superego）”处于人格结构的最高层次，是一个道德化的自我，被社会规范、伦理、价值观内化，是社会化的结果。在“求善原则”（ideal principle）的指导下，它不仅抑制和监督“本我”，还在时刻追求一种完美的状态，因而在与“本我”的原始状态对立的同时，也侵蚀着“自我”。

小说中默尔索的言行举止有违常理，荒诞至极，让人百思不得其解。近年来国内学者对其研究颇多，大多聚焦其荒诞哲学在主题（朱国华 2022；陈阳，蒋丽

[1] 2017级英语专业学生/2021级外国语言文学专业硕士生；邮箱：2839691604@qq.com
[2] 教授；博士；主要研究方向：比较文学与跨文化研究、世界文学、翻译理论与实践

2021；陈慧 2019）、叙事（陈阳，蒋丽 2022；谢慧 2022；马潇潇 2021）、荒诞哲学（刘科男 2021；胡茵 2019）等角度的分析与研究，对于小说主人公默尔索的言行多是给予评判（戚靖 2020；谢拥姗 2019），并没有进一步探究其心理意识对行为的影响。细读完这部经典之作后，本文将借鉴弗洛伊德的精神分析意识理论，剖析主人公默尔索的心理，对文中人物的“本我”、“自我”和“超我”进行解读，解读本真与“道德”的矛盾选择。

2. 默尔索的“本我”外露

阿尔贝·加缪的成名作《局外人》生动地阐释了存在主义的“荒谬”思想，即使他本人对此并不认可，但只要细读了该小说，就能发现“荒诞”充斥全文。那令人为之一惊的小说开头“今天妈妈死了，也许是昨天，我不知道”（阿尔贝·加缪 1942/2010）。即使是最开门见山直奔主题的作品也未曾试过将死亡这么无足轻重、不加掩饰、又模糊不清地表达一个给予自己生命的至亲的逝去。与其说是没有悲伤之情，不如说是没有感情，冷淡平静的话语就好像在讲述一件不相关的人的不相关的事。主人公默尔索，有人批判他是一个麻木不仁、毫无人情、生性缄默的木头人；有人评价他是一个缺乏感知社会与共情能力、孤僻冷漠的可怜人；也有人赞誉他是一个在荒诞洪流的社会冲击下始终坚持自我的“不倒翁”。作品按时间顺序分为两部分来阐述，第一部分的主要节点是默尔索母亲的葬礼，详细阐述了在葬礼前、中、后默尔索的行为表现以及心理活动。以默尔索枪杀阿拉伯人为界，作品开始了第二部分的叙述，围绕着默尔索的法庭审判，作品在荒诞性的描述中也将默尔索对所处的世界不断清晰化——默尔索终于彻底认识到他所处的世界是多么的荒诞可笑，读者也认识到荒诞的世界中，道德的标准是被扭曲的，无法谈论理性，也不存在哲学。

“人生在世，永远也不该演戏作假”（阿尔贝·加缪）。这是默尔索直到生命最后一刻都在坚持的信条。在母亲的葬礼上，他没有掩饰自己的困意，不停地打盹瞌睡；也没有控制自己“荒诞”的思绪漂流，任凭它飘荡在葬礼结束后的闲余玩乐和享受的尘乐中。而那些自称“母亲的密友”的人，在放声痛哭，在泪流不止，在低声抽泣，不时哽咽，所以世人批他麻木不仁，只因他两次拒绝开棺见母亲的遗容；只因他在葬礼上接受了世俗观念下本该拒绝的“来杯咖啡吧”的提议；只因他在本该流泪的时刻没有滴下一滴泪水，只是不停打盹，下葬后立刻就走了，没有在她坟前默哀；只因他葬礼第二天就开始寻欢作乐，看喜剧片，逍遥快活；只因他不记得母亲的逝世年龄……于是断言，默尔索不爱他的母亲。但谁说悲伤的唯一表示就是引人注目的号啕大哭？葬礼有什么意义？生者的哀悼对死者有任何意义吗？没有流泪就是无情吗？真的需要一个仪式来表演悲伤吗？真的需要当众悲伤，才能证明对母亲的爱吗？葬礼的最终用途不是生人在棺前悲痛落泪的表演。也许不知道如何表示悲伤，才是悲伤最极致的一种表现(章思邈 2012:116–117)。默尔索即使已经是一个成年人，但是当他面对世俗的道德标准时，仍然保持着其内心世界不受外界的束缚，遵循“享乐原则”。他无视一切道德和禁忌的约束，尽情地享受自己的欲望：不因哀悼场合需要哭泣而流泪，不因失去亲人而悲伤难眠，不会因为是葬礼第二天就停止寻欢作乐，时刻都保持自己快乐舒服的状态。

小说中大部分人都认为默尔索对于母亲去世的淡然和过度平静，不仅反映了他不爱他的母亲，而且从侧面证明，这样一个对于亲人去世却没有任何悲伤和情感波动的人，是麻木的、冷血的。但是事实真是如此吗？面对预审法官的质询：“你爱你的母亲吗？”“爱，跟常人一样（阿尔贝·加缪 1942/2010：68）。”这个回答是令人惊讶的，因为他在整个过程中没有表现一丝一毫的悲伤。仔细观察的话，其实是可以感受到默尔索对母亲的爱的：自己和母亲交流很少，怕母亲一个人孤单就把她送去养老院，因为那里会有人陪她；炎热的天气使他计划不最后看一眼母亲的遗容，只想尽快安葬；他很清楚地知道母亲不是无神论者，但是活着的时候也没想到过宗教，说明他很了解妈妈；母亲去世后，他很难感受到饥饿（喻言 2013：33–34）；会不时地想起关于母亲的事；十分明确地表示他爱妈妈……正常的母子关系应该是平时联系密切，关系融洽，会因对方的离去而难过；或是平时交流少，关系淡薄，不会太在意对方。默尔索与母亲的关系和正常的母子关系不一样，他们不交流、不住一起，甚至平时都不联系，没有相互的羁绊，这样一种状态下，会默认他们之间没有感情，但事实是默尔索爱他妈妈。但是，对于默尔索，生命只是存在的逝去，是一种存在意义的完结，“死亡对谁都一样。不管是母亲的死，阿拉伯人的死，还是默尔索的死，都没有什么区别。所以，对母亲死亡的悲哀，对阿拉伯人死亡的负罪和对自己死亡的忏悔都没有必要”（易丹 1989：66），他更关注的是当下，是他自己的生活。生命的出生与逝去对默尔索而言是没有意义的，无须悲叹的，是自然界的普遍规律。或者说，在默尔索的世界里，“本我”始终战胜“自我”和“超我”，居于主导地位。“自我”提醒他，应该在葬礼上表现出悲伤的情绪，这是道德的标准；“超我”要求他，应该在葬礼上落下几滴泪，当然，失声痛哭是最好不过的。一个外人可以提议喝咖啡，但是一个儿子面对亲生母亲的遗体，应当拒绝。然而居于主导地位的“本我”将这些指示全部推翻，让他做自己，遵从自己的本能，快乐是唯一的原则。所以他冷静地对待这一切葬礼的程序，“本我”在他那里得到了完全的自由生长。

葬礼结束之后他开始出门游玩，外出约会，满足自己的性本能（libido）。理想的人类爱情是性本能、感情与责任的结合，但默尔索对玛丽似乎只有肉欲而无情感（章洁 2014：46）。他的行事原则始终是使“本我”的需求得到满足。他不会为了博佳人一笑而骗女友玛丽他爱她；他会接受雷蒙抛出的友谊的橄榄枝只是因为他可以免于做饭的麻烦；他不会因为沙拉马诺的“坏名声”就拒绝与他来往；他不会为了减轻罪刑而在法庭上说谎，即使他知道这样做的后果是被判处死刑。在作品中的世界，默尔索是最自由的人，他不愿像这个社会的多数人一样时刻扮演自己该扮演的角色，在他的世界里，没有条条框框的荒诞道德标准，只有“本我”，他的行为都是无意识指引下做出的，他不愿对这荒诞的世界给予很多关注，只是作为一个旁观者，冷静地看待世界的千万种样子。如果说他的冷静是冷漠，那也是动人的冷漠，是对他不认可的世界保持距离感的疏远。

当然，在默尔索的人格中也有“自我”和“超我”的显现，比如说，沙拉马诺走失爱犬伤心失意之时，他会装作无意地闲聊，听他叙说他和小狗之间的故事；他在雷蒙冲动地掏出左轮手枪时，他分析了雷蒙的性格，迂回劝阻，劝告他背后下黑手并非勇士所为，日后将遭人诟病，避免了一场激烈的角斗。这些是他显露的为数不多的人文关怀，即使在他对于能否要跟他们做朋友持无所谓的态度，但是他还是在笨拙地表达着关心。关心沙拉马诺，一是出于沙拉马诺与爱犬使他不时回忆起他与他的母亲，这是“本我”；二是在他心里，年老的沙拉马诺或多或少比陌生人重要，出于仁义，他应该有所表示，这是“自我”；劝解雷蒙是亦是如此，社会的规则不允许随意剥夺他人生存的权利，“超我”在此刻占据了上风。因此，“自我”也占据了默尔索的一小部分世界，即使他常常按照本能的享乐原则行事，但是也曾试着控制自己的行为和欲望。他对沙拉马诺展现出的关心和问候、对雷蒙的耐心劝导，都是其“自我”的体现；既理性考虑了外部环境的现实因素，也在合理范围内安抚了“本我”，也时刻控制着自己的欲望界限，不让其逾越“超我”的管制范围。

坚持绝对的真实，不妥协、不伪装，默尔索是自由的，他从未被道德绑架，也没有被条条框框所束缚，即使世人皆批他冷血、没有人性、残忍，即使他与那个红尘滚滚的世界格格不入。他是快乐的，是本我的。他是亲情的局外人、爱情的局外人、友情的局外人，是所处世界的局外人，但是在他所坚持的本真面前，他绝不是“局外人”。

3.《局外人》中的“局外人”

在小说《局外人》建构的世界中，默尔索一直是一个“局外人”。

接到母亲去世的电报那一刻，他以一个局外人的身份出席了整个葬礼——葬礼由他人一手操办，他作为名义上的“儿子”参与了守灵、祷告、下葬的全过程。社会规则告诉世人，完整的葬礼需要一个亲人，一个儿子，所以他来了，他必须出现。这就是他在葬礼的全部意义。与其说是这是一场对逝者的缅怀，笔者更愿意称之为“生人心照不宣的表演”。看似一切都按照社会礼仪平稳有序地进行，实际上只是各怀心思的表面功夫。正如默尔索所言，“他们似乎不是来参加葬礼的，而是来看我对于母亲离去的反应的”（魏中华 2019：41）。在整个葬礼，所有人都在默默观察他是否显露悲痛，是否脸色憔悴、面色沉重，是否落下一滴眼泪，是否有不舍之情。他们记得他两次拒绝开棺看母亲最后一眼的冷漠；记得他在葬礼上喝牛奶喝咖啡的不敬；记得他无法说出母亲实际逝世年龄时的眼神躲避……在法庭审判时恰好验证了默尔索的猜想，大家都知道他对母亲的离去毫不悲伤，未落一滴泪，葬礼上的人都是证明他麻木不仁、冷漠无情的证人，也成了推向他死亡的无名之手。

默尔索的“局外人”状态还体现在他对生活的无所谓态度。他宁可做一个没有面包只有火腿的三明治，也不愿意走下台阶去买一片；玛丽向他求婚，他的回答不是“我愿意”，而是“我可以”，并且表示换作另一个人他也是同样的回答，“这样的问题并不重要，没有什么意义。但是如果这样你开心，我就可以跟你结婚”。当雷蒙问他“是否我们可以成为伙伴”，他的回应是没有拒绝，雷蒙默认他的不否决就是同意。他接受着玛丽对他的空余时间的娱乐安排；接受着雷蒙对他提出的写信辱骂他的情人的请求；接受着上司安排他前往巴黎的调职……他只有描述生活的能力，没有改变生活的想法，也从来没有过放弃生活的理由，他只是活着，算不上热爱，但是却一直以一己之力与荒诞对抗，这是他生活的希望。

就是这样一个对事事无所谓的默尔索，当辩护律师提出让他出庭发言时抒发对母亲逝世的悲痛之情、对杀人罪行悔恨不已时，他拒绝了——因为“这不是真的”，这是他第一次拒绝他人的请求，仅仅是因为“这不是真的”。那何为“假话”？超过自身情感的感受就是假的。默尔索可以说“安葬妈妈的那天，我太累了，也非常困，以至于我根本没有意识到周遭发生的事，我能肯定的是，我更希望妈妈没有死（阿尔贝·加缪 1942/2010：65）。”他是悲伤的，只是面对生的淡漠，死的坦然，让他失去了自我探究的能力，他无法察觉到自己的悲；对于自身的杀人行为，他也没有表示悔恨，不是因为他对生命的不尊重，而是在那一刻他是有意识的，即使部分原因是出于正当防卫，但是在他的意识里，他不是过失杀人。在那个荒诞的世界里，他就像是一个天真的儿童，一直坚守着自己的原则，保持心灵的真实不说假话，这与那些为了自身利益而谎话连篇的人相比，他完完全全就是一个格格不入的局外人。

默尔索的“局外人”身份在法庭审判时得到了最大的体现。默尔索是此次审判的被告，然而从预审、开庭、起诉、审讯、辩护到最后宣判的整个过程，默尔索始终处于一种“被取代”、“被排除在外”的角色中。默尔索在这场决定自己命运的审判中处于“失语”状态，成为这场审判的‘局外人’（戚靖 2020：145）。由于他不愿说假话，最后辩护律师代表他，以第一人称“我”发言。他作为一个被告人，却完全没有发言机会，以旁观者的姿态漠视着他人在争辩着他的生命该如何存在，即使他们讨论的主题是他在母亲的葬礼上是否表现得麻木不仁——与案件毫无关联——最后判处死刑的主要参照！辩护律师与检察官代表各自的利益在据理力争，唇枪舌剑交锋，宛如一场世纪大演讲；“证人们”满脸鄙弃地声讨着默尔索在葬礼上的种种不当行为，批判他是多么的冷血无情，仿佛在葬礼时的行为就足以预见他今日的杀人罪行。作为当事人的默尔索，在被告席上观看着这场表演，等待着最后的赢家出现。这个法庭，这个世界并不需要征求他的意见，他的所感所思是不被重视的，他并不隶属于这个世界。他无法参与，也不知道如何参与。无论是辩护律师、检察官还是所谓的“证人们”，他们所做的努力，不是为了对默尔索的生命做出有意义的决定，只是将其作为满足自己“自我”和“超我”需求的垫脚石——这个案件得到了社会的广泛关注。辩护律师在炎热的天气仍妆发齐全、穿戴整齐，在法庭上振振有词，只是为了在各界名士面前留下一个好印象；而检察官和“证人们”，他们则像是占据了道德的制高点，对默尔索表现得越鄙夷，就越能证明他们与这个社会的“主流”趋步同行，越能证明他们是有道德的、有人情味的。默尔索无法相信别人口中的自己，但最终被这个荒诞的世界判了死刑。

当人们被现实当中形形色色的苦难压迫得无路可走时，便会寄希望于缥缈的彼岸世界，渴盼能有一个永恒的上帝来拯救自己，指引道路，并祈求肉体毁灭后能灵魂升天，永享安乐。可默尔索彻底否定这一绮丽幻想，不崇拜任何精神偶像。作为一个虚无主义者，默尔索不惧怕世界上的任何东西，即便是死亡；即便是生命的最后一刻，他也觉得此生是幸福的，现在依然是幸福的。荒诞的道德判他死刑，荒诞的生活判他无罪。

默尔索是这个世界的“局外人”——不遵循道德规范，不遵守社会的游戏规则就会变成“局外人”；但是他又不是“局外人”——他没有按照世人所认可的意义去生活，他忠于自己的感受，忠于自己的内心，从不作伪、从不夸大、从不迎合，从不会为了顺应社会的游戏规则，而违背真实的感受，虽然他远离了世俗观，但是却始终拥有着一颗鲜活跳动的心，他才是真正享受了生活的“局内人”。

4. 世界的局外人

作品中的人物，除默尔索外，大多数人都是看似身在“局内”，实则身在“局外”。很多人穷其一生，却不知为何而活，抑或是未曾真正为自己而活。作品中的人物，或多或少都有些不完美，他们的思想也并不是与社会主流文化完全吻合，但是他们拒绝承认。他们把自己伪装成社会需要的、认可的虚无外在，按照世俗的标准过活，即使这样的伪装常常让他们感到吃力、无所适应。

默尔索的邻居雷蒙，他的职业并不光彩，趋于世俗的眼光，即使他的职业众所周知，他也在维持着体面，坚决称自己的职业是仓库管理员，否定了他真正的职业——为女性提供性服务。在雷蒙的内心，“本我”、“自我”和“超我”一直在不断斗争，他们是一个矛盾体，一直在不断冲突。“本我”带来的强大的性本能让他享受着这个职业带给他的快感，甚至还有些乐在其中；“自我”的调和使他在看不起这份职业的同时，也能安然接受这份职业带给他的物质收入与精神愉悦，现实是残忍的，只有这样，他才能生存；而“超我”，是他孜孜不倦的追求，因而他不愿意承认他的真实职业，因为这会遭人轻视、不体面。即使大家都清楚他的职业，也没有拆穿他的谎言，都保持着客套的“善意”，维护着这个众所周知的“秘密”。无论伪装得多好，演戏的天分多高，他们看似心存善意的人也还是忍不住在雷蒙背后指指点点、窃窃私语，看不起与不尊敬也还是会在眼神交换时流露出来。

他们把自己限制在他们所认可的道德框架里，也要求别人在这个框架里行事。在葬礼上，生人必须流泪，不流泪就是冷漠。从一个偏僻小镇调职到繁华的巴黎，就应该对此感恩戴德，欢天喜地；为了使利益最大化，人应该罔顾真相，趋利避害。他们把自己的标准强压在他人身上，并且把自己的标准视作最高信条，以此来判定一个人的品格、道德以及“社会化”程度。雷蒙只是这千千万万个人中普通的一个。在他们世界里，“本我”的存在被压制了，“本我”、“自我”和“超我”本就是三足鼎立、相互依存、密不可分的，一味地压制本我，只会使“享乐原则”无法发展，处于一种假装快乐的状态。他们不能随心所欲地按照自己想要的方式生活，每个人都戴着面具，每个人都能被人称作一个“有道德的人”。在这些框架的压制下，他们活得并不快乐，他们时刻在注意着他人的喜怒哀乐，他们始终在审慎自己的行为举止是否合乎礼仪，他们不会表现得冷漠即使他们内心若千年寒冰。

除了默尔索，他们都成为了那个荒诞世界的“局内人”。他们始终追随着社会的标准，自己却没有任何个人信条，只是随波逐流的一株株海草。或许某一刻，“本我”也曾支配他们，正如玛丽知道默尔索在守孝期，即使道德的认知使她“不自觉地后退了一步”，但最终“本我”还是占据了主导地位，使她情不自禁地跟随默尔索玩乐嬉戏；守门人最后向法官承认“喝杯咖啡的提议是我主动提出的”；神甫也在默尔索的质问中无言以对，隐约还带有点恼羞成怒——因为他知道默尔索说的是正确的。在夜深人静的某个时刻，他们或许也曾摘下伪装的面具，就像沙拉马诺在失去他每日打骂的狗儿时，也害怕半夜听到狗儿叫声使思念涌上心头，也曾痛哭流涕追忆往昔。无论他们的“自我”与“超我”多么强大，他们始终还会有“本我”的影子，即使他们刻意压制。

他们所处的世界是荒诞的，于是他们变得荒诞，他们弄虚作假、阿谀奉承，只为了不与社会主流背道而驰；他们不知道真实为何物，只是遵守了这个社会的游戏规则。其实他们才是真正的局外人，没有为自己而活，只是为了这个社会而活，为了所谓的道德标准而活。在他们的世界里，他们是局内人；在他们自己的世界里，他们一直都是局外人。

结语

《局外人》中，每个人都是局外人。“局内”还是“局外”，完全由他们心中的“本我”、“自我”和“超我”而定，而这三者谁能占据主导地位，是由他们内心深处的渴望而定。每个人都可以成为局外人，每个人都可以选择不成为局外人。加缪笔下的默尔索，是世界的局外人；然而默尔索却是真实世界的缩影。在加缪的世界，整个社会仍未脱离战争的影响，战后创伤和对生活的绝望占据了人们的大脑。默尔索存在于《局外人》中，真实世界中也存在着“默尔索”形象，他们经历了第二次世界大战的苦难，既珍惜生活及时行乐，也时常感到未来迷惘、无所适从。加缪刻画的是默尔索的生存态度，也是他自己和当时世界对于存在主义命题的思考。

参考文献

[1] 阿尔贝·加缪.局外人[M].柳鸣九，译.上海：上海译文出版社，2010.

[2] 陈慧.论加缪小说《局外人》的荒诞产生机制[J].北方文学，2019(35)：80–81.

[3] 陈阳，蒋丽.加缪中长篇小说的多元主题呈现[J].陕西理工大学学报（社会科学版），2021，39（06）：19–27.

[4] 陈阳，蒋丽.论加缪荒诞创作的叙事艺术[J].安康学院学报，2022，34（01）：68–74.

[5] 陈拥珊.论阿尔伯特·加缪《局外人》中主人公默尔索的情感表现[J].黑龙江教育学院学报，2019，38（06）：112–114.

[6] 胡茵.存在的荒诞：加缪《局外人》中荒诞美学谈[J].兰州工业学院学报，2019, 26（02）：114–116.

[7] 刘科男.荒诞而真实——浅谈加缪《局外人》中的荒诞哲学[J].青年文学家，2021(02)：127–128.

[8] 戚靖.荒诞与反抗——论加缪笔下的局外人形象[J].哈尔滨师范大学社会科学学报，2020，11（01）：144–146.

[9] 魏中华.浅析《局外人》中的荒诞世界与对本真的追求[J].汉字文化，2019(10)：41–42.

[10] 谢慧.论《局外人》中的听觉叙事功能[J].成都航空职业技术学院学报，2022, 38（02）：81–84.

[11] 易丹.论加缪《局外人》中主人公的冷漠[J].四川大学学报（哲学社会科学版），1989（03）：66–69.

[12] 喻言.局内、局外的纠缠与解脱——论加缪的《局外人》[J].青春岁月，2013(14)：33–34.

[13] 张茂军.试析《局外人》主人公默尔索从觉悟到荒诞的局外人态度[J].延边党校学报，2013，29（02）：78–80.

[14] 章洁.论默尔索的“局外人”形象及内涵[J].大众文艺，2014（12）：46–47.

[15] 章思邈.“局外人”的局外世界——浅析“局外人”默尔索的形象[J].文学界（理论版），2012(07)：116–117.

[16] 朱国华.《局外人》的几种读法[J].中山大学学报（社会科学版），2022，62（02）：1–31.

功能对等理论视阈下《哈利·波特与魔法石》中、日译本分析

黄琳清[1]

摘　要：《哈利·波特与魔法石》中包含了许多英国文化以及作者精心设计的文字游戏等课题。功能对等理论十分注重译文读者是否能获得与源语读者“对等”的感受。在功能对等理论视角下，分析中、日两国译者对英国文化专有项、魔法世界特有表达等素材的处理方法，并对译者所用的翻译策略进行分析和整理，不仅能丰富理论的应用实例，还能加深对跨文化的理解。

关键词：哈利波特与魔法石；功能对等理论；中译本；日译本

自《哈利·波特》系列小说和同名电影第一次公布于众以来已经有20年左右的时间，但其IP却仍热度不减，在中国和日本都有二次创作。例如，随着北京环球影城的开业，许多影迷千里迢迢来参观哈利波特主题公园，门票一度一票难求。此外，Bilibili在2019年购买了《哈利·波特》系列电影的版权。截至目前，仅《哈利·波特与魔法石》一部就已经积累了33 018 000次播放量。这都表明，《哈利·波特与魔法石》上映20年以来，中国观众的热情同样没有减退。此外，去年《哈利·波特》剧组20周年重聚特别节目将要播出的消息吸引了日本观众，各大媒体相继报道。此外，日本环球影城（USJ）在2014年设立了哈利波特主题公园，客流量居高不下。这都表明，在《哈利·波特与魔法石》上映20年后，日本观众的热情并没有减退，热爱和兴趣依然深厚。中国互联网公司网易在2021年发布的《哈利·波特之魔法觉醒》风靡网络。本文认为，《哈利·波特》已经成为中、日、英三国读者们的共同记忆。然而，先行研究中除了简单对比中、日译本在人名、咒语的译名和复合句翻译的区别外，对其他部分几乎没有触及，用功能对等理论对比分析中、日译本翻译的领域还有很多空间。

《哈利·波特》系列给译者带来了许多挑战，包括节奏、方言、文化、文字游戏和作者发明的词汇。在翻译过程中，译者会按照本国的表达习惯和文化内涵，对原文进行一定程度的处理。通过分析译者的处理策略，可以看出中、日两国在语言表达和文化上的差异。因此，通过对译本的研究，可以更深入地了解中、日、英三国的语言和文化的差异。本研究不仅可以丰富功能对等理论的应用，加深对这一理论的理解，同时还是一次对《哈利·波特》中、日译本对比研究的尝试，加深我们对中、日、英三国文化和社会差异的跨文化理解。本文旨在以功能对等理论为基础，分析

[1]　2018级日语专业学生；邮箱：101540477@qq.com

《哈利·波特与魔法石》中部分词句背后暗藏的英国文化和魔法世界的特有表达，研究译者如何运用这一理论，并总结出翻译策略，丰富功能对等理论的实际应用。

1. 功能对等理论

功能对等理论又称动态对等理论，由美国语言学家奈达·尤金于1964年提出。该理论强调不过分拘泥于源语词汇细节和语法结构，使译文更接近目标语，显得更自然，能够让源语读者与目标语读者都用相似的思路去理解文章大意。奈达认为翻译不仅是词汇意义上的对等，还包括语义、风格和文体的对等，翻译传达的信息既有表层词汇信息也有深层的文化信息。"功能对等"中的对等包括四个方面：词汇对等、句法对等、篇章对等、文体对等。（郭建中 2000：67）除了表示源语在源文化中的功能与目标语在目标文化中的功能间对等，还表示人类的文化交互。而翻译的取舍决定了源语文化的输出是否有效，翻译的好坏也会促进或阻碍文化的交流。因此，译者在文学翻译中，根据功能对等理论，应以该理论的四个方面作为翻译的原则，力求在目标语中再现源语的文化内涵。如此一来，源语读者和目标语读者就能以类似的思维方式理解文章。小说翻译也需要超越文化差异，帮助读者理解故事内容，同时传达文本的魅力。小说翻译的追求和功能对等理论的追求有相似之处。

功能对等理论鼓励译者不去拘泥于译文与原文的对照，而是努力使译文读者对译文的反应与原文读者对原文的反应对等，得到与原文读者同样的感受（徐琦 2010：89）。目的就是让目标语受众与文本信息之间的关系在某种程度上等同于源语受众以及文本信息之间的关系（王宗明 2018：120）。因此本文主要以目标语读者是否能得到与源语读者相似的感受为标准进行分析。

在该理论的指导下，有以下三个方法进行翻译实践。其一，若目标语和源语中有词意和文化类似的情况，可采用直译法。其二，若目标语和源语中不存在词意和文化类似的情况，则可采用意译法、转译法，即采用相等内涵的语言进行翻译，达到功能上的对等。其三，若源语中存在目标语所没有的文化或表达，则采用重新创作的方式，力求再现原文含义，让读者更容易接受（孙欣 2014：238）。也就是说，在运用这些方法以后，就能让目标语读者收获和源语读者对等的阅读体验。

本文基于如下文本展开研究：

Harry Potter and the Philosopher's Stone by J. K. Rowling. Pottermore Publishing 2015[1].

『ハリー·ポッターと賢者の石』、松岡裕子、二〇十五年十二月八日、Pottermoreに発行された。

《哈利·波特与魔法石》，苏农译，2016年Pottermore出版。

由于作者J.K. 罗琳在第一次出版《哈利·波特与魔法石》后又进行了几次改版与修订，各国出版社也会根据本国情况进行相应的校订与再出版。为了保证版本一致，本文选择由哈利波特官网 Pottermore 于 2015 年出版的电子书为研究对象。

2.《哈利·波特与魔法石》中、日译本中具体例子的分析

2.1 词汇

原文中的词汇可分为两类。一类是英国文化特有词，这在日本的日常生活中是缺失的；另一类是作者 J.K. 罗琳发明的魔法世界的术语。

2.1.1 英国文化特有词汇

（1）Bonfire Night

中译：篝火之夜（注释：指每年十一月五日在英国举行的庆祝篝火之夜活动）

日译：祭りの花火

“Bonfire Night”是英国人于每年 11 月 5 日举行的传统节日。在这天，人们会将提前做好的稻草人（原型是叛国者盖伊）丢入火里烧尽，以此来表达对宗教和国家的忠诚。此外还会准备丰盛的晚餐。

在中国，内蒙古、云南等少数民族居住的地区常常有围着篝火歌舞来庆祝的习俗。如鄂温克族的篝火晚会的由来便是因火神惩治富人，给穷苦的牧民带来大量的牛羊和牧草，鄂温克族人用篝火晚会来表达对火神的崇敬和感谢。即便没有英国相同的历史事件作为背景，但 Bonfire Night 却与篝火晚会一样是人们用来向恩人表达感谢、庆祝美好生活的庆典。中译本中译者采用直译 + 注释的方式，既能保证中英两国读者有相似的阅读感受，遵循了功能对等理论，还向读者传播了英国文化。

在日本，花火大会作为“祭り”的一种，它与其他的祭り最与众不同的便是会放烟花。一般来说，在盂兰盆节期间，人们会燃放烟花，供奉先祖。举办该节日是为了向神佛和祖先祈祷，并选择特定的日子举行供奉、祈祷、感恩、纪念等活动。因此，“祭りの花火”包括对祖先的纪念和对未来的祈祷。与 Bonfire Night 一样都是纪念先人的夜间庆典，有火、有美食。日本的译者采用归化的译法，将英国传统节日替换成了日本民俗活动，用相似的事物来填补文化空缺，符合功能对等理论。

（2）Stonewall High, the local Comprehensive

中译：综合制中学—石墙中学（注释：五年制中学，学生十一岁入学，课程包括普通与职校学科）

日译：七年生の中等学校　地元の普通の公立ストーンウォール校

在英国，有三种类型的学校：Public school、Grammar school 和 Comprehensive school。一般来说，Public school 是上层阶级家庭的孩子和富人的孩子才能上的私立学校。另外两所是公立学校，区别在于 Grammar School 根据成绩筛选学生，而 Comprehensive School 则向所有适龄学生开放。Comprehensive School 的学生一般是

来自社会底层或贫困家庭的儿童。在原文中，哈利笨拙的表哥可以进入公立学校，但成绩好的哈利却只能进入综合学校。作者意在强调哈利在姨妈家受到的待遇不高。对于熟悉英国学校之间存在差距的英国读者来说，仅 Comprehensive School 一词就能让他们了解哈利受到的不公平待遇。因此，如果译文读者注意到"哈利所在学校的环境很差"这个信息点，那么就能判定该翻译符合功能对等理论。

公立教育是中国大部分家庭的主流选择。公立教育为中国社会主义建设培养了许多优秀人才。因此，强调文中学校的公立属性，却不加注释来说明英国公司里学校的区别，对中国读者来说没有太大意义，他们可能也无法完全理解上公立学校就意味着哈利受到了区别待遇。然而，中译本只是通过在直译中加入注释的方式来解释 Comprehensive School 的学年制度和课程；但如果不解释 Comprehensive School 是最低级别的学校，读者就很难想到哈利受到不公平的待遇。换句话说，他们并没有得到同英国读者类似的理解。本文认为，中译本的处理不符合功能对等理论。

日本社会的公立和私立学校与英国类似，有公私立学校长期共存的现实，并且会存在公立学校费用比私立学校更便宜的印象。橘木俊诏在《日本的教育差距》中指出，日本的私立初中会收取更高的学费，但其学生的表现比公立学校的学生更好（仲山可那子 2018：138）。因此，日本读者能更容易理解公立初中的坏处。换句话说，日本读者可以在这里意识到哈利受到的区别待遇。因此，日本译者强调这所学校是一所"公立"学校，符合功能对等理论。

2.1.2 J.K. 罗琳发明的魔法世界词汇

（1）Head Boy and Girl

中译： 男女学生会主席

日译： 首席

"Head Boy and Girl"是传统英国学校中的学生职位。校长选出优秀学生代表，被选中的学生与教师一起参与学生管理的工作，并为学生发声。在霍格沃茨，被选为"Head Boy and Girl"是一种荣誉。

中译本翻译成了"学生会主席"，因为中国的学校中没有与之直接对应的学生职位，译者应该是抓住了"Head Boy and Girl"与学生会主席的共同点——负责管理、代表学生的工作这一点，翻译成本土的词汇更有助于理解。除此之外，"Head Boy and Girl"与学生会主席最大的区别便是："Head Boy"和"Head Girl"处于同样的地位，即两人的职能和权力大小完全一样。而学生会主席只有一个人，无法有两个人同时当选。中译本用归化的译法，用本国存在的相似事物代替，读者能产生与源语读者相似的理解，因此该翻译符合功能对等理论。

日译本翻译成"首席"。"首席"在日语中指的是最杰出的学生（不仅局限于成绩方面，在校外积极参与活动也会考虑在内），一般是大学毕业典礼上的毕业生代表。“Head Boy and Girl”和“首席”的相同之处在于他们都是优秀的学生，但不同的是，“首席”没有管理其他学生的权力；“Head Boy and Girl”也不一定是成绩最突出的学生。日译本采用了归化的方法，并将其翻译成本国现有的相似事物。由于社会文化的差异，该词的含义与原文略有不同。然而，这有助于读者对该学生职位产生大致的了解。“Head Boy and Girl”和“首席”都是代指优秀学生，无论是管理学生的权力还是能够作为毕业生代表，都是一种荣誉。两国的读者因此会产生类似的理解。由此可得，日文的翻译符合功能对等的理论。

（2）Goblin

中译：妖精

日译：小鬼

“Goblin”指的是西方神话故事中的一种身材矮小、精瘦、贪婪、爱财的生物，常常生活在黑暗阴冷的地下。它们有着暗绿色皮肤，红眼睛，对闪闪发光的东西十分感兴趣，尤其是金币、钻石等稀有品。在文学及影视作品中常用来守护矿石和财宝。书中提到的巫师银行“Gringotts”便由这种生物管理和运营。这个形象在西方文化中十分常见，却在东方文化中缺失，两国译者在此都采用了归化的翻译方法。

《说文解字》中写道：“精，择也，从米青声。”即“精”本指择取好米，去粗取精之义。如今常用其引申义“精细”，含“小”的意思。受传统文化影响，人们通常认为“妖精”可以发生异变，幻化为人形伤害人类，因而被视为邪恶的象征。中译采用了“妖精”一词中矮小、邪恶的含义。用现有的相似事物来翻译，符合功能对等理论。

日本人认为 Goblin 很矮小，身高在 30 至 60 厘米之间，最大的约为 120 厘米，他们一般都有丑陋的面孔，大头，长臂，全身都是毛，长得像“鬼”；性格与日本的天邪鬼相似。因此，日译本将其翻译成“小鬼”是由于小鬼和 Goblin 在身材和性格上有相似之处。但是小鬼既没有保护钱财的性格设定，也没有在地下居住的生活特性，因此在没有注释的情况下，日本的读者便无法意识到“Goblin”和银行业之间有着深刻的联系。尽管如此，在没有完全相同的文化背景的情况下，用一种相等内涵的语言进行翻译，即让日本的读者能理解这种生物是怪异、低矮的，便能使译文符合功能对等理论。

2.2 句子

句子部分主要从魔法世界的感叹句和文字游戏两个方面，对中、日两个译本展开分析。

2.2.1 魔法世界感叹句

表1 感叹句

原文	中译	日译
Gallopin' Gorgons, that reminds me	狂奔的戈尔工啊，哟，我想起来了	おっとどっこい。忘れるとこだった
Gulpin' gargoyles, Harry, people are still scared	贪吃的怪兽滴水嘴啊，哈利，人们到现在还心有余悸呢。	どうもこうも、ハリーや。みんな、いまだに恐れとるんだよ。

两个例子中的感叹词均是作者在书中的原创词组，在此之前并没有出现在英国人日常生活的对话中。其中，“Gorgons”指希腊神话中，三个长有尖牙、头生毒蛇的恐怖女妖，她们当中的代表就是年纪最小的美杜莎；“gargoyles”指的是西方建筑输水管道喷口终端的一种雕饰，有西方龙一样的翅膀、长脖子，能从嘴里喷火。然而，英国读者在阅读时不会立即意识到这是一个感叹词组，因为即使在日常生活中，英国人也不会用这两种生物来表示感叹的情绪。他们只会认为，这是句没有任何意义的口头禅。直到将其与上下文联系起来后，才可以猜到这是一个表达感叹的词。这也正是作者的意图，即用两个日常生活中不会拼凑到一起的词，让读者感受到现实世界与魔法世界的文化冲突。

中译本采用直译的方式，将“狂奔的戈尔工”和“贪吃的怪兽滴水嘴”放在了译文里，传播了西方文化，但在读者看来难免有些奇怪。然而由于英国人的日常生活中也不会用这两只怪兽来表达惊叹之情，因此中国读者得到的阅读感受跟英国读者是相似的，均感受到了作者刻意制造的现实世界与魔法世界的“文化差异”。因此译者的处理符合功能对等理论。

日译本使用了日常用语中常用的感叹词，没有继承原文怪异突兀的语言风格，这使译文看起来更加自然，但却没有传达出作者精心设计的“魔法世界特有”话术。日本读者因此也不会认为魔法世界与现实世界存在用词表达上的差异，也就无法获得与英国读者相似的阅读体验。从这一点看来，日译本的处理并不符合功能对等理论。

2.2.2 文字游戏陈述句

（1）Erised stra ehru oyt ube cafru oyt on wohsi.

中译：厄里斯　特拉　厄赫鲁　阿伊特乌比 卡弗鲁　阿伊特昂　沃赫斯。

日译：すつうを　みぞの　のろここ　のたなあ　くなはで　おか　のたなあ はしたわ。

“Erised”是英文单词“Desire”的回文。暗示了这面镜子能照见人的欲望和追求。而这面镜子上的文字也同样用了回文的写法：“Erised stra ehru oyt ube cafru oyt on wohsi”，即“I show not your face but your heart's desire”，意为“我展现的不是你的面容而是你的渴望”。在这里用回文书写的方式来象征镜像的颠倒，是作者别有用心的一番设计。这句看似古怪的回文给这面忽然出现在空旷教室里的镜子又增添了一份神秘的色彩。而且这句回文的断句让人无法立刻读出被“镜像”之后的正确句子，如果断句如下：“Erised straeh ruoy tub ecaf ruoy ton wohs I”，这样一来有心之人也能轻易找到正确的阅读顺序，并理解意思。作者故意打乱回文的断句，就是想让读者和哈利一样误以为这是一串无厘头的咒语，乍一看并不知道这上面到底写了什么。由于英文是表音文字，在打乱字母连接顺序、人为制造不正确断句的情况下，一时间很难辨认出正确的意思，甚至会被认为是远古时期的拼写方式，在造成一定阅读障碍的同时又增加了神秘感。

中译本放弃了作者的镜面回文设计，而是用音译的方式，将这句话当作一句毫无意义的咒语译了出来。本文猜测原因如下。如果采用意译 + 回文书写的方式，会得到的句子是“渴望 你的 而是 面容 你的 不是 展现的我”。而这样一来中国读者就能一眼找到正确的阅读顺序。中文是象形文字，即使字与字之间有空格或是改变从左到右的书写顺序，也无法造成很大的阅读障碍。就如中国古代的牌匾是由右到左书写，但人们依然能读懂含义。因此，在这个例子里，中文翻译无法在既保持神秘感又制造一定拼写障碍的同时用回文书写句子。因此，受语言本身性质的限制，中译本的处理无法达到功能对等的效果。

现代日文是汉字（语素文字）与假名（音节文字）的混合体（陈明哲 2020：3）。也就是说，日语的假名有表音文字的性质，日语中的汉字有表意文字的性质。在日译本中，译者还原了回文的设计，意译之后用平假名书写回文。巧合的是，句子倒过来之后助词「を」和「で」也处于正确的语法位置上，因此在读者破解正确的阅读顺序之前，起到了混淆视听的作用。再加上没有用汉字书写，日本的读者不会立马找到正确的阅读顺序。也就是说，译文的处理得益于语言的本身的属性，让日本读者能获得与英国读者相似的阅读体验。因此日译本的处理符合功能对等理论。

（2）——‘what’s the difference between a stalagmite and a stalactite?’ ——‘Stalagmite’s got an “m” in it,’

中译：——“钟乳石和石笋有什么区别？”——“钟乳石这个字中间有字母 m。”

日译：—鍾乳石と石筍って、どう違うの？ —三文字と二文字の違いだろ。

哈利问海格 stalagmite 和 stalactite 有什么区别时，海格说 stalagmite 比 stalactite 多了个字母 M。其实哈利想问的是二者形成原理有何不同，但由于海格当时处于晕车状态，无心思考深层次的形成原理，下意识地从拼写层面进行解释。可晕车带来的身体不适却转移了他大部分的注意力，便从读音上突出的 M 作为答案来敷衍过去。事实上海格的拼写能力较低，就算将 stalagmite 和 stalactite 两个词从拼写差异来解释，区别也不仅仅是字母 M。但从发音上看，确实只能听到二者间的区别只有一个“M”。在这里，海格的回答给人一种打马虎眼的感觉。

中译本采用直译的方法，将海格说的话原封不动地译了出来。但显然中文里的“钟乳石”并没有字母M，再加上译者并未在此用注释说明钟乳石的英文是“stalagmite”，则没有相关单词储备的读者会觉得一头雾水。因此本文认为，中国读者在此处无法像英国读者一样体会到猜字谜的乐趣，因此不符合功能对等理论。

日语中钟乳石和石笋的发音，即“鍾乳石”和“石筍”的发音没有太大的相似性，因此译者用归化思路把海格的回答改为字数上的解释。从这个角度给出答案同样也能给人一种猜字谜的感觉，同时再现了海格因为身体不适敷衍回答的状态。因此可以认为这种处理符合功能对等理论。

3. 结论

本文从功能对等理论角度出发，从词汇和句子两个方面对《哈利波特与魔法石》的中、日两种语言的译本展开研究。本文从书中选出几个有代表性的例子，分析其背后隐藏的文化、社会或语言背景，并以译文读者是否能获得与原文读者相似的阅读体验为标准，判断译文是否符合功能对等理论。首先阐述了研究背景、研究目的，并介绍了功能对等理论，然后通过分析每个例子背后的文化、社会背景，思考译文读者是否能获得和原文读者相似的阅读体验，以此判断译词、译文是否符合功能对等理论。

此外还总结了每个译词、译文的翻译技巧。在翻译英国特有的词汇时，日本译者的方法多样，有省译、意译、和增译;中国译者都采用了直译加注释或加译的方法;在翻译魔法世界用语时，两国译者都倾向于采用意译法。在翻译魔法世界感叹句以及文字游戏时，日本译者采用意译法、直译法；中国译者采用直译法、直译加注释的方法。译者使用这些翻译技巧时，大都能让译文符合功能对等理论。

但有时因如下原因，也存在例外。其一，译者对作者想要传达的意思理解不透彻。例如，中国译者在翻译“comprehensive school”时，采用了直译加注释的方法。但这些注释并没有让中国读者明白“comprehensive school”暗示了学校的不良环境。中国读者无法像英国读者那样对哈利的遭遇产生同情，这是由于中英两国的学校教育体系不同，属于社会层面的差异；日本译者在翻译“Gallopin’ Gorgons”和“Gulpin’ gargoyles”时，采用了直译法。作者原本的意图是让读者感到现实世界与魔法世界的文化冲击。然而，译者忽略了这一设计，导致日本读者无法如英国读者一样感受到强烈的用词违和感；中国译者在翻译“the difference between a stalagmite and a stalactite”这一文字游戏时采用了直译法，译文看起来较为不自然。中国读者没有像英国读者那样体会到玩字谜的乐趣。其二，受限于本国语言自身的性质。中文译者在翻译回文“Erised stra ehru oyT ube cafru oyt on wohsi”时采用了音译法。由于中文是一种表意文字，无法像表音文字英语一样，即使在表达意思的同时把它倒过来写，也并不妨碍阅读。因此译者的尝试也无法让译文达到功能对等。

参考文献

[1] 陈明哲 . 文字书写方向对大学生中日文阅读影响的眼动研究 [D]. 鲁东大学，2020.

[2] 郭建中 . 文化与翻译 [M]. 北京：中国对外翻译公司，2000：67.

[3] 孙欣 . 奈达的功能对等理论对于翻译的启示 [J]. 科技创业家，2014（04）: 238.

[4] 王宗明，惠薇 . 功能对等理论的国内引介与翻译研究述评 [J]. 汉字文化，2018（19）: 065.

[5] 徐琦 . 从功能对等角度谈儿童文学的翻译 [J]. 浙江工贸职业技术学院学报，2010，10（04）: 89–92.

[6] J.K. 罗琳著，苏农、马爱新译 . 哈利·波特与魔法石 [M]. Pottermore Publishing, 2016.

[7] J.K. Rowling. *Harry Potter and the Philosopher's Stone* [M]. Pottermore Publishing, 2015.

[8] J.K. ローリング、松岡裕子訳 . ハリー・ポッターと賢者の石 [M]. Pottermore Publishing, 2015.

[9] 無いから生まれる有もあるさ . 妖精　ゴブリンについて [OL]. https://things-that-enrich-our-life.site/goblin/，2022.04.15.

[10] 仲山可那子．松岡佑子訳『ハリー・ポッターと賢者の石』研究—イギリスの子どもの日常に関わる表現を手がかりに［J］．東京女子大学言語文化研究，2018，27：137–159.

三、作品细读与对比研究

从《诗经》和《古今和歌集》的采编看中日古代的采诗文化

范译允[1]

摘　要：《诗经》和《古今和歌集》两本诗歌集，分别作为中日两国古典文学的经典，一直是中外学界研究的重点。《诗经》质朴率真，现实性和直观性较强，显示出一种阳刚之美。《古今和歌集》总体雅丽、感情细腻，主观性和意象性较重，注意形式和技巧，展现出一种阴柔之丽。《诗经》和《古今和歌集》都是出于一定的政治目的而编制的，或是观察民风，或是为了选择官僚，并由此形成了两国富有特色的采诗文化。透过两国相似又各具特色的采诗文化，从不同维度和方向讨论两国文化之间相互影响的地方，有利于我们重新认识《诗经》和《古今和歌集》这两部古代文学经典，更好地了解中日两国文化的特点。

关键词：《诗经》;《古今和歌集》; 采诗观风; 中日采诗文化对比

《诗经》和《古今和歌集》作为中日两国古典文学的代表，一直是中外学界研究的重点。中日两国作为隔海相望的邻国，两国的文化一直都相互影响。目前，无论是《诗经》还是《古今和歌集》，学界的研究都较为成熟和全面。有从整体入手的研究，比如针对诗歌语言和修辞手法的研究；也有针对具体篇目的研究，如对《诗经》中风部的研究，或者对某个篇目的单独研究等，都取得了丰硕的成果。然而，目前学界对《诗经》和《古今和歌集》两者的对比研究较为稀少，尤其是对二者体现的采诗文化的对比研究，更是寥寥无几。目前较为有成就的研究，有华东师范大学尤海燕教授（2015：146）对日本诗歌中"采诗制"的研究，详细深刻地探讨了"献和歌"的文化基础和思想基础。

研究日本的"献和歌"和中国的"采诗"，有利于通过两国相似的采诗文化，发现两国文化之间相互影响的地方，达到重新认识《诗经》和《古今和歌集》这两部文学经典的目的。

[1]　2018 级日语专业学生；邮箱：1292238286@qq.com

1. 中国的采诗文化

1.1 《诗经》与“采诗观风”

《诗经》收集了西周初年至春秋中叶的诗歌，反映了周朝初期至晚期约五百年间的社会面貌，是中国古代诗歌的开端。《诗经》的作者有许多人，遍布当时社会各阶层，绝大部分已经无法考证。

关于《诗经》的编纂问题，历来众说纷纭，其中传播最广是汉儒的“采诗观风”说。相传，周代设有专门的采集诗歌的官员，也就是所谓的“采诗官”。这些采诗官每年春天都会巡游各地，采集民间歌谣，然后交与专门的官员润色谱曲，再演唱给周天子听，如此周天子便能通过这些歌谣体察各地民情、发现政治得失。《辞源》有云:“古有采诗之官，采四方风俗以观民风，故谓所采诗为风，采诗者为风人。”他们为古代诗篇的流传和采集做出了很大贡献。

所以，中国的“采诗观风”是源于先秦时期，具有悠久历史的一种制度。虽然现在我们已经无法考证出这种制度具体的起源，但至少可以肯定它在周代存在过。

1.2 推行“采诗观风”制度的目的

那么，在先秦时期为什么要推行“采诗观风”制度呢？笔者认为可以从以下两个维度来探讨。

首先，先秦时期的统治者意识到了歌谣在社会和政治中的重要作用，统治者可以通过“观民风”而“知政教得失”，然后反思和改进施政方针。《隋书·文学传》:“上所以敷德教于下，下所以达情志于上，大则经纬天地，作训垂范，次则风谣歌颂，匡主和民。”（《隋书》卷七十六）这里就说明了民意对于上层政治决策的作用，肯定了采诗观风制度的重要性。

再者，从更深层的文化传统层面来说，是我国自古以来形成的谏诤传统影响了采诗观风制度的形成和发展。在我国古代，当君王有过错时，朝廷大臣乃至商贾庶民对其进行劝诫，一直是一个优良传统，史书对此也多有记载。《管子·桓公问》中有云:“黄帝立明台之仪者，上观于贤也；尧有衢室之问者，下听于人也；舜有告善之旌，而主不弊也；禹立谏鼓于朝，而备训也；汤有总街之庭，以观人非也；武王有灵台之复，而贤者进也。此古圣帝明王所以有而勿失，得而勿亡者也。(《管子》第五十六篇”）由此可见，我国的谏诤传统源远流长，而这样的文化传统又影响了采诗观风制度的产生和发展。

1.3 《诗经》采诗的过程

在采诗活动中，根据采诗群体身份的不同，又可以分为史官采诗和百姓采诗两种类型。大体上来看，百姓采诗更多的是出于讽谏目的，官吏采诗则更多出于祭祀目的。

1.3.1 官吏采诗

《国语·周语上》有云:“故天子听政，使公卿至于列士献诗，瞽献曲，史献书，师箴，瞍赋，矇诵，百工谏，庶人传语，近臣尽规，亲戚补察，瞽、史教诲，耆、艾修之，然后王斟酌焉。”(《国语》卷一)这里的“公卿”，“列士”应当是贵族集团成员，他们主要从民间搜取庶人的诗作，然后献给天子。“瞽“、”史“等应属于专门的史官，而在那个时代，史官与祭祀的关系则是不容忽视的。由此可见，在官吏采诗的活动中，采诗的主体可以分为两类，一类是公卿列士这样的上层官吏，其献诗的目的与讽谏有关，一类是“瞽”、“史”这样的史官，其献诗目的则与上古祭祀传统有关系。

《汉书·食货志》有云:“孟春之月，群居者将散，行人振木铎徇于路，以采诗，献之大师，比其音律，以闻于天子。”(《汉书》卷二十四)这些“行人”当与上文提到的所谓的“史”为同一类人，都应该是指史官。《周礼》中提到过“行人”的职责有“属瞽史，谕声名，听声音”，所以“行人”也有采集诗歌的职责。”根据《汉书·食货志》，“行人”采诗的时间是在“孟春之月”，正是传统的祭祀节令。《礼记·月令》云:“立春之日，天子亲帅三公、九卿、诸侯、大夫，以迎春于东郊。”(《礼记》第六)这里就明显描述了立春之日的祭祀活动。《郑风·溱洧》中还有这样的诗句:“溱与洧，方涣涣兮。士与女，方秉蕑兮。女曰观乎？士曰既且。且往观乎？洧之外，洵訏且乐。维士与女，伊其相谑，赠之以勺药。”(《诗经》国风篇)诗中说的士与女秉兰，也反映了上巳日洗浴去除不祥的习俗。这种反映祭礼习俗的诗应该是史官群体中“行人”所采集的典型的诗篇。

《礼记·礼器》曰:“颂诗三百，不足以一献;不献之礼，不足以大飨;大飨之礼，不足以大旅;大旅具矣，不足以飨帝。”(《礼记》第十)总之，官吏采诗，其首要目的还是祭祀，其次才是“观民风”。

1.3.2 百姓采诗

《孔丛子·巡狩》中有如下表述:“命史采民诗谣，以观其风。命市纳贾，察民之所好恶，以知其志。”何休在其解诂《春秋公羊传·宣公十五年》中也提到过:“男女有所怨恨，相从而歌，饥者歌其食，劳者歌其事。男年六十，女年五十无子者，官衣食之，使之民间求诗，乡移于邑，邑移于国，国以闻于天子。(《春秋公羊传解诂》)”与上文提到的官吏采诗不同的是，“男年六十，女年五十无子者”所代表的应当属于另一批采诗者。这批采诗者的存在也被发现于战国竹简《孔子诗论》中。《孔子诗论》的第三简有“邦风其纳物也博，观人俗焉，大敛财焉。”其中“邦风”“观人俗”正好印证了“采诗观风”的“观风”，而“敛财”则属于“臣妾”一类为官府做事的百姓。这从大体上印证了何休的解诂。

因此，真正用于“观民风”的应该是上文提到的“男年六十，女年五十无子者”，也就是百姓采的诗。春季属于农忙时期，而秋季以后则属于农闲时期，所以秋季的诗应该主要采自普通百姓的日常生活，是百姓所采的诗。比如《魏风·硕鼠》，诗中没有明显有关祭祀的痕迹，反而将贪官酷吏比作“硕鼠”，从头到尾从劳动人民的视角表达了百姓对贪官酷吏剥削百姓的不满和怨恨，因此可以肯定这首诗不是官吏所采，也说明这首诗是百姓采诗的结果。

所以综上所述，采诗的人应该包括官吏和百姓两个集团，他们从不同的目的出发收集了来自民间的各种诗歌，由此组成了《诗经》中丰富广阔的内容。

2. 日本的献和歌文化

2.1　和歌与《古今和歌集》

日本的献歌文化是以和歌为主要创作形式的文化。和歌是日本的一种诗歌，其最初由古代中国的乐府诗经过不断的日本化发展而来。9 世纪末，在菅原道真的建议下，日本废除了遣唐使，具有日本本民族特色的国风文化进入了兴盛发展的阶段。《古今和歌集》就是在这种情况下诞生的日本国风文化的代表作。

2.2　献和歌的过程和目的

从现有的史料和文献来看，《古今和歌集》主要作为天子选官的依据。《古今和歌集》序中有如下描述：“古天子，每良辰美景，诏侍臣，预宴筵者，献和歌。君臣之情，由斯可见。贤愚之性，于是相分。所以随民之欲，择士之才也。”（《古今和歌集》真名序）

就上述材料所表达的内容可以知悉，在古代日本，天皇会开设宴会，诏集各类官吏侍臣，让他们进献和歌。这样，在巩固君臣感情的同时，天皇也可以由此分辨出臣下的贤愚，并以此作为选官的依据。而且可以发现，《古今和歌集》序中描绘的“侍臣”明显地带有采诗官的影子。统治者在这些充当采诗官和献诗者的臣下的辅佐下，才能够身居庙堂之高而知悉天下之事。这样，致力于上情下达、下情上达的侍臣自然就成为了天子的耳目，从而实现“君臣合体”。

而作为日本特有的一种文学形式，和歌自古以来就深深扎根于日本人的生活中。即使是在汉诗占据主导地位的时代，和歌也在其阴影下顽强地生存了下来。而且，在长期接触汉文学的过程中，日本人也逐渐发展出来了本国的民族自觉意识，这也成为了国风文化形成的契机。所以，另一方面，就当时日本的历史文化背景来看，和歌的敕撰除了用于供天子判断官员的才华和了解民情以外，也有一部分是为了在面对汉诗等唐风文化时，彰显“本国文化”和“日本文化”，体现文化的独特性和民族文化自信。

再者，在广采各地和歌进行编纂的过程中，官员也得以向天子汇报民情，天子也得以知悉各地风俗，这一点和《诗经》较为相似。《古今和歌集》的作者遍布当时日本社会的各阶层，包括各级官吏、僧侣，还有女性，因此歌集中收录的作品较为广泛地体现了社会各个阶层的思想和精神状况。

3. 中日采诗文化的异同比较

中日古代的采诗文化作为中日两国历史和文化发展的产物，都各有其特色。比较两国古代采诗文化有利于我们更深刻地认识中日古代文化和文化发展的规律以及中日古代文化交流的情况。本文将从以下五个维度来探讨两者之间的异同。

3.1 产生时间

《诗经》作为中国古代诗歌开端和中国最早的一部诗歌总集，收集了西周初年至春秋中叶的诗歌，反映了周初至周晚期约五百年间的社会面貌。《古今和歌集》作为日本第一部敕撰和歌集，由纪贯之等人编著，大约成书于公元905年，其全集共收录一千余首奈良以来直到平安初期的和歌，在时间上晚于《诗经》一千多年。

因此，从产生时间上看，二者有着较大的时间跨度，而这种跨度也是导致两者产生差异的重要因素。历史和文化都是随着时间不断进步的，因此《古今集》作为后来者，必然受利于前代已有的思想和文化的影响，如儒家和道家思想。《古今和歌集》相较于《诗经》而言体现了更多前人的思想成果。

3.2 时代背景

《诗经》作为中国古代的一部诗歌总集，最早的作品可追溯至西周初年，最迟的作品产生于春秋时期，其上下跨度约五六百年。西周建立以后，统治者为缓解生产力与生产关系的尖锐矛盾而进行了一系列的政治经济改革，由此促进了社会精神文明的飞跃性进步。在公元前770年，周平王东迁洛邑，历史进入大动荡大分化的春秋战国时代，与此同时文学也掀开了厚重辉煌的一页。这个时期以诗歌的成就最突出。从西周初年到春秋中叶的五百年间，是四言诗发展的黄金时代。周代的统治者出于制礼作乐和考察民情的需要，通过采诗和献诗的方式，搜集并整理了我国古代第一部诗歌总集《诗经》。

《古今和歌集》则产生于日本民族意识觉醒的时期。9世纪末，在菅原道真的建议下，日本废除了遣唐使，随后日本迎来了具有民族特色的国风文化兴盛期。《古今和歌集》就是在这种情况下应运而生的国风文化的代表作。《古今和歌集》旨在以和歌取代汉诗作为宫廷诗，由此搜集了《万叶集》以后至平安初期的作品分类编纂而成。编纂此诗集的中心目的是“适遇和歌之中兴，以乐吾道之再昌”（《古今和歌集》真名序），反映出诗人们强烈的民族文化自豪感和试图以民族诗文与汉诗文媲美的民族意识。

因此，从时代背景上看，中日采诗文化形成的背景也大有不同。《诗经》产生于西周农奴制取代殷商奴隶制的历史时期，与社会政治经济文化的进步关系较大，是时代进步的必然产物，同时又对社会的文明进步产生了反促进作用。《古今集》产生于日本国风文化的兴盛期，其内容具有较强的民族风格和民族特色，反映了日本民族意识的觉醒。

3.3 思想内容

《诗经》现存 305 篇，分《风》《雅》《颂》三部分。其主要内容涵盖歌功颂德、农事、燕飨、战争徭役和婚姻爱情等几个方面，反映了西周时期广泛的社会状况，体现了其观民风的需要。就整体而言，《诗经》是周王朝由盛而衰的五百年间中国社会生活面貌的形象写照。总的来说，大体可以分为以下几种题材：赞颂诸位先王的业绩，反映西周开国历史的歌功颂德诗，如《公刘》；反映当时农业生产和农人生活的农事诗，如《七月》；描写君臣、亲朋欢聚宴享的燕飨诗，如《小雅 · 鹿鸣》；还有反映战争情况和表现下层人民愤慨繁重徭役的战争徭役诗，如《小雅 · 采薇》和《卫风 · 伯兮》；还有反映男女婚恋、家庭生活的婚姻爱情诗，如《周南 · 桃夭》等。

作为中国现实主义文学的源头，《诗经》中的诗歌无论是“风”、“雅”还是“颂”都有着浓厚的现实主义创作痕迹，反映了各阶层人民的生活，反映了周王朝广阔的社会现实，具有惊人的艺术概括力。同时，作为《诗经》艺术成就的重要标志，“赋”“比”“兴”的表现手法也是我国古代诗歌创作的开端。如《周南 · 桃夭》中的“桃之夭夭，灼灼其华”就是以桃花盛开的美好景象起兴，为下文描写美好的婚姻家庭生活预设氛围。

《古今和歌集》在内容上则带有较为明显的贵族倾向，风格也较为纤丽。其主要内容大致可分为咏叹风景的抒情诗和爱情诗，主要表现手法为借景抒情。《古今和歌集》早期作品大都感情率真，生活气息浓厚；而晚期作品则显得和歌宫廷趣味浓重，侧重于表现技巧或抒发个人情怀。

例如：

袖ひちてむすびし水のこぼれるを春立つ今日の風やとくらむ（《立春歌》，作者纪贯之，大意为“浸袖水成冰，今日立春迎东风，风吹冰可融”）

春霞立てるやいづこみよしのの吉野の山に雪は降りつつ（无题，作者佚名，大意为“春霞起哪边，遥遥看取吉野山，却见雪纷然”）

从《古今和歌集》的分类情况看，恋歌在其中占有突出的地位，是歌集的主要组成部分。这些作品抒发了恋人间的相思之情，是个人情感的真切倾诉，透露了人性中美好的一面。但这些诗也反映出一个严酷的社会现实，即置身于封建社会重男轻女传统习俗中的日本妇女们又何尝能享受真正的爱情，夫妻之间不能以平等的人格互相尊重，这些和歌便是她们心灵的悲歌。

《古今集》中的短歌题材狭窄，宫廷贵族情趣浓厚。随着贵族阶级文化的日趋浮靡奢华，这一时期的和歌已经失去了《万叶集》时期那种进取向上的朝气，丧失了对社会的热忱关心，而过多地沉溺于个人感情世界，因此显得华丽过度、内涵不足。

总的来说，无论是《诗经》还是《古今集》都是通过描写自然风物借景抒情，抒发作者心中的各种复杂感受，体现了景物对人情感的影响，同时中日两国人民对景物的关注也体现了相似的文化心理。但《诗经》的题材内容包括当时社会生活的各方面，体现了强烈的现实主义创作精神；而《古今集》中则多为咏叹风景的抒情诗和爱情诗，恋歌在歌集中占有突出地位。如果说《诗经》中的诗歌因质朴率真、现实性和直观性较强，而显示出一种阳刚之美的话，那么《古今集》中的和歌则以雅丽、感情细腻，主观性和意象性较重，注意形式和技巧而展现出一种阴柔之丽。再者，《古今集》中宫廷贵族情趣浓厚，与《诗经》中的质朴有很大不同，体现了时代和社会背景对诗文创作的影响。

3.3 采诗过程和采诗目的

周代采诗观风制度中，设有专门的采诗官，从上层贵族到底层百姓，遍布社会各阶层。先秦时期的统治者之所以如此重视这些民间歌谣，主要还是因为意识到了歌谣在社会和政治中的重要作用。统治者可以通过采诗使下情上达，“观民风”而“知政教得失”，从而反思和改进施政方针。再者，在我国上古时期，当君王有过错时，朝廷大臣乃至商贾庶民对其进行劝诫，一直是一个优良传统。而这样的谏诤传统又影响了中国古代采诗观风制度的形成。

而在以《古今集》编撰为代表的日本采诗文化中，诗歌的作者遍布当时日本社会的各阶层，包括各级官吏、僧侣，还有女性。因此歌集中收录的作品较为广泛地体现了社会各个阶层的思想和精神状况。所以在广采古今和歌进行编纂的过程中，官员也得以向天子汇报民情，天子也得以知悉各地风俗，这一点和《诗经》较为相似。

总而言之，中日两国的采诗文化既有相似的部分，也有各自的独特之处。但不可否认的是，由于同处于汉文化圈，在历史发展和文化交流的过程中，中国采诗文化确实会对后来的日本采诗文化产生一定的影响。

3.4 采诗文化对后世的影响

3.4.1 中国方面

周代采诗对后世影响很大，这不仅体现在朝廷体察民情、改进政治等方面，而且在促进中国古代文学的发展方面也有着重要的意义。

采诗文化随着时代的发展，在各个历史时期也有着不同的表现。在汉代，武帝重新设立乐府，继而有了采诗制度的延续。乐府收集编纂各地汉族民间音乐、整理改编与创作音乐、进行演唱及演奏等。《汉书·艺文志》称汉乐府诗“皆感于哀乐，缘事而发”(《汉书》卷三十)，这些诗原本在民间流传，经由乐府保存下来。由此可见，两汉时期基本延续了周代的采诗做法，基本上保持着“采歌谣，观民风，知政治得失”标注的传统。

到了唐朝，则发展为太常卿采诗和风俗使采诗。唐朝文献中多有对太常卿采诗的记载。可是，唐朝的太常卿所“采”之诗多为大臣所作，而非采于民间百姓。并且，太常卿的诗主要呈现的是赞美之意，而不像周代采诗那般具有改进施政方针的作用。除太常卿采诗之外，唐代还存在风俗使采诗。由于风俗使是从民间而不是从官吏中采集诗歌，因此这和太常卿采诗相比，是更接近原始意义的采诗活动。总之，太常卿所采集的诗歌大多是典雅的歌功颂德之作，而风俗使所采集的诗歌则更多地带有民俗风情和民间色彩。但在唐朝末期，采诗制逐渐走向衰退，到了宋代，采诗制彻底终结。中国古代的采诗制起于周，结束于宋，这一千多年的历史为我国辉煌的古代文明留下了宝贵的记忆。

对于中国古代的君王而言，采诗制度的意义在于观社会风俗之盛衰，检查自己的政治得失，从而更进一步改善自己的治国方针策略；对于民间百姓来说，采诗制度让他们有了通过诗歌间接参与国家政治的机会。采诗制度为古代君王治国理政带来了太多实质意义。同时，因为有了采诗官的存在，《诗经》这样上古时期的民歌才得以保存下来并流传至今，为文学和历史的研究提供了宝贵的资料。

3.4.2 日本方面

日本的采诗制度在客观上对日本的历史和文化发展也有一定的影响，这种影响主要体现在以下几个方面。

首先，因为和歌在面对汉诗等唐风文化时可以彰显“本国文化”和“日本文化”，从而体现文化的独特性和文化自信。所以在这个时候，和歌这种具有日本民族特色的文学形式代替汉诗逐渐成为日本文人创作的主流，在客观上促进了国风文化的繁荣和日本民族意识的觉醒。同时《古今集》中的和歌丰富了和歌这种文体的风格和内涵，为后世和歌创作提供了更多创作范式。

其次，由于《古今和歌集》中的采诗活动出现得较晚，因此不免受到中国诸子百家思想的影响，总体上以儒家和道家为主。《古今和歌集》真名序的作者是纪淑望，其父纪长谷雄的诗序《惜秋玩残菊各分一字应制》中有这样的表述：“不私其心，以百姓心为心。无常其思，以四海思为思者乎。(《本朝文粹》卷十一)”，这明显是对《老子》中：“圣人无常心，以百姓心为心的化用。而作为家学传承，此理论也被纪淑望用在了《古今和歌集》真名序上。皇帝之所以向侍臣赐宴，是因为想以四海之心为己心；侍臣之所以献诗，是因为要为天下百姓代言。以百姓之心为心，无论其是善是恶，都欣然接纳，表达的就是得道的圣人将广大无边的道纳入己心，尊重和包容百姓的心意，这体现了老子的民本思想。同时日本采诗文化中将采诗和献诗的结合，从而构建王者不出户而知天下的理想政治的行为，也是儒家思想的体现。儒道思想在日本的传播和发展深刻地影响了日本的民族文化。

再者，《古今和歌集》也体现了“物哀”思潮的萌芽。作为日本古典美学观念，“物哀”指的是人对审美对象产生情感反应时发自内心的种种感叹（雷芳 2016：33）。在平安时代佛教无常观思想的影响下，文人往往感慨自然风物的变幻莫测和无常，这些都深刻地体现了诗人对自然的切身体验。与此同时，诗人又将对时光流逝的感慨与人独特的生命体验联系在一起，在体会到深深的无常感的同时也不时地产生愉悦与惊叹。在《古今和歌集》编撰的时代，“物哀”思潮所体现的“哀”尚不明显，更多的是孤独感、无常感、优美感、愉悦感等等。这些在《古今和歌集》中体现的情感影响着一代代的日本文人，从而丰富了日本古典美学的内涵。

中日古代的采诗文化在两国后来的各朝各代中都获得了不同形式的发展，都有不同程度和不同方面的影响。日本的献和歌文化虽然产生于学习中国先进古代文化的过程中，脱胎于中国周代的采诗文化，但也发展并融合了其本民族的文化特性，形成了独树一帜的特点。

4. 结语

文化虽然说是有国界、地域的限制，但是不同国家和地区之间的文化往往是相互影响、相互交融的。在古代，中国璀璨辉煌的文化也在不断影响着周边国家。中日两国作为一衣带水的邻国，日本文化在很长时间内都被中国文化影响着。两国采诗文化之间的相似性就体现了这一点。中国的采诗制起源于周朝，结束于宋代，作为一项制度早已不复存在，却作为一种文化而绵延千年，为我国辉煌的古代文明留下了弥足珍贵的记忆。日本的献和歌文化虽脱胎于中国的采诗文化，但不因循守旧，在民族文化发展的过程中不断创新，融入本民族特色，最终形成了自己独特的献和歌文化。

总的来说，中日两国的采诗文化都各有其特点和价值，体现了不同的民族特色。它们在不同的时空里各自发展繁荣，成为两个国家文化的重要组成部分，对后世产生了重要的影响，也对国家和文明的发展都起到了一定的推动作用。

参考文献

[1]〔日〕藤原明衡．本朝文粹 [M]．东京：东京岩波书店，1992.

[2]〔日〕纪贯之．古今和歌集 [M]．王向远，郭尔雅译．上海：上海译文出版社，2018.

[3]〔日〕金子元臣．古今和歌集评译 [M]．东京：东京明治书院，1908.

[4]〔日〕菅原道真．日本三代实录 [M]．东京：东京吉川弘文馆，1966.
[5] 胡宁．从新出史料看先秦“采诗观风”制度［J］．上海大学学报（社会科学版），2017，34（6）：79–93.
[6] 雷芳．论日本《古今和歌集》中的“物哀”美意识［J］．天水师范学院学报，2016，36（6）：33–37.
[7] 诗经 [M]．成都：四川人民出版社．2019.
[8] 梅显懋．周代“采诗观风”制考论［J］．语文学刊（高教版），2006（7）：11–14.
[9] 许慎著，段玉裁注．说文解字注 [M]．上海：上海古籍出版社，1988.
[10] 尤海燕．日本古代诗歌文学中的“采诗制”——以《古今和歌集》序的“献和歌”为中心［J］．外国文学评论，2015（2）：146–161.
[11] 尹荣方．“采诗”“陈诗”与上古“敬授民时”礼制［J］．中原文化研究，2019，（1）：92–98.
[12] 尹少容，罗欣蓉．《诗经》的艺术成就对流行歌曲歌词创作的影响［J］．语文学刊，2016（5）：60–62.
[13] 张克锋．上古谏争传统，献诗、采诗制度与诗歌讽谏论［J］．西北师大学报（社会科学版），2006（6）：43–47.
[14] 张天飞，何雪林．从《古今和歌集》序与《毛诗大序》《诗品序》中看中日诗学的差异［J］．福州大学学报（哲学社会科学版），2000（4）：61–64.
[15] 诸雨辰．《诗经》“采诗观风”制度说［J］．中华文化论坛，2010（1）：171–174.
[16] 朱自清．诗言志辨 [M]．桂林：广西师范大学出版社，2004.

《金阁寺》三个中译本的对比研究

李玉清[1]

摘　要：三岛由纪夫的名作《金阁寺》出版至今已在国内被翻译为多种译本供读者阅读，而本文则从国内出版的众多译本中选取了三种译本进行对比研究，以探讨各个译本之间存在的差异。首先，在翻译注释上，各译本不仅在数量和重点上有所不同，对于同一注释对象的注释方法和注释的详细程度亦存在较大差异。关于度量衡的翻译问题也略有涉及。其次观察到译本中北方方言以及儿化音大量出现的现象。最后从译者的主体性出发，分析对话翻译对于剧情与角色塑造的影响、翻译不足、过度翻译以及错译的问题。

关键词：《金阁寺》；译本对比；翻译注释；三岛由纪夫；译者主体性

1. 引言

长篇小说《金阁寺》发表于1956年，出自日本鬼才作家三岛由纪夫之手。作品源自发生于1950年的金阁寺放火事件，寺内的口吃僧人林养贤纵火焚烧了国宝金阁，造成这座古老的建筑及建筑内众多藏品毁于一旦，引发了社会的广泛关注与热议。而三岛对此事件融入了自己独特的理解，将焚烧动机认定为对于美的执著与仇恨，并将美与丑的二元对立作为主题创作了这部享誉全球的作品——《金阁寺》。

《金阁寺》出版至今被翻译为众多语言且同一种语言还有着不同的译本，在我国也是如此。本论文选用了陈德文译本（2013），唐月梅译本（2015）以及林少华译本（2010）作为对比对象，从注释、译本中的方言问题以及译者对于翻译的主体性多个角度出发，对《金阁寺》的三个译本进行对比研究。

中国作为日本明治维新之前主要的学习对象，两者的文化自古以来便有着难舍难分的紧密关系。日本明治维新后虽主要以效仿西方为主，但日本文化发展到今天依旧保留着大量中国文化的影子，日语甚至仍保留着大量的汉字及汉语词汇，使得日语翻译与其他语言翻译相比更为特殊。而译本之间的对比研究可以帮助各译本之间相互借鉴，提出更好的翻译建议，为读者呈上更优秀的翻译作品。也可以帮助读者从不同译者的理解出发，更深入地去理解作品所含内涵。

[1]　2018级日语系学生；邮箱：273911737@qq.com；指导老师：卜朝晖教授

2. 三个译本的注释对比

根据作品的内容以及各译本所标注的注释，本人将所有译本的注释划分为以下表 1 中的七种类型，并进行了相关数据统计。鉴于《金阁寺》涉及较多佛教内容与寺院生活，以及金阁这一历史建筑作为主题意象贯穿全文，所以细分出了“佛教用语”与“建筑用语”两种分类。

表 1　三个译本注释情况

译者	陈德文	唐月梅	林少华
历史事件及人物	7	14	2
佛教用语	21	6	11
民俗文化词汇	4	5	13
文学神话典故	5	4	4
度量衡	0	1	4
一般词汇	6	4	2
建筑用语	2	0	1
总数	45	34	37

由表 1 可见三个译本的注释总量并没有特别明显的差距，但注重的注释类型却各不相同。陈译本注释总量最多，且对于佛教用语的注释量占比几乎一半，其他种类均零星进行了注释。注释最少的唐译本则在历史事件及人物这一种类上数量占多。林译本相比其他译本，其注释数量主要多在民俗文化、佛教用语上。

此外，虽并没有特别分类列出，但林译本对于年份的注释（如昭和二十二年注为 1947 年）多达 7 个，且有 3 个为重复注释，甚至重复注释之间页码相差并不远，年份也是相连的年份。这样的注释方法或许确实可以帮助读者了解故事时代背景，但不免让人觉得多余，与其不断对年份进行注释，直接对年号进行注释解释也不失为一种良策。

虽说三个译本中存在许多共有的注释对象，但总的来说各译本在注释的选择、方式以及详细程度依旧各有各千秋。

例（1）

二人はこれも将軍義満の建立にかかる相国寺の専門道場へ、昔ながらの庭詰や旦過詰の手続を経て入衆したのである。

陈译：两个人同样进了义满将军亲自建立的相国寺专门道场，经过“低头悔过”和“三日坐禅”才得以入众的。（略）他们还在开枕时刻之后，还时常一起翻越围墙，出外漂妓，寻欢作乐。（译者注：①“低头悔过”原文作“庭诘”。禅宗规定，游方僧进入专门道场修行，先于玄关旁终日坐在自己行李上低头自省。②“三日坐禅”

原文作“旦过诘”。游方僧经过“庭诘”，再于小屋中坐禅三天。③“入众”指经过以上两种修行的行脚僧，方可成为一山大众（云水）之一员。)（P23）

唐译：两人都在据说是义满将军建立的相国寺专门道场修行，经过自古以来形成的“低头悔过”和“三日坐禅”的仪式，然后才成为相国寺派的成员。（略）而且还是嫖友，他们在就寝时间之后，时常翻越土墙，出去嫖妓，寻欢作乐。（P26）

林译：两人都曾依照古传的“庭诘”和“旦过诘”等步骤进入义满将军所建的相国寺专门道场的。（略）而且曾一同寻花作乐：“开枕”时刻过了以后，翻过院墙去外面眠花睡柳。（译者注：①“庭诘”：禅宗中，去专门道场修行的游方僧，须终日把头垂在所持物品上在门前走动，直至被允许进入僧堂。②，“旦过诘”：完成“庭诘”的修行僧，须在狭窄的房间坐禅三日。③“开枕”：禅堂生活中的就寝，晚间九时。)（P19）

三种译本对于「庭詰」与「旦過詰」两词的翻译与注释方法各不相同，陈译、唐译均根据词意进行了解释性翻译，不同的是唐译是直接翻译了事，陈译通过注释帮助读者进一步学习，方便读者阅读的同时不至于完全损失原文风味，利于读者学习到原汁原味的佛教用语。而林译对原词进行了保留，直接译成“庭诘”和“旦过诘”,再辅以注释帮助读者理解。这样的方法虽更接近原文,但会打断读者的阅读节奏，使得文章略显生硬。相比之下陈译翻译后再对原词与具体含义进行注释的做法则更为两全其美。另一个只有林译进行注释了的“开枕”一词也是同样的道理。

且在三个译本中只有陈译对「入衆」一词进行了保留与注释，其他译本均进行意译，翻译为相国寺道场一员。陈译的做法虽能够帮助读者学习佛教用语，但注释的内容又过于简单难以保证读者能够在完全理解词义的基础上理解整句话的含义，推测出“入众”后即加入相国寺道场，导致读者对该句的理解程度有可能低于其他意译的译本。

另，在该段文章之中还隐含着一处佛教在中日两国之间的差异，即僧侣在男女关系问题上的习俗差异。在中国，僧侣被看作无欲超然的存在，不近荤食也不能产生男女之情。但在日本，僧侣不仅可以吃肉，还可以娶妻生子，甚至可能也会有文章所提到的嫖妓的情况存在，可以说大不相同，但对于这一差异，并没有译本对此进行解释说明。

除以上外，各个译本对于同一个注释对象注释的详细程度也有所不同。

例（2）

薬石と呼ばれる夕食を御馳走になり、その晩は寺に泊めてもらふことになつたが、夕食後私は父を促して、もう一度金閣を見に行つた。月がのぼつたからである。（P35）

陈译：住持请我们吃了一顿药石饭，当晚就决定睡在寺里。晚饭后我又催促父亲再去看看金阁。因为月亮升上来了。（译者注：药石，又称怀石，指晚饭或夜间吃

的粥。古代禅家没有正式的晚餐，夜晚为防饥寒，怀温石暖腹。又，早饭谓之粥座"，午饭谓之斋座"。)(P25)

唐译：住持宴请我们吃了一顿药石饭。当晚在寺庙歇了一宿。晚饭后我催促父亲再去看看金阁。因为月亮已经高悬。(译者注：药石饭，晚餐的粥)(P28)

林译：晚饭招待的是叫做"药石"的饭菜，夜间将住在寺内。饭后我催父亲再去看一次金阁，因为月亮已经升起。(译者注："药石"：过去禅家不用晚餐，为了御寒止饥而在怀里抱一"温石"，称之为药石。后指夜宵粥或晚饭。)(P21)

对于「薬石」一词，三个译本均进行了注释解释。唐译与林译在译文中进行了解释译法，译做"药石饭"和"叫做'药石'的饭菜"，可以让读者对此有一个初步的了解，方便读者理解与阅读，但明显不足以帮助读者更好地了解学习。唐译后虽又进行了注释，但注释内容相比陈译与林译也略显简单单调。林译主要注释出了「薬石」一词的词源与基本含义，而陈译不仅注明了「薬石」的基本含义和词源，还从中衍生注释出了同一种类的"粥座"与"斋座"，更好地帮助读者学习了解佛教文化，感受原文中蕴含的宗教氛围。

3. 度量衡的翻译问题

在上文表 1 中其实也有列出度量衡一类，但该类数量极少且在注释之外仍出现有许多涉及到度量衡的文章内容，就比如下述两例：

例(3)

葬列がもう一二丁で焼場へ着くといふとき、私たちは突然の雨に会つた。(P39)

陈译:送葬的队列走过一两条街,就到了火葬场。这时,我们突然遇上下雨。(P29)

唐译：送葬队伍再走一二百米就到达火葬场，这时候突然遇上了雨。(P26)

林译：送葬队伍往火葬场走出两三里远的时候，遇上了阵雨。(P23)

例(4)

舞鶴湾は志楽村の西方一里半に位置してゐたが、海は山に遮ぎられて見えなかつた。(P10)

陈译：舞鹤湾距离志乐村十里光景，海面被山遮挡了，看不见。(P2)

唐译：舞鹤湾位于志乐村西边四公里多地，海被山峦遮挡，看不见了。(P2)

林译：虽说从志乐村往西走十多里远就是舞鹤湾，但由于山的阻挡，人们看不见海。(P4)

有趣的是，对于上述两例种的同一个度量衡三种译文的译法却都不相同。「丁」和「里」均为日本特有的量词单位,「丁」至今也使用于城市街道的划分，直译可译为"块,段,一条",1 丁约为 109 米;而「里」用作距离长度单位,1 里约等于 4 千米。相比于唐译对单位进行换算准确翻译的做法，陈译则选择了对距离进行模糊翻译的做法，分别译为“一两条街”和“十里光景”，仅表现出大致的距离。当然这两种做法究竟孰好孰坏则是仁者见仁智者见智。而林译虽译出了数字和距离单位，但数字无论是保留原文还是进行换算都不正确，属于是错译。

度量衡在作品中通常处在相对较低的地位，难以涉及主要内容因此在度量衡的翻译上马虎大意通常也不会造成严重的问题。但就是在这样的细节之处也认真考虑或许才更能体现出一位作为一名译者的严谨态度。

4. 译本内的方言问题

翻译学学者张政与王赟在《翻译学导论》（2018：203）中提到，翻译作为一种语言活动，它能否发生，发生的规模有多大，涉及的领域是哪些等问题都与译语文化的各个方面有关，尤其和意识文化（或称精神文化、观念文化）直接相关。译文中不仅可以体现出“给予”方的文化，也一定程度上反映出“接受”方的文化。我国因土地辽阔，地区方言也多种多样，同时也因历史政治原因使得方言之间的地位有所不同。

例（5）

しかし永い接吻と、柔らかい娘の顎の感触が、私の欲望を目ざめさせた。（略）白い曇つた空、竹藪のざわめき、杜鵑花の葉をつたふ七星天道虫の懸命な登攀……、これらのものは、依然何の秩序もなく、ばらばらに存在してゐるままであつた。（P133）

陈译：可是，长久的接吻，以及姑娘那柔软的下巴颏的触感，撩拨着我的欲望。（略）灰白而阴霾的天空，竹林的喧哗，还有那沿着杜鹃花叶子拼命攀登的瓢虫……这一切依然毫无秩序，散乱地存在着。（P115）

唐译：长时间的接吻以及姑娘柔嫩的下巴颏儿的触感，唤醒了我的欲望。（略）灰白的阴沉的天空、竹林的沙沙声、花大姐顺着杜鹃花的叶子拼命地登攀……这些东西依然毫无秩序地、零零散散地存在着。（P130）

林译：一个长吻和姑娘下颚柔软的感触，使得我的情欲觉醒过来。（略）白日阴沉的天宇，竹丛的低吟浅唱，顺着杜鹃花叶拼命登攀的七星瓢虫……这一切依然是杂乱无章的秩序，依然是各不相关的存在。（P88）

陈译与唐译中的“下巴颏（儿）”与“花大姐”均属于北方方言，而儿化音本也属于北方方言系统之中，只是随时代的变迁逐渐融入了大陆南北各地人民的语言系统，但依旧多见于北方地区。除例文中之外，两个译本中也出现了大量的儿化音与北方方言，如陈译本中的“疙皱”或唐译本中的“抽冷子”等，陈译本中儿化音的出现次数甚至多达182次，光第七章便有30次。儿化音的大量出现其实也与陈译本相对通俗化有关，在除对话外的译文中也会常常出现如“的呢”“呢”一类的语气助词。而林译本因其相对更文雅的语言风格并未有明显的方言词汇出现，但也含有少量儿化音不过数量明显少于另外两个译本。北方方言在国内译本中大量出现，除了与译者个人的生活经历相关外，还有一个重要的原因便是我国使用的标准普通话及书面规范用语——白话文的基础均来自以北京话为首的北方方言。也因此北方方言出现在文学作品中也并不会显突兀。在作品中加入方言或可以增加读者在语言上的亲切感，但在翻译作品中是否也有必要使用方言，甚至使用部分普及度不高的方言，则是另一个需要讨论的话题。

5. 译者主体性方面的差异

翻译并不是将两种语言文字逐字逐句地相互转换，而是需要进行意义的翻译。而意义的翻译则需要建立在译者自己对于作品的理解，只有在译者对作品抱有一定的深层次理解，才能更好地发挥自己作为译者的主体性，更为准确地进行翻译。但理解终归会具有较强主观性，如俗话所说，一千个读者有一千个哈姆雷特，翻译者作为读者之一，自然无法保证自己的理解能够让其他读者完全信服。在这种时候，对各个译本进行对比找出各自的优劣进行相互借鉴，就显得必要了。

例（6）

少年はそこらに漂つてゐる夏の朝のしめやかな空気をゑぐるやうな勢ひで身を起したが、私を見て、

「何だ、君か」

と言つた。（P44）

陈译：少年一跃而起，仿佛剜掉飘荡在周围的夏日早晨莹润的空气，他看到我，说：哦，是你。”（P33）

唐译：这少年坐起来，其气势似乎要拂去飘忽在那里的夏日清晨的潮湿空气。他看见我便说：

“嘿，是你呀！”（P37）

林译：夏日清晨潮润的空气荡漾在四周。少年以突然劈开这空气之势坐起身，看见是我，道：

“嗬，是你！”（P26）

话语就如同一面镜子，从一个人所说的话中通常可以看出其性格特征，更不用说创作作品中角色所说的话均建立在一定的背景与上下文基础之上，可以让读者对角色性格进行窥探，也可以起到推动故事进程的重要作用。在这一例文中，上文提到少年鹤川正躺在草地上歇息，而工具竹耙倚在树旁。虽没有明确指出，但通过结合例句，他看到主人公走近后一跃而起并在认出后人发出「何だ、君か」的感叹可以读出他其实正在工作偷懒。但可惜这三种译文中并没有其中一种的译法可以让读

者准确地读出鹤川当时所处的状态与心情。三种译文均让人感觉不足以从中窥出上下文，且也与原文意思有所偏差，有错译之嫌。对于鹤川温柔随和的性格来说，陈译的“哦，是你”则略显冷淡，唐译的“嘿，是你啊！”以及林译的“嗬，是你！”都又略显得过于热情，都与原文所描绘出来的鹤川形象稍有差距。

此外,唐译和林译中分别将「身を起した」简单翻译为了“坐起来”和“坐起身”，陈译则对原文进行补充后译做“一跃而起”的译文，两者相比之下唐译和林译都少了一种可以“拂去飘忽在那里的夏日清晨的潮湿空气”的气势与速度感，难以与原文意思完美贴合。

例（7）

人の目に見えるやうなものは、自分には宿命的に与へられないのだと思つた。（P15）

陈译：我认为，自己命中注定不为他人所注意。（P7）

唐译：我觉得命运不赋予我任何能醒人耳目的东西。（P7）

林译：我认为自己注定没有被赋予足以使人注目的能力。（P7）

这里的「人の目に見えるやうなもの」直译应是“人眼可见的东西”，指的应是前文中所提及的「軽く、明るく、よく目に見え、燦然としてゐなければならなかった」「誇り」，就如同文中学长所佩戴着的短剑一般。三个译本都在自己解读的基础上进行意译与意思的补充。陈译直接越过原文译出了其更深一层的意思，即主人公想要通过外在的亮点引人注目的愿望。这么翻译虽能够帮助读者理解文章，但不免会损失原文的多向性，不利于读者自己进行深层次的思考。“美”与“丑”的二元对立作为作品最重要的主题，在这句话中也有所体现，包含着主人公希望通过外在的因素摆脱自身的“丑”接近“美”的愿望，而陈译则大大削弱了这一层含义，难免让人产生僭越译者责任，翻译时过度发挥自身主体性之疑。

6. 结语

翻译就如同对一幅绘画作品进行临摹，即使总体来说相似，细看时势必会看出些许不同的端倪。临摹的作品中多多少少会透露出临摹者不同于他人的习惯、想法以及性格。译文有时甚至可以称作是对原作品的再创作，超越原作的译本也并非不存在。但无论是何种翻译方法和翻译策略，都必定存在得与失，因此也不会存在完美复制原作的译文。本文选取了三岛由纪夫的名作《金阁寺》的三种中译本，分别从多个方面对各个译本进行了比较，写出了自己的一点思考，但绝无意对各种译本进行盛赞或批判，仅尽量客观地进行评价及对比分析。希望从这样的对比研究之中找出各个译本的优缺点，以及暗藏在译本背后的现象与问题，以提高对于翻译的认知与翻译水平。

参考文献

[1]〔日〕三島由紀夫 . 決定版　三島由紀夫全集 6 [M]. 東京：新潮社，2001.

[2]〔日〕三岛由纪夫 . 金阁寺 [M]. 陈德文，译 . 北京：人民文学出版社，2013.

[3] 黄洁 . 论《金阁寺》汉译本中的注释问题 [J]. 安徽文学，2014（7）: 29–31.

[4]〔日〕三岛由纪夫 . 金阁寺 [M]. 林少华，译 . 青岛：青岛出版社，2010.

[5]〔日〕三岛由纪夫 . 金阁寺 [M]. 唐月梅，译 . 北京：九州出版社，2015.

[6] 俞志红 . 浅析唐月梅的翻译理论与实践——以《金阁寺》的中译本为例 [J]. 安徽文学，2014（7）: 29–31.

[7] 张政，王赟 . 翻译学导论 [M]. 北京：清华大学出版社，2018.

化境论视阈下《论语》中“义”的英译对比研究

李东霞[1]

摘　要：“化境”理论是钱钟书先生提出的一个有关“诱”“讹”“化”的翻译理论，当用该理论去探究《论语》中的一些文化负载词如“义”的翻译时，则会发现不同译者在“诱”“讹”“化”这三方面有着不同的考量。理雅各的译法比较忠实于原文，极大地减轻“讹”的程度，但又违反了“化”的第一点，因为译文偏向于直译，有些地方略显生硬。辜鸿铭的译本则多采用意译，可读性很高，但不符合“化”的第二点，因为原文的韵味流失了。吴国珍的译本则比较折中，译文加有详注，译文适当变通，所以不生硬、易于理解，注释里又有解释词的出处和用法，因此提升了“诱”也减轻了“讹”，既提高了可读性，也保留了词语的原有文化色彩。由此可见：在翻译儒家经典的文化概念词时，要考虑“诱”“讹”两者，以最大限度地接近“化”这一境界，向英语读者更好地诠释儒家文化。

关键词：“化境”理论；《论语》；“义”的英译

自古以来，文化负载词一直都是翻译界持续关注和不断讨论的问题，其因富有中国特色，涉及中国古代先民们的智慧、思想、生活习惯、道德规范，在翻译时有一定的难度。如今，在“一带一路”倡议背景下，文化负载词的翻译迫切需要改进和提升，以实现中国传统文化“走出去”的目标。儒家文化是中国传统文化的重要组成部分，富含许多表征核心思想理念的文化负载词，如“仁”“义”“礼”“智”“信”等。《论语》是儒家思想的精髓所在，记载了圣人孔子和其弟子的语录，又因其备受译者关注，其译本在“四书五经”中最多，所以很多学者以《论语》译本为研究对象，探究文化负载词的翻译策略。有的结合“阐释学”、“目的论”、“跨文化”等视角；有的则是融入“等效翻译”、“归化”与“异化”等理念；也有单纯对比评判不同译本的。但很少有人结合钱钟书先生的“化境”理论去分析《论语》译本，所以本文尝试在“化境”理论视域下，对比不同《论语》译本对文化负载词“义”的译法，研究儒家之“义”与西方之“义”不对等之处，最终尝试给出英译文化负载词的建议，助力中国特色传统文化能更好地走向世界。

“化境”理论源于钱钟书先生1936年发表的一篇作品——《林纾的翻译》，丰富和发展了中国译论，现如今仍然具有很大的借鉴意义。钱钟书在文中借用许慎的训诂，

[1]　2019级翻译专业学生；邮箱：3235594487@qq.com

引出“诱”“讹”“化”（钱钟书 1985：77），并指出“‘诱’‘媒’‘讹’这些一脉相承、彼此呼应的意义组成了翻译的‘虚涵数意’，把翻译能起的作用、难于避免的毛病、所向往的最高境界——透示出来了”（钱钟书 1985：77）。具体而言，“诱”指翻译应该起到的作用，好的翻译作品会“引诱”读者，激发读者去读原作的兴趣，而不好的翻译作品则会使读者顿失阅读兴趣。“讹”指的是翻译中难于避免的毛病，一方面，由于两种语言固有的差异，译文总是不能完全地还原原文；另一方面，由于译者本身的认知不足或能力欠缺，误读和误译的现象就会产生。“化”是翻译的理想境界，包括两方面内容：“既能不因语文习惯的差异而露出生硬牵强的痕迹，又能完全保存原作的风味，那就算得入于‘化境’（钱钟书 1985：77）。”简而言之，译文不可太受限于原文，以至于牵强生硬，不符合译入语读者的表达习惯，但同时也不能过于脱离原文，应保持一定的忠实性。

1.“义”的传统内涵

“义”的前身是繁体字“義”，在甲骨文时期就出现了，其甲骨文字形就像在“我”形兵器上扎饰羽毛，似有美化炫耀武力的意味（李乐 2019：95）。许慎在《说文解字》中这样解释：“義，己之威仪也。从我羊。”“羊”指代美味的食物，“我”指代手持兵器，固“義”字表意“手持兵器公平地向人们分配牛肉”（颜炳罡 2011：10）即“公平、公正”。郑玄注：“郑司农云：古者仪但为义，今时所谓义者为谊。”也就是说，从“己之威仪”即“礼仪”的本义出发，“义”可以引申出“仪容”、“仪表”的意思。后又有段玉裁在《说文解字注》中说：“义之本训谓礼容各得其宜，礼容得宜则善矣。”“义”最终演变为人们在日常生活中处理人际关系时采取的一种恰当适宜的度量与法则。

在春秋战国时期和汉朝，以孔子为代表的儒家一派大力推崇“义”，使其成为儒家“四德”“五常”之一。孔子常将“义”与“君子”共同讨论，在孔子看来，“义”的内涵之一是君子本质，是极高的文化修养。后来孟子将“义”提升为每个人做人的内在根据，将“仁”“义”“礼”“智”视为人固有的本性，是天生的良知，是人之所以为人的道德品质，没有了这些品质，就失去了做人的资格。“义”还被衍生出“正当”“正义”“公正”等含义，简言之就是“应该所的事”。例如孔子所言“不义而富且贵，于我如浮云”，孟子所提“非其有而取之，非义也”。总体而言，作为儒家“五常”之一的“义”，既是社会中的道德评判标准，也是个人极力追求的道德境界，是君子的高尚品格，是与“仁”相辅相成的核心理念。“义”的范围达到天下、民族、社会道义，小至个人行为的适宜、应当、应该等意蕴，它影响着国家和社会的道德秩序，又影响着个人立身处世的状态。（郭明俊 2021：22）

《论语》中的“义”在全文共出现了 24 次，其体现的内涵可细分为三类，第一类以“正当、合宜”为中心，是无形中建立起的人们共同遵守的道德规范和行为准则。

和人相处、与人共事时只要符合此标准，即是正确的。例如“信近于义”“义之与比”“其使民也义”；第二类以“应该、应当”为中心，可以理解为承担责任和履行义务，也是人们对道德准则的执行，在看到别人有需要时就应该主动上前行“义”，不能视而不见，例如“见义不为”，也是对道德底线的坚守，尤其是在利益面前不能动摇，例如“见利思义”；第三类与“君子”有关，“义”被强调为君子必备的高尚品格，例如“君义以为质”“君子义以为上”，君子在古代是极高的称赞，这也折射出“义”的重要性——个人追求的道德境界；第四类是君臣之间正确的伦理关系，如“君臣之义”。

2.“义”的英译

根据“化境”理论，当译者无限接近“既能不因语文习惯的差异而露出生硬牵强的痕迹，又能完全保存原作的风味”的程度，也就无限接近翻译的理想境界——“入了化境”，在这里要提到一对词语——归化与异化，“不能显露生硬牵强的痕迹”，也就是要保持译文的可读性和流畅性，其实就是译者采取的归化策略在产生作用，而“完全保存原作的风味”，即还原原作的思想内涵、风格特色，其实就是异化策略的体现。译者对归化与异化的协调力度会影响到“入化境”的程度。著名翻译大家理雅各、辜鸿铭、吴国珍翻译《论语》里“义”时，也有各自不同的处理策略，不过大都围绕这些表达：righteous，righteousness, right, duty, just，justice, principle, reason, serious, what ought to be done。下面是带有“义”的部分例句和译文：

例句 1：“见义不为”

杨注：“眼见应该挺身而出的事情，却袖手旁观”

理译： to see what is right and not to do it

辜译： to see what is right and to act against one’s judgement

吴译： fail to take action at the critical moment

三者对比，理雅各的译法偏于异化，跟原文吻合，不过倒也没有很生硬，还是比较流畅的。辜鸿铭则是稍作增译，采用了归化的策略，judgement 类比中文的“义”，其译文更符合目标语读者的表达习惯。吴国珍的译法非常灵活，句式不拘泥于原文，是三个译文中最简单且最容易理解的。如果单看这一句，“义”的原本意义是被弱化了的，不过吴国珍的译本是加了注释的，“见义不为：to take no action to help when seeing something unjust is being done to others. The antonym of this phrase is 见义勇为，meaning to fight bravely against a violence at a critical moment of life and death to help those under attack.”这样一来，“义”的“原味”就得以保持。根绝“化境”理论，好的译文可以起到“诱”的作用，吴国珍的译文流畅易懂，又有详细注释，将有助于激发外国读者对《论语》的阅读兴趣，进而学习中国传统儒家文化。

例句 2：“君臣之义”

杨注：“君臣间的关系”

理译：duties that should be observed between sovereign and minister

辜译：the duty a man owes to his sovereign and country

吴译：relation between the sovereign and his subordinates

这一句中“义”的含义有些特殊，涉及儒家中的等级思想，这要提及孔子“君君臣臣父父子子”的主张，孔子认为国君、臣下、父亲、儿子应该做自己该做的事情，这里所谓的“该做的事情”，就是“义”的体现，而“君臣之义”本义应是指国君和臣下完成各自应尽职责的状态，引申为两者之间“应该有的关系”。此处理雅各和辜鸿铭都将“义”译成了 duty，吴国珍则译为 relation，duty 有“责任”的意味，确实能还原“义”的“应当，应该”之义，但容易使读者迷惑，偏离了“化境”理论中“化”的第一点。relation 虽说清晰明了，但原文中蕴含的孔子的“君臣”思想被彻底抹掉了。

3. 中英“义”的差异

3.1 意义差异

根据“化境”论，由于语言本身固有的差异性，“讹”这一问题无法避免，也就是译文与原文的不完全对等现象总是存在。《论语》中的“义”，与英文的“正义”来自不同的文化背景，所以其文化意义的差距是不能完全消除的。下面是部分单词——right、righteous、just、justice 等在英文词典中的释义（霍恩比 2014）。

单词	英文释义	中文释义	备注
right	morally good or acceptable; correct according to law or a person's duty	正当，妥当	
righteous	1. morally right and good	公正的；直的；正当的	
	2. that you think what is morally acceptable or fair	正当的；公正合理的；正义的	
rightful	that is correct, right and legal	正确的；公正的；合法的	
just	1. that most people consider to be morally fair and reasonable	公正的；正义的；正当的；合理的	syn. fair，用法：a just decision/law/society 公正的判决 / 法律 / 社会
	2. the just: people who are just	正直的人；公正的人	
	3. appropriate in a particular situation	合适的；恰当的	

续表

单词	英文释义	中文释义	备注
justice	1. the fair treatment of people	公平；公正	
	2. the quality of being fair and or reasonable	公道；合理；公平合理	
rectitude	3. the quality of thinking or behaving in a correct and honest way	公正；正直；诚实	syn. uprightness

上表的词汇可以分为三类——right 类、just 类和 rectitude 类。从其英文释义中，可以发现，三个类别的词汇对于“正义”有着不同的侧重点，right 类侧重于道德层面，更强调行为与道德的一致性；just 类侧重于法律层面，强调的是法律上的公平合理；rectitude 类侧重于人的品质，描述的是个性特征。而《论语》中的“义”，主要是指“正当，道义”，具体可能会随所处语境微妙变化。它是一种品质或准则，特别是与某些人物如“君子”统治者一起出现时，如“君义以为质”“上好义”“君子义以为上”；它也指一种正当合理的处事方式，如“不义而富且贵”“义然后取”；它还是一种与利益相对的自我矜持和操守，如“见得思义”“见利思义”。总体来说，本文认为，《论语》中的“义”更多是指道德层面的，做事为人要符合道义，这是一种道德上的自我约束，因而，这三类词中，just 类和 justice 类与“义”的差异是最大的，rectitude 类次之，right 类则比较接近，这也就是为什么 right 使用频次是最多的。

3.2　词源差异

right 最初的词义与 straight 有关，意为循直线而行，后引申为“与事实、真理或标准、原则等相符合”。其早期意义和上帝律令、宗教信仰有关，“《新约》之《罗马书》多次提及“称义”，而这“义”（the righteousness）来自对基督的信仰，其直接指向来自耶稣的救赎。直至今日，righteous 一词还用以指代信仰虔诚的特质”（中国基督教协会 2008：10）所以，right 与《论语》之“义”的词源差异在于，right 类词汇的意义与上帝相关联，与人类不产生联系或联系微弱，而《论语》之“义”，与人内在相关，是评定人们自身品性的重要标准和约束自我的道德框架。

Justice 一词最早使用是跟执法相关，指的是法官执法之公正，“指其坚守原则，体现公正与公平，后该词用以描述普通行为的公正性”。（李乐 2019：97）在古希腊时期，柏拉图将 justice 解释为：社会中各个等级的人各司其职，各守其序，各得其所。（柏拉图 2011：39）在《正义论》（*A Theory of Justice*）中，罗尔斯（1988：3）提出了公平即正义（justice）的基本观点，并将正义称为社会体制的第一美德。由此可见，justice 既强调合法性，也强调公平性，是基于社会层面或者是群体而言，而《论语》的“义”则是基于个人层面的。

中文的“义”则来自古代的祭祀活动，祭祀活动讲究礼制，人们要在祭祀中的言行举止应该符合要求，固有“合宜、正当”的意思，其甲骨文字形“義”“从我羊”，后来“羊”指代美味的食物，“我”指代手持兵器，固“義”字表意“手持兵器公平地向人们分配牛肉”，从源头到后来的发展，汉语之“义”不曾讲究合法性，而英语中的“正义”却带有合法属性，这可能会造成文化负载词的翻译偏差甚至是误译。

4.“义”的英译建议

根据“化境”论，在翻译文化概念词时，可以在“诱”这一方面适当发挥，提高译文的可读性和流畅性，吸引读者，同时减轻“讹”，保持忠实性，以最大限度地达到“化”的效果。也就是一来译文不生硬，二来译文和原文风格相近。这要求译者着眼于原文的意义和精神，而不拘泥于原文的语言结构，不拘泥于形式对应。但这对于中国文化典籍的翻译而言，太过脱离原文又使得原本的意义表达不到位，所以不妨加上注释强调其原意，也就是意译法和文外加注法相结合。古人的文字往往生涩难懂，仅仅直译或许不易于理解。固翻译时可以灵活一些，在忠于原文的基础上，稍作形式的变通。可采用比较贴近目标语表达习惯的短语和词汇，保证文本的流畅性、可读性、可理解性。不过，在注释时，就要用贴近源语的表达，可以采用直译，务必保留原意，尽量指出本义。

另外，也可以通过大写首字母来标记其术语属性。在翻译《论语》中的“义”时，辜鸿铭和苏慧廉都用过这种方法，但都只用了一次。华兹生的译本其实也用到了这种方法，不过不是针对“义”，而是“道”。他在前言中交代：in the translation that follows, the word dao has usually been rendered as “the Way”，with a capital “W” to signal its importance。（Watson 2007：9）采用这种译法的好处是将核心词汇与普通词汇区分开，突出其在文本中的特殊地位和重要性。尤其是对于古籍中的文化核心词而言，其翻译得到规范化和统一化，但此法也有不足，那就是容易导致译法固化，译文单一化。此外还有音译法、意译法、直译法。音译法有助于表征中国特色文化核心概念的词语的传播，但一般要结合注释，否则读者难以理解。意译法一般是将隐含义翻译出来，表达更灵活，译文更流畅，如辜鸿铭的《论语》英译本就以直译法为主，好处是行文流畅，易于阅读，但问题是容易使原著中的一些文化色彩失真。直译法秉持忠于原文的原则，竭力保持文化概念词的原汁原味，有助于传播中国文化，但译文可能别扭难懂，可读性不高。

词无定译，译无定法。本文只是基于前人翻译之作，总结了一些思路和方法以供参考，期待会有更多创新性和创造性的译法出现。不管是采用哪种方法，都要考虑其利弊，考究汉英词汇的差异，以忠实准确地传达文化负载词的内涵为主要目的。

参考文献

[1] 钱钟书 . 七缀集 [M]. 上海：上海古籍出版社，1985.

[2] 李乐 . 人文理性与儒学经典之跨文化诠释——以“义”的英译为例 [J]. 浙江外国语学院学报，2019（05）：94–99.

[3] 颜炳罡 . 正义何以保证？——从孔子、墨子、孟子、荀子谈起 [J]. 孔子研究，2011（01）：10–16.

[4] 郭明俊 . 儒家“义”的思想意蕴与当代意义 [J]. 人文天下，2021（11）：21–26.

[5] 霍恩比 . 牛津高阶英语词典 [M]. 赵翠莲，等，译 . 北京：商务印书馆，2014.

[6] 李乐 . 人文理性与儒学经典之跨文化诠释——以“义”的英译为例 [J]. 浙江外国语学院学报，2019，（05）：94–99.

[7] 柏拉图 . 理想国 [M]. 张竹明，译 . 南京：译林出版社 . 2011.

[8] 约翰 · 罗尔斯 . 正义论 [M]. 何怀宏等，译 . 北京：中国社会科学出版社 . 1988.

[9] Burton Watson. *The Analects of Confucius* [M]. New York：Columbia University，2007：9.

《我是猫》与《猫城记》中的社会批判比较研究

秦瑾[1]

摘　要：夏目漱石的《我是猫》和老舍的《猫城记》两部作品超越国界，内容具有一定相似性，具有比较研究价值。两位作家同处社会变革时期，又都离不开儒学仁爱思想和英国批判文学的熏陶。因此，二人自觉形成社会批判精神，并在两部作品中对于西方文明的传入、学者与教育问题、女性思想与地位等现象进行批判。受中日两国国情、作者的生平经历与情感态度等多因素影响，面对相似的批判对象，两位作家的批判观点和批判程度存在异同。总体而言，夏目漱石和老舍都不满于封建制度的荼毒，痛心于国民的愚昧无知，但老舍的批判相比于夏目漱石则更为沉重，展现了拳拳忧国心。本文研究发现有利于加深读者对两位作家以及两部作品的了解，作品中所批判的问题亦值得思考。

关键词：夏目漱石；《我是猫》；老舍；《猫城记》；社会批判比较

夏目漱石是日本近代作家，被称为"国民作家"，于1905年发表代表作《我是猫》。该小说通过猫的视角，讲述了其在中学英语教师苦沙弥家中的所见所闻，揭露了资产阶级的嘴脸，讽刺了日本明治时期的社会的拜金主义风气。老舍则是中国现代文学代表作家，被誉为"人民艺术家""语言大师"，于1933年发表了讽刺小说《猫城记》。该小说以第一人称写作，讲述了"我"与同伴搭乘飞机到火星探险，因飞机坠落而与猫人相遇的故事。通过对猫人的无知以及猫国混乱状态的描写，深刻反映了19世纪至20世纪初期的中国社会现状。

两位作家在世界都享有盛名，对近代文坛的影响巨大，两部作品也都超越国界，被翻译成众多语言。国内外对夏目漱石《我是猫》和老舍《猫城记》的研究不胜枚举，在翻译领域，有针对《我是猫》各译本的翻译比较，罗明辉研究"吾辈猫"的多版本汉译问题，并就翻译过程中经常出现的书名处理问题进行探讨（罗明辉 2002：1–4）；李炜结合《我是猫》的三个不同中译本的具体实例从现代解释学、中日语言文化差异、译者因素、读者因素等多个角度分别对文学翻译中的误读问题进行了探究（李炜 2003：61）；靳艺涵从纽马克的"语义翻译"和"交际翻译"入手，对夏目漱石的作品《我是猫》的汉译本进行对比分析（靳艺涵 2020：197–198）。有通过翻译策略对《猫城记》中文化负载词翻译进行的探讨，温丽娟基于《猫城记》英译本、分析文化负载词的翻译（温丽娟 2015：47–50）；杨宏和袁艳玲认为"在翻译过程中，译者要

[1] 2017级日语语言文学专业学生，现为华南理工大学日语笔译方向研究生；邮箱：1751122154@qq.com；广西大学外国语学院日语系教授，博士。

充分发挥自己的主观能动性，在深入理解原文以及原文作者的写作意图之上，选取相应翻译策略，翻译原文的本源概念，从而使译文与原文更贴合”（杨宏、袁艳玲 2019：18–20）；周颖芝则以“顺应论”为理论基础，对《猫城记》英译本进行研究（周颖芝 2019：1）。在文学领域，针对两部作品的研究分别从形象处理、叙事视角等各角度进行的分析也很丰富，曹志明从叙事视角和修辞手法解读《我是猫》并探讨文体及文体语境的一般研究方法（曹志明 2009：187–190）；牛宏宇探讨老舍透过猫眼看人生与社会的精妙叙述方式、认识和感悟作品内在的审美意蕴和叙事主题的建构（牛宏宇 2013：39–42）；刘大先认为老舍在《猫城记》“表明了在现代性与民族性冲突中，他的文化焦虑和自己所采取的教育与立人的办法，表明了他作为一个文化民族主义者的主张”（刘大先 2006：111–119）；教鹤然侧重对作品的主题设计、语言风格、体裁选择、预言性等方面进行深入思考研究（教鹤然 2012：127–130）。但目前学界对于《我是猫》和《猫城记》这两部作品的比较研究却寥寥无几，而且多基于叙事视角的选择、表现手法以及作品影响力进行考察，对于《我是猫》和《猫城记》中社会批判比较研究涉及不够深入。

“社会批判精神是知识分子阶层尤其是更为敏感的文学家社会参与意识的体现，是实现自身社会价值使命的需要。”（于彦兴 2011：1–2）本文拟基于《我是猫》和《猫城记》两部小说，通过对于夏目漱石和老舍的社会批判精神的形成原因进行分析考察，进一步探讨两位作家在作品中所表现出的对于西方文明的传入、学者与教育问题、女性思想与地位等现象的思考，比较其批判观点的异同点，以期丰富对夏目漱石和老舍两位作家以及对《我是猫》和《猫城记》两部作品的比较研究，促进读者的深入思考。

1.《我是猫》与《猫城记》对于西方文明传入的批判

夏目漱石和老舍同处于封建社会与近代交接的时代拐点。夏目漱石于 1867 年出生，翌年轰轰烈烈的明治维新运动便展开了。老舍生于清朝末年 1899 年，其父于 1900 年战死沙场。身处社会动荡时期的两位作家，面对社会中的各类黑暗与不公，心中升起了忧国恤民的自觉意识，自年少起就自然而然地背负起“敲钟人”的责任与担当。

夏目漱石于 1900 年，奉教育部之命前往英国留学，3 年后返回日本，并于 1905 年发布代表作《我是猫》。老舍则在 1924 年间赴英留学，于 1929 年夏离英回国，并于 1933 年发表作品《猫城记》。由此可知，《我是猫》与《猫城记》这两部文学作品的创造，虽有一定的年代差，但都属于作家留英学成后的作品，也是西方文明大量涌入东方而产生激烈碰撞时期的作品。夏目漱石和老舍在受到东方与西方文明的强烈冲击后，进行了深刻反思。文以载道，两位作家结合东西方文学特征，执笔批判社会中浅薄俗气的丑恶之风，写出自己独具特色的批判文学，以警醒世人。

在英期间，二人生活贫苦，又因东方人的身份而备受歧视，忍受孤独寂寞，忍耐差别待遇，埋头于学问，专心钻研西方文学。“夏目漱石和老舍在写作方面深受英国文学，特别是英国作家查尔斯·狄更斯的写作风格影响。”（李寧 2004：95–109）两位作家学习模仿英国社会批判文学的写作手法，融入并体现于自己的作品中。同时，夏目漱石和老舍深受中国传统思想文化的浸染。老舍身为中国人自不必多说，夏目漱石亦表现出对中国传统文学的极高热情。“文学虽是多元的，但在古代文坛上，儒家文学思想始终居于主导地位”（吴贤哲 1998：132–137，148）。儒学具有很强的社会功能性，强调文学在社会理政和礼乐教化上的作用，而“仁爱”的思想观念进一步滋养了两位作家忧国忧民的思想情怀。因此，夏目漱石和老舍在看待社会问题时所持的观点，难免会有一定的相似性。但由于二人自身的性格、中日两国国情以及留学环境的差异所致，两位作家对于西方社会、西方文明的认识亦有所差异。

夏目漱石不拘泥于东方传统思想，也不受西方思想的束缚，而是追求自我意识。他是这样描述自己的英国留学生活的：“在伦敦居住、生活的两年是极为不愉快的两年。我在英国绅士之间，犹如一匹与狼群为伍的尨犬，终日郁郁寡欢。”（夏目漱石、王向远 1907/2016：7）夏目漱石在英期间处于孤独而封闭的状态，他自卑于自己是东方人的身份，又对西方文明充满了恐惧和厌恶。“他看不惯拜金主义，也注意到机械文明带给人类的灾害”（王成 1992：101）。因此，在《我是猫》这部作品中可以明显看出夏目漱石对于西方文明的批判，以及对于日本全盘西化运动的反感。

金田家是财大气粗的大资本家，鼻子很塌，“不单是鼻子，整个脸都是扁的……不论怎样暴怒，依然一副平滑的脸”（夏目漱石、于雷 1978/2017：116）。而金田夫人恰恰相反，拥有引人注目的大鼻子，“只因拥有如此显赫的鼻子，这女人说话时，不能不令人以为她不是口里在发音，而是鼻孔在宣讲”（夏目漱石、于雷 1978/2017：85），夏目漱石首先对其夫妇二人进行外貌描写，通过夸张的手法描述出金田夫人的趾高气扬和金田老爷的仗势压人。后文又围绕金田家与苦沙弥的矛盾，进一步详细描写了资本家的蛮横行径，揭示了资本主义阶级的丑恶嘴脸，批判了西方拜金主义思想。

夏目漱石的成长过程，离不开中国传统文学文化的熏陶，其自年幼起便熟读汉诗汉文，文学功底深厚。“他深受传统儒学影响，把复归东方文化当成解决问题的好办法。”（刘小宇 2012：106）其在作品《我是猫》中借八木独仙之口，展现了对东方文明的认同：“我觉得古代日本人比西洋人要伟大得多。西洋人最近十分流行这么一句话，‘积极’，但是，这有很大的缺点。”（夏目漱石、于雷 1978/2017：268）此外，《我是猫》中的出场人物英语教师苦沙弥可被认为是夏目漱石本人的缩影，苦沙弥对八木独仙的思考表达了认同，也提出了“东方学问虽然消极，却富于运维，只因讲求精神修养”（夏目漱石、于雷 1978/2017：291）的观点。

老舍则与夏目漱石不同。在英留学期间，老舍的生活虽也贫苦拮据，但本人依旧积极乐观，秉持着公正的态度，客观地观察英国社会。他如此形容自己的几位房东："在他们的身上使我感到工商资本主义社会的崩溃与罪恶。"（老舍 2018：178）由此可见，老舍能够认识到西方社会的缺陷和不足。但老舍也能看到西方社会的先进之处，他在《猫城记》中写道："三年前来过一只飞机。哪里来的，猫人不晓得，可是记住了世界上有种没毛的大鸟。"（老舍 2017：37）因此，老舍对于西方文明的流入是支持的，他认为这在一定程度上能够开阔当时的国民视野，从而避免出现盲目自信、故步自封的局面。

在《猫城记》中，"迷叶"是鸦片的隐喻。工业革命之后，英国的资产阶级竭尽全力向中国出售工业产品，但即便使用外交手段，依旧不能扭转贸易逆差，无法得到预计利益，英国开始向中国输入大量鸦片。老舍在《猫城记》中如是写道：

> 五百年前，他们是种地收粮，不懂什么叫迷叶。忽然有个外国人把它带到猫国来。最初只有上等人吃得起，后来他们把迷树也搬运了来，于是大家全吃入了瘾。不到五十年的工夫，不吃它的人是例外了。吃迷叶是多么舒服，多么省事的；可是有一样，吃了之后虽然精神焕发，可是手脚不爱动，于是种地的不种了，作工的不作了，大家闲散起来。（老舍 2017：35）

老舍在一定程度上批判了西方卑劣的手段，但更为主要地讽刺了当时的中国人的愚昧与无知，可谓"哀其不幸，怒其不争"。同时老舍也讽刺了国人误解西方文明的现象，"猫人"对于西方"自由"的定义是如此理解的："抢劫是最足以表现个人自由的，而自由又是猫人自有史以来的最高理想。猫人所谓自由者是欺侮别人，不合作，捣乱……"（老舍 2017:36）而这显然并非"自由"的本义，而是"猫人"的一己私欲。"我们连模仿也不会，自己原有的既行不开，学别人又学不好。"（老舍 2017：119）通过《猫城记》的出场人物之一小蝎的话，表达了老舍的担忧。当时的中国人并没有理解西方先进文化的内涵，只是盲目模仿、随波逐流。

由此可见，夏目漱石对于东方文明的态度是暧昧的，他既自卑于自身东方人的身份，又认同东方文明的观念，但其对于西方文明的批判却是彻底而深刻的。而老舍则更为客观，他能够辩证地认识到西方文明的缺陷和先进之处，把批判的矛头直指当时西方文明冲击下混乱的中国社会和无所适从的中国人民。

2.《我是猫》与《猫城记》对于学者和教育问题的批判

社会生活中，学者是先进知识分子的代表，视野宽广、思想超前。教育是立国之本，关系着国家的未来。得益于校长的举荐，夏目漱石于 1893 年从东京帝国大学毕业后就顺利进入东京高等师范任教，两年后，他辞职到四国岛松山市中学任教，并于 1896 年跳槽到九州岛熊本市第五高等学校。从英国学成后，夏目漱石担任第一高等学校英语教授和东京大学英国文学讲师。老舍的教学生涯亦相当丰富，于 1918 年从北京师范学校毕业，先后被派任到方家胡同小学当校长，到天津南开中学教国文。赴英期间，则担任伦敦大学亚非学院讲师，回国后先后于齐鲁大学、山东大学任教。不论是夏目漱石还是老舍，都常年扎根于教育行业，因此，他们对于本国教育问题有着深刻的切身体会，在《我是猫》和《猫城记》两部作品中，两位作者针对学者和教育问题的批判均有所体现。

夏目漱石《我是猫》通过猫的视角观察人类生活，是客观叙述与主观评论的结合，通过猫科动物犀利的眼睛更容易发现各类社会问题，更易进行批判和讽刺。猫眼中的苦沙弥、寒月、迷亭等学者的性格各有不同，英语教师苦沙弥固执己见、软弱无能，理学家寒月老实木讷、不懂变通，美学家迷亭玩世不恭、游戏人间……他们拥有各自独立的性格特征，但也存在 20 世纪初期日本知识分子的共同特征，即不懂装懂、傲世轻物、自命清高，但又不畏强权、厌恶拜金、愤世嫉俗。他们性格上的这种矛盾，体现了“处于社会中间阶层的中小资产阶级知识分子既不满上层统治者，又不愿与人民为伍的心态”（沈亚平 2008：41）。

老舍在《猫城记》中对学者以及教育制度进行深刻的批判。在学者方面，老舍将《猫城记》中的学者分为两派，一派是青年学者，一派是老年学者。青年学者盲目推崇所谓的西方文明，但只是追求高深莫测的新词，对于新词的理解和追求浮于表面，始终无法掌握其真正的内核，更无法将进步思想与本国实际情况相结合。而老年学者思想陈旧、墨守成规，不懂得与时俱进，也终将被时代淘汰。

与夏目漱石相比，老舍的批判更为犀利。运用夸张荒诞的手法，表达了老舍的强烈不满。当今社会强调德育的重要性，但是在《猫城记》这本书中，学校教书育人、培养人格的作用被完全忽视，教育理念甚至呈现出扭曲的状态。“现行的教育制度是由外国抄袭来的。”（老舍 2017：119）学生打死校长教师正是天理昭彰，等学生当了校长教师又被打死也是理之当然，这就是我们的教育。”（老舍 2017：127）在这种错误观念的压迫和驱使下，猫国千疮百孔，猫人自私自利，社会沉浸在一片恐惧中。“这种恐惧感越被放大，越能体现人格培育的重要性。”（渡边武秀 1993：173）

夏目漱石和老舍都有过丰富的教学经历，对于学者和教育问题的批判可谓得心应手。夏目漱石对于学者的批判相对写实，通过猫眼的细致观察刻画出 20 世纪初期的日本学者群像，这些学者既有其独特的个性也有难以忽略的共性。究其原因是因为日本从明治维新开始便展开了西学运动，经过长时间的努力，各派学者的思想意识逐渐得以融合统一、存在类似的观点和思考认识。老舍则通过夸张手法，描绘出西方文明在当时传入中国初期时所遇到的各类阻力和随之产生的问题，刻画出新旧学者的错误作风和矛盾冲突，强有力地表达出自己的失望和不满，以达到批判讽刺的效果。

3.《我是猫》与《猫城记》对于女性思想与地位的批判

人类社会历史上，父系社会长居主流，男人是世界的主宰，而女人的宿命就是化身为男人的附属。19 世纪至 20 世纪，不论是中国还是日本都崇尚男尊女卑的思想，女性的社会地位十分低下。《我是猫》和《猫城记》中，并没有将女性作为爱慕、追求的对象进行描写，而是将其作为庸俗和愚昧的化身。“通过对女性以及婚姻的描写，反映出受所谓的西方新思想的影响，社会道德变得更加堕落这一当时社会的现实问题”（王成、金中 1993：41）。

夏目漱石在《我是猫》中表达出男人对于女人的避之不及。“反正女人多嘴是要不得的！假如人也像这只猫那样保持沉默，该有多好啊！”（夏目漱石、于雷 1978/2017：78）苦沙弥作为一家之主，表达了对妻子的强烈不满，由于无法忍耐妻子的啰唆与愚昧，他长时间躲在自己的书斋中以求得片刻安宁。《我是猫》这部作品虽然也强调了妻子的个性，但不能否认的是，苦沙弥尽管软弱无能，但在家中的地位仍是远高于妻子之上的。

此外，《我是猫》这本书中也描绘出明治初年的日本，存在将女子作为商品进行买卖的现象。“女孩像茄子似的被装进笼子里，用扁担挑着四处叫卖”（夏目漱石、于雷 1978/2017：194）。人们像是买瓜果蔬菜一样对被贩卖的女孩评头论足，甚至削价处理，女性丧失了做人的权利、任人宰割，这毫无疑问地体现出日本女性地位的低下。书中的出场人物迷亭认为：“多亏西方文明，女子的品格也有很多大的提高，这是可以断言的”（夏目漱石、于雷 2017：195）。贩卖女性是精神上的愚昧和物质上的贫困所致，与女性自身品格挂钩实属荒唐可笑。但是，寒月接下来却对此进行了补充说明：

> 现代女性，在往返学校的途中，在音乐会、慈善会或游园会上喊：‘请买下我吧！’‘啊？不喜欢？’……她们自己拍卖自己，再也没有必要雇那些难缠的商贩干那种下贱的寄售营生，喊什么：‘谁买女孩喽！’人的独立性一提高，自然会这样的（夏目漱石、于雷 / 2017：196）。

这是女性由被拍卖到主动拍卖自己的转变，西学东渐之后，女性地位看似提高，实则不然。原因如下：其一，是由于封建社会伦理价值观的根深蒂固性，导致社会中的女性依旧欠缺自立自强的自觉意识，她们无视自身的人格尊严，仍将自己定义为男人的附属品；其二，是因为封建经济关系的转变是漫长的过程，父亲为一家之主、权力至高无上，女性欠缺经济来源，缺乏独立底气，只能依靠的实质是将女性作为商品待价而沽的买卖婚姻。因此女性的经济地位决定了她们难以形成独立自强的人格，最终的命运就是屈从并寄生于男性。

老舍的《猫城记》中，描写了猫人社会的一夫多妻制，这是当时的中国社会的缩影，即男女纲纪森严，父母之命、媒妁之言、三妻四妾、买卖婚姻是合规合理的常态化。自由交往、结为伴侣、相互扶持、忠贞不移反而被视为异类、甚至是不合礼法的行为。这些都是女性社会地位低下的深刻表现。西方传来了“自由恋爱”之风，让猫人社会由媒妁之言转变为自由结合，然而这种思想并没有改变一夫多妻的社会状态。“旧人物多娶妾，新人物多娶妻。”（老舍 2017：93）这是男性的理想状态，因此该思想被轻而易举地接受了，可悲的是“作为女性的公使夫人也任劳任怨地遵循这个法则”（渡辺武秀 1993：171）。由此可见，女性地位之卑微，女性思想之愚昧。从小蝎口中得知，哪怕是接受了新思想教育的女性实则也并无进步，“也不是说她们比我的母亲或公使太太多些力量，多些能干，而是她们更像女子，更会不作事，更会不思想——可是极会往脸上擦粉”（老舍 2017：94）。女性在解放的思潮中只学到了西方的“皮毛精神”，仍然是封建伦理的奴隶，思想依旧陈腐，社会地位自然也难以提升。

不论是买卖婚姻还是妻妾成群，都是封建婚姻制度毒瘤的深刻体现，使成千上万的女性成为封建制度的牺牲品。从封建社会向现代社会过渡的时期，普遍存在一种浮于表面的学习状态，在没有深刻理解先进思想、完成社会制度的转变之时，盲目地学习跟从并不能够解放思想，因此也难以解决各类问题的核心矛盾。《我是猫》和《猫城记》中夏目漱石和老舍花费大量笔墨描写封建婚姻制度，表达出两位作家对于落后封建制度的深刻批判，对于浅薄学习西方思想的强烈不满，对于女性自身愚昧无知的同情痛心，隐含了对女性的命运、地位与价值等问题的追问与思考。

结论

夏目漱石和老舍都身处社会变革的时代、有赴英留学以及丰富的任教经验、深受东西方思想特别是儒学仁爱思想和英国批判文学的交融与冲击影响，自觉产生忧国忧民之情。本研究以夏目漱石《我是猫》和老舍《猫城记》中的社会批判为对象，重点从三个方面入手，即对于西方文明的传入、学者与教育问题、女性思想与地位方面进行比较考察。

夏目漱石和老舍所处的时代背景、社会状态以及人生经历都有很大的相似之处，但纵使再相似亦会有所差异，这都影响着两位作家的思想意识。因此，二人在自发产生社会批判意识之后，面对同样混乱腐朽的社会，所批判的对象以及批判程度亦有其异同之处。总体而言，《我是猫》与《猫城记》两部作品都表达出两位作家对于落后封建制度、封建思想的深刻批判，对于盲目从众、浅薄学习西方思想的强烈不满，对于国民愚昧无知的疾首痛心。《我是猫》这部作品充满嬉笑讽刺，体现了两种文明的对抗；而《猫城记》的基调则更加沉重愤懑，描绘了文明的陨落坠亡。

夏目漱石和老舍拥有强大的社会责任感，也正是这种责任感驱使他们写出《我是猫》和《猫城记》这两部优秀的作品，两位作家所批判的各类社会问题有利于促使当时民众的意识觉醒，其作用和影响力依旧值得我们深思。

参考文献

[1] 渡辺武秀 . 老舎『猫城記』試論 [J]. 八戸工業大学紀要，1993（12）：167–181.

[2] 李寧 . ﾓﾀﾞﾆｽﾞﾑ文学の実験作：老舎と漱石の初期作品を比較して [J]. 待兼山論叢 . 文学篇，2004（38）：95–109.

[3] 曹志明 . 夏目漱石《我是猫》的文体特点 [J]. 外语学刊，2009（06）：187–190. DOI：10.16263/j.cnki.23-1071/h.2009.06.004.

[4] 教鹤然 . 关于老舍《猫城记》文学特色的研究与思考 [J]. 名作欣赏，2012（08）：127–130.

[5] 靳艺涵 . 纽马克翻译理论视角下《我是猫》的不同中译本比较研究 [J]. 文化创新比较研究，2020（14）：197–198.

[6] 老舍 .《猫城记》[M]. 天津：天津人民出版社，2017.

[7] 老舍 .《老舍散文》[M]. 天津：天津人民出版社，2018.

[8] 李炜 . 论文学翻译中的误读——《我是猫》的译本分析 [J]. 外语研究，2003（03）：61–65+75.

[9] 刘大先 . 论老舍的幻寓小说《猫城记》[J]. 满族研究，2006（03）：111–119.

[10] 刘小宇 . 笑尽天下：老舍与夏目漱石的幽默艺术 [J]. 吉林广播电视大学学报，2012（11）：105–106+109.

[11] 罗明辉 . “吾輩は猫である”的汉译处理——兼谈书名的翻译问题 [J]. 日语学习与研究，2002（03）：41–44.

[12] 牛宏宇 . 猫眼中的世间百态——《我是猫》之叙事学解读 [J]. 宁夏师范学院学报，2013（05）：39–42.

[13] 沈亚平 . 异质角度透视同质现实——《我是猫》与《猫城记》之比较 [J]. 安徽文学（下半月），2008（08）：40–41+45.

[14] 王成 . 东方现代化的探索——夏目漱石与老舍比较研究 [J]. 日本学研究，1992（00）：100–112.

[15] 王成，金中 . 猫与讽刺——《猫城记》与《我是猫》之比较 [J]. 山东大学学报（哲学社会科学版），1993（02）：38–44+108.

[16] 温丽娟 .《猫城记》中文化负载词的翻译探究 [J]. 考试与评价（大学英语教研版），2015（01）：47–50. DOI:10.16830/j.cnki.22-1387/g4.2015.01.010.

[17] 吴贤哲 . 儒学与中国古代文学思想 [J]. 西南民族学院学报（哲学社会科学版），1998（06）：132–137，148.

[18]〔日〕夏目漱石 . 文学论 [M]. 王向远译 . 上海：上海译文出版社，2016.

[19]〔日〕夏目漱石 . 我是猫 [M]. 于雷译 . 南京：译林出版社，2017.

[20] 杨宏，袁艳玲．阐释学翻译视域下《猫城记》本源概念英译研究——基于汉英双语平行语料库的分析 [J]. 英语广场，2019（10）：18–20.DOI:10.16723/j.cnki.yygc.2019.10.008.
[21] 于彦兴．鲁迅与夏目漱石的社会批判精神比较研究 [D]. 辽宁大学，2011.
[22] 周颖芝．顺应论视角下《猫城记》的英译研究 [D]. 四川外国语大学，2019. DOI:10.27348/d.cnki.gscwc.2019.000020.

创造性叛逆视角下《嘉莉妹妹》服饰名翻译对比研究

刘雅欣[1]

摘　要： 西奥多·德莱塞的代表作《嘉莉妹妹》中对人物服饰的精心描绘在小说中起着至关重要的作用。本文基于创造性叛逆视角，对比《嘉莉妹妹》三个中译本的服饰描写部分，分析各译者的翻译策略及其背后的动机。潘庆舲多次采用增译法，即根据语境需要增加一些描写服饰的词语、短语或句子，其目的是将原文隐含的深层意思表达清楚，更准确地传达作者的思想感情。王克非惯于采用省译法，即省去一些服饰的细节描写，以减轻译者的工作量，保证译文言简意赅、通顺流畅，并可避免过于细致的服饰描写给读者带来不必要的阅读负担。许汝祉谨慎地使用省译法，但更惯于采用误译策略，以消除英汉文化差异给读者带来的阅读障碍。

关键词：《嘉莉妹妹》；创造性叛逆；服饰翻译；三个中译本对比研究

1. 引言

美国著名现实主义作家西奥多·德莱塞（1871—1945）的代表作《嘉莉妹妹》（*Sister Carrie*）讲述了一个雄心勃勃的农村女孩嘉莉追求美国梦的励志故事，通过描写嘉莉、德鲁埃和赫斯特伍德的人生变化，真实而生动地展示了当时美国的社会状况。作品对人物的服饰进行了细致描写，证明了服饰的作用不仅是保暖、遮羞，还能折射出人的等级、职业以及社会地位。在《嘉莉妹妹》中，服饰实际上是一种无声的语言，暗示着人物的气质、性格、情感、品味、经济状况、地位、个性和命运等，传达着作者的观点和感情。就该小说的翻译而言，能否准确恰当地翻译其中服饰描写的部分，准确再现服饰所要传达的内涵、情感和作者的立场，决定着目标语读者能否感知到原作者想要表达的内容。由此可见，译者在翻译《嘉莉妹妹》时所采取的策略是值得研究的。

国内外许多学者已经从不同的角度对这部小说的中文译本进行了研究。杜雯雯（2017：1–5）从接受理论的角度研究了《嘉莉妹妹》的中文译本，并指出译者们的文化背景、意识形态、对原文的理解程度的不同，导致了译本的差异。彭春辉（2008：75–78）强调各译者通过不同翻译方法与技巧，使中文译本读者获得了与源语读者相

[1]　2016 级翻译专业学生；电子邮箱：993138647@qq.com

同的感受。吕显文（2017：6–7）论及在进行英汉翻译时采用归化策略可增加译文的可读性。仅有一篇论文考察了《嘉莉妹妹》中的服饰翻译（王菲，2016：629–630），该文指出为了实现译文的预期功能，在翻译服饰描写时，既要采用异化策略，也要采用归化策略。

法国文学社会学家埃斯卡皮（Robert Escarpit 1897：37）提出"翻译是一种创造性叛逆"。翻译给了原作品新形象，因此有创造性；同时，翻译是对原作的背叛的主观努力，所以也是叛逆的。文学翻译不单单是语言间的转换，还是以另一种语言来表达原作者的感情和观点，在这个过程中，创造性叛逆是不可避免的。更重要的是，这种创造性叛逆是在深入理解了原作的基础上的应用，并没有违反"翻译忠实于原文的原则"，而是在严格地遵守了这一原则的基础上，赋予原作第二次生命（Robert Escarpit 1987：37）。谢天振（2007：75–84）指出，创造性叛逆可分为无意识型与有意识型两种，具体体现为改编和转译、编译和节译、漏译和误译、个性化翻译等，漏译与误译属于无意识的创造性叛逆，而节译与编译、改编和转译、个性化翻译则为有意识的创造性叛逆。需要指出，无意识的创造性叛逆源于译者对原文含义的误读、知识量不足、不负责任或态度敷衍，所以，应该被视为一种错误。不幸的是，无意识的创造性叛逆实际上广泛存在于外国诗歌和其他名著的翻译中。由此可见，正确区分无意识的创造性叛逆和有意识的创造性叛逆，对于翻译学习者来说很重要，也很必要。

本文将以《嘉莉妹妹》中文译本中服饰描写部分的翻译为例，通过区分其中有意识的创造性叛逆和无意识的创造性叛逆，来分析、判断创造性叛逆是否被恰当使用。我们发现，译者潘庆舲（2003）、王克非（2001）、许汝祉（2014）在翻译《嘉莉妹妹》时，主要存在增译、省译和误译三种创造性叛逆现象。本文拟分析他们在翻译服饰时所使用的翻译策略，并力求探索其深层动机。

2. 创造性叛逆之一：增译

增译是指在译文中增加原文没有的单词、短语或句子，以便更加准确地传达原文的深层含义。（王中一 1992：21）

> The low crotch of the vest revealed a stiff shirt bosom of white and pink stripes. From his coat sleeves protruded a pair of lined cuffs of the same pattern, fastened with large, gold plate buttons, set with the common yellow agates known as "cat's eyes". (Dreiser 1982：3)
>
> 许译：背心领口开得很低，露出白底粉红条子的笔挺的衬衫胸部。上装袖口，露出一双花式相同的花袖口，扣着大的扁形的金纽扣，上面嵌着叫做"猫儿眼"的黄玛瑙。（2014：3）

潘译：背心领口开得很低，露出白底粉红条子衬衫的浆硬的胸襟，雪白的高硬领系着一条款式别致的领带。上衣袖子里露出一双跟白底粉红条子衬衫料子相同的袖口，扣着大颗镀金扣子，上面还镶着叫做“猫儿眼”的黄玛瑙。（2003：3）

王译：马甲口开得很低，露出平整硬挺的白色间粉红条纹的衬衫。外衣袖口露出一截亚麻衣袖，也是白色间粉红条纹的，扣着金灿灿的镀金大袖扣，袖口上嵌着黄色玛瑙，是那种叫做“猫儿眼的”，并不贵重。（2001：4）

上文描写的是德鲁埃与嘉莉初见时的情景，嘉莉正打量着德鲁埃。潘庆舲在译文中加上了“雪白的高硬领系着一条款式别致的领带”以突出德鲁埃服饰的讲究、搭配的用心和精美，这与嘉莉破旧的衣服形成了鲜明的对比，使嘉莉明显感受到了他们之间的不平等，这说明在嘉莉的眼中“服饰是阶级地位的象征”（陆扬 2020：52–59）。其实，这种“以貌取人”的观念普遍存在于当时的社会，当嘉莉在芝加哥最繁华的商业区寻求工作时，总是被那些穿着高档服装的有钱人瞧不起，这也激发了她对穿上华服以赢得别人的尊重的渴望。

Her shoes were old, and her necktie was in that crumpled, flattened state which time and much wearing impart.（Dreiser 1982：27）

潘译：她的那双鞋子，鞋头和鞋跟都磨损了，领结已皱巴巴没了光泽。（2003：33）

王译：鞋子很旧了，胸前的领结也是旧的，向下耷拉着，有点皱。（2001：32）

许译：鞋子是旧的。领带因为戴了很久，已经皱了。（2014：30）

上文是对嘉莉的鞋子和领带的描述，当时，她刚从家乡来到芝加哥，住在姐姐家里，每天穿着破旧的衣服去上班，在回家的路上，穿着讲究的女孩会从她身旁经过，让她再一次感到羞愧和不平等，她想努力缩小自己和这些女孩的差距。

起初，嘉莉来芝加哥的目的只是过上好日子。然而，德鲁埃和女孩们的精美、讲究的服饰给嘉莉带来的阶级地位不平等之感和以貌取人的有钱人对她的轻视，促使她对物质的欲望与日俱增，激发着她拼命赚钱，最终成为明星。因此，潘庆舲专门增译“鞋头和鞋跟都磨损了”和“没了光泽”来体现嘉莉着装的破旧，以突出她内心潜藏的这种“不平等的羞愤之感”。

潘庆舲在《嘉莉妹妹》的译者序中提到，德莱塞最擅长使用对比写照的文学技巧，《嘉莉妹妹》就是在贫穷与富裕的对比的基础上写成的。因此，在翻译时，潘庆舲对原文进行了创造性叛逆的处理，有意对译文中最能突出表现人物贫富差距的服饰描写部分采用了增译策略，并使用对比手法来突出人物的贫富差距，从而反衬出嘉丽迫切地想要改变命运的根源与决心。

3. 创造性叛逆之二：省译

为了使译文更加简洁，译者在翻译时会将原文累赘的单词、短语或句子省掉，这种方法被称为省译（杨绍北 1999：19），王克非和许汝祉在翻译嘉莉妹妹的服饰描写部分时都使用了省译法。

3）... dressed in excellent tailored suits of imported goods, a solitaire ring, a fine blue diamond in his tie, a striking vest of some new pattern, and ain of solid gold which held a charm of rich design, and a watch of the latest make and engraving.（Dreiser 1982：36）

潘译：……他身上穿着用进口料子精工缝制的衣服，手上戴着好几枚戒指，领带上系着一颗精美的蓝色钻石饰物，扎眼的、款式新颖的背心上拴着一根纯金表链，表链上挂着一个设计精巧的小饰物，连同一块式样和雕饰堪称最新的怀表。（2003：43）

许译：穿着进口的料子，做工讲究，领带上扣着一只蓝色上好的金刚钻，穿一件引人注意的时髦背心，一条纯金表链，系着图样好看的小饰物和式样、雕刻最时新的表。（2014：40）

王译：……他身穿用进口衣料做工考究的套装，戴着单钻石戒指，领带上也扣着一颗钻石。他那入时的马甲引人注目，胸前还挂着一条设计精美的纯金表链，表的款式和雕花也是最时髦的。（2001：42）

王克非将“fine blue”和“a charm of rich design”省略，许汝祉将“a solitaire ring”省略，使译文更简洁，原作想要展现的服饰的时尚奢华和高品质的特点仍然可以呈现在读者面前。由此可见，有时候原文的一些细节是不需要翻译出来的，这样不仅保持译文的简洁和流畅性，避免由于服饰描述过于详尽而给读者造成不必要的阅读负担，紧凑、连贯的情节还会让读者迫不及待地想要继续阅读下去。

4）When she entered the store, she already had her heart fixed upon the peculiar little tan jacket with large mother-of -pearl buttons which was all the rage that fall.（Dreiser 1982：55）

王译：一进商店，她就迷上了带珍珠色大纽扣的棕色短上衣。（2001：65）

潘译：她一走进商场，就决定选购款式奇特的棕黄色小外套，上面缀着今秋最时髦的大颗珍珠母纽扣。（2003：68）

许译：她走进商店的时候，就打定主意，要一件小巧玲珑的皮外套，带螺钿大纽扣的，那年秋天，就以这个最为时髦。（2014：63）

在这个例子中，王克非再一次使用了省译法，省略“peculiar”和“which was

all the rage that fall"，但是，这些细节被省略后，棕色短上衣与众不同的特点就体现不出来了，因而嘉莉对这件衣服的倾心也就不那么令人置信了。许汝祉只省略了"peculiar"，可见其在使用省译法时较为谨慎。

5）An old, thin coat was turned up about his red ears.（Dreiser 1982：391）
潘译：单薄的破外套的翻领直竖起到冻红的耳朵边。（2003：538）
王译：单薄的外衣领子竖起，护着冻红的耳朵。（2001：464）
许译：一件薄薄的旧上衣卷到了冻红的耳朵边。（2014：481）

上文是对赫斯特伍德在一个寒风凛冽的日子里的穿着描写。此时此刻，他已由一个衣着光鲜的、举止优雅的富有绅士变成了一个身无分文、食不果腹、衣不蔽体、住无所居、只能靠乞讨为生的流浪汉，此时的嘉莉也因他的颓废而离开他，独自去追求自己的梦想。赫斯特伍德的生活变化通过服饰描写中的词"old"和"thin"体现出来，然而，王克非却在他的译文中将这些重要的词省略了，如果中国读者读到了他的译文，有可能会误认为是赫斯特伍德那天忘了查看天气预报，所以，才会穿着如此单薄的衣服外出。其实，原作想通过"old"和"thin"这两个词体现出赫斯特伍德穷困潦倒的处境，连一件保暖的厚衣服都买不起。王克非不恰当地省译这些词，译文便失去了暗示人物悲惨处境的功能。

在翻译中，创造性叛逆是必然的，但若是无法恰当使用该策略，就会大大降低译文的质量。与许汝祉相比，王克非在使用省译法使时不够谨慎，过于注重译文的简洁性，却忽视了小说的内在逻辑，导致了不恰当的省译。服饰描写也是小说中至关重要的因素，译者应该在对小说有深刻理解的基础上进行省译，一些看似微不足道的细节可能与小说的主题、人物的塑造和作者的思想感情密切相关，是不能省略的，而有些细节会让译文显得累赘，则可以省略。

4. 创造性叛逆之三：误译

误译可分为无意识的误译和有意识的误译。无意识的误译是错误的翻译，相反，有意识的误译是指为了真实准确地传达原作的精髓，而故意采用错误的方式进行翻译。（顾俊玲 2015：42–45）

6）Why don't you get yourself one of those nice serge skirts they're selling at Lord & Taylor's?" she said one day. "They're the circle style, and they're going to be worn from now on...（Dreiser 1982：250）

潘译："您干吗不给自己买一条漂亮的哔叽裙子？此刻斯图尔特公司正在发售，"有一天，她说，"那是圆环型的，是目前最流行的款式了……

王译："斯科尔特公司正在卖一种挺不错的哔叽裙子，你可以买一条去。"一天，她对嘉莉说，"是筒形的，马上就会流行起来……（2001：294）

许译："劳特－泰勒公司正在卖漂亮的斜纹哔叽衬衫，为什么你不买它一件呢？"有一天她这么说，"是无袖女衬衫。从现在起，一直都可以穿……（2014：306）

显然，王克非将"skirts"无意识地误译成"衬衫"。"skirts"与"shirt"的词形非常相似，但它们的中文意思却截然不同，这属于翻译中的错误，可能是由于译者的粗心大意造成的，这样的错误会引起目标语读者对小说的误解。众所周知，对错误的零容忍是译者应该有的态度，然而，文学翻译的工作量如此之大，尤其是对于像翻译《嘉莉妹妹》这样的长篇小说的译者来说，要做到译文准确无误绝非易事，即使是最专业、最严谨的译者也难免犯错，因此，翻译者应该熟读原文、反复检查、反复推敲，尽量避免犯错。

7) When she entered the store, she already had her heart fixed upon the peculiar little tan jacket with large mother-of-pearl buttons which was all the rage that fall.（Dreiser 1982：55）

潘译：她一走进商场，就决定选购款式奇特的棕黄色小外套，上面缀着今秋最时髦的大颗珍珠母纽扣。（2003：68）

王译：一进商店，她就迷上了带珍珠色大纽扣的棕色短上衣。（2001：65）

许译：她走进商店的时候，就打定主意，要一件小巧玲珑的皮外套，带螺钿大纽扣的，那年秋天，就以这个最为时髦。（2014：63）

在《柯林斯英汉词典》中，"mother-of-pearl"是指一些贝壳内部闪亮的一层，可被用于制作纽扣或装饰。潘庆舲正确地将"mother-of-pearl"翻译成"大颗珍珠母纽扣"。然而，王克非却无意识地将它误译为"珍珠色大纽扣"，他似乎将"mother-of-pearl"这个词错误地理解为"一种类似于珍珠的颜色"。

通过细致地分析，读者能够发现，译者有意识的误译其实是其故意采用的翻译策略，以便能够更好地传达原文的意思。许汝祉将"large mother-of-pearl buttons"翻译成"螺钿大纽扣"，这完全脱离了原文的意思。"螺钿"是中国本土的艺术瑰宝，指的是用贝壳磨成的带有人物、花鸟、几何图形或文字的薄片，它起源于中国商代，常用于装饰红木家具、餐具、乐器、木雕和屏风，它的制作工艺在中国唐代已经成熟（韦莉 2020：6）。其实，"螺钿"和"珍珠母"都是制作纽扣的材料，为什么许汝祉要把"mother-of-pearl"翻译成"螺钿"而不是"珍珠母"呢？原作者特意描写"珍珠母"纽扣的真实意图是为了突出服装的昂贵、高档、时尚。贫穷的嘉莉初到芝加哥时，无数次地被橱窗里时尚漂亮却昂贵的衣服和珠宝所吸引，第一次看到这件带有

“大颗珍珠母纽扣”的衣服时，她就被这件华丽的衣服所吸引住了，梦想有一天能拥有很多钱来买下她想要的服饰。无论从工艺的复杂程度还是成品的精美程度上来看，中国“螺钿”都要比“珍珠母”更胜一筹，且价格也要昂贵得多，前者通常被用于装饰高档艺术品，在高级家具店里出售，而后者常被用作清肝明目的药物，在普通药店中广泛销售，价格相对较低。“珍珠母”在中国是如此的普通，以至于它无法起到强调和衬托衣服昂贵的作用。因此，译者故意将“mother-of-pearl”误译成“螺钿”是为了让中国读者也能够体会到该服装的昂贵、高档、时尚，从而深切体会到嘉莉对穿上漂亮高档服饰的强烈渴望。

8)...dressed in excellent tailored suits of imported goods, a solitaire ring, a fine blue diamond in his tie, a striking vest of some new pattern, and a watch-chain of solid gold which held a charm of rich design, and a watch of the latest make and engraving.（Dreiser 1982：36）

潘译：……他身上穿着用进口料子精工缝制的衣服，手上戴着好几枚戒指，领带上系着一颗精美的蓝色钻石饰物，扎眼的、款式新颖的背心上拴着一根纯金表链，表链上挂着一个设计精巧的小饰物，连同一块式样和雕饰堪称最新的怀表。（2003：43）

王译：……他身穿用进口衣料做工考究的套装，戴着单钻石戒指，领带上也扣着一颗钻石。他那入时的马甲引人注目，胸前还挂着一条设计精美的纯金表链，表的款式和雕花也是最时髦的。（2001：42）

许译：穿着进口的料子，做工讲究，领带上扣着一只蓝色上好的金刚钻，穿一件引人注意的时髦背心，一条纯金表链，系着图样好看的小饰物和式样、雕刻最时新的表。（2014：40）

这句话是对赫斯特伍德的着装的描述，他的事业成功与个人名望体现在华丽衣着上。在前一章中，作者提到德鲁埃的手指上戴了几枚戒指，根据情节的安排，赫斯特伍德理应比德鲁埃更加富有、更加成功，这样嘉莉才会离开德鲁埃去依靠赫斯特伍德，所以，潘庆舲故意将原作中写赫斯特伍德“只戴了一枚戒指”误译为“手上戴着好几枚戒指”，以突出其财力和地位上要高于德鲁埃。

9) Her own plain blue dress, with its black cotton tape trimmings, ...（Dreiser 1982：4）

潘译：她身上那套镶有黑棉布条装饰的蓝色衣裙。（2003：5）

王译：那是一条不起眼的裙子，镶着黑布裙边。（2001：5）

许译：她觉得自己身上穿的黑布镶边的蓝布衣服……（2014：5）

许汝祉将“dress”有意识地误译成“衣服”，可能认为没必要去关心人物穿的是什么衣服，但这样便也没办法传达原作的美感，人物形象也不再生动、具体、真实。因此，把“dress”翻译成“裙子”或“衣裙”其实会更合适。

由此可见，并非所有误译都是错误翻译，有意识的误译是一种创造性叛逆的翻译策略，若使用恰当，便可跨越中西文化差异的屏障，让目标读者更加准确地领悟原作者想表达的深层含义。

5. 结语

研究表明，各国间的语言、文化、思维方式和风俗习惯的差异是不可避免的，因此，为了增强译文的忠实性和可读性，文学翻译中的创造性叛逆不可避免，潘庆舲、王克非、许汝祉在翻译《嘉莉妹妹》时就有意识地采取增译、省译和误译策略。以服饰翻译为例，潘庆舲喜欢在原描写的基础上，根据情节发展和语境的需要，增加一些对服饰的细节描写，使人物塑造更生动、丰满，更好地将人物的心理及感情变化通过服饰展现出来，对人物命运的情节变化和发展起到了画龙点睛的作用。王克非和许汝祉喜欢删减小说中的服饰描写，使故事情节简单明了，更能激发读者的阅读兴趣。许汝祉还喜欢脱离原文，根据中国读者的阅读习惯和接受方式，进行有意识的误译，以帮助读者更好地理解原文。

然而，并非每位译者对服饰描述的翻译都是完美的。何绍斌（2014:122–137）指出，有意识的创造性叛逆使译者摆脱了对原作的束缚，摆脱了模仿者的恶名，成为了创造者。而翻译中无意识的创造性叛逆，属于翻译错误，则不可取。为保证译文最大限度地忠实于原文，避免因对创造性叛逆的使用不当而导致译文偏离原作，在创造性叛逆使译者获得更多翻译自由的同时，也对译者的文学修养和文学鉴赏能力提出了更高的要求。此外，翻译学习者不要盲目地模仿名家的译文，应具有批判精神，善于发现译文的不足之处，并从中吸取教训，避免犯相同的错误。如果新时代的年轻翻译者都能以学习者的心态并始终保持饱满的翻译热情和翻译激情积极地对待翻译工作，弘扬“工匠精神”，我国的翻译事业将会迎来一个光明的未来。

参考文献

[1] He Shaobin. Translation as Creative Treason: the Missionary Translation Projects in Late Imperial China [J]. *Comparative Literature: East & West*, 2014（1）: 122–137.

[2] Jia Hui. The Translator's Creative Treason in Hawkes' Translation of Hongloumeng [J]. *Journal of East China University of Science and Technology (Social Science Edition,* 2007（3）: 120–123.

[3] Larry A. Samovar, Richard E. Porter & Lisa A. Stefani. *Communication Between Cultures* [M]. USA: Wadsworth Pub Co, 1997.

[4] Lv Xianwen. Domestication and Foreignization in Literary Translation—A Case Study of Three Chinese versions of Sister Carrie [D]. Ningxia University，2016：6–7.

[5] Peng Chunhui. On Limitation of Pursuing Formal Equality Lopsidedly from Two Chinese Versions of Sister Carrier [J]. *Journal of Hefei University of Techonology (Social Sciences)*，2008（2）：75–78.

[6] Theodore Dreiser. *Sister Carrie* [M]. USA：Bantam Books，1982.

[7] The Collins Learners' English-Chinese Dictionary [M]. 北京：商务印书馆，2008.

[8] Xie Tianzhen. Medio-translatology：New Perspectives on Comparative Literature and Translation Studies [J]. *Comparative Literature*：*East & West*. 2017（1）：125–133.

[9]（法）埃斯卡皮著，文学社会学 [M]. 王美华，于沛译 . 合肥：安徽文艺出版社，1897：37.

[10] 曹冬金 . 论消费文化语境下嘉莉妹妹的自我求索 [D]. 厦门大学，2013.

[11] 杜雯雯 . 从接受理论角度看多个文学译本并存——小说《嘉莉妹妹》译本比较研究 [D]. 中南大学，2017：1–5.

[12] 顾俊玲 . 误译判定标准论 [J]. 中国科技翻译 . 2015（4）：42–45.

[13] 李伟 . 消费文化视角下的《嘉莉妹妹》解读 [D]. 山东大学，2010.

[14] 陆扬 . 身体与空间：18 世纪英国小说中女性的衣着分析 [J]. 外国文学研究 . 2020（2）：52–59.

[15] 王菲 . 从目的论看《嘉莉妹妹》中服饰描写的翻译 [J]. 卷宗 . 2016（5）：629–630.

[16] 王中一，对增译的几点意见 [J]. 上海科技翻译 . 1992（4）：21–22.

[17] 韦莉 . 赏析中国传统工艺螺钿镶嵌 [J]. 天工 . 2020（6）：6.

[18] 西奥多 · 德莱赛著 . 潘庆舲译 . 嘉丽妹妹 [M]. 北京：人民大学出版社，2003.

[19] 西奥多 · 德莱赛著 . 王克非等译 . 嘉丽妹妹 [M]. 南京：译林出版社，2001.

[20] 西奥多 · 德莱赛著 . 许汝祉译 . 嘉丽妹妹 [M]. 上海：上海三联书店，2014.

[21] 谢天振 . 译介学导论 [M]. 北京：北京大学出版社，2007.

[22] 徐晓燕 . 从消费文化视角下解读《嘉莉妹妹》[D]. 辽宁大学，2012.

[23] 杨绍北 . 浅论英汉互译中运用省译技巧的语义标准 [J]. 中国翻译 . 1994（4）：19–21.

《北方的河》与《大川之水》中的河流意象比较

韦蔚[1]

摘　要：《北方的河》是中国作家张承志的中篇小说，《大川之水》是日本作家芥川龙之介的散文作品。这两篇作品均与河流密切相关，以河流为核心意象表达了作者各自的主观感情和审美意识。二位作者都将河流当成自己的心灵家园，不同的是，《北方的河》集中体现了作者张承志对河流的深厚感情，他将河流比作父亲，同时也赋予河流以积极多样的内涵：河流既是顶天立地的英雄，也是追逐挑战的理想，更是中国人的精神图腾。而散文《大川之水》中的大川仅是作者芥川龙之介个体的记忆留存，这是一种思乡情怀的抒发，是对传统事物消逝的哀叹，因此在意象表达上不及前者视角宏大、积极正面、多样深刻。

关键词：《北方的河》;《大川之水》；河流意象；中日文学比较

1. 绪论

自古以来河流就是文明的发源地。过去，人类需要依附河流而生存，河流不仅可以灌溉农田、提供食物来源及饮用水源，还沟通着四面八方的水运交通，这是河流的现实意义；当物质生活得到满足后，人类对于精神生活就有了需求，如今的河流除了现实意义以外，更多地表现为对人类精神文明的一种象征意义。

《北方之河》写于 20 世纪 80 年代初期，十年动荡的余威尚未远去，改革开放的大潮又强势来袭，在复杂的感情和文化冲击下，张承志创作出这部作品。就本文作者目前搜集到的文献而言，有关《北方的河》的研究主要集中于河流意象分析、寻根情怀探索以及与其他作品的比较研究。（1）有关河流意象的研究有：赵颖璐（2015）认为黄河与黑龙江是力量的象征，湟水和永定河是宁静的化身，而额尔齐斯河是重诺言和情义的代表；白晓霞（2015）则把黄河作为英雄之父的精神示范，以湟水代表民间英雄的永恒力量，将黑龙江看成永不言败的英雄姿态。（2）涉及作品中所蕴含的寻根情怀的研究有：韦露（2022）从生态批评视角对寻根文学《北方的河》进行解读，挖掘其中蕴含的生态意识，从而得到大自然是人的精神原乡、是人生命的力量之源的结论；王宝证（2004）以 1984 年为界将张承志的作品分为漂泊和皈依两个阶段，论述了《北方的河》属于精神漂泊阶段。（3）与其他作品进行比较的代表性研究有：陈玉玲（2013）将《北方的河》与《哈克贝利·费恩历险记》进行比较，

[1]　2017 级日语专业学生；邮箱：1457787621@qq.com。指导老师：卜朝晖教授。

阐释了两个文本中中西方河流的文化精神和象征意义，再从生态学角度对文本中的自然、社会和精神三种生态层面的异同进行了对比分析，最后得出结论，两部作品都涵盖了理想主义和英雄情怀，同样以孤独、希望与绝望为基调，但因为时代和文化的差异导致了《哈克贝利·费恩历险记》以社会生态层面的危机为重点，《北方的河》则更侧重精神生态。

《大川之水》作为芥川龙之介的处女作，还不完全具备芥川文笔成熟后的独特写作风格，故而这部作品很少出现在大众视野里，也不被学者重视，因此整体的相关研究较少。徐建文、孔月（2015）通过比较芥川早期《大川之水》、中期《奇遇》、后期《大震杂记》三个作品中的自然环境描写，论证了人要遵循自然规律、与自然和谐共处。早澤正人（2012）围绕芥川初期习作《老狂人》《死相》《大川之水》中的视觉、听觉、嗅觉、味觉、触觉五感描写，以当时文坛流行的印象主义和共通感觉以及作品中五感描写的具体写作手法为中心进行了考察，最终指出芥川的写作意识逐渐转向主观、自我。石割透（1971）阐述了芥川从《大川之水》时期将自己与正在解体的下町的命运紧紧相连，到《罗生门》时期认为下町已经崩坏，产生了逃离下町的意识，探讨了芥川作品里下町意识的发展变化。

综上，有关《大川之水》的研究大都集中于人与自然的相互关系以及芥川龙之介的写作意识变化，基本没有触及其中的河流意象，也没有对此进行系统研究。而有关《北方的河》的研究虽然关注其中河流意象的丰富内涵，也有比较文学视野下的对比研究，然而目前将《北方的河》与《大川之水》进行比较分析的几乎没有。因此在前人研究的基础上，本文对《北方的河》与《大川之水》两部作品进行比较，提取并概括其中的河流意象，而后分析河流意象的异同，并结合历史、地理以及文化思潮等相关背景进一步探寻异同点产生的深层次原因。在进一步地阐释两部作品的同时，希望能够让读者体会到河流意象的普遍性及独特性。

2.《北方的河》中的河流意象

北方的河流在作品里显然不是作为一个没有生命力的纯粹的自然物而存在，而是被赋予不同内涵的意象表征。作为一条贯穿全文的线索，不同河流的意象代表也有所不同。

2.1 作为“父亲”

《北方的河》一开篇就着重描写了黄土高原的景象：千沟万壑的峡谷、黄浊的黄河水和蔚蓝的天空。在如此雄伟的景观中，“他”沿着黄河缓缓前行，目不转睛地盯着流淌着的黄河水。这时，“我觉得——这黄河像是我的父亲（张承志 2018：22）”，“他”突然低声说道。赤脚触碰黄河水的时候，“他”感到“哦，真是父亲，他在粗糙又温暖地安慰着我呢（张承志 2018：23）”。见到黄河时，从小没有父亲的“他”得到一个结论：“他”要是有一个父亲的话，那应该是黄河。接着，“他看见在那巨大的峡谷之底，一条微微闪着白亮的浩浩荡荡的大河正从天尽头蜿蜒而来……威风凛凛地巡视着为它折腰膜拜的大自然（张承志 2018：15）”描述了黄河的深沉和不动声色的浩荡，由此看出黄河是一位具有力量、权威、尊严的父亲。

如果说黄河是一个威严的父亲形象的话，那么湟水则是一个温柔的父亲形象。

> 路边的田里长着碧绿的青麦子，整齐地随风摇曳。他们登上一段坡道，渐渐地看见了黄土台地和浅山夹着的湟水河滩。铁灰色的河滩上也有些棋盘般方正的绿麦地（张承志 2018：42）。

不像黄河那样给人以强大直接的视觉冲击，文中提及的湟水只是静静地流淌，温柔地养育着青海人。踏着受湟水浇灌的松软土地，“他”的心情沉着而平静。对“他”而言，湟水的温柔是父亲对儿子的一种抚慰，通过踏上土地的接触从而达到父与子之间的情感交互与融通。

2.2 作为“英雄”

一直向前的河流，展现出生生不息的生命力和克服一切困难的英雄形象。《北方的河》中对黄河的描写充分体现了开天辟地的英雄气概。白晓霞认为书中摄影记者“她”拍摄到的画面——“一条落满红霞的喧嚣大河正汹涌着棱角分明的大浪。在构图的中央，一个半裸着的宽肩膀男人正张开双臂向茫茫的巨响奔去（张承志 2018：29）”——表达了张承志对中国英雄情怀的整体诠释：黄河是勇往直前的英雄，而“他”想借横渡黄河这一行为来证明和显示自己同样是英雄。那个画面使得文化之河、民族之父的英雄力量被鲜活地表达着，奔腾的河水长久地涤荡着读者的灵魂，发出汹涌澎湃的心灵强音（白晓霞 2015：45）。

经历了研究生报考差点失败、母亲生病、爱情不顺遂等种种挫折，“他”依旧没有放弃对生活的希望，以永不言败的英雄姿态站立在北方大地上。在生活的历练下，“他”早已变得更坚毅顽强。

> 整个雪原、整个北方大地都呻吟着震颤着。迷蒙的冰河解冻了。坚硬的冰甲正咔咔作响地裂开，青黑的河水翻跳起来，拥推开巨船般的冰岛……河中间已经出现了一条发亮的微黑的水道，正在庄严的音乐中朝着下游平稳地起程。而整个一条河流的上下却仍在连声炸响着，冰排、冰州、冰块、冰岛在漩流中愤怒又惬意地粗野碰撞（张承志 2018：142）。

解冻的黑龙江就像经受住了千锤百炼从而默默积累经验、积蓄力量的战士英雄一样，抓住时机爆发，让人感受到压倒性的力量。这段话说明黑龙江是“他”心里刚毅、倔强的化身，是“他”承受住现实的磋磨以后生出的精神英雄。

2.3 作为“理想”

在有关永定河的章节中，“他”因拿不到准考证、感情不顺、母亲病倒等意外而烦恼,想去考察一条离家不远、活泼的河流以恢复动力,于是“他”决定去探访永定河。

到达目的地时，“他”看到永定河正在遭受“屈辱”:“河堤上一字排开地趴着一群光屁股孩子……他们把一块又一块鹅卵石和方砾石投向河心……后来孩子们一齐怪叫着，打闹着扑向河水（张承志 2018：116）。”但是，“饱受折磨”的永定河并没有屈服。“这并不是一道屈辱的驯服的浅流。听那石头落水的声音，那声音里饱含着深沉的坚忍和力量（张承志 2018：116）。”“他”望着这样决不屈服的永定河，觉得自己应该始终忠于理想，追求理想。“我要鼓足勇气坚持下去，哪怕真的陷入悲剧我也绝不屈服（张承志 2018：118）”，“他”下了这样的决心。

2.4 作为“故乡”

张承志出身于中国北方，理所当然对北方的河流有着天然深厚的感情。因此作品中所写北方的五条河流整体上也给人一种故乡的印象，在《北方的河》中，清晰地给人以故乡的感觉的是湟水和额尔齐斯河。

如同湟水养育了青海人民一样，额尔齐斯河哺育了新疆的人们。

> 额尔齐斯河在戈壁滩前舒缓地滑过，沼泽里芦苇长成一道道曲折的屏障。有牛群，有野鸭子和别的水鸟停在沙洲上，那片从上游阿泰勒山南麓冲下来的野花，在钢蓝色的水面浮成斑斓的一层。那天有一种青色的暮霭弥漫着沼泽和四野，连翻滚的波浪也涂着青春的光（张承志 2018：55–56）。

“他”对各种事情的选择注定了“他”的坎坷磋磨，所以想找寻属于“他”漂泊人生的归宿。当他看到因湟水和额尔齐斯河形成的美丽景象时,他得到了久违的宁静，河流这种宁静治愈了“他”沮丧焦躁的灵魂，使其又回到了乐观豁达的状态，因此“他”得以继续保持探索河流的热情。

3.《大川之水》中的河流意象和感情表达

芥川龙之介在这篇散文中没有过多描写大川，而更多描述了与大川有关的风物：洋槐、和风、白花等，间或夹杂着一两笔大川的“气味、水色和水声”；还大量地引经据典，十六夜与清心，源之丞与阿古与等。他借这些人文风物温婉地描绘着故乡的景象，流露出对往事的眷恋。

3.1 作为“故乡”

“而那大川的水色，似动非动，似淌非淌……仿佛羁旅归来的香客，终于踏上故土一样，既有几分陌生，又感到舒畅和亲切（芥川龙之介，高慧勤译 1985/2012：352）”从这句话来看《大川之水》分明就是通过大川指代故乡。“唯有流经平原的大川之水……糅杂着混浊与温暖的黄色（芥川龙之介，高慧勤译 1985/2012：352）”，“温暖”一词也暗示着，大川不只是物理上的河流，更是芥川心里的河流，这河流蕴含着如同故乡的力量，使“我”感到温暖。

于大川端，“我”曾见过绿水之滨的洋槐、凋落的白花，感受过初夏和风的吹拂，亦曾听闻群鸟的啼叫，文中五感描写的运用无限拉近了芥川与大川的距离；与此同时，见证了因资本主义进程所导致的居住地变迁，经历大川原貌的消逝所带来的内心痛苦与挣扎，愈发让芥川希望找到属于自己的精神家园，缘此大川更是成为了芥川的精神支撑和情感慰藉。

3.2 作为“传统的消逝”

芥川在结尾处写道：“倘有人问我‘东京’的气味是什么，我会毫不犹豫地说，是大川之水的气味。那不独是水的气味，还有大川的水色、大川的水声，也无疑是我所钟爱的东京的色彩，东京的声音。”（芥川龙之介，高慧勤译，985/2012：354）那么这“气味、水色和水声”究竟是怎样的呢？徐建文等（2015：26）给出了答案：无非是经历资本原始积累阶段后留下的浊气和往来汽船鸣响的笛声罢了。

> 尤其是，听水声最有情味的地方，恐怕莫过于在渡船上了。倘若我没有记错，从吾妻桥到新大桥之间，原有五个渡口。其中，驹形、富士见和安宅三个渡口，不知何时，已相继荒废了。如今只剩下从一桥到浜町、御藏桥到须贺町这两个渡口还同往昔一样，保留了下来。同我儿时相比，河流业已改道，原先芦荻繁茂的点点沙洲，已消失殆尽，不留一点踪迹（芥川龙之介，高慧勤译，1985/2012：353）。

从这一段落来看，大川原始的面貌正逐渐被现代文明改变，往日各具特色的渡口相继废弃，这些传统事物的消逝引发了“我”心中的怀念，而这种留恋，芥川将其取名为“死”。石割透（1971：10）评论道：“《大川之水》也让龙之介认识到了‘死’这种令人崩溃的阴影，在《大川之水》中感受到了走向毁灭的美，龙之介也预感到了自身的‘死’。从中也能看出日本传统“物哀”美学的影子。

4.《北方的河》与《大川之水》中河流意象的比较

4.1 共同点

通过以上考察可以发现,张承志与芥川龙之介二位作者笔下的河流都有着“故乡”的含义,他们也均以河流为倾诉对象,掺杂了自己的主观感情和审美意识,表达着自己的感受和情感,这其中二者共通的是对于河流的喜爱之情。

《北方的河》中河流象征的父亲、英雄等形象都是张承志主观情感里对这五条北方河流的个性审美,毕竟以黄河为首的北方大河在华夏民族绵延的历史长河中占据了重要地位,也是整个国家的文化渊源。当现实生活中的种种不满与碰壁致使“我”感到忐忑不安时,五条大河就仿佛永恒不变的乡土,充当了“我”的精神寓所,使“我”漂泊不定的精神世界终于找到了可以安稳栖息的地方。

《大川之水》里的“我”生长于大川一端,“我”的生命于此处挥洒过,大川便与“我”的生命切身相关,因此“我”对大川滋生了深厚又浓烈的情感;作品中提到的所有往日景象无一不是“我”烂熟于心的,大川成为了故乡的一个组成部分的同时也是故乡在“我”心中的具象表征,念及大川即为思乡,见到大川便是归乡,大川让“我”感到舒畅又亲切。

4.2 不同点

与《大川之水》相比,《北方的河》中的河流意象显然更加丰富多样且积极向上。

张承志作为中国人,精神上、骨子里本就深深烙印着的中国人的传统观念,如“黄河是中华民族的象征”“母亲河”等,因而即使张承志并未切实生活在河流边也可以凭借实地考察的经历或者追忆、再结合自身对河流个性化的审美来道出北方五条大河不尽相同的意象代表。张承志将河流比作父亲,同时也是漂泊游子寻根的信念,是追逐挑战的目标,更是中国人的精神图腾,故而他笔下的五条大河意象蕴含着“父亲”、“英雄”、“理想”、“故乡”四个正面积极的形象。张承志眼中的大河就是一种勇往直前、奔腾不息的民族文化和人格力量的象征(杨朴 2005:165),由此看出张承志对人生的探索不仅仅局限于现实的人生选择,而是有着深广的精神内容[⑥](杨朴 2005:164),其写作视角相当宏大。陈思和(1999:280)也如此评价:

> 在《北方的河》中,主人公“他”的心灵中充满了躁动和震颤,他以现代人的信念向世界发出生命自由前行的呐喊,在象征民族文化传统的大河的奔涌中获得力量,而大河在他那一往无前的精神追求的映衬下,也体现出了更加深厚广阔的内涵。

或许受限于体裁篇幅和描写的河流数量,《大川之水》文中的大川意象仅有

"故乡"和"传统的消逝"两种含义。芥川龙之介在大川旁长大，真真切切受过大川的抚育，见证过没有被日本近代化进程改变的、美好尚存的大川，但东京作为日本政治、经济、文化、交通等众多领域的枢纽中心，最终噪声和烟尘还是打破了往昔美好岁月的宁静和诗意。"那银灰色的雾霭，绿油油的河水，隐隐然有如一声长叹的汽笛声，以及运煤船上茶褐色的三角帆——一切的一切，都会引起不绝如缕的哀愁（芥川龙之介 高慧勤译 1985/2012：352）"这句话暗示着在当时的大川，工业化正在进行。芥川龙之介把大川当成缅怀过去风土人情的情感纽带，同时大川也是芥川的精神家园。通过刻画大川附近传统景观的消失，芥川表达了对精神原乡丧失的伤感，这也正是《大川之水》中的大川意象带有消极情感色彩的原因。

5. 异同产生的原因

5.1 历史背景

5.1.1 个人经历

芥川龙之介出生后 7 个月左右，母亲出现精神异常，因此被寄养在位于东京市本所区小泉町母亲的娘家芥川家。11 岁时母亲去世。次年父亲和母亲的妹妹再婚。之后芥川龙之介正式成为舅父芥川道章的养子，以芥川姓自居。芥川龙之介自幼身体虚弱多病，且因寄人篱下致使他一生都自卑敏感（孙立春 2018：02），这样的身世命运亦奠定了芥川后来忧郁的文学特色。唯有幼时流经东京都的大川——隅田川一直默默陪伴他长大。眼看着熟悉的景象逐渐被改造，感受着精神家园被摧毁的失落遗憾，芥川写下这篇《大川之水》。

5.1.2 国内背景

两位作者在写作之时都面临着国内一个重要的历史转折时期。

中国 1978 年正式实施改革开放政策。当时的中国人民普遍因推行全新的经济体制而感到惴惴不安。但是张承志不同，张承志在《老桥·后记》中明确自己的创作原则就是"为人民"，他说："我是他们的儿子，现在轮到我去攀登这长长的上坡，再苦再累我也能忍受，因为我脚踏着母亲的人生。"（张承志 2015：261）因此他写下《北方的河》，作品中"他"遇到的种种挫折都象征着新中国成立以来经历过的失败，而大河用自己的方式教会了"他"要像个英雄一样顶天立地、要执著追求理想，张承志意在用积极向上的意象引导普通群众要坚韧勇敢、迎难而上。

1868 年日本通过明治维新走上近代化道路，但因交通条件落后导致日本近代化严重迟缓。为加快近代化进程，举国上下的交通体系改造就此拉开帷幕。根据岡島建（2012：58）可以得知，日本早于明治 10 年代开始就以国家直辖河川为对象进行重点施工，明治 29 年（1896 年）制定的《河川法》更是促使水运航路设施得以完善精进。在全国性的城市文明发展过程中，流经东京城区的大川难以维持原有的面貌，富有人情味的人力船消失不见，取而代之的是工业化造船的身影。身处东京这样的中心都市，面对原始古朴的自然风景逐渐远离和日渐被破坏侵蚀的故土，对于这些经人为改造后一反既往的环境变化，芥川龙之介自然无力抵抗，只能用自己的方式把心灵的故乡留下来，从而写下这篇《大川之水》。

5.2 地理环境

河流孕育了文明，时至今日河流依旧是人类生存不可或缺的基础。

中国地势西高东低，呈阶梯状分布，这个特殊的地形地势决定了中国主要江河水系自西向东入海的总体走势。加上中国面积广大，大江大河数量多，人类沿河而居，华夏文明即起源大河流域，其中又以黄河、长江流域为首。因气候适宜、土地肥沃，中国的种植业最早就起源于此。可以说黄河、长江哺育了一代华夏儿女，因此河流对于中华文化有着巨大影响，中华儿女对河流也有着特殊的情感。《北方的河》中就以中国北方的五条大河为描写对象，黄河是严父，威严如山又保护着自己的孩子；湟水是慈父，温柔平静；额尔齐斯河是故乡，让人感到安定；永定河永不屈服于孩童的百般“折磨”；黑龙江则是个即将苏醒的战士。五条大河带给人不同的心灵感受，更让人感受到河流文化的多彩。

由于日本呈狭长的南北走向，由分散的岛屿组成，陆地面积狭小，地形以山地丘陵为主，起伏较大，因此日本国内的河流都呈现出短小湍流之势。日本虽然拥有广袤的海岸线，却不是以海洋文明发家，其诞生伊始和古中国一样，以种植水稻为生，但河流土地资源不足，因此日本并不适宜发展农业。而农业发展不良也是日本明治维新发生的间接原因之一，日本需要将不适宜日本国情发展的第一产业农业转变为第二产业工业。从这一点来看，也许可以说河流并没有给日本带来那么大的利益，由此不难想见日本人对于河流并没有如同中国人一般复杂特殊的情感。芥川龙之介作品里的大川也只是其个体的记忆留存。大川因为芥川深情的眷恋而被记录下来，这是一种思乡情怀的抒发，也是对美好事物消逝的感叹。

5.3 文化思潮

受改革开放政策影响，20 世纪 80 年代，在思想方面，国内主流意识形态放松了对人们精神层面的控制，西方价值观也不断涌入。在这个旧价值观被推倒、新价值观还尚未成熟的新时期，许多人思想都处于迷茫状态。王宝证（2004:74）这样总结：“张承志思想转折的时期正是中国社会的变革转型时期，既有的价值体系在世俗社会失去了权威性，新的价值体系尚无力构建，每个人都不得不在精神的荒原上构筑自己的安身立命之所。”经受了一次又一次的文化浩劫，且处在社会主义计划经济体制向社会主义的市场经济体制转型的状况下，知识分子逐渐不再是社会文化的中心，这使得中国知识分子普遍产生了心理失衡感。正是在这种背景下，张承志创作出《北方的河》，将中华民族精神与大自然的宽广博大融合起来，以此鼓励处于失落中的人们。

20世纪初期，西方先进思潮通过明治维新传入国内，与日本的传统理念共存。明治维新后，推行吸收西方思想和文化的文明开化对文学也产生了很大影响。20世纪初受左拉、莫泊桑等人影响，自然主义文学开始兴起，与之相对的以夏目漱石、森鸥外为首的反自然主义文学运动也随之开展。芥川龙之介深受夏目漱石影响成为了新现实主义派的代表作家，创作上既有浪漫主义特点，又有现实主义倾向。正如《大川之水》，芥川用优美的语言描绘出大川曾经的美好，但是美好的大川也逃不过逐渐荒芜的现实命运，带着日本人传统审美物哀的一点意味。

5.4 中日文化传统

除去早年经历及个人性格等原因，张承志与芥川龙之介还应当受到了中日两国不同文化传统的熏陶。

前文提及，《北方的河》是带有目的性的创作，讲述了一个大龄知青“他”以现实或回忆或梦游的形式分别与北方的黄河、湟水、黑龙江、永定河、额尔齐斯河相遇，在人生迷茫浮沉时，大河赐予“他”勇气、赋予他理想，使“他”最终得以从现实的苦难中脱离，进而迸发出更多人生正能量的故事。张承志为了帮助和激励处于精神困境中无法自拔的人民，在作品中展示出了积极向上的大河意象以及写作的宏大视角。《北方的河》整体呈现出雄浑壮阔、热烈激昂的语言风格，以作品中描写黄河的片段为例：

> 沉入陕北高原侧后的夕阳先点燃了一条长云，红霞又撒向河谷。整条黄河都变红啦，它烧起来啦。他想，没准这是在为我而燃烧。铜红色的黄河浪头现在是线条鲜明的，沉重地卷起来，又卷起来。他觉得眼睛被这一派红色的火焰灼痛了。他想起了梵高的《星夜》，以前他一直对那种画不屑一顾，而现在他懂了。在梵高的眼睛里，星空像旋转翻腾的江河；而在他年轻的眼睛里，黄河像北方大地燃烧的烈火（张承志 2018：25）。

何清（1997：86）认为从地缘的角度讲，黄河在中华民族的文明史中占有特殊的位置，以它为中心的北方的河孕育的文化是一种阳刚文化，力量、粗犷、豪放、质朴、坚忍是其特征，这种文化恰恰凸现了父亲权威，这也许是张承志精神认同的文化底蕴。

而《大川之水》则是芥川借助大川意象抒发了对故乡及传统文明的眷恋之情。其表面上是关于大川往昔美好景象的个人缅怀追忆，但实际上更是芥川在时代更迭带来的冲击下表达了对于被现代文明摧毁的精神原乡的留恋以及传统逝去的不舍，用大川周边景物的改变揭示了传统文化的艰难处境，通篇萦绕着哀婉的氛围。物哀美学一直是日本的文化底蕴，20世纪以后资本主义车轮滚滚向前，工业革命火热进行，为“富国强兵”“殖产兴业”“文明开化”，日本也迎合了这股历史潮流，芥川对此历史选择表达出了自己的怀疑。

> 而大川上游，那儿根本分不出潮涨潮落，翡翠般的水色又嫌太轻太淡。唯有流经平原的大川之水，驶进了淡水和潮水，在清冷的绿色中，杂糅着混浊与温暖的黄色，似乎有种通人性的亲切感和人情味。就这个意义上而言，大川处处显得有情有义，令人眷恋不已。尤其流经的多为赭红黏土的关东平原，又静静地穿过“东京”这座大都会，所以，尽管水色浑浊，波纹迭起，像个难伺候、爱抱怨的犹太老头，可是毕竟予人以庄重沉稳、亲切舒适的感觉。况且，虽说同样是流经城市或许因为大川同神秘之极的“大海”不断流通的缘故吧，所以，绝没有用以沟通河流的人工渠水那么暗淡，那么昏沉（芥川龙之介，高慧勤译1985/2012：353）。

物哀在此被芥川衍生出了新的历史意蕴，不仅仅是“物之哀”，此时更多的是“事物之哀”——新时代与老传统的碰撞、工业革命对环境的破坏、污染对人体的危害等等，芥川龙之介也由此走上了嘲讽与批判现实社会的文学道路。

从两部作品的主旨来看，也都切合黎跃进（2009）的观点：中国文学的主题着重于明治载道，通常具有社会教化的功能，文学风格方面追求雄浑壮阔的美学；日本文学主题则以人情味为首，不将个人情感与社会责任相联系，文学风格上变现出纤细小巧的审美意识。

结语

《北方的河》中的五条大河意象包含父亲、英雄、理想和故乡四个不同含义，《大川之水》中大川的意象为故乡和传统的消逝，对比来看，《北方的河》中的河流意象比起《大川之水》的更丰富、更正面，视角也更宏大，二者也有相同的河流意象即“故乡”。

河流作为文明发祥的要素，作为哺育民族的生命源泉，关联着人们的文化基因，参与了民族发展和个人成长历程，人们对于河流有着集体文化记忆和个人美好怀想，河流因此在人们意识里成为故乡的代名词。而河流意象的不同则是各种因素作用的结果，作者的个人经历、时代背景、生存的地理环境、受到的文化思潮以及中日两国不同文化传统的陶冶，都影响着作者本身的主观情感和审美意识。

意象中存在相同寓意缘于张承志和芥川龙之介二人都将河流当作是能够给自己带来慰藉的心灵家园，而其产生不同含义则是因为张承志善于从积极的一面去看待事物，也乐意鼓励当时的人们走出精神困境，更认定自己应该“为人民”，因此赋予了大河正面积极的意义；而芥川以悲观的视角去面对现实，充满着对人生的怅惘，认为自身无法与资本主义抗衡，因而作品的意象和整体氛围都比较消极。

参考文献

[1] 石割透 . 龍之介の下町意識の変質について :「大川の水」から「羅生門」まで [J]. 日本文学，1971（9）: 10–23.
[2] 岡島建 . 明治期の河川交通に関する政策歴史地理学的考察 [J]. 国士館人文学，2012（2）: 51–65.
[3] 武永尚子 . 張承志が求めたもの [J]. 二本松学舎大学東アジア学術研究所集刊，2005（35）: 198–228.
[4] 白晓霞 . 重渡英雄之河——重读张承志《北方的河》[J]. 名作欣赏，2015（14）: 45–46.
[5] 陈思和主编 . 中国当代文学史教程 [M]. 上海：复旦大学出版社，1999.
[6] 何清 . 张承志：残月下的孤独 [M]. 济南：山东文艺出版社，1997.
[7] 黎跃进 . 中日文学特质宏观比较 [J]. 日本研究，2009（01）: 78–81.
[8] 孙立春 . 芥川龙之介论稿 [M]. 杭州：浙江工商大学出版社，2018.
[9] 王宝证 . 漂泊与皈依——试论张承志小说的文化寻根之旅 [J]. 淮南职业技术学院学报，2004（2）: 72–74.
[10] 徐建文，孔月 . 芥川龙之介文学中的自然环境——《大川之水》等浅析 [J]. 外语教育研究，2015（2）: 25–29.
[11] 杨朴主编 . 中国现当代文学史下册 [M]. 北京：人民教育出版社，2005.
[12] 张承志 . 老桥 · 奔驰的美神 [M]. 上海：上海文艺出版社，2015.
[13] 张承志 . 北方的河 [M]. 西宁：青海人民出版社，2018.
[14] 朱自清等 . 世界最美的散文大全集 [M]. 北京：外文出版社 2012.

四、文本解读与意义阐释

依存、冲突、孤独
——《人鼠之间》的生态批评解读

李亚澜[1] 梁卿[2]

摘　要： 约翰·斯坦贝克的作品《人鼠之间》叙说了主人公乔治和同伴莱尼为实现自己的“土地梦”而努力，最后却不得不面对梦想破灭的故事。小说在展现残酷的社会现实同时，还体现了人对周围的人和自然环境的感受。鲁枢元的生态批评理论将生态学分为三个方面：自然生态学、社会生态学和精神生态学。本文从这三个方面分析小说《人鼠之间》，不仅能展示该小说中体现的人与自然相互依存和大自然抚慰人类心灵的自然生态，而且对当代社会中存在的社会不公和人际冲突的社会生态以及人的精神失衡和对理想现实世界期盼的精神生态具有启示作用。

关键词：《人鼠之间》；自然生态；社会生态；精神生态

1. 引言

美国作家约翰·斯坦贝克（1902—1968）被誉为“美国文学巨匠”，他以美国的土地和人民生活为题材，为劳苦群众发声，展现生活在社会底层的群众虽然身处残酷的世界却始终怀揣梦想的精神，旨在展现真实的劳苦群众的生活图景。斯坦贝克的小说所折射的贫困失业、劳资冲突、流动工人问题和美国梦的幻灭等社会问题就是大萧条文化病症（Catherine 2004），而小说《人鼠之间》就是这样一部作品。目前学界主要从戏剧特点、伤残书写以及文化隐喻的角度切入这部小说，《人鼠之间》的文章结构、人物对白和舞台技巧的运用都体现出了斯坦贝克将戏剧和小说相结合的意图（郑燕虹 2001：68）；作者旨在体现美国梦给人们的身体和精神带来的创伤和痛苦（杨金才 2009：104）；而通过对小说主人公的破碎的土地梦的描写，斯坦贝克意在批判现代美国资本主义经济制度和不平等的社会权力关系（方杰 2001），但是，已有的研究针对小说中展现的自然生态、社会生态以及精神生态的关注较少。

我国文艺学科带头人鲁枢元教授将生态学分为三个部分：以相对独立的自然界为研究对象的自然生态学，以人类政治、经济生活等为研究对象的社会生态学，和以人的内在情感生活和精神生活为研究对象的精神生态学（鲁枢元 2000：146）。基

[1] 2017 级英语专业学生；邮箱：1241861087@qq.com

[2] 副教授、硕士生导师，研究方向：外国语言文学与文化研究、儿童文学研究

于生态批评，本文将从自然生态、社会生态和精神生态三个方面分析《人鼠之间》中彰显的人依赖于自然，以及自然可以抚慰人的心灵的自然生态，20 世纪资本主义社会中存在的社会不公和人际冲突的社会生态以及人的精神失衡和对理想现实社会的期盼的精神生态，为《人鼠之间》的研究提供新视角。

2.《人鼠之间》作品简介及生态批评

小说《人鼠之间》讲述了主人公乔治和同伴莱尼为了实现自己的“土地梦”来到农场努力奋斗的故事，他们的梦想经历了从萌芽到发展再到近在咫尺最后破灭四个阶段。乔治身材矮小但是头脑灵活，富有同情心，多次帮助莱尼脱离危机；而头脑简单、四肢发达的莱尼则是乔治的好帮手。在理想状态下，乔治和莱尼的绝佳搭配会使实现“土地梦”不再是奢望，但是造化弄人，内心稚嫩的莱尼却拥有惊人的爆发力，这无疑成为他们实现梦想道路上最大的障碍，而他们的经历仅仅是经济大萧条下许多农场工人的缩影。身处于农场这个冰冷的小社会以及经济大萧条的大环境下，在脱离了大自然关怀的情况下，农场工人的“土地梦”成为幻影，拥有知心好友也成为奢求，最终梦想破灭，孤独以及不公平的社会经济制度带来精神和身体上的双重折磨。

生态批评最早可追溯到 20 世纪六十年代 Rachel Carson 的作品《寂静的春天》，在本书中，她描写了人类使用化学药剂最后自食其果的故事，将人类如何认识自然和如何与自然相处这一现实摆在公众面前。（Rachel 2002：245）早在 1974 年，美国学者 Meeker（1974：3）就在《生存的悲剧：文学的生态学研究》中使用了“literary ecology”这项术语，他倡导生态批评应当关注文学对人类行为和生态环境之间关系的影响，并从生态学的角度分析以往的经典文学作品，如莎士比亚时期的文学作品等。

1978 年，William Rueckert 第一次公开提出了生态批评（ecocriticism）此项专有名词，Rueckert 指出生态批评是将生态学和生态概念运用于文学研究之中，这一研究包括文学和物质世界之间所有的可能性（Glotfelty & Fromm 1996：20），这一术语也沿用至今。1992 年“文学与环境研究会”（ASLE）创立，该研究会关注有关人类和自然关系的文学，定期开展交流会，详述最新的生态批评理论成果。作为“文学与环境研究会”创始人之一的 Cheryll Glotfelty 指出生态批评就是研究文学和自然环境之间的关系（Glotfelty & Fromm 1996：18）。

从 20 世纪人类社会发展趋势来看，地球生态系统中的精神圈内发生的事情越来越让人忧虑，在这个物质越来越富足、物欲越来越强烈、人的物化进程越来越迅速的年头，精神问题反而越来越显突出来。而且更多的人开始把精神问题与现代社会的症结、与地球生态密切联系起来（鲁枢元 2000：128）。长久以来，人类中心主义的思想占据了统治地位，特别是工业革命以来，机械化和工业化的发展，使得人们用更加暴力、更加激进的方式对待大自然，人们树立了一种人定胜天的理念，认为人类主宰着世界，于是毫无节制地开发利用自然资源，排放污染物，最后遭到大自然的痛击，自食其果。生态批评家们强烈反对人类中心说，认为大自然对人类的忍耐已到达极限，人类毫无节制的行为已经威胁到最基本的生存系统，人类面临着灾难性的生态危机。

鲁枢元（2019：10）认为生态危机不但存在于人与自然的关系之中，还存在于人与人交往的关系之中，还存在于人与自己的内在属性的守护中。按照鲁枢元的生态批评“三分法”理论，这三者分别对应自然生态、社会生态和精神生态。

本文将从这三个方面分析《人鼠之间》中反映的人应和自然和谐共处的自然生态理念、当代资本主义社会中存在的社会不公平和人际关系冷漠的社会现象以及人的精神失衡现象。精神生态学研究作为精神性存在主体（主要是人）与其生存的环境（包括自然环境、社会环境、文化环境）之间相互关系的学科，它一方面关涉精神主体的健康成长，一方面关涉一个生态系统在精神变量协调下的平衡、稳定和演进（鲁枢元 2000：148）。也就是说，精神生态受到自然生态和社会生态中某些因素的影响，因此本文将精神生态放在最后论述。

3. 自然生态观——自然之美和人与自然相互依存

19 世纪晚期美国大规模推行“西进”政策，鼓励民众前往美国中西部地区开垦荒地、砍伐森林，资源在被索取的同时也在被浪费，自然景观在消失，随之而来的是大规模的城市化和工业化，人类世界日益吞噬着自然界，城市生活和自然界的界限越来越模糊。城市日常生活和工业经济发展造成的“三废”激增，城市生态环境急转直下，黑云笼罩在城市上方，由此带来的恶劣后果就是 20 世纪 30 年代在美国此起彼伏爆发的沙尘暴，人类以牺牲环境为代价换取短暂的经济高速发展，和谐美好的自然环境成为人们的奢求。首先遭殃的是森林，随着森林一道消失的还有这里原来丰富的野生动物资源（付成双 2009：108）。社会发展越进步，人与大自然的距离就越远；人对大自然的改造水平越高，社会发达的水平就越高，在飞速发达的社会生态内部，人与大自然已经被一步一步剥离开来（鲁枢元 2000：105）。人类世界日益吞噬着自然界，城市生活和自然界的界限越来越模糊。和谐美好的自然环境成为人们的奢求，生活在乌云之下的人们对自己的生存环境感到忧心忡忡，内心躁动不安。

在文章的开头和结尾部分，小说叙述者描绘了优美宁静的自然环境，在到达索莱达农场的前一天晚上，乔治故意放慢了脚步，对莱尼说道：“今晚我就要这么躺在这儿看天。我喜欢。”（斯坦贝克 2018：11）乔治和莱尼躺在河边的树林里，身下是柔软的树叶，一睁眼就是黑暗寂静的天空，时不时传来鸟叫声，小虫子在草丛里悉窣作响，对漂泊无依的乔治和莱尼来说大自然如同温暖的家。自然万物可以抚慰心灵也犹如天然的庇护所，以小兔子、小狗和老鼠为代表的自然界却能抚慰粗犷的莱尼，在他心中是一个温柔的存在。每当乔治在描述他们的"土地梦"时，智力低下的莱尼总是想象自己给小兔子喂食，抚摸它们的皮毛，只要想起小动物，莱尼就会变得冷静听话；莱尼和乔治以外的人无法沟通，却能在抚摸小动物时嘴里念念有词。"土地梦"的实现离不开大自然的馈赠，为了实现自给自足的生活，乔治和莱尼准备在农场里养鸡，用鸡蛋换钱，在门口的园子里种菜，从山上获得柴火等等，所有的生活物资都来自于无私的大自然。

人与自然和谐相处的大自然与冲突不断的农场生活呈现出天壤之别。故事中对自然生态环境进行了大量的描绘，彰显了一种诗意的情境。农场之外是和谐宁静的大自然"积在树底下的落叶厚而松脆，一只小蜥蜴跑过都能引起咔嚓咔嚓的回响，野兔会在傍晚时钻出灌木丛，趴到河岸上乘凉"（斯坦贝克 2018：4）。文中对自然环境进行了大量描写，给读者营造了一个诗意的氛围，让读者感受到自然的美好，沉浸在美好大自然中的乔治和莱尼感到无比放松。而在农场里，"工人宿舍是座长长的方楼，内墙是白色的，地板没上过漆。三面墙上都装上了狭小的方窗"（斯坦贝克 2018：21）。太阳透过窗户照进来处处都洋溢着灰尘，时不时有苍蝇在房间里进进出出，农场里的一切都和安宁静谧的大自然形成了鲜明的对比。农场处处充斥着语言暴力和肢体暴力，使人感到局促，在这样的环境下，浮躁、暴力和冲突笼罩着每一个人。

乔治"整个人从头到脚特征鲜明：矮小，双手结实，手臂修长，鼻梁细窄"（斯坦贝克 2018：17）而莱尼"高大魁梧，五官不明显，大眼睛，眼神黯淡，肩膀宽阔但松垮下垂，他脚步沉重，拖着脚在走，乍看之下很像熊在走路"（斯坦贝克 2018：18）。乔治和莱尼的形象分别对应了大自然中的老鼠和熊的形象，无论是位于生物链底端的老鼠还是位于生物链顶端的熊，他们都是自然生物界中不可或缺的，自然界中的动物和人都依赖大自然也依赖于彼此存活，从人物角色定位也能看出作者强调人类依存于大自然的自然生态观。

莱尼和乔治的"土地梦"贯穿全文，幻想中的生活依赖于大自然，无论是文中对自然景观的描写还是讲述大自然对莱尼和乔治的特殊意义，都体现了故事的讲述者对大自然的热爱。文中对动物和植物的描写传达出要维护生物多样性的内涵，对"土地梦"的描写体现了人在大自然的庇护下过上安居乐业的生活。故事主旨在于鼓励读者去重新审视我们身边的大自然对我们的庇护和包容，感受大自然对人类心灵的安抚作用。

4. 社会生态——冲突和无奈并存

一个人在社会中的存在乃至发展，是离不开社会其他个体和群体的支持与帮助的，相应的，其也对其他个体和群体的生存发展做出贡献（鲁枢元 1996：3）。生活在农场中的人，除了莱尼和乔治能真正做到心灵相通，互相帮助之外，其他人更像是一群生活在一起的陌生人，毫无亲情和友情可言。卡鲁克斯、农场主、柯利、柯利的老婆以及在一起朝夕工作和生活的工人之间都像是一个个独立的个体，为了个人的利益不得不聚集在农场里。通过描写农场中失衡的社会关系，斯坦贝克试图引起人们对营造良好社会环境的重视，同时莱尼和乔治单纯而坚固的友谊也体现了斯坦贝克对和睦友好的人际关系的期盼。

我们在寻求与自然和谐相处的同时也在寻求和周围的人和谐相处，每一个人都和社会中的其他人紧密相连，人和人之间彼此互相影响，而每一个家庭都是组成社会的细胞，但在农场这一个特定的小社会里，却缺乏有利于这种家庭细胞生存的土壤，农场大体上是一个单性的世界（刘国枝、胡雪飞 2004：449）。男性在农场中占据了绝对主导的地位，作为小说中出现的唯一的女性——柯利的老婆，她没有自己的名字，总是被用"柯利的老婆"来代称，农场的男人们会对她走路的姿态、外表装扮评头论足，称她为婊子，工人们认为像这样满是男人的农场"不是姑娘家该待的地方，特别是像她这样的姑娘。"（斯坦贝克 2018：51）小说中的女性总是被视为工人们的发泄工具，淋漓尽致地体现女性和男性在地位上的差别。

除了莱尼和乔治以外，农场中的其他人都有矛盾。卡鲁克斯、柯利、柯利的老婆、农场主以及在一起朝夕工作和生活的工人之间都是独立的个体，因为各自的利益被迫聚集在一起。农场里的每个工人都梦想能握有自己的土地使用权，但是佣金微薄的他们从不团结起来实现梦想，反而在得到佣金之后一起到城里挥霍一空；工人们总是在私下里讽刺农场主的儿子——柯利性无能，戏谑他作为农场主的儿子的身份。而柯利无时无刻不在用自己的拳击手套彰显自己的能力来挑衅他人，他试图通过自己的拳击能力来展现自己作为农场主人的权力，证明自己的实力。此外，种族歧视也被残酷地刻画出来。农场的工人称黑人卡鲁克斯为"黑鬼"，工人和老板可以随意向他发火，工人们以卡鲁克斯有浓重的体味为由不愿和他住在一起。在这种环境下，卡鲁克斯总是独来独往，对周围的人持敌视态度。农场的工人已经不相信友谊的存在，所以农场主在见到乔治和莱尼这一组合之后立马进行了质疑。

简单而美好的友谊传达出作者对美好的人际关系的期盼。乔治和莱尼的友情就像是黑暗中的一束光，打破了寂静的黑暗，他们的到来在农场掀起了一场风波。农场中的其他人都和彼此有矛盾，不同于其他人，乔治自幼结识了莱尼后便再也没有抛弃过他，乔治总会帮莱尼善后。只要莱尼做出一个动作，变换一个表情，乔治总能知道他的心理动机和行踪，也能从他的眼神中看出求助信号。在那个尔虞我诈的社会中他们选择坚定地相信彼此，他们之间已经超越了简单的利益捆绑，他们因共同的梦想连接在一起，达到了心灵上的相通。

文学批评最根本的重大任务在于显著地揭示其批评对象强烈的批判性、深切的反思性及启发性（刘文良 2007：64）。故事讲述者在讲述农场中人与人的冲突的同时，也引导着读者再进行反思。故事中的男人和女人，白人和黑人等都像生活在大自然中的不同物种，每一种生物的存在对自然界来说都是必不可少的。在人类文明的社会中，人与人彼此之间是紧密联系的，人的发展有赖于社会中他人的帮助，而整个社会的发展离不开每一个人的发展，社会在发展的同时也造福每个人。

5. 精神生态——孤独和梦想的破灭

精神生态在人类世界中的位置，就像爱情在男女世界中的位置一样重要。就现实生活中的人的存在而言，人既是一种生物性的存在，又是一种社会性的存在，此外更可谓是一种精神性的存在（鲁枢元 2000：148）。生态，社会和精神三者浑然一体，相辅相成，不可分割。《人鼠之间》艺术地再现了处于社会底层的广大产业工人的命运，将其所遭受的肉体和精神上的痛苦表现得淋漓尽致（杨金才 2009：110）。美国经济大萧条给美国经济社会发展带来了致命打击，残酷的现实和孤独笼罩着每个人。理想的精神生态的营造离不开良好的自然生态和社会生态，但是，农场的嘈杂、混乱，和自由自在、宁静和谐的自然环境背道而驰，喧闹嘈杂的环境使人的内心变得躁动不安，人与人之间冲突不断。嘈杂喧闹的自然生态和人际矛盾、经济大萧条的社会生态使人们的精神生态受到负面影响。

远离宁静的大自然，农场生活让人们的内心变得躁动不安，梦想无法落地生根。年轻貌美的柯利的老婆一直梦想着去好莱坞成为大明星，尽管身处农场之中，她依然把自己打扮得光鲜亮丽试图竭尽全力维护自己破灭的梦想，却被工人们称为婊子。为了避嫌没人愿意和她说话，使其心中的郁闷难以抒发；痴头痴脑的莱尼成为她的倾诉者，然而莱尼并不能和她共情，最后还失手杀死了她；柯利作为农场主的儿子，始终生活在父亲的光环下，得不到农场工人的尊重。于是身材矮小的他渴望赢得拳击比赛来证明自己的能力，通过时时挑衅他人来伪装自己，然而在被莱尼捏碎手掌之后，他的拳击梦也灰飞烟灭了；莱尼向往自然生活，因为失去了动物皮毛的抚慰，失手杀死了柯利的老婆，而使他的"土地梦"灰飞烟灭；而乔治在失去了好伙伴的支持和陪伴之后，"土地梦"和老友都离他而去。

失去大自然包容的冷血农场带来恐惧和孤独，谁都会需要一个人在身边，"要是一个人也没有，人会发疯的，孤独会让人生病"（斯坦贝克 2018：80）。冷血的农场失去了大自然的包容，唯一能陪伴在老坎迪身边的老狗，因为老到掉牙不能再为农场创造价值，被农场工人拉出去一枪打死了。从此之后老坎迪便寡言少语，他害怕自己因为不能再为农场创造价值而落得和狗一样的下场，所以在得知乔治和莱尼的计划之后，选择交出自己全部积蓄加入他们，幻想能掌控自己的命运。支离破碎的社会环境使得拥有一个知心好友成为奢望，莱尼死后，乔治就失去了能日夜陪伴在自己身边的伙伴，再也没有人会积极地支持他的梦想了，这对乔治来说是一种心理上的折磨。农场工人对黑人的歧视，让黑人卡鲁克斯将自己“禁锢”在自己的房间，虽然渴望友情但更怕被人歧视，畸形的农场让他不得不“以怨报怨”。

在经济大萧条这一社会大背景的影响下，工人们被农场主压榨，被迫辗转于各个农场，一次又一次地经历着梦想破灭的摧残，慢慢地磨灭了实现梦想的信心，变得自甘堕落。常年辗转于各个农场的乔治和莱尼实现自己的“土地梦”的欲望比任何人都更加强烈，他们时刻提醒自己的梦想，用自己的实际行动实现着自己的梦想，他们懂得和他人合作，用团体的力量实现梦想，可惜最后因为外部因素梦想最终破灭。“就像天堂一样，每个人都想要一块地，没人能真正去天堂，没人真能得到一块地。”（斯坦贝克 2018：73）普通的农场工人有梦想却无法付诸行动，常常在酒吧挥霍一空导致梦想变为幻想，拥有实干精神的乔治和莱尼却因为外力因素功亏一篑。仿佛有一个天然的屏障将农场和农场之外的大自然隔绝开来，在农场之外的大自然里，小动物和人类能够和谐相处，人类能够在这样的环境中得到放松，他们能悠闲地享受自然带来的宁静，人们的精神状态自然而然能够得到放松；然而农场中的生态却恰恰相反，同为一个物种的人类却无法做到和谐相处，在这里只有日复一日的劳作，人们根本无暇享受生活的乐趣，每个人都为了自己的眼前利益算计着，人们的精神状态自然是孤独又紧张的。

小说以《人鼠之间》命名就已经暗含了结局，小说的书名来源于英国诗人罗伯特·彭斯的诗歌《致小鼠》，诗中有一句诗这样写道：“人也罢，鼠也罢，最如意的安排也不免常出意外”（王佐良，金立群 2016：455）。人和鼠一样都是自然界中的一个渺小的存在，远离了自然环境，失去了大自然庇护的人们身处嘈杂冷漠的农场，无论是长远的梦想还是短期的心灵陪伴都难以实现。人类应该珍惜大自然带给我们的宁静和谐之感，用心体会大自然对我们心灵的沉淀，关注自己的心理健康。思考自己和周围人的关系，营造互助和谐的集体关系。

自人类社会跨入现代社会伊始，随着现代工业化的大力推进，精神的绝望、精神思想的衰微越来越引人关注，不少人对此表示惆怅和忧虑，表示痛心甚至愤怒（鲁枢元 2000：149）。农场中的人尽管生活在一起，但在心灵层面却很疏远。处于这样一个利益至上，冲突不断的环境中，人们无暇关注自己的心理健康，人的精神世界都被孤独、恐惧填满。

6. 结语

《人鼠之间》在讲述看似平淡的农场工人生活的同时，也暗含了作者对自然生态、精神生态和社会生态的反思，至今仍有启示意义。斯坦贝克在作品中传达了美好大自然对人类心灵的抚慰作用和对人类的庇护作用，抨击了资本主义社会对人们的梦想以及精神的摧残。

自然生态、社会生态和精神生态三者缺一不可，本文从这三个方面详细分析了小说中体现的自然生态观、社会生态观和精神生态观。本文倡导人们应该重视大自然对人类心灵的抚慰作用，用心体会大自然对人类的包容。重视每个人对创造理想社会的贡献，而更关键的是我们要关注自然生态和社会生态对精神生态带来的影响，寻觅和谐宁谧的自然生态和互帮互助的社会生态，进而助力自我精神生态的良好发展。

参考文献

[1] Calloway，C. Fiction：The 1930s to the 1960s [J]. *American Literary Scholarship*，2004（1）：335–361.

[2] Glotfelty，C. & H. Fromm. The Ecocriticism Reader-Landmarks in Literary Ecology [M]. Athens：The University of Georgia Press，1996.

[3] Meeker，W. *The Comedy of Survival: Studies in Literary Ecology* [M]. New York：Charles Scribner's Sons，1974.

[4] Rachel，C. Silent Spring [M]. New York：Houghton Mifflim Harcourt，2002.

[5] 付成双 . 从环境史的角度重新审视美国西部开发 [J]. 史学月刊，2009（2）：107–118.

[6] 方杰 . 在梦的阐释中展示权力关系——论《人鼠之间》的文化寓意和社会效用 [J]. 外国文学评论，2001（4）：63–70.

[7] 鲁枢元 . 文学艺术与生态学时代——兼谈“地球精神圈”[J]. 学术月刊，1996（5）：3–11.

[8] 鲁枢元 . 生态文艺学 [M]. 陕西：陕西人民出版社，2000.

[9] 鲁枢元 . 生态哲学：引导人与自然和谐共处的世界观 [J]. 鄱阳湖学刊，2019（1）：5–11+2+123.

[10] 刘国枝，胡雪飞 . 苏里泰：一场孤独的游戏——对《人鼠之间》主题的三重解读 [J]. 湖北大学学报（哲学社会科学版），2004（4）：448–451.

[11] 刘文良 . 试论生态批评的原则 [J]. 当代文坛，2007（2）：62–64.

[12]〔美〕斯坦贝克 . 人鼠之间 [M]. 李天奇，译 . 北京：人民文学出版社，2018.

[13] 王佐良，金立群 . 英国诗歌选集（珍藏版）上册 [M]. 上海：上海译文出版社，2016.

[14] 杨金才 . 从“加利福尼亚三部曲”看斯坦贝克的伤残书写 [J]. 外国文学评论，2009（4）：04–112.

[15] 郑燕虹 . 试论《人鼠之间》的戏剧特点 [J]. 外国文学，2001（3）：63–68.

直面伤痛，重返家园
——托尼·莫里森小说《家》中主人公的创伤解读

贺灵慧[1]

摘　要： 作为托尼·莫里森所创作的第十部作品，《家》深刻地叙述了20世纪黑人所遭受的创伤经历。受种族歧视、战争以及家庭中爱的缺失的影响，故事中两位黑人兄妹深受创伤的折磨，他们的创伤症状主要表现在“记忆侵扰”、“过度警觉”、“禁闭畏缩”及幻觉。尽管创伤经历极其痛苦，但通过安全的建立、回顾与哀悼、重建与正常生活的联系感三种方式，他们的创伤逐渐得以恢复。通过叙述这两位黑人兄妹的创伤经历，《家》这部作品旨在告诉黑人同胞们：只有直面创伤，重返黑人家园，黑人的创伤才能被治愈。种族歧视下的黑人要认同和弘扬自己的文化，团结同胞，构建自身的身份价值，共同抵抗种族歧视。

关键词： 托尼·莫里森；《家》；创伤批评

1931年出生于美国俄亥俄州的托尼·莫里森是历史上第一位获得诺贝尔文学奖的黑人女作家，在她的创作生涯中，留下了许多经典的作品，如《最蓝的眼睛》、《宠儿》《秀拉》《爱》等。作为一名美国非裔作家，她的作品主要关注美国黑人的生存和文化困境。同时，作为一名女性作家，她又凭借其独特的女性视角及生活经历，将黑人女性寻求自我的历程与重构黑人民族意识的进程紧密相连，形成交互共进的发展趋势（蒋欣欣 2003）。总体上，托尼·莫里森的作品不仅唤起了人们对黑人生存困境的关注，而且为推广黑人文化、改善美国种族歧视以及提高黑人的社会地位做出了巨大的贡献。基于此，研究托尼·莫里森的作品，对改善种族歧视，推动社会公平具有重要意义。

《家》作为托尼·莫里森创作的第十部作品，以男性的视角展开，讲述的是一名从朝鲜战场上归来的黑人士兵拯救受白人医生迫害而导致生命垂危的妹妹回家的故事。目前学界主要从空间批评（胡亚敏 2018）、叙事特征（田俊武、张扬 2016）、创伤批评（庞好龙 2016）等角度对《家》这部作品展开研究。尽管，目前已有不少学者研究了《家》中主人公心理创伤的表现，但较少有学者从创伤的表现、根源以及复原三个角度系统地探究《家》这部作品的创伤书写。基于此原因，本文拟以朱迪斯·赫尔曼的创伤理论为依据，以托尼·莫里森的作品《家》中的主人公弗兰克和茜的创伤经历为研究对象，探究他们受创的表现、根源以及复原的方式，以此探寻《家》

[1]　2017级英语专业学生；邮箱：3323837561@qq.com

的表达主旨，以期丰富对托尼·莫里森《家》这部作品的研究，给同样经受过类似创伤的人群走出创伤提供一些启发。同时，本文也希望通过研究《家》中弗兰克和茜这两位黑人的创伤经历，唤起人们对美国黑人生存困境的关注，推动平等社会的建立和发展。

1.《家》中主人公的创伤表现

创伤对人的影响是深远持久的，受创者的症状和表现也多以各种形式出现。遭遇创伤事件的患者在受创事件发生后通常会产生各种各样反常的情绪，如“极度的恐慌、失去对生活掌控的无助以及面临毁灭的恐惧”等（朱迪斯·赫尔曼 2015：30），做出一些自己也难以控制的举动。然而，因患者的生理激发反应、情绪、认知和记忆都受到了严重的影响，受创患者即使会经常莫名其妙地感受到强烈的情绪，做出一些极其反常的举动，但在事后却会对这些症状毫无记忆。除此，他们还可能会感觉到自己一直处于紧张不安的状态中，但弄不清自己为何会有这种感觉。医学上将这种“个体经历创伤事件后以高警觉、闪回、回避症状为主要表现的精神障碍”称为创伤后应激障碍（秦昊 赵梦西 王伊龙 2021：499）。尽管创伤后应激障碍的症状种类繁多、极其复杂，但通过研究，朱迪斯·赫尔曼（2015：31）认为创伤后应激障碍主要可以归纳为三个类别：“记忆侵扰”、“过度警觉”、“禁闭畏缩”。朱迪斯·赫尔曼归纳的这三大创伤后应激障碍症状在《家》中主人公弗兰克和茜的身上都有所体现，其中因受创经历的不同，弗兰克的症状更为明显。

1.1 记忆侵扰

“记忆侵扰”这一症状主要指受创者在经历创伤事件后会经常不受控制地回忆起受创的伤痛经历（朱迪斯·赫尔曼 2015：31）。一般而言，“记忆侵扰”的症状会以两种方式出现：当受创者清醒时，受创的伤痛记忆会不断地在其脑海中闪过；而当其熟睡时，受创经历又会以梦魇的方式出现在受创者的大脑中（朱迪斯·赫尔曼 2015：33）。对患者而言，创伤经历本就极其痛苦，此种反反复复的“记忆侵扰”则更是让这种痛苦不断地刺激患者的内心，严重阻碍其人生的正常发展。

《家》中的男主人公——弗兰克就深受“记忆侵扰”这一症状的影响，并且，这种影响使得他无法过上正常人的生活。在故事中，幼年的弗兰克在和玩伴一起玩耍时，曾在种马场偷偷看到了黑人被3K党埋葬的场景。对一个当时只有几岁的小孩来说，这无疑是一层挥之不去的阴影。幼年亲眼看到黑人被3K党残忍埋葬的场景让弗兰克深受创伤。在其长大后，关于这段创伤的回忆也不断在其脑海中出现，侵扰着他的生活。尽管长大后的弗兰克虽声称自己已经忘记了埋人的那件事，记住的仅是一只沾满了泥的黑脚，但关于马的记忆却经常在他的脑海中出现。长大后的他曾回忆道，“我记得的只有马。它们那么美。那么残酷。它们像人一样站立”（朱迪斯·赫尔曼 2015:3），这里的马其实就是他脑海中关于黑人被埋葬的记忆，只不过因受创的原因，他因极度的恐惧，潜意识里将黑脚替换成了马。幼年的这段创伤经历在弗兰克的心中埋下了恐惧的影子，让他因自身的黑人身份变得害怕和缩手缩脚。从战场上回来的弗兰克，更是深受战争的创伤，一直处在战争的阴霾中。尽管回国后他遇到了能给他的心灵带来抚慰的女友——莉莉，但这种抚慰与治愈随着两人关系的破裂很快就结束了。战场上好友的牺牲、堆积如山的尸体以及自己亲手杀死了一个小女孩等事件给弗兰克的心灵带来了巨大的创伤，而这段战场的经历也不断侵扰着他的人生，让他变得极其痛苦。回国后的弗兰克经常在夜中梦到满是尸体的画面，被吓得从梦中惊醒。到了白天，当他在街上散步时，即使心情放松，战场的记忆依旧会出现在他的脑海中，刺激着他的神经。受创伤的影响，他看到的沿途的风景不再是美景，而是“那个正在把肠子塞回肚腹的男孩”（朱迪斯·赫尔曼 2015：18）。无论是亲眼看到黑人被残忍地杀害还是血腥的战争经历，都让弗兰克深受创伤，而这些受创经历也以“记忆侵扰”的方式不断地折磨着弗兰克的一生，影响其正常生活的开展。

1.2 过度警觉

“过度警觉”这一受创症状主要指受创者在经历创伤事件后仍持续不断地预感自己即将面临危险的状态（朱迪斯·赫尔曼 2015）。受创伤经历的影响，受创者的自卫系统会变得更加敏觉，不断保持着警戒状态。在经历创伤后，即使是日常生活中一件很平常的事也可能会让受创者感到害怕、失眠甚至做噩梦等。《家》中的男主人公弗兰克就曾多次表现出这一症状。例如，当有一次弗兰克和女友莉莉一起去参加教堂的聚会时，当大家都在很惬意地谈笑，忽然，弗兰克像“箭一般蹿了出去”（朱迪斯·赫尔曼 2015：76），惹得众人感到惊异无比。在旁人看来，弗兰克的举动确实极其荒唐，但联系弗兰克的受创经历便能理解他这一疯狂举动的原因所在。在故事中，弗兰克之所以会做出这样的举动，主要是因为他在递食物给一个小女孩时，小女孩的微笑让他想起了战场上那个被他杀死的女孩，以及那段令人痛苦的战争经历。出于对战场的恐惧，这个小女孩的微笑让他感到极其的恐慌，此时的他只想“丢下手里的食物”（朱迪斯·赫尔曼 2015：77），逃离这个让他感到恐惧的地方。除此之外，在一次和莉莉一起看了一部叫做《一路狂奔》的电影后，因该电影中的犯罪画面让弗兰克想到了战场上格斗的场景，回家后的弗兰克在梦中突然惊醒，惊醒后的他“攥紧拳头，一声不吭地坐在黑暗中”（朱迪斯·赫尔曼 2015：78），好似在预防敌人的攻击。无论是聚会中的疯狂举动还是睡梦中的突然惊醒，这些不寻常的举动皆是“过度警觉”这一创伤症状的表现。

1.3 禁闭畏缩

“禁闭畏缩”这一创伤症状主要指受创者在经历创伤事件后屈服放弃的麻木反应（朱迪斯·赫尔曼 2015：75）。通常而言，当面对无力改变的现状时，人们一般会屈服放弃、变得麻木。受创伤的影响，受创者很多时候都会表现出对生活的无力感，正因无法改变现状而逐渐变得屈服放弃和麻木。在生活中，屈服放弃更多地表现为不做抗争，麻木则体现在对生活的漠不关心等。受创伤影响而导致的麻木状态在弗兰克身上体现得十分鲜明。例如，在莉莉下班回到家后，她曾屡次看到弗兰克“直勾勾地盯着地板”，坐在沙发上发呆，“不管是喊他的名字还是靠近他的脸，他都没有反应”（朱迪斯·赫尔曼 2015：75）。战后的弗兰克因受战争以及对生活中普遍存在的歧视现象的影响，变得十分麻木，对生活中的一切事物都提不起兴趣。无论是一些家庭琐事，还是像失业而导致欠费这样影响其温饱的大事，他都漠不关心。发呆似乎成了他的人生常态。出于对生活的麻木，弗兰克通常借助酒精来麻痹自己。和哥哥的症状类似，茜受创伤经历的影响也逐渐变得麻木起来。然而，与弗兰克不同的是，她的麻木不是表现在对生活的无望，而是接受了自己是“阴沟里生的”、是坏女孩这一观念。受祖母丽诺尔的影响，她变得不自信。丽诺尔对她常年的辱骂，让她变得麻木，不会自爱。正因如此，在哥哥走后，她才会很容易因为一个男孩廉价的示好，被男孩所欺骗和玩弄。除了麻木的状态，屈服放弃的特征在弗兰克和茜身上也有体现。例如，当弗兰克和好友在逛商场时，尽管他们没有做任何违反法律的事，但当警察想搜查他们时，他们都没有任何的反抗，只是乖乖地把手放在警车的前车盖上。除此之外，每次，当茜和弗兰克在敲白人的门时，都会下意识地选择敲后门等等。诸如此种现象都说明了弗兰克和茜在经受常年的种族歧视的创伤后，逐渐变得麻木和屈服。

1.4 幻觉

除了上述的症状外，弗兰克和茜还有另一大很明显的症状——幻觉。受创后的弗兰克和茜经常会产生一些幻觉，这些幻觉大多与他们的受创事件有关。例如当弗兰克在公园散步时，他“看到狗或者鸟在吃他战友的遗体”（朱迪斯·赫尔曼 2015：33）。茜在回到洛特斯后，经常会幻想看到娃娃的笑脸。弗兰克和茜幻觉的出现都是由他们的创伤经历所引起的。其中，弗兰克的创伤经历为战争，而茜的创伤经历则是被白人医生残害而导致无法生育。

2.《家》中主人公的创伤根源

通过细读原文可以发现，弗兰克和茜的创伤经验并非凭空产生，而是有一定的历史渊源。这其中，既与他们的黑人身份有关，又与时代背景有很大的关系。通过研究，关于弗兰克和茜的创伤根源，可以归纳为三个方面：种族歧视、朝鲜战争以及家庭中爱的缺失。

2.1 种族歧视

种族歧视是弗兰克和茜受创伤的根源。小说故事发生的时间大概为 20 世纪 50 年代。那时的美国，3K 党盛行，麦卡锡主义依旧存在，种族歧视现象极其严重，黑人普遍过着一种贫穷、毫无尊严和权利的生活（王守仁 吴新云 2013）。在《家》中，作者于多处向读者呈现了社会中的种族歧视现象。例如，在大城市里，莉莉通过自己的勤劳和聪慧攒够了买房的钱。然而，尽管有钱，卖房的中介经纪人却拒绝把房子卖给她，原因是文件规定犹太人、黑人、马来西亚人以及亚洲人不可使用或占有那个街区的房子；茜的白人医生老板家中的书柜上摆放着一本叫《伟大的种族主义者》的书，该书是 20 世纪出版的一本宣扬种族主义的书，书中大量鼓吹日耳曼民族的优越性；在拯救妹妹的途中，因一些公寓或旅馆不为黑人提供服务，弗兰克只能去一些特定的寄宿公寓和旅馆，否则会流落街头；弗兰克和妹妹茜敲门，一般从后门敲而不是从前门直接敲门等等。所有的这些描述都说明了在当时的社会中，种族歧视现象极其严重，美国非裔的生存环境极其恶劣。

生活在此背景下的弗兰克和茜饱受种族歧视之苦，并且这种苦难不仅对他们的物质生活造成了极大的影响，而且给他们的精神留下了巨大的创伤。幼年时的弗兰克因凑巧亲眼目睹了黑人被活埋而被留下了巨大的阴影，以至于长大后的他都经常在梦中梦到这个场景。来到黑人社区的洛特斯之后，弗兰克觉得这里是一个没有生气的地方。确实，因饱受压迫，洛特斯没有北方城市的先进和生机，一切都显得落后。出于离开洛特斯以及获得白人尊重的目的，弗兰克报名参加了朝鲜战争。然而，尽管弗兰克参加了战争，但他却并未受到和白人士兵同样的尊重和待遇，回国后的他因为一些原因还被关进了疯人院。弗兰克的妹妹茜也深受种族歧视的影响，因被一个男孩所骗，去到大城市的她在一个白人医生的家中打工。本以为白人医生家中舒适的居住条件让她过上了更好的生活，可谁曾想到，“善良”的白人医生却是个种族歧视者，他家中摆放的《伟大的种族主义者》一书就是他种族主义者身份的最好证明。这个种族主义医生，用天真单纯的茜的身体做实验，最终导致她绝育且差点丧命。无论是弗兰克还是茜，他们都因自身的黑人身份而受到社会的各种压迫和残害。相较于一些较短暂但刺激性极大的创伤经历而言，种族歧视的创伤显得更加不温不火。然而，正是这种持续不断的创伤，才让这份伤痛更加刻骨铭心，难以忘怀。

2.2 朝鲜战争

朝鲜战争是弗兰克创伤症状产生的直接原因。战场是个极其残酷且血腥的地方，任何恐怖的事在战场上都可能发生。在以往的战争中，如两次世界大战，从战场上归来的士兵大多都有严重的精神障碍，这些症状和弗兰克的表现极为相似，有的甚至比他的还严重。朝鲜战争作为一场局势极其激烈的战争，战场上的经历让士兵深受创伤也不足为奇。小说多次以弗兰克的视角描绘了战场上残酷和恐惧的画面。例如，当弗兰克回忆起战场的经历时，他这样描述道，“最糟糕的是一个人站岗的时候。你要一次次脱掉手套看你的指甲有没有变黑，或是检查勃朗宁是不是还在身上……，你也应该补上几枪，别怕浪费子弹”（朱迪斯·赫尔曼 2015：93）。对弗兰克而言，战场上紧张激烈的场景永远地烙印在了他的记忆中，让他每次一想到就胆寒，他也因此深受这段记忆的侵扰和折磨。除了血腥的画面，更让弗兰克久久不能忘怀的是在战场上亲眼见证好友的死亡以及自己亲手杀死的一个朝鲜女孩。战场上，好友的离世让弗兰克十分愧疚，这种愧疚让他对返回洛特斯面对好友的父母感到极其害怕，于是他不断在心中逃避，不愿回忆起与战争有关的任何记忆。此外，自己在战场上亲手杀死一个没有任何攻击性的小女孩也同样让弗兰克感到愧疚和自责。出于恐惧，他曾长时间里否认这段记忆，然而，逃避并不能解决问题，要想复原创伤就必须要直面创伤。无论是战场上血腥的画面、好友的离去还是亲手杀死的朝鲜女孩，这些经历都给弗兰克留下了巨大的创伤，这种创伤对他的影响如此之深，以至于即使在回国后，弗兰克也多次受到战场上记忆的侵扰，变得麻木，严重的时候甚至做出一些极其疯狂的举动。如若弗兰克没有参加朝鲜战争，也许弗兰克的创伤症状就不会如此严重，并早已过上了更为平静的生活。

2.3 家庭中爱的缺失

爱的缺失是茜受创伤的重要原因。家庭的关爱对一个人的成长和一生都具有极其重要的影响。尽管家庭的关爱很重要，但茜似乎并未得到家庭的这份关爱。因在路上出生，她从小就被祖母称为“阴沟里出生的孩子”，并经常被祖母打骂。茜的父母工作忙碌，经常不在家，就算在家，因寄人篱下，他们对祖母丽诺尔的行为、言语也无可奈何。并且，茜的父母受祖母丽诺尔的影响也逐渐接受了这一说法，对茜很苛刻。每次茜在做家务有疏忽时，祖母丽诺尔就会对她各种辱骂，有的时候甚至抽打她。可以说，从小到大，除了哥哥给了她无微不至的关爱，茜大部分时间是在一个缺爱的环境下长大的。在这种家庭氛围成长的她，自然变成了一个很没有自信的女孩，极易被男人欺骗。在哥哥去朝鲜参战了之后，她被一个外地来的男孩吸引了。男孩简单的甜言蜜语就将她骗到了手。缺爱的茜因分不清什么是真正的爱，迷失在爱情里。她不但被骗走了感情，还被骗走了祖母的一辆车。被欺骗感情的茜一个人独自在大城市生活，由朋友推荐，她去到一个有种族歧视的白人医生家里工作，最终却被白人医生所残害，一生都不能再怀孕。仔细考量茜的悲剧，不难发现，缺少家庭的关爱是促使她经受创伤的一个很大的原因，如果她在成长的过程中能享有正常孩子可以享有的关爱，也许她不会那么容易被廉价的感情所欺骗，更不会只身一人待在大城市里被种族歧视者所残害。

3.《家》中主人公的创伤复原

虽然创伤事件对受创者的影响是深远持久的，但这种创伤并非不能复原。从以往的临床经验来看，通过正确的引导，创伤是可以治愈的。关于创伤的复原方式，不同的学者有不同的观点。其中，朱迪斯 · 赫尔曼（2015）认为，创伤的复原可以通过以下三个途径进行：安全的建立、回顾与哀悼、重建与正常生活的联系感。这三个途径较易实现且极其有效，这一点在弗兰克和茜的创伤复原上也体现得较为明显。

3.1　安全的建立

首先是安全的建立。要想建立一个安全的环境，首先要恢复患者的主导权。主导权的恢复体现在身体健康、饮食、睡眠、运动等的恢复以及情绪的稳定。从战场回来后不久，弗兰克遇到了他喜欢的女孩——莉莉。和莉莉在一起，他的生活逐渐恢复，变得和正常人差不多，到点就吃饭、休息、睡觉，虽然没有特别稳定的工作，他的收入还是能勉强满足自己的生活所需。偶尔，他还会和莉莉一起去参加聚会，看看电影。除了生活秩序的恢复，在精神状态方面，弗兰克也在不断变好。尽管偶尔他的情绪还是会变得激动、异常，但这种症状出现的频率在逐渐降低。弗兰克在表达他和莉莉在一起的感觉时，这样描述道，“当他们躺着，她轻巧的女孩的手臂搭在他胸口时，噩梦会退却，允许他们沉沉睡去”（朱迪斯 · 赫尔曼 2015：19）。建立安全的环境是安全建立的第二步。相对于战场而言，美国是一个安全的地方，并且，回国后的弗兰克一直过着相对安定的生活。因此，在某种程度上来说，弗兰克生活的环境是安全的，安全建立的第二步已完成。在完成了上面两步之后，安全建立的第三步是患者能够照顾自己，掌控自己的身体。从文本的描述可知，随着时间的不断发展，弗兰克的病情不断好转，他对自己的身体以及情绪也更能控制。即使在和莉莉分手后，他依然能有效控制自己的身体以及情绪。在返乡的旅程中，他多次控制自己，不让自己沉迷于酒精，用定力来控制情绪，不让自己被症状牵着鼻子走。在文中，作者这样描述他的状态，“尽管这些记忆挥之不去，但再也没有碾碎他”（朱迪斯 · 赫尔曼 2015：100）。和哥哥相比，茜的创伤恢复显得更温暖。被哥哥带回家乡后，洛特斯的黑人妇女们用她们独特的方法拯救了茜的生命。身体恢复健康后，茜在安全的家中健康地生活，按时吃饭、睡觉。偶尔，她还会做一些手工活来打发时间。随着身体的不断恢复，茜变得越来越独立，不仅能够自己照顾自己，有时，她甚至能照顾哥哥的生活。并且，她也逐渐接受了自己不能生育的事实，变得平静、勇敢和乐观。

3.2 回顾与哀悼

通过回顾与哀悼的方式复原创伤是创伤复原的第二个阶段。在朱迪斯·赫尔曼看来，当复原进入第二个阶段，患者会逐渐敞开心扉，以完整且详尽的方式将自己的创伤经历吐露出来（朱迪斯·赫尔曼 2015：）。通过回顾创伤事件，患者会逐渐接受事件本身，并将情绪发泄出来。著名歇斯底里症研究专家多利·劳布曾指出，叙述创伤故事能帮助我们更好地处理创伤，因为只有通过言说和叙述的方式，我们才能重返过去，揭开被掩埋的真相，以此帮助个人或集体面对未来（Laub 2017）。在《家》中有一些部分是采用第一人称展开叙述的，通过采用第一人称展开叙述，作者向读者完整地呈现了弗兰克的受创事件。细读第一人称的叙述内容可以发现，弗兰克对创伤事件的回顾逐渐变得清晰、详尽且真实。弗兰克的这些变化本质上是其内心对创伤事件态度的变化。最初，弗兰克不愿面对内心的创伤。对于创伤事件，他感到害怕，并持逃避的态度。以为只要逃避，自己就能免受现实的折磨。他撒谎说自己已经忘记种马场掩埋黑人的事了，只记得那些马。在回忆战场上的经历时，他又说那个朝鲜小女孩是被另一个士兵打死的。而随着创伤的恢复以及受到妹妹的启发，他逐渐勇敢地面对内心的创伤，大胆地将事实陈述出来。受黑人妇女的影响，被迫害的茜变得越来越勇敢。一次，弗兰克在安慰妹妹时，茜流着眼泪说道，"这件事本来就够惨的了，我不会因为真相让人觉得痛苦就假装它不存在"（朱迪斯·赫尔曼 2015：136）。妹妹的这句话让他醒悟过来。的确，人不能因为真相让人痛苦就假装它不存在，正因它让人痛苦，才更要面对它，否则自己将一生都无法走出阴霾。于是，弗兰克勇敢地吐露了心声，坦白了事实，"现在我得告诉你一件事。我得说出全部事实。我不止对你，也对自己说了谎。我瞒着你，因为我也瞒着自己……打爆那个朝鲜女孩脑袋的是我。被她摸到的人是我。看到她微笑的人是我"（朱迪斯·赫尔曼 2015：139）。弗兰克的坦白标志着他开始直面创伤，正逐渐变好。在被治疗期间，黑人妇女向茜询问受伤的原因。尽管茜当时昏沉无力，但凭借微弱的力气，茜向她们诉说了她的创伤经历。身体好转后，弗兰克也向她询问了受创的原因，茜也如实地向哥哥坦白事实。在诉说的过程中，茜的语气平缓且坚定。于她而言，重要的不是悲痛的过去，而是充满希望的将来。

3.3 重建与正常生活的联系感

重建与正常生活的联系感是创伤复原的最后一个阶段。在这个阶段，患者已能接受创伤事实，逐渐增强与信任的人的亲密感，并开始期待未来。回到洛特斯之后，受同伴的影响，他转变了对洛特斯的态度。尽管洛特斯并无变化，但对弗兰克来说，却是一个全新的地方。之前，在弗兰克眼中，洛特斯是一个无趣、落后的地方，待在这个地方只能等死。因此，为了逃离这里，那时的他通过参军的方式去到了更发达的城市。参军后，他饱受战争创伤的痛苦，也在大城市尝透了种族歧视的滋味。

出于救妹妹的原因，他得以再次回到洛特斯。也许是受尽了歧视和伤害，当他看到黑人同胞们为了救茜表现出巨大的热情和善意时，他第一次感受到了洛特斯的温暖和魅力。此时，他才发现洛特斯的美好。无论是对这里的自然风景，还是居民，他都感到无比的亲切。受洛特斯风土人情的影响，在等待妹妹康复的那段时间里，他乐观地经营生活。妹妹康复后，他又租回了父母曾居住过的房子，并用心地为两人的生活努力奋斗。闲暇时，他还会和洛特斯的居民们闲聊和下棋。受邻居的感染，弗兰克逐渐融入了这个黑人社区，步入生活的正轨。

和哥哥相比，茜的恢复比弗兰克更快且明显。身体康复后，茜坦然地接受了不能生育的事实，变得更加勇敢和独立。反思自己受残害的原因，她意识到过去的自己太懦弱。因此，为了变得更加勇敢和独立，家务之余，茜还利用闲暇时光做针线活，以此赚些零花钱。休闲时间里，茜经常和邻居聊天来打发时间。在和邻居们的相处过程中，茜逐渐感受到她们的温暖和智慧，并逐渐融入了这个地方。在和埃塞尔小姐聊天时，她曾明确地表达了自己对洛特斯的态度，“我哪儿也不去啦，埃塞尔小姐，我就属于这里”（朱迪斯 · 赫尔曼 2015：130）。通过茜的话语，我们可以看到，此时的茜不仅融入了这个社区，更从本质上认同了黑人的文化和身份。

随着创伤复原第三个阶段的完成，弗兰克和茜在恢复创伤的同时，也逐渐找到了属于他们的家园。年轻的弗兰克和茜没有意识到洛特斯的美好，一心想融入白人的文化和圈层，以为只要融入白人，他们就能获得和白人同等的生活和尊重。然而，残酷的现实却给了他们沉重的一击。他们逐渐意识到，白人的歧视本质上是从心底里就不认同他们。并且，这种歧视就像打了烙印一样牢固，难以改变。受创后的他们，在洛特斯找回了归属感，并感受到黑人文化中充满智慧的一面。此刻，他们才真正从心底里接受了自己的文化，并以此为豪。小说中弗兰克和茜从南到北又从北到南，他们的回家之路不仅仅是物理上的位置移动，更是心灵上的情感移动。在回洛特斯的路上，他们离家越来越近，同时，他们在心灵上也逐渐找到了情感的寄托和属于他们的精神家园以及美好未来的道路。

4. 结语

作为一名黑人女作家，托尼 · 莫里森以笔代枪，向世人揭露白人的罪行，为美国黑人的生存困境发声。过去的事情虽然已经过去了，许多人也许已经完全忘却了过往的经历，但忘记并非代表它未曾发生。20 世纪初出生于美国的莫里森亲身经历了那个饱受歧视和压迫的年代，正因过往太过痛苦，那段经历才令她刻骨铭心。她才不断在作品中书写那段历史，启发黑人同胞思考自身身份和未来的问题，号召社会关注黑人的生存困境。本文从创伤批评视角，以朱迪斯 · 赫尔曼的创伤理论为依据，探索小说主人公——弗兰克和茜的创伤症状、根源以及复原的方式，以此探究作品主题。研究发现，弗兰克和茜的创伤症状主要表现在“记忆侵扰”、“过度警觉”、“禁闭畏缩”以及幻觉，创伤的根源在于种族歧视、战争以及家庭中爱的缺失，创伤的复原方式为安全的建立、回顾与哀悼、重建与正常生活的联系感。通过对《家》这部作品中主人公的创伤书写，托尼·莫里森阐释了自己对“家”这一概念的理解。在她眼里，先进发达的城市并非等于美好的家园，温暖、平等、友爱的社区才是真正的家园。正如胡亚敏（2018：138）在《托尼·莫里森<家>中的民族空间与黑人战争书写》一文中指出的那样，“黑人要进入美国的民族空间，不能靠认同白人的文化，还要发挥黑人文化的独特性。”只有正视创伤，回到充满尊重和温暖的黑人社区，黑人才能更好地治愈自己的创伤。同时，只有尊重和弘扬自己的文化，构建自身的身份价值，共同抵抗种族歧视，黑人才能收获真正的尊重以及平等的美好未来。

参考文献

[1] Laub Dori. Hamburger A. Psychoanalysis and Holocaust Testimony：Unwanted Memories of Social Trauma [M]. London：Routledge，2017.

[2] 胡亚敏 . 托尼·莫里森《家》中的民族空间与黑人战争书写 [J]. 当代外国文学，2018（2）：134–140.

[3] 蒋欣欣 . 托尼·莫里森笔下黑人女性主体性与民族性的构建 [D]. 湖南：湘潭大学，2003.

[4] 庞好龙 . 从《家》探析莫里森笔下的心理创伤书写 [J]. 山东外语教学，2016（6）：66–72.

[5] 秦昊，赵梦西，王伊龙 . 创伤后应激障碍的诊治研究进展 [J]. 中华全科医师杂志，2021（4）：498–503.

[6] 托尼·莫里森 . 家 [M]. 刘昱含译 . 海口：南海出版公司，2014.

[7] 陶家俊 . 创伤 [J]. 外国文学，2011（4）：117–125.

[8] 田俊武，张扬 . 回归之路——托尼·莫里森小说中的旅行叙事 [J]. 当代外国文学，2016（4）：131–138.

[9] 王守云，吴新云 . 国家·社区·房子——莫里森小说《家》对美国黑人生存空间的想象 [J]. 当代外国文学，2013（1）：111–119.

[10] 朱迪斯·赫尔曼 . 创伤与复原 [M]. 施宏达，陈文琪译 . 北京：机械工业出版社，2015.

死亡的尺度：儿童文学中的死亡书写探讨

杨雅琴[1]

摘　要：“死亡”是人生的必经过程，是贯穿整个文学史的写作主题。而儿童文学作为文学的一个特殊范畴，由于其受众读者的特殊性，曾一度将“死亡”这一主题作为一个禁忌话题。目前，死亡书写是禁忌话题还是必要话题这一争辩依旧存在。随着“死亡”在儿童文学中出现的频率日益增高，对死亡书写的深入探讨也愈发紧迫。因此，本文试图以中外儿童文学作品中的死亡书写为研究对象，从儿童读者及文学需求两个层面探讨儿童文学中“死亡”主题存在的必要性，并从类型、内容、手法三个方面分析中外儿童文学对死亡的书写方式，以此探索儿童文学“死亡”书写的深层价值以及书写尺度。

关键词：儿童文学；死亡；书写尺度

死亡，是生命不可回避的环节，也是文学中亘古不变的主题。在文学创作当中，死亡的相关话题时常出现，作家将自己对死亡的思考和对死亡的态度融入文学作品当中，并引导读者对生与死进行思考。

儿童文学是专门为儿童创作的、适合儿童阅读的文学作品。为了适应儿童的理解能力以及精神发展阶段，儿童文学必须具备一定的条件，同时又受到一定的制约。儿童文学的创作出发点是为儿童服务，因此与成人文学相比，其创作方式和创作要求具有明显差别。死亡主题在成人文学中是可接受、可理解的，但在儿童文学中，死亡却是晦涩的、抽象的，死亡往往超出了多数儿童的理解范围和审美范围。尽管如此，这并不意味着死亡应该成为儿童文学回避的对象，相反，儿童文学应该正视死亡，并以恰当的方式呈现死亡。

本文以中外儿童文学中的死亡主题作为为研究方向，试图对儿童文学中的死亡呈现方式、书写方式进行深入研究，以期拓宽儿童文学的研究路径。此外，也希望通过研究，发掘儿童文学死亡主题的教育意义，并引起成人对死亡教育的关注和反思。

1. 儿童文学中死亡书写的必要性

1.1　儿童需要了解死亡

儿童的心理发展决定了儿童文学中“死亡”存在的必要性。法国作家艾姿碧塔曾言：“人类的任何不幸、任何苦难从来不曾放过孩子们。”（艾姿碧塔 2005：178）死

[1]　2019 级英语专业学生；邮箱：15878998109

亡，并不会因为儿童的脆弱或者成人的保护，而不在他们身边降临。在现实生活中，“死亡”时有发生，从植物或动物的离开，到亲朋好友的离世，儿童与死亡之间并不是完全孤立的。儿童对死亡的认识仍处于无知时期，好奇心却又驱使着他们去探索死亡。匈牙利的儿童心理学家玛利亚·内奇曾对儿童对待死亡的看法进行研究，其研究表明，儿童既对死亡充满好奇，又对死亡有着程度不同的认识。三到五岁的幼儿，会将死亡看作是一种改变，抑或是一趟旅行，死亡只是短暂的离开，而不是永久的消失。五岁到九岁的儿童对死亡的了解稍有加深，他们开始意识到死亡意味着结束，他们会为别人的死感到恐惧和不安，但他们认为自己不会死。九到十二岁的儿童已经意识到死亡是命中注定、无法避免地，他们也将潜意识地回避死亡、畏惧死亡。（王蓓 2005：3）儿童的心智虽然处于发展阶段，但他们对死亡并不是一无所知，他们对死亡也会好奇、会疑惑、会恐惧。在现实生活中，儿童心灵或多或少、不可避免地遭受了死亡的影响。儿童需要通过儿童文学去建立对死亡的科学认知，形成正确的生死观，培养直面生死的勇气。

1.2 文学需要描写死亡

儿童文学，作为儿童成长的引导者，其责任不是简单地向儿童呈现世间的真善美，更要引导儿童去探究生命的本质、世间的善恶，形成正确的人生观、价值观。儿童文学本身在情节的设置中以及主题的凸显中，就不可避免地触及到死亡。例如，在儿童文学作品中，通常存在正义与邪恶对决的情节，而为了彰显正义必将战胜邪恶，就必定会引入生与死的描写。如《哈利·波特》中，通过对邓布利多、伏地魔等不同人物的死亡描写，引导儿童对善与恶、是与非的判断。

事实上，当我们还在纠结死亡主题是否该进入儿童文学作品之中时，许多经典的儿童文学都已经与死亡挂钩，证明了死亡主题存在的客观性与不可避免性。就如大众所熟知的丹麦作家安徒生所创作的《安徒生童话》一样，整个童话集有 166 篇故事，其中，《海的女儿》《雪人》《野天鹅》等五十篇左右作品是以死亡为结尾或主题的。

儿童文学作为引导儿童心智发展的媒介，不应只停留于世间万物的美好表象，更应深入发掘美好表象下隐藏的苦难与黑暗。触及生命本质的文学作品才是具有深度的作品，儿童文学作品也不例外。儿童文学关于死亡主题的描述，不仅对儿童文学自身的发展有着重要意义，对孩子未来的发展也具有重要意义。儿童文学需要去向儿童传达正确的生死观，建立儿童与生命本质、社会现实的桥梁，将儿童从死亡的恐惧之中牵引出来，慢慢形成对生死的理性看法。

2. 儿童文学中死亡书写的方式

“死亡书写”是指作家借助人物、情节、事件、场景等形象化的描写对死亡做出理性阐释，表达对死亡的认识，以及对为何叙述死亡、怎样叙述死亡的思考，具体表现为死亡方式、死亡意向、死亡场景等。（厉梦真 2019：9）

但儿童文学的死亡的书写理应与成人文学的死亡书写划分界限。成人文学中描写的死亡可以是沉重的、压抑的，而儿童文学中的死亡应该是克制的、温情的却又趋向真实。接下来，本文将从类型、内容、手法三个方面剖析中外儿童文学作品中“死亡”的呈现方式和写作方式。

2.1 类型

在以死亡为主题的儿童文学中，按照死亡的主体，死亡可简单归纳为三类，即：动物的死亡、亲友的死亡、自我的死亡。在许多以死亡为主题的儿童文学中，对动物死亡的描写占多数，以小动物为主人公更能激起儿童对生死观模糊但好奇的想法。如《夏洛特的网》《獾的礼物》《帅狗杜明尼克》，这类文学作品侧重于体现生命的延续性，表达一种积极乐观的生死观。有的儿童文学作品则描写了亲友的死亡，如《狮心兄弟》《爷爷没有穿西装》《百合花开》等。此类作品侧重于描写人们对死亡的心态变化，鼓励人们勇敢面对死亡并及时走出丧亲之痛。还有一种是以自己为第一人称视角，对死亡的过程或死后的世界进行描述，如《天蓝色彼岸》。这类作品则偏向于传达一种直面生死的勇气，引导人们珍爱生命，但同时又要坦然面对死亡。

2.2 内容

2.2.1 心理变化

在儿童文学作品中，作者在描写人物对待死亡的心理变化时往往是慎重的，让儿童在阅读过程中，情感能够随着人物的心理变化走，从而在潜移默化中完善对死亡的认识。

美国心理医生伊丽莎白·库伯勒·罗丝在《论死亡和濒临死亡》一书中曾提出了人们面对死亡的五个心理阶段：拒绝、愤怒、挣扎、沮丧、接受。（Kubler-Ross, Elizabeth 1969：684）在儿童文学作品中，人们对死亡的心理变化也往往经历了这几个阶段。如儿童文学作品《当怪物来敲门》中，小男孩康纳面对母亲的死亡，其心理变化也经历了这五个过程。

第一个阶段：否认。当母亲在医院接受治疗时，康纳对死亡的否定情绪非常强烈。在与祖母的对话中，康纳完全否定母亲“可能会离开”这一想法，他是这样描述母亲的病情的：“治疗正在让她好起来”（派崔克·奈斯 2021：11）。

第二个阶段：愤怒。作品中体现康纳愤怒情绪的场景有很多，如康纳无缘无故地摧毁了祖母的起居室、与哈利打架。哈利的愤怒更是在其与母亲的一次谈话中得以证实，这场谈话发生于他们承认治疗不起作用之后。“亲爱的，你生气是很正常的，”母亲说，“说实话吧，我也很生气。（派崔克·奈斯 2021：21）”

第三个阶段：挣扎。书中提到产自紫杉树的一种药物可能会治愈母亲的病，康纳便将怪物视作紫杉树的化身，心里想着：“它就像一棵治愈的树一般走过来，跟可以给妈妈治病的那棵树一样。拜托了……拜托了”（派崔克·奈斯 2021：53）

第四个阶段：抑郁。康纳的抑郁情绪体现在了他的噩梦之中，在梦中，康纳无论如何紧紧抓住母亲，母亲最终还是被拉入了深渊。噩梦的叙事过程借鉴了与抑郁相关的隐喻：下沉、黑暗和沉重。

第五个阶段：接受。康纳最终还是接受了母亲的死亡，这体现在了书中的最后一行“康纳的顿悟出现在他最终意识到自己一定可以生存下去的那一刻，他知道自己终究会走过这些痛苦，哪怕过程会非常可怕，非常艰难，但最后的最后，他一定能够生存下去。”（派崔克·奈斯 2021：70）

此外，《夏洛特的网》《魔法飞蛾》《黑莓的味道》等儿童文学作品中面对死亡的心理变化都包含了这五种心理变化。另外还有一部分作品包含了“疑惑”这一心理阶段，如《獾的礼物》《爷爷没有穿西装》等。

以死亡为主题的儿童文学通过对心理变化的剖析，以温和的方式向孩童传递死亡的情绪，契合了儿童的身心发展，且在儿童的情感承受范围之内，引导儿童培养面对死亡的承受能力。

2.2.2　死亡过程

儿童文学没有如成人文学一般以直面生命的态度对死亡进行深入描述与探究，相反，基于对儿童脆弱心灵的保护，儿童文学多以充满希望、勇气的笔调对死亡进行描写。儿童文学作家在对死亡进行描写时，往往只轻描淡写地勾勒出死亡过程。比如《卖火柴的小女孩》中，小女孩离世时，作者并没有赤裸裸地描述成小女孩冻死了，而是说“她幸福地和她慈祥的奶奶一起微笑着步入了那个遥远又美丽的天堂”（安徒生 2005：5）。又如中国儿童文学《精灵闪现》中，没有大篇幅描写小羽的死亡，而是以她的一句内心独白一笔带过：“我想，可以结束了。然后心满意足地闭上了眼睛”（薛涛 2001：163）。

在儿童文学中，对死亡的细致描写和过度渲染是不合适的。一方面它不适合儿童的欣赏视野，另一方面，它与儿童的接受能力不匹配。由于缺乏心理承受能力和是非辨识度，过于详细的描写可能会给孩子造成心理阴影，甚至导致模仿的可能。所以，儿童文学往往通过侧面描写的方式，委婉地讲述死亡，而不是将死亡赤裸裸地暴露在孩童面前。比如《狮心兄弟》中对约拿旦的死亡陈述，作者选择通过报纸上一则火灾新闻告知读者约拿旦的死亡，避免了对约拿旦坠楼身亡的血腥描述，体现出了作家对儿童关怀。

在儿童文学作家的笔下，死亡的过程是恬静温暖的，是生命的简单结束或者升华。儿童文学中对死亡的描写并没有将儿童引入到绝望的悲伤与恐惧当中，而是将死亡描绘成一个具有特殊意义的人生必经过程，鼓励儿童勇敢面对，向其传达出一种积极的生死观。

2.2.3 死亡归属

在儿童文学中，作家并不会简单粗暴地将死亡等同于彻底消亡，而是通过以下几种方式重新定义死亡的归属，驱除了死亡本身的残酷与冰冷。

第一，将死亡看作是对爱和信仰的奉献。如在《夜莺与玫瑰》中，夜莺以爱之名献出生命；在《夏洛的网》中，夏洛为救好友舍弃生命；在薛涛的《废墟居民》中，木木在正义斗争中，为解救被囚禁的鸟儿付出生命。这类作品彰显了死亡的意义和价值，死亡不再是冰冷的，而是温情而崇高的。

第二，将死亡看作是人生新的开始或生命的延续。这类作品为逝者创造了一个新的世界，使得儿童在阅读时，对死亡的恐惧感转变成了好奇心和安全感，更有利于儿童接受死亡这一事实。如《天蓝色的彼岸》中，小男孩哈利死后像云朵般飘向了另一个天堂世界。又如《海的女儿》中小人鱼并没有化身泡沫，而是前往了精灵的世界，"可怜的小人鱼……曾经全心全意地为那个目标而奋斗；你忍受过痛苦，你坚持下去了；你已经超生到精灵的世界里来了。"（安徒生 2009：150）

第三，将死亡看作是自然界的自然历程。如《小意达的花儿》《一片叶子落下来》，这类作品直视死亡，告诉儿童人类与大自然中的万事万物一样，都会经历衰老、死亡这一过程，且这一过程是不可逆转的。

通过对死亡归属的分类，不难发现，儿童文学作家笔下的死亡都饱含了对儿童精神家园的守望，作家在死亡中提炼出希望、温暖和悲悯，让儿童从中感受到豁达坦然的生命态度。

2.3 手法

2.3.1 浅化语言

儿童文学是为儿童服务的，这就决定了其语言必须为儿童所易于接受且乐于接受。简单浅显的语言运用更有利于儿童理解及接受。在以死亡为主题的儿童文学中，往往会描绘出一些复杂的场景，这就很容易超出儿童的身心接受程度。而以一种浅化或简化的语言去进行描写，则更容易让儿童理解死亡这一抽象概念。儿童文学作家通常将死亡的语言简单化，只勾勒事实而不展开描述。如马克斯·维尔修斯的《鸟儿在歌唱》：

故事是在一个美丽的秋天，青蛙忧郁地向小猪走来，对小猪说"我发现了一个东西，跟我来”，两个人一起来到树林中，看到一只黑鸟一动不动的躺着地上，这时很多动物过来，大家都猜这只黑鸟为什么不动，是因为生病还是因为受伤，大家猜不到。这时一只野兔走过来，对大家说，“他死了”。青蛙问“死是什么？我们都会死吗？”野兔说“也许吧，不过要等到我们老了以后”，大家一起选择地点将黑鸟埋掉，野兔虔诚祈祷说“鸟儿一生都以优美的声音为我们唱歌，他现在可以安息了”。仪式完成之后，大家很难过，一路静悄悄的。这时青蛙说“我们来做游戏吧”，大家一直玩到天黑，筋疲力尽，躺着柔软的草地上，青蛙对着辽远的天空大声喊道“生命真美好！”这时，一只黑鸟如往常一样在树上唱着美妙的歌。（马克斯·维尔修思 2001：1）

故事通过简单浅显的语言描述了黑鸟的死亡，通过写“黑鸟一动不动地躺在地上”，直白浅显地告诉了儿童什么是死亡。通过野兔所说的“不过要等到我们老了以后”，告诉儿童死亡是一个循序渐进的过程，是一个自然的人生阶段。通过青蛙所说的“生命真美好”，引导儿童看到生命之美、生活之乐。作者通过浅化的语言向儿童阐释了死亡这一复杂概念，并传达了一种珍爱生命的积极态度。

2.3.2　诙谐幽默

死亡话题本身是沉重而压抑的，儿童文学作者考虑到儿童心智的不成熟，往往会采用幽默诙谐的语言，以缓解死亡话题的沉重感，使死亡的相关描述在文本中得到温和平润的表达。例如《岩石上的小蝌蚪》：“只有岩石老公公还记得两只可怜的小蝌蚪，他们已经变成了两个小黑点了，紧紧地贴在它身上。（谢华 2010：47）”以幽默诙谐的笔调，极大降低了小蝌蚪死亡的压抑感，同时又增强了画面感。

又如《天蓝色的彼岸》：“活着真好，可以感受拂面的微风，可以享受温暖的太阳，可以品味香甜的美食，可以呼吸花草的清香，可以看到亲人的表情。”（艾利克斯·希尔 2004：48）这句话是哈利对生命的理解，以清新幽默的语言表达出来，更符合小说主人公的身份和儿童读者的品位。

2.3.3　象征隐喻

在以死亡为主题的儿童文学中，作者还喜欢用象征以及隐喻的手法，将抽象的死亡具象化。如苏珊华莱的《獾的礼物》：“獾吃完晚饭以后，坐在书桌前写信。写完以后，它把摇椅搬到炉火前。它静静地摇，静静地摇，最后，便沉沉地睡着了。狐狸带来了伤心的消息。獾死了。狐狸把獾的信念给大家听。信上说：‘我到长隧道的另外一头去了，再见。獾上。’”（苏珊·华莱 2007：10）作者以“沉沉地睡着了”象征死亡，以“长隧道的另外一头”象征死后的世界。这种象征手法的极大地降低了死亡的悲痛，使死亡的描写更加自然且易被儿童所接受。

3. 死亡书写的深层价值

德国著名出版家威特·布莱希特这样描述优秀儿童文学的特征："儿童文学不仅仅是要让孩子学到知识，了解社会，更主要的是让孩子读完一本书后能够得到一种体验，而这种体验会对孩子的个性发展及人生道路发生重要影响。"（萨克夫斯基 2007：126）儿童文学中的死亡书写引导儿童去探索生命的意义，也引导儿童去发掘死亡背后的人性善恶。

3.1 探索生命

随着互联网以及世界多元文化的发展，死亡以各种各样的形式展现在儿童面前，其中不乏一些关于死亡的错误言论，导致了儿童对死亡看法的扭曲。其次，死亡对于大多数成年人而言是一个沉重而复杂的问题，大多数成年人无法向儿童正确解释死亡，也害怕提及死亡，这也导致了对儿童死亡教育的缺失。据北医儿童发展中心所发布的《中国儿童自杀报告》中显示，我国每年约有 10 万名青少年死于自杀，平均每分钟就有 2 个孩子死于自杀，8 个自杀未遂（吴宛桥 2021：1）。这一组数据令人痛心，更令人深省，儿童真的应该回避死亡吗？在整个人生进程当中，童年时期是儿童身体与精神迅速成长的时期，是其人生观、价值观构建的早期阶段，这一阶段所形成生死观将会暗暗影响着他们后半生的心理发展，甚至人生轨迹。如果儿童在现实生活中获得的死亡知识是有限的，那么毫无疑问，文学将会成为他们了解、探究和感悟死亡的重要方式。

一方面，死亡书写可以引导儿童直视死亡。儿童文学以充满温暖和力量的笔触，借小说人物之口，向儿童阐述死亡，帮助儿童正向理解死亡，为接受现实的死亡做好心理准备。就如《精灵闪现》中小烟所说的："别把死看得那么严重，一只蝴蝶的寿命跟一头大象的寿命其实是一样长的，不管活多久，从生到死，长度是一样的，关键是这段时间里你是不是活得很充分。"（薛涛 2001：57）文字的力量可以带领儿童挣脱死亡的恐惧，不去考虑如何死，而是深思如何活。

另一方面，死亡书写启发着儿童珍视生命，敬畏生命。"不管活多久，从生到死，长度是一样的，关键是这段时间里你是不是活得很充分"（薛涛 2001：11）文学以平静而温柔的语言告诉儿童死亡的不可逆，让儿童更加珍惜生命，珍惜当下。

3.2 探索人性

死亡是人性的试金石，不但能彰显人性之善，更能洞穿人性之恶。儿童文学中的死亡书写可以让儿童触碰到人性黑暗的一面，但又更能激发儿童内心的善。就如王尔德的《夜莺与玫瑰》所讲述的，夜莺为了爱情将用心头血浇灌玫瑰，可它用生命换来的玫瑰只因教授女儿的一句"它怎么能与我的晚礼服相配"而被"扔到街道上，滚落到阴沟里，接着，一只车轮又重重地从它身上碾压了过去。”王尔德以夜莺的死揭露开了成人世界的面纱，社会中的虚伪道德、市侩风气暴露无遗。夜莺的死亡凸显并赞美了孩童内心世界的单纯，反映并讽刺了成人内心世界的虚伪，夜莺代表了儿童的勇敢、善良，而教授女儿则代表了成人世界中失去本真的灵魂。这样的写法并不会让社会的不良风气、人性的复杂险恶侵蚀了儿童的纯真，反而能让他们更早地接触到世界的真实面貌，并唤醒他们对真善美的强烈追求，甚至能够警醒他们，在未来的人生中要始终不舍爱与善良。

4. 死亡书写的尺度

儿童文学中的死亡书写是必要的、不可避免的，我们所要考虑的并非是否该将死亡列入禁忌话题，而是该如何把握死亡的书写尺度。“文学有一个非常重要的任务，就是帮助儿童克服对外部世界的恐惧，或者说，文学要向人类提示某种克服恐惧的方向。”（马金燕 2013：27）儿童文学死亡书写的最终目的是帮助儿童克服对死亡的恐惧并形成正确的生死观。因而死亡书写应该在通过艺术审美的判断后，以儿童所能接受的形式合理化呈现，最终达到给予儿童精神力量的目的。

儿童文学中的死亡书写要遵循语言文本的艺术尺度，即上文中所提及的，通过各种写作手法将死亡审美化、艺术化、崇高化。此外，最重要的是把握死亡所传达出的情感尺度。死亡本身是沉痛、压抑的，作家所要做的就是将这种情感把控在合理区间内，进行适度、适量的表达，让儿童可以从中获得精神上的鼓舞，而非心灵上的折磨。在当代儿童文学作品中，不难发现有的作品在书写死亡时，没有掌握好情感尺度，从而导致作品传达出的死亡悲痛等负面情绪淹没了作品本身的正面情绪。以儿童文学《独船》为例，石牙溺水身亡后，其父亲张木头沉浸在悲伤之中，整日守着独船，文章至此戛然而止，对儿童读者而言，这样的结局只会让他们感受到死亡的压抑感。而且文章的最后一句“人们都不愿轻易去使用这条船，这条小黑河上唯一的船……”（常新港 2012：103），揭示了人们对死亡的恐惧，对死亡的回避，并没有给到儿童读者积极的死亡指南，这样的死亡书写是不完美的。

把握好死亡书写的尺度并非易事，但归根结底是要求作家把握好情感尺度。作家自身要对死亡保有“向死而生”的积极态度，他们在描写死亡时所流露出来的情感应该是温情且充满希望的，而不是将儿童读者带入死亡悲痛的情绪之中而后弃之不顾。作家是要引导儿童读者感受死亡所带来的一系列情绪变化，最终引导他们走出死亡、正视死亡，从死亡中获得更加积极的精神体悟和透彻的生命理解。

结语

如今越来越多的儿童文学作家选择以死亡为主题进行创作，因此对死亡书写进行研究是极其必要的。对儿童文学死亡书写的探讨，挖掘出了死亡书写的写作手法、深层价值及教育意义，有利于不断推动当下的儿童文学死亡书写的创作。

“儿童文学并不只属于儿童，而是属于全人类。表现儿童的儿童文学常常于不动声色之中，深刻揭示整个人类生活的本质，成为开启时代心性的一把钥匙。”（朱自强 2006：21）对儿童文学死亡书写的探讨更具有重要的现实意义，儿童文学的死亡书写为当今的死亡教育提供了有力支撑，不仅引导着儿童认识死亡，也治愈着活在死亡阴影中的成年人，并号召着社会对死亡教育进行反思。在诸多儿童文学作品中，作家都充分考虑了儿童的心理发展特点，把控住了死亡的叙述节奏，将死亡娓娓道来，有力地引发了儿童读者对生与死的思考。且死亡背后所蕴含人生哲理、人性叩问更深深打动了无数成年人。

死亡是儿童文学不可回避的创作问题，是儿童不可回避的成长难题，更是成年人不可回避的人生命题。我们不应将死亡拒之门外，而是要有尺度地、合理化地书写死亡，把握好死亡书写的尺度，让读者透过死亡看清生命的本质，叩问生命的意义。

参考文献

[1] Kubler-Ross，Elizabeth. *On Death and Dying* [M]. New York：Macmillan Publishing Co.，Inc.，1969.

[2] 艾利克斯 · 希尔 . 天蓝色彼岸 [M]. 北京：新世界出版社，2004：44–59.

[3] 艾姿碧塔 . 童年的艺术 [M]. 林徵玲，译 . 合肥：安徽教育出版社，2005：178.

[4] 常新港 . 独船 [M]. 青岛：青岛出版社，2012.

[5]〔丹麦〕安徒生 . 安徒生童话 [M]. 叶君健，译 . 北京：中国城市出版社，2009.

[6] 厉梦真 . 加缪戏剧中的死亡书写 [D]. 华中师范大学，2019：9.

[7] 马金燕 . 人道主义光芒下的残疾儿小说创作 [J]. 文学教育（下），2013，17（12）：27.

[8] 马克斯 · 维尔修思 . 鸟儿在唱歌 [M]. 长沙：湖南少年儿童出版社，2001.

[9] 苏珊 · 华莱 . 獾的礼物 [M]. 杨玲玲，译 . 上海：少年儿童出版社，2007.

[10] 王蓓 . 死亡在儿童文学作品中的表现 [D]. 上海师范大学，2005：3.

[11] 薛涛 . 精灵闪现 [M]. 沈阳：春风文艺出版社，2001.

[12] 朱自强 . 新世纪中国儿童文学的困境与出路 [J]. 文艺争鸣，2006，21（2）；55–59.

英国浪漫主义诗歌自然观的当代意义研究

赖奕辰[1] 王文捷[2]

摘 要： 英国浪漫主义诗歌是人类文学史上讴歌自然的典范，浪漫主义诗人在工业革命后生态危机刚刚显露之际，就通过诗歌呼吁人们要爱护自然，倡导人与自然和谐相处，保持生态平衡。这与当今世界认同的可持续发展观一致，也与我国当代生态文明理念相契合，表现出超越时代发展的远见。21 世纪的我们应该秉承英国浪漫主义诗歌的自然观理念，坚持生态优先，努力做到生态保护和经济增长协调统一。

关键词： 英国浪漫主义诗歌；自然观；生态建设

1. 引言

近年来我国经济社会迅速发展，但发展中层出不穷的生态问题也暴露在人们眼前，引起了人们的广泛关注。人们对于自然环境与经济协调发展的问题，重视程度不断加深，进而推动我国加大了对生态文明建设研究的力度。世界文学史上重要流派之一的英国浪漫主义，以其对于意识形态和文学作品以及生态建设的相关研究，深刻影响着国内相关文学作品对于生态保护和科学进步与经济发展等相关领域的研究，促进我国当代生态文明建设的发展与进步。本文通过引用相关的生态学理论以及分析诗歌文本，旨在全面探讨英国浪漫主义诗歌对生态建设的反思和启示，并由此引发英国浪漫主义思潮对 21 世纪可持续发展观和经济发展方式的影响和思考。

美国环境伦理学家保罗 · 洪伦 · 泰勒的“生物中心主义观”：主张尊重一切动植物的生存权利，把它们的生命视为与人的生命一样宝贵。这种生命中心观对人类中心主义造成根本性的颠覆，向人类提出了更好的道德要求。（冯宪光、江宁康 2015：300）

根据英国浪漫主义诗歌中对现代大有裨益的自然观，本文分类选用了内容和思想上比较贴近生态建设的诗歌节选，主要诗歌如下：

布莱克《塞尔之书》：“哦，哈尔山谷的美人！我们不为自己而活。你看我，世上最卑贱的东西，我也确实如此。我的乳房冰凉黑暗，但关爱的祂将油倒在我头上”（张炽恒，1999：207）。这首诗歌通过批判公主塞尔工具主义的自然价值观，肯定自然存在的价值，反对人类中心主义，具有生态观的前瞻性和警示性。

柯勒律治《古舟子咏》：“我干了一件可怕的事情，它使全船的人遭到了不幸；他

---

[1] 2019 级英语专业学生；邮箱：837626869@qq.com

[2] 王文捷：资深翻译；研究方向：翻译理论与实践。

们都说是我射死了那头鸟，正是它带来了海风”。（柯勒律治 2015：68）这首叙事长诗通过描写杀死信天翁的水手招致自然惩罚的情景，隐喻人类对自然的摧残必将导致大自然的报复，看到了隐藏在发展背后的生态危机。

华兹华斯《采坚果》：“榛树幽僻的角落，充满苔藓的阴凉，变形和破坏，忍受着放弃他们的安静”。（华兹华斯 2000：90）这首诗通过表达人类的生存都是对自然的索取和破坏，呼吁人们尊重和爱护自然，感受自然的灵性，与自然和谐共生。

2. 英国浪漫主义

浪漫主义是在十八世纪末和十九世纪初发生于欧洲的一股反权威、反传统、反古典的文艺思潮。它包括了文学、哲学和艺术等诸多范畴，影响深远。浪漫主义作品重视自然、情感及个人体验，强调自觉，认为自然界的有机统一性在于它被体验为一个美学上的整体，是一种对启蒙时代的反思。浪漫主义在英国主要表现为浪漫主义诗歌，分为三个阶段：前期浪漫主义、第一代浪漫主义和第二代浪漫主义。（王佐良 2018：11）

2.1 前期浪漫主义

前期浪漫主义的代表诗人为罗伯特·彭斯和威廉·布莱克。彭斯身为苏格兰农民诗人，自身的诗歌天赋与苏格兰的自然与劳动相得益彰，使彭斯的诗歌带有淳朴的乡村气息，迸发出清新自然的诗风。《苏格兰方言诗集》、《友谊地久天长》都是其诗歌杰作。他热情歌颂了苏格兰的秀美景色，为英国诗坛带来了活力。

威廉·布莱克则是英国第一位重要的浪漫主义诗人。在理性至上的 18 世纪，布莱克以清新的歌谣体和奔放的无韵体抒写理想和生活，开创了浪漫主义诗歌的先河。他的主要著作为《塞尔之书》、《天真之歌》和《经验之歌》等。布莱克早年的诗歌风格清新奔放，后渐渐趋于神秘玄幻。

彭斯和布莱克的作品格调质朴而清新，为英国诗坛增添了一股清新的风气。进入十九世纪之后，反抗古典主义传统，歌颂大自然的湖畔派诗人开始登上文坛，随后谴责湖畔派消极倾向的积极浪漫主义诗人涌现，自此英国浪漫主义的发展达到顶峰。

2.2 第一代浪漫主义

第一代浪漫主义诗人包含罗伯特·骚塞、塞缪尔·泰勒·柯勒律治和威廉·华兹华斯，他们不但是著名的湖畔派诗人，还是消极浪漫主义的杰出代表。湖畔派三位诗人的作品寄情于湖畔山水，歌颂大自然，尤其热衷于描绘神秘而奇异的自然景象和异国风光，来表达对现实的厌恶。华兹华斯与柯勒律治共同出版的《抒情歌谣集》，其序言被看作浪漫主义诗歌的开端，是英国浪漫主义文学的奠基之作。（唐小

雪 2012：133）

华兹华斯是湖畔派诗人中的成就最高者，他的诗作描绘了湖光山色和田园生活，赞颂大自然的美好，风格纯朴而自然，因此他被封为“桂冠诗人”。他曾提出过自己独特的诗歌理论，打击了英国传统古典主义，为当时和后世的诗歌创作提供新的方向，开创了英国文学史上浪漫主义诗歌的新时代。他的杰出作品包括《咏水仙》、《威斯敏斯特桥上》、《割麦女》等。

柯勒律治的诗歌有其自身的创作原则，诗中虽充满了幻觉和奇谲的意象，但因其自然、逼真的形象和高超的环境描写，使读者感到真实可信。他的诗数量不多，但大多都脍炙人口，如《古舟子咏》、《克里斯特贝尔》、《忽必烈汗》。

骚塞生前也曾写过许多抒情叙事诗，素材多选于中古和异域，富有神秘感，但同华兹华斯和柯勒律治时期的作品比较，则略显逊色。他的作品有《审判的幻影》等。

2.3 第二代浪漫主义

英国第二代浪漫主义诗人将英国的浪漫主义文学推上顶峰，其创作具有斗争意志与政治倾向性，被视为积极浪漫主义诗人，主要代表为乔治·戈登·拜伦、珀西·雪莱和约翰·济慈。（薛冬平 2013：149）

拜伦是英国十九世纪初期伟大的浪漫主义诗人，代表作品有长篇抒情叙事诗《恰尔德哈洛尔德游记》、《唐璜》等。他的作品中夹杂着自己到欧洲诸国游历的体会，以积极浪漫主义的创作手法抒发自己的情怀，塑造出了一大批“拜伦式英雄”。

雪莱以抒情短诗而闻名，他曾创作了不少带有强烈抒情风格的作品。其代表作有《西风颂》《云》《致云雀》等。这些作品既延续了华兹华斯所开创的描写大自然的传统，也反映出诗人对大自然的细致观察，感情真挚，闪烁着深刻哲理的光芒。

济慈受华兹华斯等人的影响，也成为了一名富有才气的浪漫主义诗人。他写出了著名的抒情诗歌《夜莺颂》和《希腊古瓮颂》，沉醉于古代世界田园牧歌的美景之中。

事实上，无论是消极的湖畔派诗人，还是积极的浪漫主义诗人，他们的诗歌作品都注重细腻的情感表达，主张用简洁、朴素的语言追求自然。虽然这些诗人对自然的理解各不相同，但都是大自然的观察者、爱好者和崇拜者，具有同样鲜明的英国气质，即崇尚“自然主义”。

3. 英国浪漫主义诗歌的自然观

自启蒙运动开展以来，人们思想中占据主要地位的理性思维和先进科学技术逐渐结合，人们原有的改造世界的思想认知也有了较大的变化。人们开始认为他们可以利用自然、征服自然，使其为社会发展服务。人们一边享受大自然的恩惠，一边想要征服大自然，这种对自然界的俯视观念形成了“人类中心主义”（墨迪 1999：

12–26)。受此观念影响，英国不顾工业发展造成的大气污染、能源危机等对生态环境造成的破坏，使得敏锐意识到工业革命给生态带来严重危机的英国浪漫主义诗人，不得不采用诗歌的方式来呼吁人类要与自然和谐共生，保持生态平衡，必须要去人类中心主义。浪漫主义诗歌对待自然生态的态度堪称 20 世纪“生命中心论”的先声，即认为世间万物的生命与人类一样宝贵，人类应当尊重任何生灵的生存权利和意志。(王红婴 2015：1)

3.1 布莱克的“去人类中心主义”

布莱克的诗歌中蕴含着丰富的生态思想。他的社会观念中存在着一种激进的平等主义和生态中心主义思想(利奥波德 2014：170)，这与《圣经》中的社会等级观念和人类中心主义思想相抵触。他强烈批判以人类为中心的工具主义自然观(墨迪 1999:12–26，2007)，认为事物都有其存在的价值，并不依赖于它们是否对人类有用。

在他的作品《塞尔之书》中，他将塞尔姑娘描绘成山谷的公主，傲视着山谷内的所有生灵，对它们的价值判断主要根据这些生物的“用处”。塞尔对这些事物的理解带有一种工具主义的自然价值观，即事物对人类有用才有价值。正如诗中所描写的虫子与塞尔的对话那样:“哦，哈尔山谷的美人，我们不是为自己而活着”(张炽恒 1999：206)。这种自然价值观自启蒙运动发展以来就占据西欧思想界中的重要地位。随着社会科技与自然科学不断发展进步，人们为了发展经济，不惜大力开发自然资源，利用自然来满足他们的供给，他们甚至认为自然存在的目的就是更好地服务于人类，大自然的价值就是为人类的生存而存在的。布莱克通过《塞尔之书》传达了他的生态观念:“所有生存的事物都是神圣的，人类应该赋予自然和人类同等的道德地位，建立与自然相互关联、相互依存的生态系统，才能够最终真正保证自然生态不遭到破坏。(张剑 2012：130)”

3.2 柯勒律治的“生命整体论”

柯勒律治重视自然的整体发展，巧妙地将诗歌比喻为“有机体”(张剑 2012：127)用拟人的手法将诗歌比作有生命的植物，是个不可分割的整体，缺一不可，从而将这样的思维延伸到大自然，认为自然也是个整体，每个部分都应当受到保护，缺失了某个部分就会破坏整体。简而言之，他相信“万物一体，和谐共存”，谁破坏了这种和谐关系，谁就会受到惩罚。这些思想对他的诗歌创作也产生了重要影响。

柯勒律治在他的作品《古舟子吟》中提到，在一次航海中，因为一个古水手信手射死了一只象征好运的信天翁后，他们的船队就不明原因地出现噩耗：船员们一个个突然接连离奇死去。发生的此次惨状终于给了古水手警示，认清了自己的罪过，意识到人类应注重与自然的和谐关系，任何生灵都与人类拥有同样的生存权利，不能随便杀戮。人类应学会爱世上万物，与世间万物相互依存，共同营造美好家园。

以下节选形象地展示了大自然对人类的惩罚：

我们滴水不进极度干渴，
连舌根也好像已经枯萎；
我们说不出话发不出声，
整个咽喉像塞满了烟灰。（柯勒律治 2015：70）

实际上，古水手的存在并不是单一群体的代表，他是现代整个人类社会的缩影。弓箭也并不仅仅是简单的猎杀工具，具有矛盾的两面性：一方面弓箭带有保卫性质，在古时可用以抵御侵略，保家卫国；另一方面弓箭作为一种武器，不可避免地带有攻击性，不恰当的滥用会生灵造成不可挽回的伤害。而现代科学技术发展到今天也是如此。科学技术在带给当代人类巨大的便利的同时也很大程度上会对自然造成毁灭性的后果。因此，古水手杀害信天翁从某种程度上反映了人类错误的社会发展方式容易引发自然对人类的报复性活动，人类无端射杀信天翁就是破坏了生态系统，损害了自然“有机体”，影响到了自然的“生命整体”。

由此可见，柯勒律治的生态意识远远早于同时代人，他早早地预见到了人类社会发展与进步背后潜藏的生态危机，极富前瞻性，那么《古舟子咏》被誉为英国生态文学中最伟大的生态寓言也就不足为奇了。（Murphy 1998：169）在今天看来，柯勒律治的自然观无疑是对现代化发展方式的深刻反思与批判，是 20 世纪后期生态危机语境下西方现代生态思潮的超前意识和智慧体现。

3.3 华兹华斯的“自然灵性论”

华兹华斯起初对资本主义工业化和科学技术所促进的社会发展高度赞赏，但随着法国革命的蓬勃发展，资产阶级暴露出贪婪残暴的一面，他的思想由此发生了转变，意识到科学技术在工商业方面的应用虽为社会作出了巨大贡献，却造成人类价值观迷失的困境，导致自然环境遭到严重破坏，而唯有人与自然的和谐相处才是最崇高的生活境界。

在诗歌《采坚果》中，诗人通过描述叙述者去森林采摘坚果的经历，讲述了在这种看似简单的劳动行为背后所隐藏的深厚哲理。“采坚果”是农民合理地获取食物的一种劳动行为，但诗人通过反思这一破坏自然的采摘行为，悟出了人与自然的合理关系。人类不能因自身生存需要对自然理所当然地索取和破坏，而应对自然的灵性怀有敬畏之心，在最大限度维护生态环境的前提下做到取之有道、用之有度。此外，诗人深刻认识到人与自然的平等关系和人与自然地相处之道：“因此，亲爱的姑娘，怀着柔情在树阴里走，用轻柔的手碰触———林中有个精灵”（华兹华斯 2000：90）。他领会到自然像其他生灵一样充满了灵性，应该受到充分的尊重和爱护，同时讽刺了人类不断地将自然视为机械的、没有灵魂的物质存在的世界观。他借由诗歌号召人们正确理解自然的灵性并通过切身接触感受自然、尊重自然、保护自然，与自然和谐共处。

4. 中西方自然观的生态预警

4.1 生态预警

文学研究的发展不乏生态学理论的身影，英国浪漫主义诗歌中就蕴含着丰富的生态学理论。在这方面，我国古代山水诗人也早就通过深刻的思考，提出了自己独特的见解。尽管二者都崇尚自然，呼吁努力回归自然，以实现人与自然的和谐统一，但由于我国在文化、哲学等方面都与西方存在着不同，因此这二者也还具有许多差异，其中最明显的便是"生态预警"。

"生态预警"是人类通过对现有生态现象的观察和认知，对未来可能发生的自然灾害进行预测与想象，从而对社会提出的一些有关破坏生态系统的预警。（李青 2008：23）一直以来，人们打着发展社会经济的旗号，无休止地对自然资源进行破坏和掠夺，严重违背了自然的客观规律。这种现象一旦没有得到及时的制止，持续打破了人与自然之间的平衡，将会造成生态系统的全面崩溃，那人类终将自食其果，受到大自然的惩罚。

4.2 英国浪漫主义诗歌的生态预警

在英国浪漫主义前期，由于生态环境尚未被严重破坏，文学创作大多是以大自然最原始的面貌呈现出宁静美好的田园风光。随着工业革命进程的加速，人类不断对自然进行开发和利用，自然环境日益受到损害。由此英国浪漫主义诗人开始在他们的创作中讴歌大自然，点明自然对人潜移默化的影响，同时从他们的作品中可以看出诗人早已认识到工业革命引起的生态危机，提醒人们要保护自然，并告诫人们破坏生态环境会产生不可挽回的后果。他们以诗歌作为宣传来警示人们停止一切破坏生态平衡的行为，继续保持人与自然的亲密关系。正如之前提到的柯勒律治的《古舟子咏》就充分显示了诗人的生态意识，他用生态预警方式发出警告：人类正朝其大限一步步逼近，随意掠夺自然资源，猎杀野生动物的结果便是对人类自己的毁灭。这首诗以生态预警的视角，严厉斥责了这些残暴无知的人类，堪称生态预警的典范（李青 2008：33）。

4.3 中国古代山水诗的生态预警

我国古代山水诗把自然界的美景引入诗中，使山水成为独立的审美对象，充分显示山水怡情养性的功能。由于古代我国很长一段时期处于农业文明阶段，人与自然中各要素之间的联系十分紧密，自然具有较强的亲和力。此外，当时我国为农业大国，农业占据主导地位，小农经济比重大，工业和商业的发展与之相比较为缓慢，自然环境受到的破坏较少。因此中国古代山水诗标志着人与自然进一步的沟通与和谐，几乎找不到太多生态预警的痕迹。如王维《竹里馆》的“独坐幽篁里，弹琴复长啸”，描绘了人与自然相融，和谐美妙的悠然情景：诗人并未因竹林的幽静而感到寂寞，反因自然得趣。杜牧《山行》的“远上寒山石径斜，白云生处有人家”将寒山、石径、人家等景象有机地联系在一起，主次分明，不但组成了一幅和谐统一的视觉画面，也饱含了人与自然和谐共处的诗情画意。

从古至今，无数的诗歌都折射出丰富的关于人与自然文明交往的内容，也表现出人类经济社会发展中各个阶段人与自然文明交往的不同特征。在工业迅猛发展的今天，由于人类缺乏自觉保护生态环境的意识，没有承担生态保护的责任，导致生态环境急剧恶化，可持续发展成为新的时代要求。我国古代山水诗人对自然的基本认识是淳朴的“与物为春”的非人类中心主义和与自然为善的交往观，而英国浪漫主义诗人以其卓越的生态敏感性，为当代人类的生态建设提供了新的思路。

5. 对当代生态建设的启示

随着我国工业化水平不断提高和生产方式的进步，为了获取尽可能多的经济利益，我国长期以来一直受到功利主义心态的影响，没有摆正生态建设在国家发展全局中的位置，使生态效益和社会效益得不到有效协调，阻碍了经济社会的整体发展。对此，我国生态领域的相关学者反复提出关于生态文明建设的议题，试图唤醒人们的理智。而英国浪漫主义诗歌中尊重自然、崇尚生命的自然观念延续至今，对我国生态建设起到了重要作用。

5.1 为我国生态建设奠定思想基础

英国浪漫主义诗人虽然不像经验丰富的生态学家们那样提出系统有序的生态伦理思想，但是他们以诗歌的方式来表达内心深处对自然的态度，同样清晰地提出自己的生态见解，体现了英国浪漫主义诗人超越时代的远见卓识。他们诗歌中彰显的生态保护理念值得今天的我们深思和借鉴。例如浪漫主义诗人布莱克的“去人类中心主义”和柯勒律治的“生命整体论”都曾严厉批判了以人类为中心的自然观，反对将人与自然完全对立起来。基于此，习近平生态文明思想形成了和谐整体的思维方式，创造性地提出“生态兴则文明兴、生态衰则文明衰”“绿水青山就是金山银山”“人与自然是生命共同体”等一系列重要论断，实现了对人与自然二元对立的思维观念的超越。这些重要的理论把大自然与人类看成一个不可分割的整体，强调了人与自然必须共存共发展的高度内涵。由此可见我国倡导的生态文明观念，在英国浪漫主义自然观的影响下，有效地取代了积弊已久的人类中心主义，指引我们走上一条发展绿色经济和保护生态环境的发展道路。

5.2 增强我国的生态责任意识

我国在经济快速发展的同时，也相应地造成大量自然资源被无情地消耗，导致一些地区出现了雾霾、山洪灾害、野生动物濒临灭绝等生态后果。这一现象也给我们带来警示，任何以破坏大自然为代价的做法，最终会将人类自己毁灭。所以增强生态责任意识，转变经济发展方式刻不容缓。生态危机本质上源自人性的危机，是人类中心主义和工具主义理性思想支配人类行为所造成的危机。而英国浪漫主义诗人华兹华斯的“自然灵性论”则警醒我们，大自然具有神奇的灵性，人类只有始终保持爱护自然的生态意识，敬畏自然，才能与自然建立和谐关系。为此，我们应增强自身生态责任意识，在保护生态环境理念的指导下，发展经济和追求科技进步，实现人与自然和谐相处。如果只一味地追求社会发展而肆意对生态环境造成破坏，那人类最终饱尝自然灾害后果，丧失自我存在的意义。

5.3 走具有中国特色的社会主义生态文明发展之路

西方发达国家作为工业革命的先驱，曾先后进行过工业革命，但也大多走上了高消耗、高污染的发展道路。他们以破坏自然生态为代价，取得了社会经济的发展。其中，英国尤为典型，当时的雾都伦敦人尽皆知。但华兹华斯等人即使面对伦敦这样的市容，依然没有放弃自身的“自然崇拜”，没有失去作为浪漫主义诗人所具备的和谐敏锐的感受力与警惕性。针对英国等西方发达国家“先发展后整治”的错误行为，我国在继承英国浪漫主义自然观精粹之处的基础上，结合当今我国生态建设的具体情况，根据自身特点对其进行补充和完善，走上了一条具有中国特色的社会主义生态文明发展之路。中国特色的生态文明建设以科学发展观和可持续发展观为理论基础，主张在充分考虑生态环境承载能力的前提下发展循环经济，实现自然与经济协调发展。如今，中国特色的社会主义生态文明发展之路已成为建设美丽中国的重要助力。

6. 结语

当人们面对科技发展带来的巨大社会成就，导致经济发展与生态环境的平衡被打破时，布莱克、柯勒律治、华兹华斯等英国浪漫主义诗人通过各具特色的诗歌作品表达了不同的自然观念，为当代转变经济社会发展方式、践行新时代生态建设的要求提出了各自的期许。他们诗歌中所蕴含的自然观让处在生态崩溃边缘的人们意识到，应果断摒弃过往人类利益至上的价值取向，将生态系统的整体利益纳入全人类的价值体系之中，成为人类一切行为的立足点与出发点。因为生态与发展密不可分，发展不应以生态系统的损害为代价，而更应进一步促使保护生态环境的需求得以满足。因此，在科学发展观深入人心的新时期中，我国应积极承接英国浪漫主义诗歌的思想传统，真正做到“两手抓”，站在保护生态的基本点上统筹全局，使经济发展与生态进步齐头并进，使建设生态文明和美丽中国的倡导真正落到实处。

参考文献

[1] Patrick D. Murphy，Literature of Nature: An International Sourcebook [M]. Chicago: Fitzroy Dearborn Publishers，1998.

[2] 保罗·沃伦·泰勒.《尊重自然：一种环境伦理学理论》[M]. 北京：首都师范大学出版社，2010.

[3] 冯宪光、江宁康.《当代西方文学思潮评析》[M]. 北京：高等教育出版社，2015.

[4] 侯佳.华兹华斯与柯勒律治的生态自然观比较 [J]. 齐齐哈尔师范高等专科学校学报，2020（05）.

[5] 黄杲炘.《华兹华斯抒情诗选》[M]. 上海：上海译文出版社，2000.

[6] 姜春云.跨入生态文明新时代——关于生态文明建设若干问题的探讨 [J]. 求是，2008，（21）.

[7] 利奥波德.《沙乡年鉴》[M]. 广西：广西师范大学出版社，2014.

[8] 李敏.论英国浪漫主义诗人的生态关怀 [J]. 语文学刊.2013（02）.

[9] 李志华.华兹华斯诗歌对建设生态文明、美丽中国的文化启示 [J]. 社会科学论坛.2017，（02）.

[10] 李青.生态视角下中国古代山水诗与英国浪漫诗之比较 [J]. 宁波广播电视大学学报，2008（1）.

[11] 唐小雪.浪漫主义的先声时代生活的掠影——浅谈对《抒情歌谣集》的理解与认识 [J]. 大众文艺.2012（11）.

[12] 王佐良.英国浪漫主义诗歌史 [M]. 上海：三联书店出版社，2018.

[13] 王红婴.英国浪漫主义诗歌对工业文明的反思 [J]. 北京林业大学，2015.

[14] 薛冬严.诗以道志，唯美以求——19 世纪英国积极浪漫主义诗人的比较研究 [J] 山花，2013，（06）.

[15] 郑慧子.论人类中心主义的反人类性——以 W. H. 墨迪的“现代的人类中心主义”为例 [J]. 河南大学学报（社会科学版），2003，（06）.

[16] 袁宪军，《柯勒律治诗选》[M]. 福州：福建高级教育出版社，2015.

[17] 赵建军.《如何实现美丽中国梦——生态文明开启新时代（第二版）》[M]. 北京：知识产权出版社，2014.

[18] 张炽恒.《布莱克诗集》[M]. 上海：上海三联书店，1999.

[19] 张剑.英国浪漫主义诗歌与生态批评 [J]. 外国文学，2012，（03）.

镜像理论视阈下帕拉纽克的《搏击俱乐部》研究

张鑫

摘　要:《搏击俱乐部》主要描绘了一位失去姓名的主人公的自我探索历程，通过对主人公自我探索过程的描写，这本书对现代生活中微妙而又矛盾的困境进行了深刻的反思，并以此解释了千禧年来临之际资本主义社会普罗大众所面临的空虚和困惑。文中另一主要人物形象泰勒·德顿诞生于主人公自我分裂的主体，他最终被主人公以一种象征性的自杀方式所消除。本文试图利用拉康的镜像理论分析本书中的主要人物，并对文中的身份危机出现的原因做出解释，以此揭示伴随着全球性经济危机诞生的全新一代的困惑和独特的精神危机，探讨可行的解决方案。本文认为主人公的自我探索之路在一定程度上代表了后现代社会的前进方向，主人公的遭遇在一定程度上也是当今社会所面临状况的缩影。

关键词:《搏击俱乐部》; 镜像理论; 自我认同; 身份危机

恰克·帕拉尼克 （Charles Michael “Chuck” Palahniuk，1962 — ）是一位美国的自由记者和小说家，其小说《搏击俱乐部》1997 年获得太平洋西北书商公会图书奖。他的作品大多将故事结尾突兀地摆在读者面前，再由主人公姗姗道来故事情节。根据作者所谈，《搏击俱乐部》是一部“现代版”的《了不起的盖茨比》，它为现代社会的男男女女提供了一种全新的社会模式，在这种“使徒式”的叙事中，他们可以分享自己的生活（Palahniuk 2006：216）。过去的研究大多数都将《搏击俱乐部》的故事情节简化成为一种对于后现代文化直截了当的讽刺。然而，基本鲜有文章从精神分析的角度出发对书中主要人物形象进行分析。主人公和泰勒虽然看起来是两个不同的个体，有不同的特点和思想。但他们的区别存在的唯一原因在于他们之间的关系源于一个纯粹的事实：泰勒是主人公久久不能愈合的精神分裂症的症状。由于自我系统中的精神障碍，整个“我”或“自我”（ego）分裂成两个不同的角色。遵循这一观点，从精神分析的角度对《搏击俱乐部》中的主要人物进行再思考就很有必要。

本文试图从拉康的镜像阶段理论出发对这部小说进行研究，分析主人公自我意识发展过程中所经历的，从自我形象的缺失，到镜像的出现，再到最后的内化认同的三个阶段。通过对这一小说精神分析层面上的解读，指出后现代危机诞生的可能根源，为后续研究提供新的观点。

1. 拉康的“镜像理论”

镜像阶段理论是拉康精神分析体系的理论核心和基石，它源于比较心理学的一个简单现象：与黑猩猩相比，虽然人类婴儿的智商在同时期低于黑猩猩幼崽，但与黑猩猩相比，他已经可以对自己在镜子中的映像表现出更强的兴趣（Wallon 1963：121）。这种对待反射形象的态度差异揭示了一个事实：婴儿的自我认同在很小的时候，大概从6个月到18个月就开始发展了。按照拉康的说法，婴儿与倒影之间的互动显示了“在倒影中所做的动作与被反射的环境之间的关系，以及这个虚拟的复合体与它所复制的现实之间的关系——即，孩子自己的身体，以及他周围的人甚至事物的关系”（Lacan 1977：75）。因此，镜子阶段可以被理解为一个进行完全认同过程的阶段。在这个过程中，反射的影像，或拉康所说的“镜像”（specular image），代表的是自我的理想化身，换句话说，就是“理想我”或“理想自我”（Ideal Ich）。当拉康谈到镜像时，他指的是“自己的身体在镜子中的映像”。即使没有真正的镜子，主体也会看到自己的行为在他人模仿的姿态中的反映；这些模仿的动作使“另一个人的行使如同一个镜面般的功能”（Evans 2006：93）。

在他对镜像阶段的研究之初，拉康将他的理论范围定义为婴儿自我意识和心智发展的短暂时期。几十年后，他将自己的理论扩展到更广泛的自我认同，他不再认为镜像阶段是婴儿生命中的一个短暂时刻，而是一个贯穿个体生命的永恒的主体性结构。同时，镜子的概念也有所抽象化，自我反思的实现不再需要真实的镜子，而可以简单地是其他个体的反应和观察。因为在拉康看来，我们所看到的镜像，实际上是对他人观察的反射（周小仪 2006：12）。正如上文所讨论的，由于镜像阶段的时间范围已经从一个有限的短暂时刻扩展到终身追求的自我实现，因此不难得出这样的结论：个体一旦注意到自己的反射，无论从字面上的镜子还是从对他人的抽象观察，他就开始进入对自身主体附加完全认同的过程。根据拉康的镜像阶段理论，镜像阶段可以分为三个不同的阶段，前镜像阶段、镜像阶段和后镜像阶段。

2. 自我的混沌与开裂

前镜像阶段的特点是主体的身体机能的不健全。在这样一个时期，个体还没有能力作为一个整体自由地移动他的身体，也没有能力将自己作为一个完整的个体与世界的其他部分分割开来，拉康认为：“然而，在人类身上，这种与自然的关系被机体核心深处的一定不协调所扰乱，一种原初的不和，被新生起初数月的不安以及身体不协调的迹象所显示。”（Lacan 1977：97）因此，这种不协调导致了个体的内心与他的外在身体能力之间的不一致。Lacan（1998：197）半开玩笑地用“l'hommelette”进一步强调了这种差异。这个词是由法语中的“homme”（人）和“omelette”（煎蛋）

合成而来。拉康通过使用这样一种诙谐的表达，认为在这个阶段，主体的自我就像一个煎蛋，可以向四面八方扩散，没有明确的边界。《搏击俱乐部》中的叙述者，在小说一开始也遭遇了这样的状况。他对整体性身体的观念缺失，使得他没有意识到主体性的开裂（split），并进一步导致了他的失眠。同时，在拉康看来，名字的概念属于语言系统，而语言系统是属于象征秩序（symbolic order）的概念。“象征秩序”是语言交流、主体间关系、意识形态惯例的知识以及对法律的接受的社会世界。埃文斯认为：“因为没有语言，法律和结构的概念是不可想象的，符号本质上是一个语言维度。”（2006：227）因此，名称的意义存在于构建起社会结构的象征秩序当中。要进入社会，就必须接受象征秩序中确立的既有规则和秩序。然而，在《搏击俱乐部》中，叙述者的名字却模糊不清。在整部小说中，主人公的名字都没有透露。虽然他多次称自己为“乔”。他自称为乔的唯一原因，是因为他曾经看到过一本以第一人称讨论人体器官杂志，他就此得到启发开始自称为乔。

《搏击俱乐部》中角色的名字模糊不清，前后矛盾。比如在第七章中，他把自己称为“我是乔的前列腺”“我是乔愤怒的胆管”“我是乔咯咯作响的牙关”、“我是乔肿胀冒火的鼻孔”。值得注意的一点是主人公从未成功将自己称作一个完整的乔，他对自己名字的定义是支离破碎的，仅停留在片面的器官之上。除了上面提到的这些化名，他在参加互助小组的时候，还用了很多假名。名字的前后不一致，暴露了他在身份识别上的紊乱。人生活在社会中，似乎或多或少与他人有接触。然而，主人公对这种碎片化的自我认同感到困惑和震惊，失眠的症状愈发严重，“我有三个星期没有睡着。三个星期没有合眼后，所有的一切都变成了魂不附体的经验；我的脸像放陈了的水果那样干瘪了，而且伤痕累累，你都会以为我已经死了”（Palahniuk 2014：9）。无论是化名的使用，还是失眠的症状，都显示出这个角色缺乏自我认同。拉康认为这种自我意识的丧失可能导致精神疾病在几个身体体征中显露出来，“这种形式甚至在机体层面上也可观测，以一种定义了妄想式的破碎的形式出现，被精神分裂，痉挛和歇斯底里的症状所体现”（Lacan 1977：97）。

可以看出，在这一阶段，主人公的自我意识有所缺失。在姓名与法律所交织的秩序社会里，主人公就如同一位迷路的旅人，在面对这种分裂所带来的痛苦不适时，他所做出的都是消极的被动回应。名字的丢失所带来的焦虑情绪迫使他采用了一系列假名，通过这种虚假的身份标志，他试图找回自己曾经在社会中的一席之地。就像帕拉尼克本人后来所言：“我写的所有书都是有关一个用尽方法来与他人建立起联系的孤独的个体的故事。”（Palahniuk 2004：xv）参加各类的病患成员互助小组则是另一种形式的自我挣扎，因为随着自我意识的淡忘，主人公也渐渐失去了生存的意义，深陷虚无的旋涡，而互助小组中则充满了比他所面临的危机还要更加严重的患者。他们因疾病被社会抛弃，只有身处这些人当中，主人公才能再次找到痛苦的感觉。在与其他患者抱头痛哭，为他一片空白的人生所痛苦之时，他才能寻得一丝宽慰。

在这种默哀之中，他与周遭的患者一起接受了失去希望的命运，“这就是自由。失去所有的希望就是自由”（Palahniuk 2014：14）。

3. 镜像的出现与介入

当主人公在居所被烧毁后遇到泰勒时，他进入了拉康镜像阶段理论的第二阶段。在这一阶段，有两个角色出现并对他的生活产生了影响，即泰勒和玛拉。在镜像阶段，个体首先注意到自己在镜子中的形象，因为他发现镜子中的形象比他对自己支离破碎的身体的印象更加和谐统一。满足于自己身体形象的统一，个体错误地把这个形象当成了自己的身体。事实上，这种认识是一种误认（周小仪 1996：23）——通过承认这个镜像，个体克服了对“碎片化的身体”的负面感受和体验，模糊了他的自我与他所呈现的反射镜像之间的界限，渴望统一他的身体。镜子中形象流畅、统一、完美的运动，揭示了主体理想化的视觉形象，这被拉康（Evans 2006：122）陈述为一种由力比多（libido）驱动的“自恋行为（narcissism behavior）”。然而，如上所述，对镜中影像的承认仅仅是一种错误的认识，主体的自我或自我认同也在这种错误的认识上形成，伴随而来的便是主体无穷的自我异化，“镜子阶段是场悲剧，它的内在急剧动力从不足冲向先行；对于受到空间认同诱惑的主体来说，它驱动了从残缺的身体意象到我称之为整体的“整形”形式的种种幻想，直至最终身披标志着主体意识发展的，结构僵硬的，自我疏离身份的盔甲。因此，从内在世界到外在世界循环的破碎带来自我审视的无穷调解”（Lacan 1977：97）。

Dylan Evans（2006：218）认为，在主体步入语言话语所建构的“象征秩序”（Symbolic Order）之后，留给主体表达需要的（need）唯一途径就是运用“象征秩序”的语言以需求（demand）的形式来表达，以便他人会采取具体的行动来满足。但是，需求和需要之间存在着差距，而需求总是大于需要，这之中剩余的部分叫做欲望（desire），无论如何也无法满足。因此，在拉康的思想中，欲望的表现本质上是一种缺乏性，这是主体分裂的结果。

在《搏击俱乐部》的一开始，主人公在不同的机场醒来，繁杂的地名和机场名称的频繁出现营造出一种焦虑的心理氛围，这其中就有了分裂的暗示。可能是因为他的工作需要，他总是出差到各个地方去做他作为召回活动协调员的工作。地点名称的变换，暗示着主人公当时经历了严重的精神问题。他的所有要求似乎都可以通过薪水得到满足，但由于剩余欲望的存在，他所得到满足的仅仅是由象征秩序所定义的部分需要，这在书中主要表现为他失控的家具购买行为。他反思道：“你购买家具。你告诉自己，这将是我生活中需要的最后一个沙发了。然后你就陷入你可爱的小巢，而你曾拥有的那些东西，现在是它们拥有你。”（Palahniuk 2014：39）在需求的表面之下，是他进入社会的象征秩序后被分裂的原始欲望，这类原始欲望不能经过象征界的语言等规则秩序所加工表达，是主体迈入象征界时的剩余产物，这种“阉割情结（castration complex）”的产物又可被称之为对象 a（object a），是经象征界所介入后实在界的剩余部分（Evans 2006：129）。因此泰勒作为主人公的原始欲望的对应镜像应运而生。通过遇见泰勒，主人公看到了自己隐藏在生活之下的欲望，与待人彬彬有礼的主人公不同，泰勒身上所体现的更多的是一种叛逆和创造性，这正是他在枯燥无味的现代生活中所牺牲的品质，也是他是渴望能够重新获得的，在泰勒的引导之下，主人公与其一同走向了自我毁灭的结局，泰勒所代表的死亡驱力（death drive）也重新从潜意识中浮现，“或许我们一定得把一切都打破，才能把我们自身中一些更好地东西给逼出来”（Palahniuk 2014：49）。

就像一个婴儿对自己在镜子中强大的镜面形象感到满足和自豪一样，主人公也收到了他需要的承认和认可，对泰勒形象的认同在一定程度上填补了他缺失的部分认同，缓解他对无意义生活的焦虑。异化也开始于这一阶段，因为主人公错误地将泰勒视为他对自己的完美想象，从泰勒这面镜子中获取了他所需要的满足感，内在统一的幻想推动着他从自己的不足发展到对泰勒式英雄人物的期待。

同时，玛拉是《搏击俱乐部》中一个非常独特的角色。她与《搏击俱乐部》其他人的不同之处在于，她是搏击俱乐部之外唯一的女性角色。她是主人公内心世界的入侵者，她代表了主人公内心隐藏欲望的另一个对立面，对爱情和生活的渴望，这些欲望与死亡驱力相对，被称作生命驱力（life drive）。在一开始玛拉闯入互助小组时，主人公把玛拉当成是不速之客，他咬牙切齿，对这位“游客”的突然出现而坏了他治疗失眠的唯一方法而愤怒：“玛拉就是那个冒牌货。你就是那个冒牌货。周围所有人，当他们畏缩或抽搐并且咆哮着跌倒而且牛仔裤的裤裆变成了深蓝色，那不过是一场大戏。”（Palahniuk 2014：29）玛拉的存在在一定程度上也证明了主人公他也只不过是逢场作戏的骗子，而一旦意识到了这一点，感受痛苦的疗法也就失效了，因为他再也不能把自己代入那些日落西山的患者之中，生命的可贵因此再次难以把握。

玛拉又是一面镜子，她反映着欲望神秘的不确定性，一种对抗原始死亡驱力的性驱力，这两股力量的对抗在小说结尾达到了高潮。当主人公被泰勒要挟着站在岌岌可危的高楼边缘，即将吞枪自杀之际，玛拉带领着互助小组的其他成员出现，向他表达了迟到的爱意：“虽然还说不上是爱，但我觉得我也喜欢你。我喜欢的是你，我知道其中的区别。”（Palahniuk 2014：221）爱与死亡的对抗达到了高潮，曾经作为主人公感受痛苦来源的互助小组成员却成了对生命渴望的最佳代表，他也在这种戏剧化的一幕中扣下了扳机，完成了象征性的自杀，夺回了主体的控制权。玛拉这一人物形象的意义在于，通过主体被建构的欲望结构，这一女性角色现在变成了主人公心中欲望的承载客体。与泰勒对主人公的意义不同，玛拉这光辉形象的意义在于，它是主人公在力比多能量的驱动下，对爱、性以及其他创造性欲望做出的积极选择。

4. 镜像之后的想象认同

据拉康（Evans 2006：82），想象认同指的是"自我（ego）被创造的机制"。换句话说，主体自我的构成是通过承认"在主体之外（甚至与主体对立）的某物"而形成的。在后镜像阶段，主体现在可以分辨出自己的身体和镜中的镜面影像的区别。被试者不再将镜像视为自己，而是成功地将其与自己的自我隔离开来。拉康之后的研究者更多转向镜像阶段理论中主体与镜面像之间的辩证关系研究之中，研究方面主要集中在对镜面像的不同类型的想象认同上。与拉康对镜像阶段主体的异化持否定的看法不同，后续的研究强调，除了被动的异化之外，还有各种类型的想象认同。这篇论文的前半部分主要讲的是两个镜面影像及其与主体的辩证关系。在这一部分中，将进一步探讨它们的关系，并将其分为两种类型，具体来说，即主体的对镜像否定认同和镜像的内在映射。

在拉康博士论文的第二部分（cf. Cutting 1986：213）"The Case of Aimée or Self-Punishing Paranoia"，他分析了一个中年女性被指控故意对女明星Z夫人造成身体伤害的病例。拉康认为，她故意犯罪的结果，源于她的实际自我状态与她年轻时家庭对她的高期望之间的巨大差距。她把Z夫人视为自己欲望的完美幻象，富有、美丽，并且在自己的事业上非常成功。然而，在现实生活中，Aimée想要成为著名作家的努力从未实现。最终，她获得自我认同来源的Z夫人形象与实际主体的生活状态之间的巨大差距，使得她在事业上的失败现在对她来说已经无法承受，曾经的认同来源现如今已然成为摇摇欲坠的达摩克利斯之剑，时时刻刻提醒着她自己失败的人生和即将到来的毁灭。于是她攻击了这位名人，将其作为与镜像竞争的最后一击。通过这样做，被压抑和边缘化的Aimée的自我试图重新夺回对主体的控制。

同理，随着泰勒野心的逐步壮大，主人公对于主体的控制也在逐渐减少，此时的泰勒早已不是原先那个可以满足自恋式认同的英雄形象了。在最后几章，泰勒与主人公的关系持续恶化，无论是蓄意的逆行车祸，还是泰勒的失联，或者是最终的文明毁灭计划，都处处透露着一种侵略性的敌对气息。随着泰勒控制这具身体的时间越来越长，主人公感到了被侵略和异化的危机。最终，主人公扣动了扳机，这一举动有其消除主体中异化自我的象征意义。就像Aimée无缘无故攻击陌生女演员一样，自杀这一行为也起到了收回对主体自我控制的宣言作用。拉康注意到，Aimée通过实施有罪的行为，她接受了对自己法律层面上的自我惩罚，当她有时间去理解这一点时，她体验了一种欲望的满足的完成，她的妄想，在这种觉悟里变得无效，消失了，法律上的惩罚无疑宣告着她夺回主体的胜利。同理，当泰勒行为的失控超出了主人公的自我中隐藏的欲望，通过杀死泰勒，主人公成功逃避了异化的悲剧。镜面形象在主体中的侵略性被暂时消除，主体的自我再次作为一个整体回归。泰勒的形象在这里发生的想象认同，以一种否定的形式完成。

与泰勒不同的是，玛拉代表着与之相反的自我本能。她给主人公的生活带来了一种爱的感觉，在弗洛伊德的观念中，这被称为“爱欲”（Eros），生命本能，与回归混沌状态的死亡本能（Thanatos）相对应（Evans 2006：33）。生命本能是主体对生命创造的倾向，可以表现在主体对性、爱、幻象的追求上。主人公的主体通过对虚构幻象的内化，将他进入以象征秩序为代表的既存规则和秩序所建构的社会时被边缘化的爱欲内化，并最终认识到这种推力。“内在映射（introjection）”一词指的是“象征性的认同，即在俄狄浦斯情结的结尾构成自我－理想的过程”（Evans 2006：91）。主人公潜意识中过滤出来的对爱的渴望，不断以自我认同的形式寻找出口。随着玛拉闯进了他的生活，隐藏的欲望现在得以辩证的方式表现出来，这种辩证体现在他对玛拉的双重情感上。主人公意识到他拼命寻求的自我认同，从他们之间的两性关系中获得了意义。因此，主体的内省发生在后镜像阶段。主人公通过承认玛拉的这种镜面形象，通过这一种积极的异化，推动了自我认同的发展。

5. 结语

《搏击俱乐部》中主人公试图从自己破碎的生活片段中拼凑出完整的自我，这也是现代社会中多数人的真实写照，通过记录他颓废又颇具惊悚意味的生活，作者有意让主人公成为一个能引起共鸣的人物形象，并以此对现代生活破败颓废的精神世界做出诊断，向社会提供一条可行的解决途径。关于这一点在书中也早有体现，当主人公因失眠痛苦不堪而拜访医生时，帕拉尼克就借医生的身份提出了他自己对于后现代危机的解决建议：“失眠不过是更严重问题的征兆。你要找出到底是哪里出了问题，倾听你的身体。”（Palahniuk 2014：9）这是对于主人公的忠告，也是对于全人类的忠告，它为后现代社会的不协调提供了一个合理的答案，这种不协调的侵略性概念，“尤其是在空间范畴方面作为人类自我的有意坐标之一，允许我们理解它在现代神经症和文明的萎靡中的角色”（Lacan 1977：121）。

在《搏击俱乐部》中，主体和镜面形象的侵略性实际上发生在两个层面上。除了主人公和泰勒的内心冲突之外，还有一种更广泛的不协调感——年青一代对当下文明的不满。在小说的结尾，泰勒成为了这样一种叛逆思想的象征，很多人期待着他的回归。虽然泰勒推翻现存文化和历史的计划以主人公自我的最终确立而宣布失败，但他的尝试仍然不乏为这种不满的有效宣泄。因此，《搏击俱乐部》中叙述者的精神分析解读，为后现代社会的不协调提供了一种生动的描绘，也是对这种不协调的一种回答。与动物争夺领地和食物不同，人类社会永恒不变的主题是永恒不变的自我认同。“年轻人，他们认为自己想要整个世界。如果你不知道你想要什么，你最终会得到很多你不想要的”（Palahniuk 2014：41）。尽管书中弥漫着失败和颓废感，但它确实描述了一条关于现代危机的可行途径：就像社会中的每个个体总是从残缺的自我出发，在镜像的幻觉中，在自我异化中最终构建起完整的自我认知。我们的社会也正是沿着这样的辩证之路发展，这条道路更多的是为了形成并建立起一种持续性的历史层面上的想象认同，并非单单只是为了识别后现代当下的历史与物质表征。

在后记中，帕拉尼克以第一人称的口吻讲述了《搏击俱乐部》自出版以后所引发的全国各地争相模仿建立搏击俱乐部的热潮。泰勒和他的搏击俱乐部已然成为了一代人反叛的标志和宣泄情绪的出口，形形色色的年轻人用尽办法来证明泰勒的存在。就像他们相信泰勒可以再次出现，"打破文明，让世界变得更好"一样，后现代社会困境的答案看似触手可及，等待着我们去探索。

参考文献

[1] Cutting，J. & M. Shepherd. *The Clinical Roots of the Schizophrenia Concept: Translations of Seminal European Contributions on Schizophrenia* [M]. Cambridge：Cambridge University Press，1986.

[2] Evans，D. *An Introductory Dictionary of Lacanian Psychoanalysis* [M]. London：Routledge，2006.

[3] Lacan，J. Sheridan，A.，& Bowie. *Écrits: A selection* [M]. London：Routledge，1977.

[4] Lacan，J. *The Seminar. Book XI. The Four Fundamental Concepts of Psychoanalysis* [M]. Alan Sheridan，D. Trans. London：Hogarth Press and Institute of Psycho-Analysis，1998.

[5] Palahniuk，C. *Stranger Than Fiction: True Stories* [M]. New York：Doubleday，2005.

[6] Palahniuk，C. Fight Club [M]. London：Vintage，2006.

[7] Wallon，H. Comment se développe chez l'enfant la notion du corps propre [J] *Journal de Psychologie*，1963，16：121.

[8]〔美〕恰克·帕拉尼克 . 搏击俱乐部 [M]. 冯涛译 . 上海：上海人民出版社，2014.

[9] 周小仪 . 拉康的早期思想及其 "镜像理论" [J]. 国外文学，1996（3）：20–25.

[10] 周小仪 . 消费文化与生存美学——试论美感作为资本世界的剩余快感 [J]. 国外文学，2006（2）：3–14.

情景喜剧双关语翻译研究
——以《生活大爆炸》为例

罗婧

摘　要：双关是十分常见的修辞方法，在情景喜剧的言语幽默中有着举足轻重的作用。但由于语言特性和中英文化之间的巨大差异，双关语的翻译一度成为翻译界的“不可译”问题。从弗米尔（Vermeer）提出的目的论视角出发，借鉴比利时学者德拉巴斯提塔（Delabastita）的双关语翻译研究，以《生活大爆炸》第十二季人人影视字幕组译本为例，本文对情景喜剧双关语翻译进行研究，力求最大化地保留情景喜剧双关语的幽默效果，并促进中国观众对于英语文化的理解。

关键词：目的论；双关语翻译方法;《生活大爆炸》；德拉巴斯提塔

1. 引言

情景喜剧向来以幽默化的语言以及表演形式受到广大观众的欢迎，其中以《生活大爆炸》尤为著名。双关语在情景喜剧的言语幽默效果中更是有着举足轻重的作用。但是因其涉及文化信息处理问题，双关语翻译一直是翻译领域的一大难题。以弗米尔提出的目的论为框架，借鉴比利时学者德拉巴斯提塔的双关语研究，能够为双关语翻译提供有益指导。

情景喜剧（Situation Comedy 或 Sitcom），亦称处境喜剧，是一种喜剧演出形式。情景喜剧往往会在笑点之处引入预录笑声（Canned Laughter）来带动观众的情绪。但由于语言特性以及中英文化之间巨大的差异，如果情景喜剧字幕翻译无法使目的语观众感同身受，那么翻译就可谓是失败的。

《生活大爆炸》是哥伦比亚广播公司（CBS）于 2007 年播出的系列情景喜剧，讲述了四个性格迥异的高材生科学家的生活趣事，深受国内外观众的喜爱。该剧共有十二季，第十二季于 2019 年播出。主角诙谐幽默的台词令人忍俊不禁，其中双关语的使用更是经典、妙趣横生，增强了该剧的喜剧效果，为观众展现了经典的“美式幽默”。

2. 目的论与双关语翻译

2.1　目的论

目的论（skopos theory）于 20 世纪 80 年代由弗米尔提出，而后经由诺德（Nord）

等翻译学家进一步完善，成为了功能翻译理论的核心。目的论认为翻译行为是由行为的目的决定的，其所讨论的“目的”指的是“译文的交际目的”（比如说为了引发文本接受者的某种情感或行为）（Nord 2001：28）。目的论有三大原则：目的原则、连贯原则和忠实原则，其重要性依次递减。为了实现翻译的目的，译文的连贯与忠实可以被暂置一旁。由此，在进行情景喜剧双关语字幕翻译时，要根据其希望达到的幽默效果，采用合适的翻译策略，有时甚至进行删减和改写，力求最大化保留幽默效果（徐慧文、张汨 2011：78）。

目的论的两大标准：（1）篇内一致（intratextual coherence）。目的语读者能够根据交际环境、文化背景知识对文本达成理解。接收到的信息符合其文化环境，信息交流的目的才得以达成（Nord 2001：32）。（2）篇际一致（intertextual coherence）或忠信原则（fidelity）。译文要准确不偏离原文，符合“信、达、雅”中的“信”这一原则。相较于篇际一致，篇内一致更具有优先级（Nord 2001：41–42）。

2.2 文本类型论

赖斯将文本类型分为了（1）传意性文本：传达对于某一客观事物的信息，也包括寒暄式交际，因此文本注重内容（转引自李谧 2008：204）。（2）表情性文本：传达表达者想要文本接收者感知到的情感，具有一定的美学效果，因此文本注重形式（李谧 2008：204）。（3）使役性文本：激发文本接收者的某种行为，注重表达言外效果，因此文本注重目的（转引自李谧 2008：204）。

2.3 双关语翻译

双关语（pun/paronomasia/play on words）主要利用谐音、词义方面的模糊现象，在词法、句法等层面使得某一词语、短语等具有双重意思（张宏瑜、李妍 2003：106）。通常学者仅将双关简单地分为谐音双关和语义双关两种，忽略了从句法层面、语境等维度来看待双关语的类型划分。徐仲炳将双关语分为：（1）谐音双关。管春林又将此细分为同音双关和近音双关（管春林 2006：108）。（2）词义双关。又可细分为概念意义双关、内涵意义双关和搭配意义双关（徐仲炳 1988：29–30）。管春林将词义双关分为异义双关和歧义双关（管春林 2006：109）。（3）会意双关。会意双关指的是本身不具有谐音双关或词义双关的特点，但是通过上下语境（有时也要与视觉表演相联系）暗示出双关意义（徐仲炳 1988：30）。（4）专有名词双关。（5）字母双关。

在国内外翻译界中，对于双关语翻译的问题持两种态度。一是认为双关语基本属于不可译范畴；二是双关语翻译有时可以通过制造另一种双关语起到“补偿”效果，但这一方法依赖于译者的天赋及积累，没有多少翻译技巧可以学习（张南峰 2003：32）。

比利时学者 Delabastita 的双关语翻译研究在翻译界影响较大也较全面。他认为可以假设，双关语可以在任何语言环境中存在，因此任何语言都具备对双关语进行跨语处理（interlingual processing）的条件。（张南峰 2003：32）张南峰将其双关语研究策略概括为以下十种：（1）双关语 – 相同双关语（同类型）（2）双关语 – 相同双关语（不同类型）（3）双关语 – 不同双关语（4）双关语 – 类双关语（punoid）（5）双关语 – 非双关语（6）双关语译为零（7）照抄原文（8）非双关语 – 双关语（9）零译为双关语（10）编辑手段（editorial techniques）（张南峰 2003：32–33）

显而易见，情景喜剧主要目的是让观众理解笑点从而产生幽默效果，因此情景喜剧属于使役性文本，具有诉求功能。在目的论的关照下，在进行情景喜剧字幕翻译时应优先遵循篇内一致原则，不遗余力地实现同等、等效或至少贴切的文本功能。根据双关语的不同类型选择不同的翻译策略，在达到文本预期功能和为目的语观众构建语言环境以达成理解中取得平衡，从而实现译文的交际目的。

3.《生活大爆炸》第十二季中的双关翻译

3.1 谐音双关

3.1.1 同音双关

例（1）谢尔顿与艾米对于莱纳德夫妇送给他们的新婚礼物——水晶权杖很不解，于是找了地质学家伯特得知这个权杖是石英做的，于是他们就开始在“石英”方面找线索，从而有了下面的对话：

Sheldon：Quartz, from the German “Quarz” which sounds the same, but is spelled without a “T”.（谢尔顿：石英一词来自德语，两者发音相同，但德语拼写少了一个“T”。）

Amy：Interesting. No “T”. What is not “T”？（艾米：真有意思。没有“T”①。还有什么不是茶？）

Sheldon：Coffee!（谢尔顿：咖啡！）

字母“T”与茶“Tea”同音。原文想表达的两层含义是：“石英”的英文单词与德文单词之间少了个字母“T”；艾米和谢尔顿联想到非茶类的东西。这令观众不禁感叹两人想象力之丰富。译文采用的是编辑手段，在注释部分向观众解释原文的双关语。编辑手段可能会造成幽默效果的缺失。但由于汉语文化中对于“T”和“Tea”没有对应之处，故此使用编辑手段较为恰当。

3.1.2 近音双关

例（2）大家在公寓举办万圣节派对，每个人都要进行装扮。拉杰什装扮成了最高法院法官，而他的女友安努装扮成了美国宪法。

Leonard：He’s a Supreme Court justice, and you’re the U.S. Constitution.（莱纳德：

他是最高法院的法官，而你是美国宪法。）

Anu：Yep. He interprets me. And guess what's underneath this? The Bill of Tights.（安努：没错，他对我有解释权。猜猜底下是什么？美国《紧身[②]法案》）

Raj：Smart, funny, gorgeous, are we a match or what?（拉杰什：她聪明幽默又貌美，我们真是天生一对啊！）

"tights""紧身裤"与"rights""权利"近音。原文的两层含义是：安努装扮成了美国宪法（美国宪法包含《权利法案》）；她在戏服下面穿了紧身裤。双关语加上语境产生了极大的幽默效果。译文采取加注释的方式，告知该双关语的背景是美国《权利法案》。《权利法案》对于《生活大爆炸》的受众观众来说并不陌生，而且不需要也很难在中文语境中找到一个词与该表达相匹配，因此编辑手段的运用更为合适。

3.2 词义双关

3.2.1 异义双关

例（3）地质学家伯特找拉杰什帮忙研究自己新发现的陨石，拉杰什说他曾在梦中梦到过这一情形。

Bert：Hey. I need some help with a meteorite I found.（伯特：我找到的一颗陨石需要人帮忙。）

Leonard：Ah. I'd be happy to.（莱纳德：我很乐意帮忙。）

Bert：Oh, no, I meant Raj. I really need an astrophysicist.（伯特：不是你，我是想找拉杰什。我很需要一位天体物理学家的帮忙。）

Raj：This is exactly like a dream I had. Except in the dream, you're Gal Gadot.（拉杰什：这跟我梦里的场景一模一样。除了在那梦中，你是盖尔·加朵[③]。）

Bert：I don't really have dreams, when I sleep or in life.（伯特：我这人没什么梦，睡觉中还是现实生活中都没有。）

"dream"既有"睡梦"的意思，也有"梦想"的意思。原文想表达的两层含义是：伯特睡觉不怎么做梦；伯特也没啥梦想，这也正符合伯特木讷的性格。一语双关，产生幽默效果。在这里采用的是将双关语译成相同的双关语（同类型），"dream"可说与"梦"的双关含义完全对应，在此直译也十分恰当。

3.2.2 歧义双关

例（4）伯纳黛特对于佩妮收下了竞争对手公司的名片感到很生气，为此说了一些咒骂竞争对手公司的话，然后有了以下对话：

Penny：You are not serious.（佩妮：你不是认真[④]的吧。）

Bernadette：Serious as their hepatitis their cholesterol medication gave thousands of people.（伯纳黛特：跟他们公司的胆固醇药害数千人得的肝炎一样严重。）

“serious”有“当真的”和“严重的”两种含义。佩妮想表达的意思是前者，而伯纳黛特故意将其曲解为“严重的”以此来反讽竞争对手公司。译文采取了编辑手段进行加注，但是笔者认为为了最大限度实现幽默效果，可以采取将双关语译为不同的双关语的策略，对第一句话进行改译成：没这么严重吧。从而将佩妮对于伯纳黛特口出恶言的无奈表达了出来。这与原句结构相对应，同时也是汉语文化常见的表达。

3.2.3　搭配意义双关

例（5）霍华德在万圣节那天装扮成了谢尔顿，模仿得惟妙惟肖。让莱纳德和拉杰什狂笑不已，于是有了下面的对话：

Leonard：Oh, my God, you look amazing.（莱纳德：我的天啊，你这造型太赞了！）

Raj：I find you guilty of murder, because you are killing it.（拉杰什：我宣判你犯了杀人罪，因为我们要被你笑“死”啦！）

“kill”本身的基本概念就是“杀死”的意思，但当它组成“You killed it”意为“干得漂亮”，或组成“You are killing me”，表示“某人逗你捧腹大笑，完全停不下来”。在该情景下，拉杰什刚好装扮成美国最高法院法官，这句话翻译成“被你笑死了”既符合前句“杀人罪”又与霍华德的搞笑形象相呼应。译文采用了将双关语译成相同的双关语（同类型），完全贴合情景，实现了文本预期功能。

3.3　会意双关

例（6）（原文同例2）

“interpret”本身没有双关含义。原文想阐述两层含义，一是表达美国最高法院法官对美国宪法有解释权。但是结合语境：拉杰什与安努是情侣。拉杰什装扮成了美国最高法院法官，安努装扮成了美国宪法。这句话就变成了情侣之间的情话。译文的翻译同时体现了两层含义。

3.4　专有名词双关

例（7）拉杰什明天飞往伦敦向安努求婚，用的还是第一次他向安努求婚时的戒指（婚礼取消后他又把戒指要回来了），霍华德拿这件事情调侃他：

Raj：Yeah, I know. I'm flying out tomorrow. I'm gonna surprise her with a ring.（拉杰什：没错，我知道。我明天就要飞过去。我要用戒指给她一个惊喜。）

Bernadette：You already have a ring?（伯纳黛特：你已经买好戒指了吗？）

Raj：Well, it's the same one as before.（拉杰什：就是上次那个。）

Howard：I thought you gave it to her the first time you got engaged?（霍华德：我以为你们第一次订婚时就给她了呢。）

Raj：I did, but I took it back.（拉杰什：我给了，后来又要回来了。）

Howard：So, you're an Indian giver?（霍华德：所以你是个印第安给予者⑤？）

专有名词"Indian"可表示"印度的"、"印第安的"。该句话想表达两层含义，表层意思就是陈述"拉杰什是一个印度人"这一事实；深层意思是用以调侃拉杰什婚礼取消后将戒指从女方那里要回来的做法，因为这一做法和印第安部落的"印第安式送礼人"习俗很像。汉语文化观众鲜少了解该双关语的文化背景知识，对此往往不知所云。

陈青指出字幕翻译中的文化信息处理问题是很难解决的，"字幕翻译中主要用以下三种策略来处理字幕翻译中的文化信息：文化补偿（Cultural Compensation）原则、文化移植（Cultural Transplantation）原则和文化协调（Cultural Mediation）原则。"（陈青 2008：124）在汉语文化中很难找到能表达两重含义的对应专业名词，所以这里的双关语翻译可采用文化移植原则保留源表达，以此有助于促进文化交流。

3.5 字母双关

例（8）谢尔顿喜欢喝香槟加代糖，在佩妮看来这完全是浪费香槟。谢尔顿给他这种喝法取名为"库珀博士"，于是有了下面的对话：

Penny：Champagne! Champagne! A Champagne with a packet of Splenda in it.（佩妮：这是你的香槟！这是你的香槟！这是你的加了一包代糖的香槟！）

Sheldon：You know what I call this drink?（谢尔顿：你知道我把这配方叫什么吗？）

Penny：A waste of champagne?（佩妮：叫"浪费香槟"吗？）

Sheldon：No. A Dr.Cooper. Because...（谢尔顿：不是，叫库珀博士。因为……）

Amy：He's also sweet and bubbly.（艾米：他本人也是甜到冒泡。）

（Sheldon took a sip of "Dr.Cooper"）（谢尔顿喝了一口"库珀博士"香槟）

Sheldon：Ooh! That is PhD-licious.（谢尔顿：真是博士级的好喝啊！）

"PhD"博士与"Delicious"开头字母一样，产生了类似于顶针（Anadiplosis）的效果。表达的两层含义分别是：这个配方的名字叫库珀博士；这个配方超级好喝。译文的翻译使用了将双关语译成类双关语的策略突出了双关语的幽默效果。

4. 结语

情景喜剧双关语翻译旨在通过表达两层意思或兼顾两种事物来实现幽默效果，而目的论坚持目的原则是第一位的，连贯、忠实原可以稍作让步。为了达到该翻译目的，正如钱绍昌所说，影视翻译中的"达"（译文通顺明白）比译文的"信"（译文最大程度忠实于原文）显得更为重要（钱绍昌 2000：65）。即使由于中西方文化的巨大差异，情景喜剧双关语翻译多有难题，但表现幽默效果是第一位的。译者可借鉴比利时学者 Delabastita 的双关语翻译研究，灵活运用归化为主，异化为辅的策略最大程度还原情景喜剧双关语的幽默效果，从而实现翻译目的。

注释

① 此句暗含另一层意思：不是茶。

② 与美国的《权利法案》（Bill of Rights）形成双关。

③ 盖尔·加朵是一位美女演员。

④ “serious”既有“认真”之意，又有“严重”之意。

⑤ “Indian”既有“印第安的”之意，又有“印度的”之意。印第安部落送出礼物后希望收到回礼，否则可向对方索回礼物。

参考文献

[1] Nord，C. Translating as a purposeful activity：functionalist approaches explained [M]. Shanghai：Shanghai Foreign Language Education Press，2001.

[2] 陈青 . 电影字幕翻译特点及策略分析 [J]. 电影文学，2008（03）：123–124.

[3] 管春林 . 英语双关语：分类与功用 [J]. 浙江教育学院学报，2006（03）：108–112.

[4]〔德〕诺德 . 译有所为：功能翻译理论阐释 [M]. 张美芳，王克非，译 . 北京：外语教学与研究出版社，2005.

[5] 李谧 . 功能主义翻译理论视角下的文本类型与目的性翻译——以赖斯的翻译理论为例 [J]. 山西财经大学学报，2008（S2）：204.

[6] 钱绍昌 . 影视翻译——翻译园地中愈来愈重要的领域 [J]. 中国翻译，2000（01）：61–65.

[7] 徐慧文，张汨 . 目的论下影视幽默翻译探究——以《生活大爆炸》为例 [J]. 新余学院学报，2011，16（04）：78–80.

[8] 徐仲炳 . 英语双关的类型和翻译 [J]. 外国语（上海外国语学院学报），1988（06）：29–32+36.

[9] 张宏瑜，李妍 . 英语双关语的类型及其修辞功能 [J]. 佳木斯大学社会科学学报，2003（04）：106–107.

[10] 张南峰 . Delabastita 的双关语翻译理论在英汉翻译中的应用 [J]. 中国翻译，2003（01）：32–38.

中国人民大学出版社外语出版分社读者信息反馈表

尊敬的读者：

感谢您购买和使用中国人民大学出版社外语出版分社的 ____________ 一书，我们希望通过这张小小的反馈卡来获得您更多的建议和意见，以改进我们的工作，加强我们双方的沟通和联系。我们期待着能为更多的读者提供更多的好书。

请您填妥下表后，寄回或传真回复我们，对您的支持我们不胜感激！

1. 您是从何种途径得知本书的：
   □书店　□网上　□报纸杂志　□朋友推荐
2. 您为什么决定购买本书：
   □工作需要　□学习参考　□对本书主题感兴趣　□随便翻翻
3. 您对本书内容的评价是：
   □很好　□好　□一般　□差　□很差
4. 您在阅读本书的过程中有没有发现明显的专业及编校错误，如果有，它们是：

   ____

   ____

   ____
5. 您对哪些专业的图书信息比较感兴趣：

   ____

   ____

   ____
6. 如果方便，请提供您的个人信息，以便于我们和您联系（您的个人资料我们将严格保密）：

您供职的单位：____________________________________

您教授的课程（教师填写）：____________________________

您的通信地址：____________________________________

您的电子邮箱：____________________________________

请联系我们：黄婷　程子殊　吴振良　王琼　鞠方安

电话：010-62512737，62513265，62515538，62515573，62515576

传真：010-62514961

E-mail：huangt@crup.com.cn　chengzsh@crup.com.cn　wuzl@crup.com.cn
crup_wy@163.com　jufa@crup.com.cn

通信地址：北京市海淀区中关村大街甲 59 号文化大厦 15 层　邮编：100872

中国人民大学出版社外语出版分社